insel taschenbuch 4852
Hermien Stellmacher
Was bleibt, wenn alles verschwindet

Beste Freundinnen seit über dreißig Jahren: Ruth und Susanne haben alles miteinander geteilt, doch nun wird ihre Freundschaft nicht mehr dieselbe sein. Susanne zeigt erste Anzeichen einer Demenz, die Gedächtnislücken und Aussetzer häufen sich, und sie spürt, dass ihr Leben ihr immer mehr entgleitet. Während Ruth, unterstützt von ihrem Mann und von Freunden, alle Hebel in Bewegung setzt, damit es ihrer Freundin auch in Zukunft an nichts fehlen wird, quält Susanne noch eine ganz andere Sorge: Es ist höchste Zeit, Ruth ein gut gehütetes Geheimnis zu offenbaren, das ihrer beider Leben seit langem schicksalhaft miteinander verknüpft. Doch dieses Geständnis könnte die Freundschaft für immer zerstören …

Ein berührender Roman über die Kraft der Freundschaft und über zwei starke Frauen, die dem Schicksal mutig die Stirn bieten.

Hermien Stellmacher, geboren 1959, wuchs in Amsterdam auf. Im Alter von 15 Jahren zog sie nach Deutschland. Sie illustrierte zahlreiche Kinder- und Jugendbücher. Seit einigen Jahren schreibt sie hauptsächlich für Erwachsene, zum Teil unter dem Pseudonym Fanny Wagner. Sie lebt mit ihrem Mann und einem Kater in einem kleinen Dorf in der Fränkischen Schweiz.

Im insel taschenbuch sind von ihr u. a. erschienen: *Die Katze im Lavendelfeld* (it 4707); *Katzenglück und Dolce Vita* (it 4574); *Cottage mit Kater* (it 4388); *Wie wir Katzen die Welt sehen* (it 4605)

Hermien Stellmacher

Was bleibt, wenn alles verschwindet

Roman

Insel Verlag

2. Auflage 2021

Erste Auflage 2021
insel taschenbuch 4852
Originalausgabe
© Insel Verlag Berlin 2021
Vertrieb durch den Suhrkamp Taschenbuch Verlag
Umschlag: zero-media.net, München
Umschlagabbildungen: Sybille Sterk/Arcangel, Malaga;
FinePic®, München
Druck: CPI books GmbH, Leck
Printed in Germany
ISBN 978-3-458-68152-6

Was bleibt, wenn alles verschwindet

*Für Rie van Lochem, Gers Maandag und Betty Goldhoorn,
die mir bereits als kleinem Mädchen zeigten, wie wertvoll
gute Freundinnen sind.*

Prolog

Es dämmert bereits, aber der Nebel hat sich gelichtet. Froh, den wöchentlichen Termin hinter mich gebracht zu haben, biege ich auf die Landstraße ein und gebe Gas. Jetzt nichts wie nach Hause.

Ich habe die Hälfte der Strecke zurückgelegt, als ich den hellen Fleck am Rand des Stoppelfeldes registriere. Langsam fahre ich an die Stelle heran.

Der Sportwagen ist frontal gegen einen Baum gekracht, die Motorhaube zusammengedrückt. Als ich auf Höhe der Fahrerseite anhalte und dich auf dem Sitz hängen sehe, traue ich meinen Augen nicht. Doch der halb von deinen Locken verdeckte Ohrstecker und dein auffälliger Ring an der linken Hand widerlegen jeden Zweifel.

Du bist es.

Wahrscheinlich ist dir nie bewusst gewesen, dass es mich gibt. Ich hingegen habe deinen Werdegang genau verfolgt. Ich wollte dich nicht aus den Augen verlieren, denn ich war noch nicht fertig mit dir.

Im Lauf der Jahre habe ich die unterschiedlichsten Möglichkeiten durchgespielt, was ich tun würde, sollten unsere Wege sich kreuzen. Diese Variante war nicht dabei.

Bilder aus der Vergangenheit fallen über mich her, Stimmen, Geräusche. Zitternd umklammere ich das Lenkrad und versuche, meine Atmung zu kontrollieren, einen klaren Gedanken zu fassen. Dann lege ich den ersten Gang ein und trete das Gaspedal durch.

Es ist bereits nach Mitternacht, als ich die Telefonzelle betrete und den Unfall melde. Auch wenn man wohl nichts mehr für dich tun kann.

I.

»Du machst es diesmal echt spannend.« Ruth spähte aus dem Beifahrerfenster in den dichten Tannenwald, der sich zu beiden Seiten der Straße erstreckte. »Lass mich raten: Sind wir auf dem Weg zur Einöde *Am Ende der Welt*? Oder heißt der Ort *Nichts*?«

Susanne fuhr lachend in die nächste Kurve. »Einöde könnte stimmen, aber namenstechnisch bist du weit entfernt.«

Gleich zu Beginn ihrer Freundschaft hatten sie eine gemeinsame Vorliebe für kuriose Orts- und Hotelnamen entdeckt. Je ausgefallener die Bezeichnung, desto größer ihre Neugierde, ob der Platz ihren Fantasien entsprach.

Die Entdeckung des fränkischen Dorfes *Laibarös* war der Startschuss für diese Reisen gewesen. Ein Name, den Susanne sofort mit einer hartnäckigen Lungenkrankheit in Verbindung gebracht hatte, während Ruth der Meinung gewesen war, es handele sich dabei um den mittelalterlichen Begriff für depressive Stimmungen.

Auch wenn keines von beidem zugetroffen hatte, war der Name nach einem schönen Wanderwochenende als Redewendung in ihren Wortschatz eingegangen.

Die Ausflüge waren zu einer festen Tradition geworden. Jedes Jahr unternahmen sie eine Kurzreise dieser Art, wobei mal die eine, mal die andere für Ziel und Planung zuständig war. Dieses Mal war Susanne an der Reihe, und sie liebte es, ihre Freundin auf die Folter zu spannen.

»Wie wäre es mit *Fuchs und Hase*?«, bohrte Ruth weiter. »Als Anspielung auf das, was man sich hier allabendlich wünscht?«

»Sehr kreativ, aber nein, ich muss dich enttäuschen.«

Bei der nächsten Serpentine kamen Susanne plötzlich Zweifel. Würden sie sich in dem von ihr ausgewählten Gasthof wohlfühlen? Sie hatten im Lauf der Jahre durchaus den einen oder anderen Flop erlebt. Das Hotel *Zum letzten Kapitänsteller* war eine Katastrophe gewesen, und im Gasthof von *Löffelstelzen* hatte Ruth gar befürchtet, *laibarös* zu werden. Am nächsten Tag waren sie gleich weitergefahren.

Als könnte Ruth ihre Unsicherheit spüren, strich sie ihr über die Schulter. »Was immer du ausgesucht hast, meine Liebe, ich bin mir sicher, dass wir ein paar schöne Tage miteinander verbringen werden.« Sie linste durch die Windschutzscheibe. »Schau. Die Sonne kommt sogar heraus. Und da vorn bewegt sich etwas. Menschen!«

»Damit wären wir auch am Ziel.« Susanne steuerte den Wagen auf einen leeren Stellplatz. »Bitte sehr!«

Gasthof zum Teufel – Essen wie bei Mutti stand in schwungvollen Lettern auf der weißen Fassade.

Ruth lachte. »Wow, ein irrer Name! Kompliment!«

»Nicht unbedingt eine Empfehlung, wenn ich an die Kochkünste meiner Mutter denke, aber dieser Kombi konnte ich nicht widerstehen«, sagte Susanne. »Außerdem ist es lange her, dass wir im Schwarzwald waren.«

»Da wäre ich auch schwach geworden.« Ruth öffnete die Beifahrertür und schwang ihre langen Beine hinaus. »Hoffen wir mal, dass diese *Mutti* gut kocht. Ich sterbe vor Hunger.«

Das Haus machte einen ordentlichen Eindruck. Eine weißgestrichene Fassade mit vielen Holzfenstern, dazu jede Menge Blumenkästen mit bunten Petunien, die dank der milden Oktoberwitterung noch üppig blühten. Doch kaum hatten sie den Empfang betreten, fühlten sie sich schlagartig in die sechziger Jahre zurückversetzt. Wände und Decken waren mit dunklem Holz getäfelt, die Böden olivgrün gefliest, und die Dekoration machte sie mit Hilfe von künstlichen Pilzarrangements nachdrücklich auf die Jahreszeit aufmerksam. An der Wand hing ein Wimpel mit der russischen Flagge.

»Da dürfen wir auf die Gestaltung der Zimmer gespannt sein«, murmelte Susanne, während sie die Glocke am Empfang drückte. »Hoffentlich wurden die Matratzen zwischenzeitlich ausgetauscht.«

Ein Mann, bei dem es sich laut Namensschild um den Geschäftsführer Igor Makarow handelte, erschien an der Rezeption. »Guten Tag. Sind die Damen allein?«

»Die Damen sind zu zweit«, sagte Susanne. »Und haben ein Doppelzimmer auf den Namen *Bender* gebucht.«

»Sehr wohl.« Nach einem Blick auf den Reservierungsplan nickte Herr Makarow bestätigend. »Wir haben das schöne Zimmer 108 für Sie reserviert. Möchten die Damen vielleicht unsere Halbpension buchen? Auch an diesem Wochenende haben wir ein hervorragendes Menü für die Hausgäste vorbereitet.«

»Warum nicht«, sagte Ruth. »Ab wann wird das Essen serviert?«

»Sie sind ab 18 Uhr in unserem Restaurant willkommen.« Der Geschäftsführer legte den Zimmerschlüssel auf den Tresen. »Der Weg zu Ihrem Zimmer ist ganz einfach.« Er öffnete eine Tür. »Zuerst folgen Sie diesem roten Läufer bis zum Ende des Flurs, dann die drei Stufen hinauf, durch die grüne Tür. Nun gleich rechts, bis Sie vor einem Bergpanorama stehen. Dort nehmen Sie die Treppe in den ersten Stock, wo Sie sich immer rechts halten.« Er lächelte. »Ich hoffe, Sie fühlen sich bei uns wohl.«

Die Korridore hatten sich infolge mehrerer Um- und Anbaumaßnahmen, deren Zeiträume gut an den Tapetenmustern abzulesen waren, in ein ausgefallenes Labyrinth verwandelt, doch sie erreichten ihr Ziel: ein muffig riechendes Zimmer mit dunklem Holz, grauem Bodenfilz und Herbstdekorationen auf jeder verfügbaren Stellfläche.

»Wir finden niemals zurück.« Susanne riss ein Fenster auf und ließ sich auf die linke Betthälfte fallen. »Wir hätten Brotkrumen streuen sollen.«

Ruth setzte sich auf die andere Seite und schlug die Zimmermappe mit den Informationen auf, die neben dem Telefon lag. »Keine Bange, wir brauchen nur die 5 zu wählen, dann wird uns laut Angabe bei *allen* Problemen geholfen.« Sie ließ sich ebenfalls auf den Rücken rollen. »Ob die auch Schulaufgaben korrigieren?«

»Oder meine ... meine Dings machen?« Susanne setzte sich auf und rieb sich die Stirn. »Himmel! Wie nennt man denn diese Papiere, die man jedes Jahr ausfüllen muss?«

Ruth hob fragend die Brauen. »Formulare?«

»Ja, aber eine ganz schreckliche Sorte!«

»Die Steuererklärung?«

»Genau. Vielleicht können sie die auch ausfüllen.«

»Ich würde lieber mit einer anderen Aufgabe beginnen: der erfolgreichen Bekämpfung von Hunger und Durst!«

Zehn Minuten später hatten sie den Korridor-Wirrwarr erneut gemeistert und öffneten eine Tür mit der Aufschrift

Gaststube. Als sie auf einen unbesetzten Tisch am Fenster zusteuerten, stellte sich ihnen eine korpulente Frau in den Weg. »Menü? Halbpension?«

Kaum hatten sie dies bestätigt, zeigte die Bedienung auf einen Nebenraum. »Da!« Dann kreuzte sie die Arme mit einem grimmigen Blick vor der Brust. Bereit, die leeren Tische notfalls mit Gewalt zu verteidigen.

»Wenn das *Mutti* ist, möchte ich den *Teufel* nicht kennenlernen«, sagte Ruth, während sie auf die geöffneten Flügeltüren zugingen. Wenige Stufen führten hinunter in einen Raum mit überklebtem Parkettboden, dessen Fischgrätmuster unter dem braunen Kunststoff gut erkennbar war. Zwei große Lüsterlampen verbreiteten kaltes Licht.

»Hoffentlich war die Sache mit der Halbpension kein Fehler«, sagte Susanne, während sie sich im Raum umsah. »So etwas ist mir seit meinen DDR-Reisen vor der Wende nicht mehr untergekommen.« Sie deutete auf die weißen und goldenen Stoffbahnen, die kunstvoll an Wänden und Fenstern drapiert waren. »Hier fehlen nur noch die Portraits von alten Funktionären.«

»Hier fehlen noch ganz andere Dinge«, sagte Ruth leise. An sechs der Tische saßen Paare im geschätzten Alter zwischen 30 und 80, die wahlweise auf das Display ihres Smartphones oder auf die Tischdecke starrten. »Keiner dieser Menschen hat ein Getränk oder ein Essen vor sich stehen.«

Kaum hatten sie Platz genommen, kam Geschäftsführer Makarow mit federnden Schritten auf sie zu. »Ich sehe, Sie haben den Weg gefunden. Ist alles zu Ihrer Zufriedenheit?«

»Wenn Sie uns zwei Bier bringen könnten, wäre das wunderbar. Wir sind kurz vor dem Verdursten.« Susanne lächelte ihm aufmunternd zu.

»Zwei Bier. Kommen in einer Sekunde!«, versprach Herr Makarow. Er grüßte vage in die Runde, dann verschwand er so schnell, wie er gekommen war.

»Mal sehen, was uns sonst noch erwartet.« Ruth öffnete die einfach gestaltete Menükarte, die auf dem Tisch stand. »Wir beginnen mit einer klaren Gemüsesuppe, dann kommt eine *Salat Variation*. In zwei Worten.«

»Solange der Deutschlehrerin solche Dinge auffallen, ist der Hungertod noch fern.«

»Das Verdursten ist akuter.« Ruth warf einen Blick auf ihre Armbanduhr. »Wie lange Sekunden hier wohl dauern?«

»Eine Ewigkeit«, sagte der Mann am Nebentisch. »Wir warten schon seit einer halben Stunde. So lange braucht kein Pils.«

Susanne schüttelte den Kopf. »Ist das hier immer so?«

»Gestern ging es etwas flotter«, sagte seine Frau.

Ruth seufzte. »Anschließend gibt es Rindfleisch mit Meerrettichsoße und Butterkartoffeln, Zanderfilet mit Salzkartoffeln oder einen Gemüseteller mit Rösti.« Sie sah Susanne über den Rand ihrer Lesebrille an. »Höre ich da etwa Begeisterungsschreie?«

Die Frau am Tisch hinter ihnen kicherte. »Die Salzkartoffeln gestern machten ihrem Namen alle Ehre!«

Susanne schob ihren Stuhl zurück. »Sollen wir das Essen nicht lieber abblasen? Ich hasse Meerrettichsoße. Mir ist viel mehr nach einem …«

In diesem Moment kam Herr Makarow mit zwei Gläsern Wein hereingetänzelt. »So, da wären wir schon!« Schwungvoll servierte er die Getränke am letzten Tisch. Die Glücklichen nahmen einen tiefen Schluck.

»Haben Sie sich schon für einen der Hauptgänge entschieden?« Der Reihe nach nahm Makarow die Bestellungen auf.

»Denken Sie an unser Bier?«, fragte Ruth.

»Ich denke an nichts anderes«, sagte der Geschäftsführer. »Es kommt *sofort*!«

Kaum hatte Makarow den Raum verlassen, schlurfte eine Bedienung mit einer Suppenterrine herein, die sie wortlos auf den Tisch neben ihnen stellte.

»Bringen Sie uns bitte auch Teller?«, fragte die Frau.

»Und die bestellten Getränke«, fügte ihr Mann hinzu. »Ein großes Pils und eine Weißweinschorle.« Doch die Kellnerin verschwand, ohne sie eines Blickes zu würdigen.

»Jetzt ist aber gut«, sagte Susanne, nachdem weitere Zeit vergangen war. »Ich erkundige mich mal, was es hier mit den Begriffen *sofort* und *Sekunde* auf sich hat.«

In der Gaststube waren mittlerweile alle Tische besetzt, doch auch hier hatten die wenigsten ein Getränk vor sich stehen. Statt sich um das Wohl der Leute zu kümmern, drängten die Bedienungen sich um die Registrierkasse, wo Herr Makarow etwas in einer Sprache erklärte, die russisch klang. Der Mimik seiner Angestellten nach zu urteilen ohne Erfolg.

Sehnsüchtig betrachtete Susanne die zwei halbgezapften Biere auf dem Schanktisch. Als ihr Satz »Könnte sich mal jemand um unsere Getränke kümmern?« wirkungslos verpufft war, beschloss sie, die Sache selber in die Hand zu nehmen. Sie schlich sich hinter die Theke und zapfte die Krüge voll, während die Angestellten mit Makarow diskutierten.

Noch ein drittes Glas für den durstigen Tischnachbarn, dann schnappte sie sich eine Speisekarte und verschwand unbemerkt.

Ihre Leidensgenossen, die ihre Suppe mittlerweile direkt aus der Terrine löffelten, bedankten sich herzlich für das Getränk. »Und wir bilden uns in der Zwischenzeit«, sagte Susanne zu Ruth, die ihr Glas in zwei Zügen geleert hatte. »Schau, zu allen Gerichten gibt es ein Foto und eine Beschreibung in Deutsch, Englisch, Französisch und Russisch. Wir sehen uns jetzt einfach satt und lernen nebenbei noch ein paar Vokabeln.«

»Du hast nicht zufällig eines deiner Sudokuhefte in der Tasche?«

Susanne schüttelte den Kopf. »Leider. Aber das hier lenkt uns auch gut ab.«

Während sie sich durch Speisen und Getränke blätterten, versuchten andere Gäste die Durststrecke mit dem Lesen der Tageszeitung zu überbrücken, eine der Wartenden legte eine Patience. Bis wieder eine Bedienung mit einer dampfenden Terrine hereinkam. Sofort rissen alle die Arme hoch – was der Frau einen solchen Schreck einjagte, dass sie samt Suppe davonlief.

Dieser Vorfall lockerte die Stimmung erheblich auf. Auch diejenigen, die sich bislang ihrem Schicksal missmutig ergeben hatten, begannen eine Unterhaltung mit ihren Nachbarn. Richtig ausgelassen wurde die Stimmung, als eine Kellnerin mit zwei Salaten erschien. Das hungrige Paar am ersten Tisch riss ihr die Teller förmlich aus der Hand und begann augenblicklich zu essen. »Was man hat, das hat man«, kommentierte die Frau mit vollem Mund.

»Wenn das so weitergeht, sind wir alle bald in *Teufels Küche* und essen direkt aus den Töpfen«, sagte Ruth. »Haben wir noch etwas Essbares im Auto?«

»Nur ein Stück Käse und ein paar Äpfel.«

»Wir könnten Landjäger beisteuern«, sagte die Frau am Nachbartisch.

»Wie wäre es, wenn wir Pizza bestellen?« Einer der Männer hielt sein Smartphone hoch. »Das entlastet die Bedienung, und wir werden alle satt.«

Die Vorbereitungen zur Rebellion wurden jäh unterbrochen, als Herr Makarow ein großes Tablett mit Getränken hereintrug und sich wortreich entschuldigte. Es habe Probleme gegeben, doch nun werde das Essen bald fortgesetzt werden. *Sofort*, wie er mehrmals betonte.

»Ich möchte nicht wissen, wann wir heute ins Bett kommen«, sagte eine alte Dame. »Aber wir sollten es uns hier gemütlich machen. Was meinen Sie? Schieben wir die Tische zu einer langen Tafel zusammen?«

Zurück im Zimmer stellte Susanne die kitschigsten Dekostücke auf den Schrank, während Ruth die beiden Sessel so zusammenschob, dass sie zur Balkontür hinausschauen konnten. Die Sonne war bereits untergegangen, das warme Abendlicht erzeugte eine angenehme Atmosphäre im Raum.

»Wer hätte gedacht, dass wir noch so einen Spaß haben würden«, sagte Susanne. »Und *Muttis* Kochkünste konnten sich durchaus sehen lassen. Dieses Schokoladenzeugs war echt lecker. Jetzt noch einen Absacker, und die Welt ist mein Freund.«

»Kommt *sofort*. Außerdem habe ich noch eine Überraschung für dich.« Ruth langte in ihre Reisetasche und förderte ein Päckchen mit roter Schleife zutage. »Erinnerst du dich noch an unsere erste gemeinsame Konferenz?«

»Natürlich! Jetzt mach es nicht so spannend.«

»Erst erzählen.« Ruth entkorkte den mitgebrachten Bordeaux und schenkte den Wein in die Zahnputzgläser.

»Das war … 1987. Es war deine erste Stelle, und du kamst mir im Lehrerzimmer etwas verloren vor«, begann Susanne. »Ich hingegen war froh, dass ich endlich mal wieder aus dem Hause kam. Obwohl ich nervös war, weil ich nicht wusste, wie es mit Paulchen bei der Tagesmutter klappen würde. Als ich gesehen habe, dass du den *Liebhaber* von Duras in der Tasche hast, habe ich dich gefragt, wie du das Buch findest, und dir im Lauf des Gesprächs den leeren Platz neben mir angeboten.« Sie musterte Ruth mit einem Augenzwinkern. »Damals waren deine Haare allerdings um einiges länger und noch nicht silbern.«

»Test bestanden.« Ruth überreichte ihr das Geschenk.

»Ein Buch … Jetzt bin ich gespannt.« Vorsichtig löste Susanne das rote Geschenkpapier mit weißen Punkten. »Hoffentlich kenne ich es nicht.«

»Der Inhalt sollte dir bekannt sein.«

Susanne starrte ergriffen auf das Cover. Es zeigte ein Bild von ihnen beiden. Die Arme um die Schultern gelegt winkten sie lachend in die Kamera. *Was wäre das Leben ohne Dich?* lautete der Titel. Darunter, etwas kleiner, *33 Jahre Susanne und Ruth.*

»Du bist verrückt …« Susanne spürte, wie ihr Tränen in die Augen stiegen.

Die erste Doppelseite mit der Überschrift – *1987, wie alles anfing* – zeigte ein Foto von ihnen an ihrem angestammten Platz im Lehrerzimmer. Daneben war der Umschlag des Duras-Romans abgebildet. Es folgten Schnappschüsse von einem Essen im Biergarten, von Susanne in einem See und ein Bild von Ruth mit dem kleinen Paul im Sandkasten. Viele Aufnahmen hatte Ruth mit einem kurzen Kommentar versehen.

Auf der rechten Seite entdeckte Susanne ein Foto des Sängers Ben E. King, der in jenem Jahr mit *Stand By Me* große Erfolge gefeiert hatte. Zu *ihrem* Lied war es in der Zeit avanciert, als klargeworden war, dass Ruths sehnlicher Kinderwunsch trotz aller Versuche nicht in Erfüllung gehen würde. Eine schwere Phase, in der sie ihre Freundin nach Kräften unterstützt und getröstet hatte.

»Du bist komplett verrückt«, wiederholte sie, während sie sich beim Weiterblättern über die Augen wischte. »Das war doch sicher schrecklich viel Arbeit!« Sie stand auf und schloss ihre Freundin fest in die Arme. »Ich danke dir. Es ist wunderschön.«

Ruth erwiderte ihre Umarmung. »Wenn man im Leben das Glück hat, einer so tollen Frau wie dir zu begegnen, kann man ihr schon mal ein Buch gestalten«, sagte sie leise. »Ich bin jeden Tag dankbar dafür, dass es dich gibt.«

»Das geht mir nicht anders.« Susanne reichte Ruth ein Glas, und sie stießen feierlich an. »Auf unsere Freundschaft!«

Susanne rückte die Sessel näher zusammen, dann blätterten sie erzählend durch die Seiten. Es war eine Reise, die quer durch die unterschiedlichsten Lebensumstände führte. Durch Alltag, Momente unbändigen Glücks, aber auch der Verzweiflung und tiefer Trauer.

»Kannst du mir mal sagen, warum du mich nie davon abgehalten hast, dieses schreckliche Teil in der Öffentlichkeit zu tragen?« Susanne tippte auf ein Foto, auf dem sie eine Jacke mit riesigen Schulterpolstern trug.

»Das hatte man damals so.« Ruth zeigte auf ein Bild, das sie in einem ähnlichen Kleidungsstück zeigte.

»Bei deiner Länge ist das was ganz anderes«, brummte Susanne. »Ich sehe aus wie ein buntes Quadrat auf zwei Beinen.«

»Aber ein hübsches Quadrat.« Ruth knuffte sie in die Seite. »Das gehört alles zu unserer Vergangenheit. Dazu muss man stehen.« Sie schenkte gerade nach, als ihr Handy klingelte. »Gustav. Ich gehe mal kurz ran.«

Der Empfang im Zimmer war eher schlecht, so stellte Ruth sich auf den Balkon, um den Anruf ihres Mannes entgegenzunehmen. Susanne schlug das Jahr 1992 auf: Pauls Einschulung. Zärtlich betrachtete sie die Aufnahme, auf der er mit einer riesigen Schultüte zu sehen war. Schon verrückt, mittlerweile war er selber Vater von zwei Kindern. Aber die Sommersprossen hatte er noch immer. Auf einem anderen Foto saß er mit Ruth in der Eisdiele, wo die beiden sich einen Bananasplit teilten. Sie hatten sich vom ersten Moment an geliebt, und der Kleine hatte Ruth mit seiner unbekümmerten Art in einigen schwierigen Phasen aufgeheitert.

Die Balkontür schwang auf, und Ruth schaute herein. »Kurze Frage: Gustav hat drei Karten für den *Liederkreis* von Schumann bekommen. Ich weiß, dass klassischer Liedgesang nicht dein Ding ist, aber willst du nicht doch mal mitkommen? Diese Stücke sind so berührend.«

Susanne schüttelte energisch den Kopf. »Perlen vor die Säue. Nehmt lieber einen echten Fan mit.«

Doch die Erwähnung des Liederzyklus riss für den Bruchteil einer Sekunde in ihrem tiefsten Inneren eine Tür auf, sodass ein paar Zeilen hindurchschlüpfen und sich in ihrem Kopf breitmachen konnten, bevor es ihr gelang, sie wieder fest ins Schloss zu drücken.

Es war, als hätt' der Himmel die Erde still geküsst,
dass sie im Blütenschimmer von ihm nun träumen müsst!

Gereizt rieb sie sich die Arme und blätterte zur ersten Doppelseite zurück.

Stand By Me. Mit Macht konzentrierte sie sich auf die Melodie und den Text, damit die andere Weise verschwand.

So darlin', darlin', stand by me, oh stand by me
If the sky that we look upon
Should tumble and fall …

Es funktionierte. Bis Ruth mit dem Telefonat fertig war, hatte Ben King Schumann mundtot gemacht.

»Seit wann hat Gustav Zeit für Konzerte?«, fragte sie, als Ruth wieder neben ihr saß. »Sonst jagt ein Architekturwettbewerb den nächsten und er kommt kaum zum Schlafen?«

»Das hatte begonnen, als er eine richtige Brille brauchte. Früher war er für so etwas viel zu eitel, du kennst ihn ja. Da hat im Notfall eine Fertigbrille herhalten müssen. Warte. Ich habe ihn mit mehreren Modellen fotografiert, damit ihm die Entscheidung leichter fällt.« Ruth wischte über das Display ihres Handys, bis sie die Bilder gefunden hatte. »Welches Modell, glaubst du, hat er sich ausgesucht?«

Susanne sah sich die Aufnahmen an. »Ich tippe auf das dunkelrote Gestell.«

»Hundert Punkte. Zudem hatte er nach dieser Anschaffung erfahren, dass ein Studienfreund nach kurzer Krankheit gestorben ist. Das hat ihn ins Grübeln gebracht. Seitdem delegiert er mehr im Büro. Neuerdings hat er sogar einen Zettel am Rückspiegel mit den Worten: *Ich bin über 60, und meine Zeit ist begrenzt.*«

Susanne lachte. »Da tut sich ja einiges!«

»Allerdings. Und seit ihm das bewusst geworden ist, frönt er auch anderen Leidenschaften wieder. Zum Beispiel Schumann.«

»Ich denke manchmal daran, wie es wohl wäre, wenn Martin sich das mehr zu Herzen genommen hätte. Im wahrsten Sinne des Wortes«, sagte Susanne. »Ob es anders gelaufen wäre, wenn er einen Schuss vor den Bug bekommen hätte?«

Ruth schlug das Erinnerungsbuch bei der Jahreszahl 2003 auf. Dort waren Schnappschüsse von einem letzten gemeinsamen Wanderwochenende in den Bergen. Beide Paare beim Brotzeitmachen vor einer Hütte in der Sonne. Martin prostete der Kamera zu.

»Das waren wunderschöne Tage. Und zwei Monate später war es aus und vorbei.« Sanft strich sie mit dem Zeigefinger über sein Gesicht.

Ruth legte ihren Arm um Susannes Schultern. »Vermisst du ihn oft?«

»Manchmal rede ich mit ihm. Erzähle ihm, wie es Paul, Sandra und den Kindern geht. Dann überlege ich, wie mein Leben wohl aussehen würde, wenn er noch da wäre.«

»Würde sich das sehr von deinem jetzigen unterscheiden?«

»Ich wäre sicher mehr auf Achse. Du weißt ja, wie gern er gereist ist und wie viele Pläne er noch hatte. Aber im Großen und Ganzen ist es gut, wie es ist. Ändern kann ich es ohnehin nicht.«

Ein Klingelton zeigte ihr an, dass eine WhatsApp-Nachricht eingegangen war. »Schau. Als hätten sie gehört, dass ich von ihnen spreche.« Sie zeigte Ruth das Bild von den planschenden Enkelkindern in der Badewanne. *Liebe Grüße, auch an Ruth!*

»Ach, wie süß. Ich muss diese Rasselbande bald mal wieder besuchen«, seufzte Ruth. »Sie verändern sich in dem Alter so rasend schnell.«

»Du kannst nächste Woche gern vorbeikommen«, sagte Susanne. »Sandra muss sich um ihre frischoperierte Mutter kümmern, und ich bin als Köchin und Dompteuse angestellt, bis Paul von der Arbeit kommt.«

»Hör mir auf mit nächster Woche«, sagte Ruth. »Schon der Gedanke daran erschlägt mich. Vielleicht sollten wir hier auf dem Telefon doch mal die 5 wählen. Wer weiß, was uns entgeht.«

»Mittlerweile bin ich skeptisch. Mag sein, dass der Wille vorhanden ist. Aber nach den heutigen Erfahrungen glaube ich nicht, dass die Hilfe rechtzeitig eintrifft. Lass uns lieber schlafen gehen.«

Nachdem sie noch eine Weile im Bett gelesen hatten, begann Ruth zu gähnen. »Kann ich das Licht ausmachen?«

»Gern. Übrigens, nächste Woche bin ich bei Paul zum Babysitten. Nur dass du Bescheid weißt.«

»Das hast du schon erzählt.«

»Ach so.« Leise summte Susanne *Stand By Me*. Die Melo-
die hatte sich in Endlosschleife in ihrem Kopf breitgemacht.
No I won't be afraid, no I won't be afraid,
Just as long as you stand, stand by me
Plötzlich überfiel sie eine tiefe Niedergeschlagenheit. Sie
tastete mit der linken Hand nach Ruth, die sie fest umschloss.
»Solange du bei mir bist, brauche ich mich vor nichts zu
fürchten, oder?«

»Nein. Ich werde immer für dich da sein.«

»Egal, was passiert?«

»Egal, was kommt. Versprochen.« Ruth strich ihr zärtlich
über die Finger. »Und jetzt schlaf gut.«

2.

Der Wochenauftakt ließ zu wünschen übrig: Es regnete in
Strömen, und Ruth hatte schlecht geschlafen. Müde schloss
sie die Tür zum Lehrerzimmer auf. Der Bereich der Pädagogen war dreigeteilt: das eigentliche Lehrerzimmer, die
Kaffeeküche mit Bistro-Tischen und Kopierer sowie eine
Bibliothek, die neben Büchern der jeweiligen Fachgebiete
auch einige PCs beherbergte. Ruth stellte die Tasche auf ihren Platz und grüßte in die Runde.

Die Tische waren in Hufeisenform aufgestellt, die unten
eine Lücke aufwies. In der Mitte stand eine weitere Reihe,
sodass es von oben betrachtet wie ein riesiges W aussehen
musste. Das W von *Widerstand ist zwecklos*. Oder der erste
Buchstabe des Satzes *Wir schaffen das!*. Ein Motto, das ih-

nen noch jeder Direktor entgegengerufen hatte, wenn Krankheits- und Schwangerschaftsvertretungen sich häuften. Wobei das Kollegium die Zusatzarbeit zu stemmen hatte, nicht er. Seit ihrem ersten Tag saß Ruth am oberen rechten Ende dieses W, gleich an der Tür. Strategisch gesehen ein hervorragender Platz: Man war schnell bei seinem Stuhl, und noch viel wichtiger: ratzfatz wieder draußen.

Erleichtert, dass der Vertretungsplan keine Zusatzstunden für sie bereithielt, ging Ruth zur Kaffeemaschine. Während ihre Tasse sich füllte, betrachtete sie die Wartenden vor dem Kopierer. Mathe-Olaf vollzog einen Balztanz mit der langbeinigen Referendarin; Thea erzählte Horrorstorys über ihre Schwiegermutter und Harald zog über die Schüler einer ihm verhassten Klasse her. Nur Isa hielt schweigend ihren signalroten Aktenordner vor den Babybauch, als wollte sie das Ungeborene vor dem Geschwätz schützen.

Das brummende Gerät spuckte ein Blatt nach dem anderen aus. Doch jedes abweichende Geräusch ließ die Wartenden sofort aufhorchen. Alle wussten, wie launisch dieser Apparat war und welche Auswirkungen ein Papierstau auf die vorbereiteten Unterrichtsstunden haben konnte.

Es war Ruth schleierhaft, warum nicht schon zahlreiche Doktorarbeiten zum Thema »Biotop Lehrerzimmer« verfasst worden waren. Sie kannte keinen anderen Ort, an dem sich innerhalb kürzester Zeit so viele Daten zu bizarrem Verhalten zusammentragen und verwerten ließen. Die Recherche ließ sich sogar locker neben dem regulären Job erledigen. Mit anderen Worten: Die fertige Promotion lag quasi auf einem Silbertablett bereit.

Sie ging mit dem dampfenden Kaffee zu ihrem Stuhl zurück. Auch Ingrid, die Susannes Platz geerbt hatte, war inzwischen eingetroffen. »Und? Wie war euer Wochenende?« Sie sah Ruth neugierig an. »Wo seid ihr diesmal gelandet?«

»Der Anfang war filmreif.« Ruth erzählte von der geplatzten Revolution im russischen Schwarzwald und den Wanderungen, die sie unternommen hatten.

Ingrid lachte. »Schön, dass es Susanne so gut geht.«

Ruth nickte nachdenklich. Das stimmte durchaus. Doch etwas beunruhigte sie schon seit Längerem. Jeder vergaß mal ein Wort, aber einen Begriff wie Steuererklärung …

»Meinst du, man könnte sie überreden, mal in die Schule zu kommen?«, fragte Ingrid. »Die Schüler der Anti-Mobbing-AG planen einen Aktionstag und möchten Susanne über die Anfänge der Gruppe interviewen. Sie wüssten gern, ob es einen speziellen Grund gab, warum Susanne sie ins Leben gerufen hatte, und welche Probleme damals im Vordergrund standen. Als ihre Nachfolgerin würde mich das auch interessieren.«

»Schick ihr einfach eine Mail und frage sie«, sagte Ruth. »Wenn es sich machen lässt, kommt sie bestimmt.«

Während sie sich auf den Weg zur ersten Stunde machte, erinnerte sie sich daran, wie ungewohnt das erste Schuljahr ohne Susanne gewesen war. Noch immer ertappte sie sich an manchen Tagen dabei, dass sie sich freute, ihre Freundin gleich im Lehrerzimmer zu treffen, hielt auf der Treppe nach ihr Ausschau. Natürlich gab es auch andere Kollegen, mit denen sie ein freundschaftliches Verhältnis pflegte, aber mit niemandem war es so, wie es mit Susanne gewesen war.

Mit diesen Gedanken war sie vor dem Klassenzimmer angekommen und scheuchte zwei Nachzügler hinein. Als sie die Tür hinter sich schloss und ihre Tasche auf das Pult stellte, wurde es ruhig im Raum. Die Arbeitswoche hatte begonnen.

Nach der Doppelstunde Kunst war Ruths Müdigkeit verflogen. Die Arbeit an den Clips hatte sowohl den Schülern als auch ihr großen Spaß gemacht und bestätigte erneut, dass sie den richtigen Beruf gewählt hatte. Geschickt kämpfte sie sich durch die ihr entgegenkommenden Schülerströme, die in Richtung Kiosk und Schulhof unterwegs waren.

Auch im Lehrerzimmer wurde die kurze Pause genutzt, um Hunger und Durst zu stillen. Ein spendierter Kuchen wurde freudig geplündert, dem großzügigen Geburtstagskind gratuliert.

»Eine Tasse Kaffee in der einen und ein Stück Kuchen in der anderen Hand – eine ausgeglichene Ernährung, wie ich sie schätze«, sagte Ruth, nachdem sie ihre Kollegin in die Arme geschlossen hatte.

»Da muss ich Ihnen widersprechen«, sagte Hajo Brose, der schulinterne Gesundheitsapostel. »Zucker ist die Geißel der modernen Gesellschaft. Doch auch ich wünsche Ihnen von Herzen alles Gute, Frau Peetz. Bitte haben Sie Verständnis, dass ich Ihnen nicht die Hand schüttele. Zu dieser Jahreszeit ist mir das Risiko, einen Schnupfen zu bekommen, zu groß. Aber das dürfte Ihnen ja bekannt sein, nicht wahr?«

O ja, das wussten sie seit Langem. Jedes Jahr ritt Brose auf dieser Nummer herum und wohlweislich ging niemand mehr auf seine Ausführungen ein. Bis auf eine unwissende Referendarin, die ihn in eine leidenschaftliche Diskussion über die Kraft der Homöopathie verwickelte. Ruth wusste, dass diese es später bereuen würde, denn Brose verpasste keine Gelegenheit, über das Für und Wider von Schul- und Alternativmedizin aufzuklären und seinen Standpunkt mit zig kopierten Zeitungsartikeln zu untermauern.

Ruth nippte an ihrem Kaffee und dachte an eine Konferenz zurück, in der Susanne Brose in Angst und Schrecken versetzt hatte. Sie hatte ihm lange die Hand geschüttelt und unter dem Siegel der Verschwiegenheit von einer hochansteckenden Krankheit berichtet, die gerade in ihrer Familie grassierte. Was es genau gewesen war, wusste Ruth nicht mehr. Wohl aber, dass Brose, der sonst zu ausufernden Kommentaren zu den einzelnen Schülerfällen neigte, die Schule an diesem Tag nicht schnell genug verlassen konnte.

Als die meisten Kollegen wieder in ihre Klassen verschwunden waren, setzte Ruth sich in die Bibliothek. Der Raum war leer, bis auf Huber, der verbissen auf die Tastatur einhackte. Statt ihren Gruß zu erwidern, brummte er wilde Verwünschungen Richtung Bildschirm. Ruth überlegte, ob sie ihm zur Besänftigung ein Stück Kuchen hinstellen sollte, doch sie verwarf die Idee. Menschen wie Huber waren unberechenbar. Es kam durchaus vor, dass er sich freundlich benahm. Doch meistens tat er so, als würde die gesamte Last der Menschheit auf seinen Schultern ruhen und nur er etwas arbeiten.

Aus diesem Grund beachtete Ruth ihn nicht weiter. Sie nahm einen Stapel Deutschaufsätze aus der Tasche und begann mit den längst fälligen Korrekturen. Es war jedoch schwer, sich zu konzentrieren, denn Huber redete immer ausfälliger auf den Monitor ein. Bis er mit Schwung eine Taste anschlug und auf den Drucker starrte. Nichts passierte.

»Das *gibt* es doch nicht!« Er fuhr so schnell hoch, dass sein Stuhl nach hinten umfiel. »Nie funktioniert hier etwas, wenn man in Eile ist!« Wieder schlug er auf die Taste ein. »Nie!«

Ruth dachte an ihre These zur Doktorarbeit. Sie machte sich nichts aus so einem Titel, aber wäre es nicht doch einen Versuch wert? Sie müsste hier nur etwas mehr Zeit verbringen und mitschreiben.

»Ist der Drucker überhaupt eingeschaltet?«

Ihre Frage ließ Huber herumfahren. »Ob der Drucker *eingeschaltet* ist?«, fauchte er. »Für wie *dumm* halten Sie mich denn? Dieser Drucker ist *immer* an! *Immer!*«

Ruth stand auf und besah sich das Gerät. Dann drückte sie einen Knopf an der Seite. Sekunden später war ein Brummen zu hören, und es dauerte nicht lange, bis mehrere Blätter im Ausgabefach lagen. Ohne Kommentar setzte sie sich wieder an ihren Platz. Huber griff sich die Seiten und rannte wütend zum Kopierer.

»Gern geschehen!«, rief Ruth ihm hinterher. Der Umgang mit Stress war definitiv ein wichtiger Aspekt für die Promotion. Sie öffnete ihren Laptop und googelte das Thema. Dabei stieß sie auf eine umfangreiche Tabelle, anhand derer sie ihren Kollegen der Kategorie der *Kämpfer* zuordnen konnte: Karrieremenschen, die ständig unter Strom stehen, bei Ärger laut werden können und sehr von sich und ihrer Leistung überzeugt sind. Volle Punktzahl für Huber! Es fielen ihr noch eine ganze Reihe andere Leute ein, die sich ständig unter Druck setzten, um sich und ihrem Vorgesetzten etwas zu beweisen. Auch Susannes Mann war einer gewesen, der nur schwer abschalten konnte und stets darauf bedacht gewesen war, keine Schwächen zu zeigen. Ruth erinnerte

sich daran, dass er sogar phasenweise in der Kanzlei übernachtet hatte.

Interessiert las sie weiter. Bei den *Souveränen* war die Schul-
Ausbeute wesentlich geringer, ihr Mann Gustav und Susanne zählten aber zu dieser Gruppe. Sie blieben meist ruhig und
behielten den Überblick.

Die Gruppe der *Flüchtlinge* hingegen war im Lehrerzimmer gut vertreten. Dieser Typus schob alles gern auf die lange Bank, in der Hoffnung, die Sache würde sich irgendwann
von selbst erledigen. Auch Susannes Sohn Paul war einer von
ihnen.

Sie selbst war wohl eine bunte Mischung: Sie hatte eine
perfektionistische Seite, verlor selten den Blick für Priori-
täten und konnte in der Regel gut abschalten. Hinzu kam,
dass sie ihren Alltag gern im Voraus plante. Dieser Punkt
wurde jedoch nirgendwo aufgeführt. Wie auch immer. Anstatt ihre Zeit im Internet zu verplempern, sollte sie lieber
diese Arbeiten korrigieren. Sonst würde ihr persönlicher
Stresspegel bald ins Unermessliche wachsen …

3.

Susanne war der Verzweiflung nahe. Warum um Himmels
willen hatte ihre Schwiegertochter die Küche umgeräumt?
Sie kochte gern, aber wenn man für jedes Utensil sämtliche
Schubläden durchsuchen musste, konnte einem die Lust ver-
gehen. In der Hoffnung, eine Pfanne zu finden, öffnete Susanne alle Unterschränke und ging einen Schritt zurück. Ah,

da hinten standen sie! Jetzt fehlte nur noch ein Topf für die Nudeln.

Als sie endlich alles beisammenhatte, war sie so erschöpft, dass sie sich am liebsten hingelegt hätte. Doch daran war nicht zu denken. In einer halben Stunde kam Marie hungrig aus dem Kindergarten. Ausgerechnet in dieser Woche fiel dort das Mittagessen aus. Sie stellte alles in der richtigen Reihenfolge auf die Anrichte: eine Flasche Öl, eine Zwiebel und ein scharfes Messer, ein Schneidebrett, zwei Dosen geschälte Tomaten und Gewürze. Tomatenmark wäre noch schön.

Sie öffnete den Kühlschrank, doch der Anblick der vielen Lebensmittel überforderte sie – warum musste ihre Schwiegertochter immer solche Unmengen an Vorräten haben? Schnell schloss sie die Tür. Es würde auch ohne gehen.

»Soll ich dir helfen, Omi?« Noah erschien in der Küchentür. »Ich kann ganz toll helfen!« Ihr Enkelsohn, auf dessen T-Shirt ein wildes Sammelsurium von Sägen, Zangen und Schraubenschlüsseln abgebildet war, hielt seinen Akkuschrauber aus Plastik hoch. »Oder soll ich was repieren?« Das Gerät gab ein authentisches Jaulen von sich. Susanne spürte, dass Kopfschmerzen im Anmarsch waren.

»Hier gibt es gerade nichts zu reparieren.« Susanne schälte die Zwiebel und begann, sie kleinzuschneiden.

»Warum?« Wieder gab der Akkuschrauber dieses nervtötende Geräusch von sich.

»Weil hier alles in Ordnung ist. Schau lieber mal nach, ob du an deiner Werkbank etwas arbeiten kannst.«

»Warum?«

»Hast du nicht erzählt, dass dein Bagger kaputt ist?«

Mit einem begeisterten »Ja!« stürzte Noah ins Wohnzimmer zurück, und Susanne hoffte, dass die Instandsetzung viel Zeit in Anspruch nehmen würde. Sie stellte die Pfanne auf den Herd, gab Öl und Zwiebelstückchen hinein und schaltete den Herd ein.

Warum blies sie diese Kochaktion nicht einfach ab und bestellte Pizza? Sie kannte die Antwort: Weil Fastfood in diesem Haus verpönt war. Und die Kinder wären so aus dem Häuschen, dass sie es ihren Eltern sofort erzählen würden …

Während sie in der Soße rührte, sah Susanne auf den Gehweg hinaus, der an den Reihenhäusern entlangführte. Ein Nachbar, der seinen Hund ausführte, hob grüßend die Hand.

So schön diese Lebensform für Familien mit Kindern sein mochte, Martin und sie hatten sich nie vorstellen können, in einem solchen Schuhkarton zu leben. Auch nach Pauls Geburt waren sie in ihrer großen Altbauwohnung geblieben. Und jetzt, wo sie allein war, kam es erst recht nicht in Frage, woanders hinzuziehen. Sie liebte die hohen Decken, die Sprossenfenster und die Nähe zum Zentrum. Schon der Vergleich ihrer gemütlichen Wohnküche mit diesem engen Raum würde sie von einem Umzug abhalten.

Susanne hatte gerade einen großen Topf mit Wasser gefüllt, als eine Nachricht von ihrem Nachbarn Johann einging: *Bleibt es bei unserem Termin morgen um 9? Oder musst Du Kinder hüten?*

Nein, klappt, Kinder sind erst am Nachmittag dran, schrieb sie zurück. *Hast Du morgen Abend Zeit für einen Film?*

Mit Johann, einem pensionierten Journalisten, lebte sie

seit Jahren Tür an Tür. Bei seinem Einzug war Susanne über eine der vielen Bücherkisten gestolpert und so unfreiwillig in seinen Armen gelandet. Als sie gesehen hatte, dass dieser Karton voller Bücher von Patricia Highsmith war, hatte sie ihn gefragt, wie er ihre Leiche im Falle eines Falles hätte verschwinden lassen. So hatten sie ihre gemeinsame Liebe für Psychothriller entdeckt.

Sie gingen regelmäßig zusammen ins Kino oder sahen sich Netflix-Serien an. Wollten sie unbedingt wissen, wie eine Geschichte ausging, konnte es durchaus passieren, dass sie bis in die Morgenstunden vor dem großen Bildschirm in Johanns Wohnzimmer saßen. Dafür waren sie schließlich im Ruhestand.

»Fertig!« Noah rannte strahlend auf sie zu. »Alles repiert!«

»Du bist der Größte«, sagte Susanne. Sie wollte sich gerade eine neue Aufgabe für ihn ausdenken, als das Telefon klingelte. Begeistert rannte der Kleine auf den Apparat zu. »Hallo! Hier ist Noah – Martin – Bender«, meldete er sich feierlich. »Wer ist da? Mama? Mama! Hallo! Ja, Oma ist da und macht Sapetti. Mit Soße. Ja. Und wir haben Bagger gespielt. Und Werkbank.« Er lauschte kurz. Dann nickte er und reichte Susanne das Telefon.

Susanne konnte sich schon ausmalen, was nun kam. »Nein, selbstverständlich Vollkornnudeln, Sandra. Natürlich.« Sie schloss die Augen und ließ die Ausführungen ihrer Schwiegertochter über sich ergehen. Wann hatten junge Eltern diesen Bio-Wahn entwickelt? Natürlich war es wichtig, auf gesunde Lebensmittel zu achten. Aber war deshalb alles schädlich, was schmeckte? Die Haustürklingel rettete sie vor weiteren Belehrungen.

»Das wird Marie sein«, sagte sie erleichtert. »Grüß deine Mutter ganz herzlich von mir. Sollte was sein, melde ich mich sofort bei dir.«

Noah war bereits an der Haustür und öffnete sie unter Aufbietung seiner ganzen Kraft. »Marie!« Glücklich umarmte er seine große Schwester.

»Hallo Susanne!« Die junge Frau, die Marie begleitete, machte ganz den Eindruck, als würden sie sich kennen. Doch Susanne konnte sich nicht erinnern, ihr jemals begegnet zu sein. »Was gibt es denn heute Leckeres bei euch?«

Ja, was gab es denn? Sie hatte sich doch die ganze Zeit damit beschäftigt! Susanne holte tief Luft. »Tomatensoße«, sagte sie erleichtert, als ihr der Duft in die Nase drang. »Nudeln mit Tomatensoße.«

»Das geht immer.« Die Frau zwinkerte ihr zu. »Sag Sandra bitte liebe Grüße von mir. Sie soll sich bloß keinen Kopf machen wegen der Fahrerei. Das stemmen wir ganz gut.« Dann langte sie in ihre Umhängetasche und drückte Susanne ein Schreiben in die Hand. »Könntest du das Paul bitte geben? Es ist sehr wichtig.«

Susanne las das Post-it: *Für Paul, wichtig, liebe Grüße, Geli.* »Ich hänge es gleich an die Pinnwand«, versprach Susanne. »Herzlichen Dank für deine Unterstützung … Geli.«

»Gern!« Geli winkte ihr im Weggehen zu. »Bis morgen!«

Bevor sie in die Küche zurückging, überflog sie den Brief vom Kindergarten. Wegen einer Personalfortbildung blieb der Kindergarten am Mittwoch in der kommenden Woche geschlossen. Dann wären also beide Kinder daheim. Susanne hoffte inniglich, dass Sandra bis dahin wieder zu Hause sein konnte.

Wie durch ein Wunder kannte Marie sich in der neu geordneten Küche bestens aus, und so dauerte es nicht lange und sie saßen bei Tisch. Susanne verteilte die Nudeln auf die Teller, gab Soße und geriebenen Käse dazu. »Guten Appetit!«

»Wir waren heute im Wald und haben dort Zapfenwerfen und Verstecken gespielt. Und ganz viele Blätter gesammelt«, erzählte Marie, während sie ihr Essen mit der Gabel durcheinandermischte.

»Warum?«, wollte Noah wissen.

»Weil wir morgen Bilder damit machen.«

»Warum?« Noahs Löffel verharrte in der Luft. Er sah seine Schwester mit offenem Mund an.

»Weil Bilder schön sind«, sagte Susanne. Sie zeigte auf seinen Teller. »Hier spielt die Musik!«

»Warum?«

»Ich könnte dir eins schenken.« Marie betrachtete Susanne durch ihre langen Wimpern. »Wenn es Nachtisch gibt ...«

»Aus dir wird mal eine gute Geschäftsfrau«, sagte Susanne. »Das erste Bild gehört mir schon, denn es gibt heute Nachtisch.«

»Juhuuu!« Beide Kinder schrien begeistert los, die Nudeln von Noahs Löffel flogen durch die Luft.

»Und was gibt es?«, wollte Marie wissen.

Susanne machte ein geheimnisvolles Gesicht. »Etwas ganz Besonderes: Es gibt Muppelpuff mit Knubbelgnö ...«

Die Kinder schrien vor Lachen. »Das gibt es gar nicht!«, rief Marie. »Das hast du dir ausgedacht!«

»Und ob es das gibt«, sagte Susanne. »Aber zuerst wird

aufgegessen.« Es war wirklich interessant: Diese Kinder wuchsen mit vielen Privilegien auf. Die Familie hatte zwei Autos, fuhr mehrmals im Jahr in Urlaub, Marie und Noah lernten Skifahren und wurden gefördert, wo immer es möglich und nötig war. Zuwendungen, von denen sie früher nur hatte träumen können. Doch ein Nachtisch war dank der vielen Verbote zu etwas Unerreichbarem geworden.

Wenn Sandra Pech hatte, gingen ihre Gesetze komplett nach hinten los, und die Kinder würden sich bei jeder sich bietenden Gelegenheit mit Süßkram vollstopfen. Das war aber nicht ihre Baustelle. Sie brach nur hin und wieder die Regeln. Dafür waren Omas schließlich da.

Susanne staunte, wie schnell die Quarkcreme mit Früchten weggeputzt war. »Muppelpuff mit Knubbelgnö ist sooo lecker!« Marie strahlte über das ganze Gesicht.

»Ja! Muffelfö ist lecker«, bestätigte Noah, der sich die Finger ableckte.

»Was habt ihr denn heute im Kindergarten gemacht?«, fragte Susanne, während sie das Geschirr zusammenstellte.

Marie sah sie mit großen Augen an. »Das habe ich doch schon erzählt. Wir waren im Wald! Und haben Blätter gesammelt!«

Susanne holte tief Luft. »Stimmt. Tut mir leid. Heute ist es etwas neblig bei Oma im Kopf. Nebel kennst du ja, oder?« Marie nickte. Es war ihr aber anzusehen, dass ihr die Sache nicht geheuer war.

»An solchen Tagen ist Oma müde. Dann vergisst sie schon mal das eine oder andere.«

»Ich bin auch müde«, sagte Marie. »Aber nur ein ganz kleines bisschen. Wollen wir kuscheln und vorlesen?«

»Das ist eine gute Idee«, sagte Susanne. »Geht schon mal nach oben. Sobald ich die Sachen in die Spülmaschine gestellt habe, komme ich nach.«

Als sie in das Spielzimmer kam, lagen Marie und Noah bereits unter einer großen Decke inmitten von unzähligen Kissen und Kuscheltieren. »Du musst zwischen uns liegen«, bestimmte Marie.

Susanne schlüpfte aus ihren Schuhen und kroch ebenfalls unter den Baldachin, der von der Decke hing. »Gibt es eine bestimmte Geschichte, die ihr gern hören wollt?« Noch während sie die Frage aussprach, kannte sie die Antwort: »Alle!«

»Dann beginnen wir ganz vorn. *Moritz hatte bald Geburtstag. Aber nur einen Geburtstagswunsch. Er wünschte sich eine Katze. Am liebsten eine mit schwarzem Fell und weißen Pfoten.«* Die Erzählung plätscherte dahin, und es dauerte nicht lange, bis die beiden, die sich an sie geschmiegt hatten, eingeschlafen waren. Susanne las noch ein paar letzte Zeilen, wobei sie immer langsamer wurde. Dann legte sie den Schmöker zur Seite und schloss ebenfalls die Augen.

Es war ihr wichtig, dass die beiden eine Liebe zu Büchern entwickelten. Sie selber hatte als Kind viel gelesen und war dabei stets tatkräftig von ihren Eltern unterstützt worden. Obwohl Martin und sie Regale voller Lesestoff gehabt hatten, war es ihnen nie gelungen, Paul dafür zu interessieren. Auch Sandra konnte man nicht als Leseratte bezeichnen. Daher hatte sie es sich zum Ziel gesetzt, ihre Enkel schon früh mit Geschichten zu versorgen, die ihr Interesse weckten.

Sie selber behauptete gern, dass Bücher ihr schon das Leben gerettet hatten. Das erste Mal, als das vertraute Familienleben nach und nach in sich zusammengefallen war, ein zweites Mal, als ihre vielversprechenden Zukunftspläne gescheitert waren. Zum Glück wies nichts darauf hin, dass es ihren Enkelkindern auch so gehen könnte, aber solche Dinge geschahen aus heiterem Himmel.

Sie drehte den Kopf zur Seite. Maries Haar duftete nach Blumen und Äpfeln. Die warmen Kinderkörper ließen sie spüren, wie viel Glück sie im Leben hatte. Wäre da nur nicht dieses Vergessen.

Im letzten Jahr waren die Blackouts Ausnahmen gewesen, doch seit einiger Zeit nahm die Nebelwolke unerbittlich Kurs auf sie. An guten Tagen schaffte sie es, ihr auszuweichen, sich zu verstecken, aber Anspannung und Angst, die Kontrolle zu verlieren, erschöpften sie immer mehr. Und genau das machte den Nebel dichter.

Susanne dachte an ihre Mutter, an die Zeit, als sie akzeptieren mussten, dass … Nein. Bei ihrer Mutter war es ganz anders gewesen. Drastischer. Was ihr selbst passierte, das geschah auch anderen in ihrem Alter.

Mit Macht versuchte sie, sich auf die schönen Dinge zu konzentrieren, die nachher noch bevorstanden. Sie war mit den Frauen ihrer Yogagruppe zum Essen verabredet. Schau, das wusste sie noch genau! Die Kleinen hatten sie einfach etwas ermüdet. Sie war es nicht mehr gewohnt, den ganzen Tag mit Kindern zu verbringen.

Sie zog ihre Lieblinge fest an sich und wünschte sich, für

immer unter dieser Decke liegen bleiben zu können. Hier wäre sie vor allen Problemen sicher.

4.

Das Essen mit den Yoga-Frauen war genau das Richtige gewesen. An den Kursabenden gab es nur wenig Gelegenheit, sich zu unterhalten. Doch das hatten sie ausgiebig nachgeholt und sich vorgenommen, sich bald wieder zu treffen.

Als sie auf die Straße traten, umarmte Susanne die anderen zum Abschied und machte sich beschwingt auf den Weg. Jetzt schnell nach Hause, noch ein paar Seiten lesen und dann ins Bett.

Leichter Nieselregen setzte ein, und sie war froh, als das Schild zur Tiefgarage in Sicht kam. Sie hasste solche Parkplätze, aber Paul war auch an diesem Abend später nach Hause gekommen, und sie hatte keine Zeit gehabt, vorher nach Hause und von dort mit dem Bus in die Stadt zu fahren.

Am Kassenautomaten öffnete sie ihre Handtasche und langte in das Fach, in dem sie ihre Parkkarten aufbewahrte. Ein Griff ins Leere. Verdammt. Sie hielt die Tasche ins Licht, damit sie hineinschauen konnte. Doch sooft sie die Fächer auch durchsuchte, sie wurde nicht fündig. Hatte sie das Ticket im Auto liegen lassen?

Sie stieg die Stufen zum ersten Parkdeck hinunter. Die schwere Tür fiel hinter ihr ins Schloss, Neonröhren malten flackernd bizarre Schatten an die Wände. Nicht umsonst bedienten Thriller sich gern dieser Bilder. Obwohl Susanne um diesen Effekt wusste, konnte sie die Beklemmung, die sich an diesen Orten einstellte, nie ganz abschütteln.

Ein Auto fuhr auf sie zu. Für einen Augenblick wurde sie von den grellen Scheinwerfern erfasst und fühlte sich unendlich wehrlos. Als der Wagen zur Schranke abgebogen war, ging sie weiter. Ganz hinten links hatte sie noch einen Platz ergattert, das wusste sie genau. Doch dort stand ihr Auto nicht. Hatte sie sich in der Reihe geirrt? Auch im nächsten Block wurde sie nicht fündig.

Sie lehnte sich an eine verschrammte Säule und kämpfte gegen die aufkeimende Panik. Sie konnte sich daran erinnern, dass sie mehrere Runden hatte drehen müssen. War sie dabei zum nächsten Deck gefahren?

Über das Treppenhaus stieg sie eine weitere Ebene hinunter. Jetzt konzentrier dich, mahnte sie sich. Autos lösen sich nicht in Rauch auf! Angespannt schritt sie an den nächsten Reihen entlang. Sie hörte, wie Türen zugeschlagen, Motoren gestartet wurden. Immer wieder wurde sie von entgegenkommenden Fahrzeugen geblendet. Viele dunkle Autos, doch ihres war nicht dabei.

Plötzlich fiel ihr Gustavs Trick ein: auf den Schlüsselknopf drücken. In der Regel war der Abstand angeblich gering genug, dass das betreffende Auto reagierte. Doch nirgendwo leuchteten Lichter auf oder konnte sie hören, wie sich ein Schloss entriegelte.

Mutlos ging sie weiter, sah immer wieder auf ihre Schuhe hinunter. Links, rechts, einatmen, ausatmen. Sie war einfach müde, mehr nicht. Gleich würde sie vor ihrem Auto stehen und darüber lachen, dass sie es nicht hatte finden können.

Wieder hielt sie inne. Hatte sie den Wagen überhaupt *hier*

geparkt? Manchmal fuhr sie ja auch zum Rathausplatz. Hoffnungsvoll verließ sie das Gebäude und bog in die Fußgängerzone ein. Der Regen war stärker geworden, und es blies ein kalter Wind. Susanne schlug den Kragen ihres Mantels hoch und ging schneller, verärgert darüber, dass sie keinen Regenschirm mitgenommen hatte.

Im Programmkino war die Vorstellung gerade zu Ende, und bevor Susanne sich's versah, befand sie sich inmitten eines dichten Menschenstroms, der sie mit sich zog. Sie versuchte, sich zu orientieren, hielt nach einem bekannten Gesicht Ausschau – vergeblich.

Als es ihr endlich gelungen war, dem Strom zu entkommen, bog sie in die nächstbeste Nebenstraße ab. Das Kopfsteinpflaster glänzte im Schein der Straßenbeleuchtung, jeder hatte es eilig, weiterzukommen. Wo wollte sie eigentlich hin? Zum Rathausplatz. Richtig. Nicht vergessen. *Rathausplatz.* Warum hatte sie nur keinen Schirm dabei?

Aus den Kneipen drangen Musikfetzen, eine Frau schrie jemanden an. Als sie an einem chinesischen Imbiss vorbeiging, wehte ihr der Duft von gebratenen Nudeln in die Nase. Das Wasser lief ihr im Mund zusammen. Hatte sie überhaupt schon zu Abend gegessen?

Die Straße zog sich endlos hin, und mit jedem Schritt fühlte Susanne sich verlorener. Sollte sie Ruth anrufen? Nein. Ihre Freundin hatte genug um die Ohren und würde sich nur unnötig Sorgen machen. Und Fragen stellen. Sie wollte jetzt keine Fragen beantworten. Sie wollte nach Hause. Und ins Bett. Mit einem Mal vermisste sie Martin so schmerzlich wie schon lange nicht mehr. Hatte sie es noch weit? Wo war sie überhaupt?

Sie sah sich nach einem Straßenschild um, versuchte sich zu orientieren, doch durch den Regen sah sie alles unscharf, ihre Angst wuchs. Verdammt. *Ich habe nicht mal einen Schirm dabei.* Sie ging schneller, kam ins Rutschen und spürte, wie der Boden zu wanken begann, näher kam.

Zwei Arme umfingen sie, ein Rasierwasser, das sie an Martin erinnerte. Eine sonore Stimme an ihrem Ohr: »Fehlt Ihnen etwas?«

Ein Schirm, wollte sie sagen. Mein Auto. Doch anstatt Worte kamen nur Tränen. Sie war am Ende ihrer Kraft.

Jetzt sah sie ihn vor sich stehen. Ein Mann mit ernsten Augen und einem Bart. Schützend hielt er seinen Schirm über sie, redete besorgt auf sie ein. »Soll ich Ihnen ein Taxi rufen?«

Susanne nickte. »Das wäre schön.« Sie öffnete ihr Portmonee. Geld genug für die Heimfahrt. Etwas anderes fehlte, aber sie wusste nicht mehr, was.

»Das ist wirklich ein Sauwetter«, sagte der Mann, während er sein Handy hervorzog und eine Nummer wählte. »Aber gleich sind Sie im Trocknen.« Und tatsächlich: Kurz darauf hielt ein Wagen. Der Fahrer half ihr beim Einsteigen. »Kommen Sie gut nach Hause«, sagte der Mann mit dem Schirm.

5.

Zuerst konnte sie das schrille Geräusch nicht einordnen. Es verstummte gleich wieder, doch dann war es wieder da.

Länger, fordernder. Sie griff neben sich. Nein, der Wecker war es nicht. Susanne setzte sich auf. Die Klingel. Wer in Gottes Namen stand so früh vor der Tür?

Sie stolperte aus dem Bett, zog im Gehen ihren Bademantel über und strich sich durch das Haar. An der Wohnungstür drückte sie auf den Öffner. Sofort klopfte es.

»Johann!« Sie ließ ihren Nachbarn herein. »Ist was passiert?«

»Es ist Dienstag, neun Uhr.«

»Ja, und?«

»Seit einigen Wochen ist das die Zeit, zu der wir schwimmen gehen.« Er musterte sie. »Bist du etwa krank?«

Susanne ging in die Küche und ließ sich auf einen Stuhl sinken. »Nein. Nur hundemüde.«

Johann setzte sich ihr gegenüber. »Vielleicht brütest du was aus. Einige meiner Bekannten liegen mit einem hartnäckigen Infekt im Bett.« Er nahm einen Zettel vom Tisch und las. »*Auto suchen*? Ist es gestohlen worden?«

Susanne starrte auf die Großbuchstaben, die sie anscheinend vor dem Zubettgehen geschrieben hatte. »Nein, da war was anderes …«

»Weißt du was? Wir beerdigen den heutigen Schwimmtermin, und du kommst nach dem Duschen zu mir zum Frühstück.« Johann sah sie eindringlich an. »Dann klären wir das. Einverstanden?«

Susanne zwang sich zu einem Lächeln. »Ist gut. Gib mir eine Viertelstunde, dann bin ich da.«

Während das warme Wasser auf sie niederprasselte, kamen erste Erinnerungen zurück. Die Yogagruppe, die Tiefgarage, das verschwundene Auto. Als sie nach dem Badetuch griff, fiel ihr ein, dass sie sich auch gestern Abend abgetrocknet hatte. Ja, es hatte geregnet, und sie war mit dem Taxi nach Hause gefahren. Aber was jetzt?

Johanns Wohnungstür war angelehnt. Im Flur standen hohe Bücherregale, dazwischen hingen gerahmte Fotos von ungewöhnlichen Grabsteinen und Todesanzeigen. Eine Leidenschaft von Johann, der bei der Zeitung lange für die Nachrufe auf Prominente zuständig gewesen war.

Über knarzende Holzdielen ging Susanne Richtung Küche, wo ihr Nachbar mit einer gusseisernen Pfanne am Herd hantierte. »Dieses Frühstück bringt müde Frauen wieder auf die Beine!« Er drehte das Gas ab und ließ einen großen, goldgelben Pfannkuchen auf ihren Teller gleiten. »Dazu etwas Zimt und Zucker und einen starken Kaffee! Und nun erzähl mal, was mit dir los ist.«

Schon bei diesem Anblick knurrte Susannes Magen. Sie rollte den Pfannkuchen zusammen und begann, genüsslich zu essen. »Ein Traum«, sagte sie mit vollem Mund. »So etwas habe ich seit Ewigkeiten nicht mehr …« Mitten im Satz wurden Bilder aus ihrer Kindheit lebendig, versetzten sie zurück in die Küche ihres Elternhauses. Sie sah ihre Mutter am Herd stehen, hörte das Zischen der Butter in der Pfanne, spürte die Vorfreude auf das Mittagessen …

Susanne kniff die Augen fest zusammen. »Es ist neuerdings wie verhext. Manchmal glaube ich, in einer Zeitmaschine zu sitzen. Ein Foto, ein Geruch, eine Farbe, all diese Dinge können mich von einem Moment auf den nächsten in längst vergangene Situationen zurückversetzen.« Sie wischte etwas von der Zimt-Zucker-Mischung von ihrem Teller und leckte den Zeigefinger ab. »Dieser Geschmack schafft es soeben, mich in mein siebenjähriges Ich zu verwandeln. Verstehst du, was ich meine? Dabei habe ich in meinem Leben Hunderte von Pfannkuchen gebacken, ohne dass so etwas jemals passiert ist.

Oder letzte Woche: Da bin ich an einem gelben Haus vorbeigeradelt. Ein ganz bestimmtes Gelb. Es war, als würde ich direkt in eine Szene hineinfahren. Im nächsten Moment war ich in der Garage meiner Eltern und sah mir dabei zu, wie ich ein altes Regal in diesem Farbton strich. Ich hörte, wie mein Vater sich aufregte, weil ich keine Zeitung untergelegt hatte, beobachtete, wie meine Mutter ihre Schürze in den Händen knetete, als wollte sie den Stoff auswringen. Verrückt, oder?« Sie trank einen Schluck Kaffee. »Aber wenn du mich fragst, was sich gestern Abend im Einzelnen zugetragen hat, kann ich dir nur einen lückenhaften Bericht liefern. Es kommt mir so vor, als würden die Dinge in meinem Kopf an den falschen Stellen abgelegt.«

»Macht dir das Angst?«

»Dieses Kopfkino macht mich vor allem müde.«

»Versuchen wir doch mal, uns gemeinsam daran zu erinnern, was du gestern getan hast. Zuerst warst du bei Paul und hast auf die Kinder aufgepasst, richtig?«

Susanne nickte. »Deshalb bin ich überhaupt mit dem Auto gefahren. Sonst nehme ich den Bus in die Stadt. Ich habe gekocht, vorgelesen und danach …« Ein kurzer Gedanke blitzte auf. Da gab es etwas, das sie nicht vergessen durfte. Doch bevor sie ihn festhalten konnte, war er auch schon wieder verschwunden. »Danach haben wir zusammen ein Schläfchen in der Kuschelhöhle gemacht.«

Schritt für Schritt führte Johann sie weiter, bis sie wieder im Parkhaus war. Plötzlich war sie sich sicher, dass ihr Auto dort stehen musste.

»Dann ist der Parkschein auch irgendwo«, sagte Johann. »Was hattest du gestern an?«

Kurz darauf hielt Susanne das Ticket in der Hand. Sie hatte es in die Manteltasche gesteckt. »Danke für deine Hilfe«, sagte Susanne. Sie drückte Johann fest. »Und nächste Woche gehen wir wieder schwimmen, okay?«

»Ganz bestimmt«, sagte Johann. »Wir setzen uns schon am Abend vorher die Bademützen auf. Dann können wir es gar nicht vergessen.«

Susanne lachte. »Bis dahin sollte ich auch mein Auto wiedergefunden haben.«

»Soll ich dich in die Stadt begleiten?«

»Nein, das schaffe ich schon. Ich muss ja auch noch einkaufen. Wie sieht es heute Abend bei dir aus?«

»Die nächste Staffel von *Better call Saul* ist online. Was meinst du?«

»Eine gute Aussicht nach dem Kinderhüten.«

Johann strich ihr sanft über die Wange. »Pass auf dich auf, meine Liebe. Und sollte es dir mit den Rabauken zu viel werden, melde dich. Ich habe heute Zeit und bin ein erfahrener Großvater!«

Sobald Susanne an der Bushaltestelle stand, war die Leichtigkeit der Unterhaltung verflogen. Sie versuchte, ihre Vorhaben nach Dringlichkeit zu ordnen, doch wann immer sie eine Reihenfolge festgelegt hatte, kam sie erneut ins Strudeln.

Der Bus fuhr um die Ecke, die Türen öffneten sich mit einem lauten Zischen. Susanne setzte sich ans Fenster. Wie war es möglich, dass sie manche Gedanken mühelos festhalten konnte, während andere ihr sofort wieder entfielen? Erinnerungen an ihre Mutter drängten sich auf. War sie bereits auf demselben Weg?

Sie lehnte sich an die Scheibe und starrte auf die Straße hinaus. Auto – Baum – Fahrrad – Auto – Moped – Auto – Ampel – Baum – Park – Apotheke – Haltestelle – Bushäus-chen … Leise murmelte sie die Worte vor sich hin. Sie war nicht verrückt. Sie war nicht krank. Sie konnte alles benen-nen.

6.

Das Jahr bog auf die Zielgerade ein. Die Radfahrer unter den Kollegen kamen vermummt wie Undercoveragenten ins Lehrerzimmer, die Krankmeldungen häuften sich, und der Vertretungsplan wurde von Tag zu Tag länger.

Auch an den Unterhaltungen ließ sich ablesen, wie weit das Schuljahr gediehen war. Hatte anfangs der provisori-sche Stundenplan für Unmut gesorgt, wurde dieses Thema bald abgelöst von den Korrekturen, die auf dem Schreib-tisch warteten. Anfang Dezember kamen die Punkte *Eltern-abend* und *An Weihnachten bringe ich die Verwandtschaft um* hinzu.

»Irgendwie werde ich das Gefühl nicht los, dass dieses sogenannte *Fest der Liebe* die schlechtesten Eigenschaften der Menschen nach außen kehrt«, sagte Ingrid. Kopfschüt-telnd stellte sie ihre Schultasche auf den Tisch. »Jeder beißt wahllos um sich.«

»Weihnachten ist nichts für Feiglinge, pflegt Susanne zu sagen.« Ruth grinste. »Und dabei liebt sie dieses Fest.«

Ingrid seufzte tief. »Das kann ich unterschreiben. Apropos, wie geht es ihr? Sie wollte sich bald bei mir melden, aber seitdem habe ich nichts mehr gehört. Ist sie etwa krank?«

Was sollte sie darauf antworten? Susanne ist manchmal etwas verwirrt? Susanne hat es möglicherweise vergessen?

»Susanne war in letzter Zeit ziemlich eingespannt mit den Enkelkindern. Ich erinnere sie bei Gelegenheit daran.«

»Bist du fertig für heute?«

»Nur noch schnell ein paar Kopien.« Ruth packte ihre Unterlagen zusammen. »Und dann ab an den Schreibtisch. Bis morgen!«

Mit *schnell* wurde es nichts. Die Hofmann stand am Kopierer und zog lautstark über die *unangemessene Haarfarbe* eines Schülers her.

Ruth versuchte das Geschwätz so gut es ging zu ignorieren. Bis ein bestimmter Satz fiel: »Er ist eine einzige Enttäuschung!«

In früheren Zeiten wäre sie bei diesen Worten zusammengezuckt. Und auch jetzt hat sie sofort das Bild ihres Vaters vor Augen, der wütend in der Tür ihres Zimmers steht. »Nicht mal die einfachsten Dinge bekommst du hin! Eine Drei! Dass du dich mit so einer Note überhaupt nach Hause traust! Nimm dir lieber ein Beispiel an deinem Bruder!« Bevor er geht, dreht er sich noch einmal um und spricht den Satz aus, der sie jedes Mal tief verletzt: »Du bist eine einzige Enttäuschung!«

Doch die Zeiten, in denen sie ihren Mund gehalten hatte, waren vorbei. Wütend ging sie auf die Kollegin zu. »Die einzige Enttäuschung, die ich hier entdecken kann, sind Sie selber. Oft denke ich mir, dass Sie in diesem Beruf völlig fehl am Platz sind. Haben Sie dieses Alter etwa übersprungen? Haben Sie nie eine Mode mitgemacht, die gerade in der Clique angesagt war? Jonathan ist ein total netter Schüler und Blau steht ihm richtig gut. Basta!«

Die Hofmann sah sie mit aufgerissenen Augen an und schnappte nach Luft. »Also, ich ... ich muss schon bitten ...«

»Tun Sie, was Sie müssen. Aber hören Sie endlich auf, Ihre negativen Auffassungen herumzuposaunen!« Dann griff sie sich ihre Tasche und ging mit raschen Schritten hinaus.

Als Ruth in die Hölderlinstraße einbog, kam ihr ein mit Bauschutt beladener Laster entgegen. Bis zur Einmündung auf die Hauptstraße hatte er einen Teil seiner Ladung verloren, die nun auf der Fahrbahn verteilt war. Sie stellte das Auto in die Einfahrt ihres Hauses und stieg aus. Ein weiterer LKW donnerte vorbei, und sie fragte sich zum wiederholten Male, wann der Umbau der Villa am Ende der Straße endlich abgeschlossen sein würde.

Sie hatte gerade ihre Taschen von der Rückbank genommen, als ihre Nachbarin mit einem *Halli-hallöchen!* auf sie zukam. Ruth wusste nicht, was ihr mehr zuwider war: diese Begrüßungsfloskel oder Roswitha selber, die Frau eines schweigsamen Chemieprofessors, deren Lebensinhalt aus Diäten und Pilates bestand.

»Dass man dich *auch* mal wieder sieht!« Sie scannte Ruth von Kopf bis Fuß. »Du siehst müde aus! Echt, um deinen

Schuljob beneide ich dich weiß Gott nicht!« Sie beugte sich zu ihr vor, um sie mit den üblichen Küsschen zu begrüßen, doch Ruth konnte sich mit einer geschickten Bewegung aus der Affäre ziehen. Das Leben war zu kurz, sich von den Roswithas dieser Welt herzen zu lassen.

»Also …« Ihre Nachbarin stellte sich in Pose. »Du kennst ja Kirsti, oder?«

Ruth nickte. Noch so ein Hungerhaken mit Tagesfreizeit, wie Susanne Frauen dieser Art zu nennen pflegte. Sie würde was dafür geben, wenn ihre Freundin jetzt neben ihr stünde. Susanne würde Roswitha mit einem einzigen Blick zum Schweigen bringen. Dafür brauchte sie keinen Mittelfinger. Eine Eigenschaft, um die viele Kollegen sie beneidet hatten.

»Also, Kirsti hat bald Geburtstag, und da wollten wir sie mit einem me-ga-tollen Frühstück in unserem Wintergarten überraschen. Da wäre es natürlich supi, wenn du auch Zeit hättest.« Roswitha sah sie erwartungsvoll ab. »An dem Samstag vor Silvester.«

»Ich schau, was sich machen lässt«, versprach Ruth, um weiteren Diskussionen aus dem Weg zu gehen. »Ich sage dir Bescheid, okay?« Dann ging sie zur Tür, sperrte sie auf und verschwand mit einem kurzen Winken ins Haus. Gerettet.

Ruth liebte es, mittwochmittags nach Hause zu kommen. Das war der Tag, an dem Carmen durch das Haus wirbelte. Ohne diese Perle wären sie längst ein Fall für das Gesundheitsamt. Ruth brachte ihre Sachen ins Arbeitszimmer und sah nach dem Garten, wo überall Laub lag. Auch dort müsste dringend Ordnung geschaffen werden.

Eigentlich war das Haus für sie beide viel zu groß. Sie hatten es von Gustavs Eltern geerbt und waren immer davon ausgegangen, hier eines Tages mit mehreren Kindern zu leben. Doch dieser Wunsch hatte sich nicht erfüllt. Sie hatten alle Hebel in Bewegung gesetzt, um das zu ändern. Die Hoffnung, die immer wieder von einem Blutstropfen zunichtegemacht worden war, die Sehnsucht nach einem Baby, die sich ins Unerträgliche gesteigert hatte. Gustav war ihr eine große Stütze gewesen, keine Frage. Doch sie wüsste nicht, was sie ohne Susanne getan hätte.

Die Klingel riss sie aus ihren Gedanken. Sollte sie sich taub stellen? Eine weitere Begegnung mit Roswitha war mehr, als sie ertragen konnte. Doch die Gestalt, die durch das Mattglas in der Haustür zu sehen war, hatte nichts mit der Zicke von nebenan gemein. Es war Johann, der seine weiße Mähne wie immer zu einem Zopf zusammengebunden hatte.

»Ich war vorhin auf dem Friedhof und dachte mir, ich schau mal nach, ob du da bist.« Johann sah sie freundlich durch seine Hornbrille an.

»Schön, dich zu sehen! Ich wollte mir gerade ein Brot machen. Isst du einen Happen mit?«

»Wenn du so fragst, gern!« Johann folgte ihr in die Küche und setzte sich an den großen Tisch. »Kommt Gustav auch nach Hause?«

»Nein, der ist heute auf einer Baustelle. Zum Glück hat er endlich gelernt, rechtzeitig Bescheid zu sagen, wenn er mittags nicht zum Essen kommt. Ich weiß nicht, wie viele Stunden ich schon damit zugebracht habe, Mahlzeiten für ihn warm zu halten.« Ruth nahm Teller und Gläser aus dem Schrank und stellte Butter, Brot, Käse und Schinken auf den Tisch. »Hast du interessante Grabsteine entdeckt?«

Johann schüttelte den Kopf. »Ich bin nur spazieren gegangen. Aber vor einiger Zeit war ich in Wien. Dort habe ich schöne Aufnahmen gemacht.« Er zeigte Ruth die Fotos auf seinem Smartphone. »Doch auf dem Weg hierher wäre ich fast selber zum Friedhofskandidaten geworden.« Er zeigte durch das Fenster. »Da hinten, wo diese alte Villa renoviert wird, hätte mich fast ein LKW umgenietet.«

»Hör mir damit auf! Dieses Projekt entwickelt sich zu einem Nagel an Gustavs Sarg. Der Käufer des Hauses hat sein Architekturbüro damit beauftragt, das Gebäude in ein Tagungszentrum umzugestalten. Doch immer wenn die Pläne fertig sind, ändert der Besitzer seine Meinung und kommt mit neuen Vorstellungen daher. Dieses Spiel geht nun schon seit sechs Monaten.« Sie stellte Saft und Wasser auf den Tisch. »Gustav hat sich schon gefragt, ob die Mafia dahintersteckt. Wenn man sieht, was für Limousinen dort immer wieder vorfahren. Apropos, seid ihr schon durch mit *Breaking Bad*?«

»Schon lange!« Johann schmierte sich ein Brot und belegte es mit Käse. »Mittlerweile schauen wir uns den Prequel zu *Better call Saul* an. Da geht es um diesen Rechtsanwalt, der später Walter White vertritt und …«

Ruth lachte. »Die Erklärungen kannst du dir sparen. Ich bin nach drei Folgen ausgestiegen. Es ist mir ein Rätsel, wie ihr eure Abende freiwillig mit all diesen Widerlingen verbringen könnt.«

Johann starrte auf seinen Teller. »Lange wird das nicht mehr möglich sein.«

»Ihr findet sicher eine neue Serie«, sagte Ruth. »Und sollte es in der nicht so brutal zugehen, stoße ich gern mal wieder dazu.«

»So meinte ich das nicht …« Er sah Ruth ungewohnt ernst an. »Susanne hat neuerdings große Probleme, einer Serie oder einem Film zu folgen. Am Anfang geht es, doch mittendrin stellt sie Fragen, weil sie die Zusammenhänge nicht versteht.« Er lächelte traurig. »Früher war das oftmals mein Part.«

»Und klappt es danach besser?« Ruth schob ihren Teller von sich. Der Appetit war ihr vergangen.

»Sie gibt sich große Mühe. Aber auch ihre geliebten Sudokus füllt sie nur noch selten aus. Meistens hört sie mittendrin auf. Ich habe mal gelesen, dass intelligente Menschen solche Aussetzer hervorragend vertuschen können, und das kann ich nur bestätigen. Susanne schafft es immer wieder, ihre Gedächtnislücken so darzustellen, als würde der Grund für sie woanders liegen. Hat sie dir erzählt, dass sie vor einigen Wochen ihr Auto nicht finden konnte?«

»Nein.« Ruth spürte, wie sich ihr Magen zusammenknotete. »Wir haben in letzter Zeit hauptsächlich telefoniert, weil sie auf die Enkelkinder aufgepasst hat und bei mir in der Schule viel los war. Aber schon bei unserem Wochenende im Oktober hat sie immer wieder nach Worten suchen müssen und vieles wiederholt.«

»Ich frage mich, wie wir mit der Situation umgehen sollen«, sagte Johann. »Einfach so tun, als wäre alles in Ordnung? Paul Bescheid sagen? Ich habe keinerlei Erfahrung damit, aber vieles deutet auf das große Vergessen hin.«

Demenz. Das große Horrorwort. Ruth starrte aus dem Fenster. Die ganze Zeit hatte sie versucht, Susannes Aussetzer zu verdrängen, es auf ihr Alter zu schieben. Doch damit war nun Schluss. Es kam ihr vor, als müsste sie das sichere

Ufer verlassen und über eine Eisfläche gehen, die jederzeit einbrechen konnte. Was, wenn Johanns Einschätzung richtig war? Was, wenn von der Susanne, ohne die sie sich ihr Leben nicht vorstellen konnte, immer weniger zurückbleiben würde?

»Wie ich Paul kenne, ist er keine große Hilfe. Im Gegenteil.« Sie holte tief Luft. »Es ist sicher besser, wenn wir das vorerst in die Hand nehmen. Ich werde mich mal mit den Symptomen beschäftigen und überprüfen, ob Susanne wirklich betroffen sein könnte. Und wir sollten uns austauschen, wenn uns etwas merkwürdig vorkommt. Was meinst du?«

»Mehr können wir im Augenblick kaum machen.« Johann stand auf. Beim Abschied umarmte er sie fest. »Wie immer sich Susannes Situation entwickeln mag, ich bin da. Das weißt du, oder?«

Nachdem sie die Küche aufgeräumt hatte, setzte Ruth sich an den Schreibtisch, wo ein Stapel Deutschschulaufgaben auf sie wartete. Vierundzwanzig Erörterungen zum Thema, ob ein Tempolimit auf Autobahnen eingeführt werden sollte. Sie nahm die oberste vom Stapel und begann zu lesen. Doch bevor sie das Ende der ersten Seite erreicht hatte, gab sie auf. Dringlicher als alle Raser dieser Welt war die Frage, ob sich der Prozess dieser Krankheit verlangsamen ließ. Sie gab den Begriff *Demenz* bei einer Suchmaschine ein. Vielleicht hatte Susannes Vergesslichkeit eine andere Ursache. Etwas, das sich ganz leicht beheben ließ. Es konnte durchaus sein, dass sie in letzter Zeit einfach zu wenig getrunken hatte. So etwas konnte in ihrem Alter fatale Auswirkungen haben.

Doch während die Ergebnisse ihrer Suche auf dem Monitor sichtbar wurden, kannte sie die Antwort bereits. Hier war kein Tempolimit möglich. Ihre beste Freundin war im Begriff zu verschwinden. Und niemand würde diesen Prozess aufhalten können.

7.

Der Anruf, vor dem Ruth sich seit Wochen gefürchtet hatte, kam an einem Samstagmittag. »Nichts geht mehr«, rief Susanne verzweifelt. »Alles ist kaputt. Ich weiß nicht, was ich machen soll!«

»Ganz ruhig. Immerhin funktioniert das Telefon.« Ruth versuchte gefasst zu bleiben, doch ihr schlug das Herz bis zum Hals. »Was hat denn den Geist aufgegeben?«

»Der Drucker geht nicht mehr«, sagte Susanne. »Und ich kann keine Filme mehr schauen. Kann Netflix mir einfach kündigen? Ich werde sofort einen Beschwerdebrief schreiben. Eine Unverschämtheit!«

»Hast du vielleicht einen falschen Knopf gedrückt?«, fragte Ruth. »Das ist mir auch schon passiert. Soll ich schnell vorbeikommen?« Anstatt eine Antwort zu geben, brach Susanne in Tränen aus. Dann legte sie auf.

»Ich fürchte, ich kann dich heute nicht zu dieser Lesung begleiten«, sagte Ruth zu Gustav. »Bei Susanne ist Land unter. Und ich kann mir nicht vorstellen, dass ich im Anschluss noch das Bedürfnis habe, mich mit irgendwelchen Bildungsbürgern zu unterhalten.«

»Und was soll ich sagen, wenn man nach dir fragt?«

»Erzähl einfach, es gibt einen Notfall in der Verwandtschaft.«

»Du hast doch gar keine Verwandten mehr«, warf Gustav ein.

»Susanne *ist* Familie.« Ruth gab ihm einen schnellen Kuss, schnappte ihren Autoschlüssel und hastete hinaus.

Auf der Fahrt malte sie sich aus, was passiert sein könnte. Hatte ein Kurzschluss alles lahmgelegt? War eine Steckdose oder ein Kabel kaputt? Sie dachte an die Berichte von Angehörigen Demenzkranker, die sie seit Johanns Besuch gelesen hatte. War Susanne schon so weit, dass sie nicht mehr in der Lage war, bestimmte Geräte zu bedienen? Wie auch immer, sie war ja gleich da. Hauptsache, Susanne war unversehrt.

Womit sie allerdings nicht gerechnet hatte, war eine erstaunte Freundin. »Ruth! Das ist eine schöne Überraschung! Komm rein! Möchtest du einen Kaffee?«

Ruth versuchte ein Lächeln, während sie sich die Leitsätze für den Umgang mit Demenzkranken ins Gedächtnis rief. Konfrontation war fehl am Platz. Sie würde ihre Freundin langsam an das Thema heranführen und dann schauen, was sie machen konnte.

Susanne war wie ausgewechselt. Munter erzählte sie von Marie und Noah und wollte wissen, ob Ruth Lust hätte, mit zum Schwimmen zu kommen. »Johann und ich gehen jeden Dienstag.« Sie hielt einen Zettel hoch, auf dem das vermerkt war. »Anschließend frühstücken wir gemütlich.«

War dies dieselbe Frau, die sie vor einer halben Stunde angerufen hatte? »Vormittags bin ich leider in der Schule«,

sagte Ruth. »Aber in den Ferien komme ich gern mal mit.«
In dem Moment kam ihr eine Idee. »Ach, bevor ich es vergesse: Kann ich bei dir etwas ausdrucken?« Sie zog einen USB-Stick aus ihrer Handtasche hervor. »Mein Drucker spinnt mal wieder.«

Susanne hielt mitten in der Bewegung inne, den Plastikfilter in der Hand. »Bei meinem war auch etwas«, sagte sie zögerlich. »Aber was genau …«

»Jetzt trinken wir erst mal in Ruhe einen Kaffee«, sagte Ruth aufgeräumt. »Alles andere erledigen wir später.« Sie wollte sich schon danach erkundigen, was Susanne heute gemacht hatte, konnte die Frage aber gerade noch herunterschlucken. Das Risiko, dass ihre Freundin darauf keine Antwort hatte, war zu groß.

»Rate mal, welche Saison im Lehrerzimmer eröffnet wurde?« Ruth zog ein Papiertaschentuch hervor und legte es sich auf die Handfläche. »Sie wissen sicher, Frau Bender, wie gern ich Ihnen die Hand schütteln würde, aber in dieser Jahreszeit …«

»Zieht Brose alle Register.« Susanne grinste über das ganze Gesicht. »So viele Verrückte auf einem Haufen findet man wohl nur in einem Lehrerzimmer. Wie geht es dem alten … Wie heißt er noch mal mit Vornamen?«

»Hajo«, sagte Ruth. »Trotz ständiger Lebensgefahr hält er sich wacker. Ingrid hat ihn letzte Woche beim Telefonieren im Auto beobachtet. Hajo hielt das Handy so weit wie möglich aus dem geöffneten Seitenfenster und sprach schreiend mit seiner Frau. So umgeht man tödliche Strahlung in geschlossenen Räumen, weißt du?«

Susanne lachte ausgelassen. »Manchmal würde ich gern

mal wieder einen Tag in die Schule gehen. Aber auf keinen Fall länger.« Sie trank ihre Tasse aus. »Was wolltest du noch mal?«

»Etwas ausdrucken.« Ruth stellte das Geschirr auf die Anrichte. »Schauen wir doch mal, was mit deinem Gerät ist.«

Minuten später hatten sie das Rätsel gelöst. Eine der Patronen war leer. Sobald sie diese ersetzt hatten, spuckte der Apparat brav die Seiten aus, die Ruth angeblich brauchte.

»Wir sollten bald mal wieder einen Film schauen«, versuchte sie das nächste Problem zur Sprache zu bringen. Diesmal reagierte Susanne sofort.

»Das wird so schnell nicht möglich sein«, sagte sie. »Die haben mir das Netflix-Abo gekündigt. Ich komme nicht mehr rein.«

»Das gibt es doch nicht!« Ruth spielte die Empörte. »Zeig mal.«

Auf dem Couchtisch im Wohnzimmer lagen mehrere Fernbedienungen. Susanne nahm eine von ihnen und drückte eine Taste. Nichts geschah. »Siehst du?«

»Vielleicht ist der Fernseher nicht an.« Ruth, die ein ähnliches System zu Hause hatte, drückte einen Knopf am Gerät. Kurz darauf erschienen Bilder einer Südsee-Insel, deren Klima von einem Sprecher in höchsten Tönen gelobt wurde. »Der Fernseher geht schon mal.«

»Das ist aber nicht Netflix.« Susanne hob hilflos die Hände.

»Dafür musst du zuerst dieses kleine Kästchen einschalten.« Sie aktivierte das Apple-TV-Modul. »Und jetzt kannst du weiterschalten. Schau!« Doch während sie diese Handlungen durchführte, betrachtete sie die Welt plötzlich durch

Susannes Augen. Mit diesen verschiedenen Geräten konnte man wirklich schnell durcheinanderkommen.

»Ich habe eine Idee. Hast du bunte Klebepunkte? Oder farbige Lochverstärker?« Susanne nickte.

Kurz darauf notierte Ruth in Stichworten, in welcher Reihenfolge Susanne die Knöpfe drücken musste, um sich einen Film oder eine Fernsehsendung anschauen zu können. Diese Schritte und die entsprechenden Tasten markierte sie so, dass ihre Freundin kinderleicht ans Ziel kam. »Wir haben so etwas auch beim Fernseher liegen«, flunkerte sie. »Wenn ich müde bin, bringe ich den ganzen Kram durcheinander.« Sie gab Susanne die Liste in die Hand. »Jetzt versuch du es mal.«

Susanne schaffte es spielend. »Danke«, sagte sie. »Das ist eine echte Hilfe.« Sie sah auf die Uhr. »Himmel, schon fast fünf. Ich muss dich leider hinausschmeißen. Gleich kommt Johann. Wir machen zusammen einen Großeinkauf.«

Gustav hatte Ruth einen Zettel hinterlassen. *Ich gehe mit Becks hinterher noch etwas essen. Kommst Du nach?* Sie ließ sich das Angebot kurz durch den Kopf gehen, dann schrieb sie Gustav eine WhatsApp, dass sie zu Hause bleiben würde. Alles, wonach ihr der Sinn stand, waren ein Glas Rotwein und ein guter Krimi. Doch vorher wollte sie Paul behutsam über den Zustand seiner Mutter aufklären.

Während sie sich einen Gesprächseinstieg überlegte, wählte sie die Nummer, die sie auswendig kannte. Eine hektische Sandra meldete sich. Nein, Paul sei nicht da, aber sie würde ihm ausrichten, dass er zurückrufen soll.

Das Telefon in Reichweite machte Ruth es sich bequem

und sah in den Garten hinaus. Gustav hatte die Felsenbirne an der Terrasse mit einer Lichterkette geschmückt, die ein warmes Licht verbreitete. Zufrieden darüber, wie sie die heutige Situation gemeistert hatte, nippte Ruth an ihrem Glas.

Vielleicht war alles wirklich nur halb so wild? Wenn Johann und sie Susanne im Auge behielten und auch Paul ihr notwendige Hilfestellungen geben konnte, mussten sie sich vermutlich gar keine Sorgen machen. Mit den Fernbedienungen hatte es ja ebenfalls geklappt. Sie legte die Beine hoch und vertiefte sich in den neuesten Fall der Ermittler Viktor Saizew und Rosa Lopez in Berlin.

Das Telefon riss sie aus dem Mordfall. Zuerst glaubte sie, es sei Paul, doch die angezeigte Nummer gehörte Susanne. »Na du, alle Einkäufe erledigt?«

Ihre Freundin kam gleich zur Sache. »Es ist etwas ganz Verrücktes passiert. Es muss jemand in der Wohnung gewesen sein, während ich mit Johann unterwegs war!«

Ruth setzte sich gerade hin. »Ist was gestohlen worden?«

»Soweit ich sehen kann, nicht.«

»Stand die Tür auf? Oder wie hast du es herausgefunden?«

»Jemand hat sich an den Fernbedienungen zu schaffen gemacht. Stell dir vor: Überall klebten bunte Punkte!«

Ruth ließ sich in den Sessel zurückfallen. »Ja, aber das war doch …«

»Mach dir keine Sorgen«, sagte Susanne. »Ich habe das Zeug leicht wieder entfernen können. Aber man fragt sich schon, wie so etwas passieren kann.«

8.

Es war ein anstrengender Tag gewesen, und Susanne freute sich, dass Ruth eine Parklücke direkt vor dem Haus gefunden hatte. Erste Schneeflocken fielen auf die Windschutzscheibe und verwandelten sich dabei in Wassertropfen. Eine Gruppe Jugendlicher zog singend am Auto vorbei. *Jingle bells, jingle bells, Jingle all the way ...* Leuchtend rote Ziffern zeigten, dass es 15:23 war.

Es war Ruth anzusehen, dass sie unsicher war. Auch Susanne hatte keine Ahnung, wie sie die Befangenheit, die sie seit dem Morgen verspürte, vertreiben konnte. Keine Frage, die Menschen waren ihr freundlich begegnet. Es hatte sich jedoch angefühlt, als wollte man ihr unterschwellig zu verstehen geben, dass sie nun einer anderen Kaste angehörte. Einer Gattung, der das Wesentliche abhandengekommen war.

Ruth schaltete den Motor aus und musterte sie. »Willst du nicht doch lieber mitkommen?«

Susanne schüttelte den Kopf. »Alles gut, mein Goldstück. Ich bin nur hundemüde. Der Tag hat mich komplett geschafft.«

»Das glaube ich dir.« Ruth legte die Hand auf ihre. »Ich möchte nur verhindern, dass du heute Abend ganz *laibarös* auf dem Sofa liegst. Wenn das der Fall sein sollte, ruf mich bitte an. Dann komme ich sofort.«

Susanne lächelte. »Mach dir keine Sorgen. Es ist ja jetzt vorbei.« Sie sah Ruth an. »Dieser Arzt sieht mich aber nie wieder.«

»Dafür wirst du ihm lange im Gedächtnis bleiben!« Ruth

lachte leise. »Seinen verdutzten Gesichtsausdruck werde ich nicht so schnell vergessen!«

»Ich kam mir vor, als wäre ich ein ihm unbekanntes Säugetier, das er mit Hingabe untersuchen durfte.« Susanne schüttelte den Kopf. »Diese anderen Tests kann er mit sich selber durchführen. Ich lege keinen Wert darauf, zu erfahren, was die genaue Ursache für mein Vergessen ist. An der Tatsache ändert es ohnehin nichts.«

Sie drehte sich ihrer Freundin zu. »Ich habe mir die ganze Zeit den Kopf zerbrochen, an wen der Kerl mich erinnert. Jetzt ist es mir eingefallen: Er hat sich benommen wie dieses Mürbchen von Kellner, das uns damals in der Nähe vom *Hinteren Elend* bediente. Weißt du, wen ich meine?«

»Stimmt! Der Typ, der uns immer wieder höflich darauf hingewiesen hat, dass es höchst ungewöhnlich sei, Maultaschen mit Bratkartoffeln zu bestellen.« Ruth kicherte. »Den werde ich nie vergessen. Allein schon sein Toupet. Und er hat sich bewegt, als hätte er einen Stock verschluckt.«

»Und jedes Mal wenn er an unserem Tisch vorbeistolzierte, wiederholte er mit spitzem Mündchen, es sei nicht *comme il faut*, was wir auf dem Teller hätten.«

Ein kurzer Blick genügte, und die Frauen kugelten sich vor Lachen. »Und du hast ihm dann noch weismachen wollen, dass du ... dass du gern Wiener Schnitzel mit Reis und Rotkohl isst!« Susanne schnappte nach Luft.

»Da ist er blass geworden!« Ruth hielt sich den Bauch. »Am liebsten hätte er uns zur Strafe in die Ecke gestellt. Als warnendes Exempel für andere ungezogene Gäste!«

Als der Lachanfall abflaute, war auch die dunkle Stim-

mung, die den Tag überschattet hatte, weitgehend verschwunden.

»Danke. Das hat jetzt gutgetan.« Ruth wischte sich über
die Augen. »Wir kriegen das schon hin, meine Liebe. Melde
dich bitte, wenn du mich brauchst. Bis morgen. Gegen drei
bin ich bei dir.«

Froh, endlich allein zu sein, drückte Susanne die Wohnungstür fest ins Schloss. Es war anstrengend, unter Dauerbeob-
achtung zu stehen. Sie registrierte genau, wie Ruth, wie Johann und heute dieser Gerontologe sie observierten. Keine
noch so kleine Regung entging ihnen.

Sie war durchaus in der Lage, sich vorzustellen, wie es in
ihrer Freundin aussah. Schließlich konnte sie sich an die
eigene Angst, die sie um ihre Mutter gehabt hatte, noch lebhaft erinnern. Und sie fürchtete sich schon jetzt vor dem Gespräch, in dem erörtert wurde, wie es weitergehen sollte.

War es ein Fehler gewesen, sich diesen Tests zu unterziehen? Sie verstand ja, dass man sich um sie sorgte, doch was
machte es für einen Unterschied?

Sie setzte sich mit einer Tasse Tee an den Küchentisch.
Draußen war es fast dunkel. Auch in ihrem Kopf gingen
bald die Lichter aus. Das hatte sie jetzt schwarz auf weiß.
Mit welcher Geschwindigkeit das passieren würde, konnte
niemand vorhersagen. Tatsache war aber, dass der Daumen
nach unten zeigte. Noch wusste sie, wer sie war, wie sie hieß
und wo sie wohnte. Fragte man sie allerdings, was sie gestern zu Abend gegessen hatte, wurde es schon kritisch.

Es hieß, die Geschichte wiederholt sich. In diesem Fall
stimmte das. Vor vielen Jahren hatte sie ihre Mutter durch

Flure und Zimmer begleitet, so wie Ruth heute an ihrer Seite gewesen war. Auch Mutter hatte ihre Umwelt lange täuschen, die etwas schusselige, aber sonst gesunde Frau mimen können. Bis sie sich in ein Land abgesetzt hatte, das man nur vom Hörensagen kannte. Eine Region, die auf keiner Landkarte verzeichnet war.

Nun hatte sie selber einen Passierschein erhalten, wobei unklar war, wann die Reise losgehen würde. Doch bis zur Abfahrt wollte sie jede Minute nutzen. Vielleicht ließ der Stichtag sich überlisten. Sie brauchte Zeit, um aufzuräumen, Dinge verschwinden zu lassen, die niemanden etwas angingen. Die Erinnerung, wie beschämt sie beim Aussortieren von Mutters Briefen und Papieren gewesen war, hatte sich ihr fest eingeprägt.

Plötzlich sah Susanne ihre Mutter so real vor sich, als würde sie ihr am Küchentisch gegenübersitzen. Die kurze Dauerwelle, das zartblaue Brillengestell, das sie an einer dünnen Kette um den Hals trug, das weinrote Twinset. Doch wie sehr Susanne sich auch konzentrierte, ihr Gesicht war kaum wahrnehmbar. Irritiert stand sie auf und ging ins Arbeitszimmer. Irgendwo hatte sie eine Portraitaufnahme von ihr.

In den Fotoalben war es nicht dabei. Die dort eingeklebten Bilder stammten aus Zeiten, die weiter zurücklagen. Dann sah sie im Schreibtisch nach. In den Schubläden lagen lediglich Unterlagen, die bald vernichtet werden mussten, aber im Schrankfach auf der anderen Seite wurde sie fündig. An der Stirnseite der Schachtel klebte eine Darstellung des früheren Inhaltes: Wanderschuhe, Größe 45, die Martin mal gekauft hatte.

Jetzt war der Karton gefüllt mit Krimskrams, für den sie keinen besseren Platz gefunden hatte: lose Fotos, Postkarten, Kinderzeichnungen, Visitenkarten. Zwischen ihnen befand sich ein Bild ihrer Mutter, das kurz vor deren Tod aufgenommen worden war. Ein zu Kinderzeiten von Susanne gehäkeltes Tuch fest in den Fäusten, hatte sie das Gesicht der Kamera zugewandt, doch ihr Blick verlor sich im Nichts.

Mit einem Mal hatte Susanne noch ein anderes Bild vor Augen: wie ihre Mutter mit aufgerissenen Augen versucht, ihr etwas mitzuteilen, aber nicht mehr in der Lage ist, sich zu artikulieren. Eine Frau, die erschöpft in ihren Stuhl zurückfällt, die Augen schließt, einzelne Silben vor sich hin brabbelnd.

Obwohl es im Zimmer angenehm warm war, bekam Susanne eine Gänsehaut. Wie oft hatte sie vergebens versucht, Mutter in diesen Momenten zu verstehen? Und wann würde sie selber nicht mehr fähig sein, zu kommunizieren?

Es gab da etwas, das sie Ruth unbedingt anvertrauen musste, bevor sie dazu nicht mehr im Stande war. Doch wie sollte sie es bewerkstelligen? Schon oft hatte sie einen Anlauf genommen, aber sie war stets in letzter Sekunde zurückgeschreckt. Zu groß war die Furcht, dass ihre Freundin sie hassen würde für das, was sie vor vielen Jahren getan hatte.

Susannes Blick fiel auf die unbenutzten Hefte, die ebenfalls in dem Fach lagen. Sie nahm ein rotes heraus und schlug es auf. Behutsam fuhr sie mit der Hand über die leere Seite, erinnerte sich an den Zauber des ersten Eintrags. Wie sie sich als Schülerin stets bemüht hatte, dieses Makellose möglichst lang zu bewahren.

Mit einem Mal wusste sie, wie die Lösung aussehen konnte. Sie würde Ruth schreiben und ihr Zeile für Zeile erklären, wie sich alles zugetragen hatte, ohne vom Vergessen unterbrochen zu werden.

Liebe Ruth,

»Was hat Dich zu dem Menschen gemacht, der Du heute bist?«, hast Du mich mal gefragt. Es muss etwa zehn Jahren her sein. Ich weiß noch, dass wir in dieser Weinkneipe in der Innenstadt saßen und die Nase gestrichen voll hatten von den vielen Korrekturen. Erinnerst Du Dich? Ich habe damals sehr ausweichend geantwortet, weil meine Angst, Dir eine ehrliche Antwort zu geben, zu groß war.

Es kommen viele Faktoren zusammen, die mich zu dem Menschen gemacht haben, der ich bin. Noch bin, muss ich sagen, denn ich weiß nicht, wie lange ich die Frau sein werde, als die Du mich kennst. Aber eine Geschichte hat mich maßgeblich geprägt. Ein Ereignis, das uns eng miteinander verbindet.

Ich habe Dein Gesicht nun genau vor Augen, die typische Falte zwischen Deinen Brauen, und höre Dich sagen: »Aber wir haben einander doch.« Das stimmt. Noch. Denn ich muss Dir von Dingen berichten, über die ich lieber weiterhin schweigen würde.

Doch aufgrund der Erfahrungen, die ich mit meiner demenzkranken Mutter gemacht habe, befürchte ich, dass genau diese Erinnerungen sich irgendwann ihren Weg an die Oberfläche bahnen wollen. Und dass ich dann nicht mehr in der Lage sein werde, Dir die wichtigen Zusammenhänge zu erklären. Aus diesem Grund schreibe ich Dir. Obwohl ich nicht weiß, ob Du nach dem Lesen den Satz Wir haben einander doch *für ungültig erklärst. Eine Vorstellung, die mir große Angst macht.*

Deshalb werde ich weit ausholen, damit Du alle Aspekte meiner Vergangenheit kennenlernen — und verstehen kannst. Ich hoffe, es gelingt mir. Mögen mir genügend gute Tage dafür bleiben.

Ohne die Zeilen nochmals durchzulesen, legte Susanne das Heft in den Karton zu den Fotos. Die Zeit, die verbliebenen Reste ihres Lebens winterfest zu machen, war gekommen.

*

Ruth freute sich, als sie sah, dass im Haus Licht brannte. Gustav war in der Küche, wo er die Nachrichten im Radio verfolgte. »Hallo, mein Schatz!« Er drückte ihr einen Kuss auf den Mund. »Und? Wie ist es gelaufen?«

»Der Anfang war filmreif«, sagte Ruth, während sie ihren Mantel an die Garderobe hängte. »Stell dir vor: Wir saßen einem blutjungen Arzt gegenüber, der Susanne ohne weitere Einleitung fragte, ob sie denn wüsste, welcher Wochentag wäre. Ich habe die Luft angehalten. Ich weiß ja, wie sehr sie sich über dumme Fragen aufregen kann.«

»Und dann?« Gustav stellte ihr eine Tasse Tee hin.

»Dann beugte sie sich vor und sagte: ›Selbstverständlich weiß ich das. Sie etwa nicht?‹ Der Typ war so verblüfft, dass er sie nur anstarren konnte. Daraufhin lächelte Susanne und antwortete: ›Heute ist Donnerstag, junger Mann. Und wenn mich nicht alles täuscht, der zwanzigste Dezember.‹«

Gustav lachte aus vollem Halse. »Susanne, wie sie leibt und lebt. Wie war die Reaktion?«

»Der junge Mann rang um Fassung und war danach sehr auf der Hut.«

»Und wie lautet die Diagnose?«

»Wie befürchtet: Susanne leidet an einer beginnenden Demenz. Kein Mensch kann sagen, wie schnell sie fortschreiten wird, und sie selber hat kein Interesse, der Sache auf den Grund zu gehen. Wir können nur für sie da sein und hoffen, dass sie noch lange selbstständig in ihrer Wohnung leben kann.«

»Wir werden alles Menschenmögliche für unsere liebe Freundin tun«, versprach Gustav. Leise summte er einen Song von Tina Turner mit, der nun aus dem Küchenradio erklang. »Komm mal her.« Er schloss Ruth in die Arme. »*I don't wanna lose you, I don't even wanna say goodbye, oh no ...*« Langsam bewegte sich Gustav mit ihr zur Musik. »*To this true love, true love ...* Ich hoffe von Herzen, dass wir gesund miteinander alt werden.«

»Das wünsche ich mir auch.« Mit geschlossenen Augen ließ Ruth sich von ihm führen. Sie wusste, wie flüchtig das Glück sein konnte.

»Ich habe mir etwas überlegt«, flüsterte Gustav ihr ins Ohr. »Was hältst du davon, wenn wir Weihnachten einfach das Weite suchen? In ein Wellness-Hotel, wo wir uns um nichts kümmern müssen. Außer um uns selber.«

»Klingt himmlisch. Aber leider werden die alle bis aufs letzte Handtuch ausgebucht sein.«

Tina Turners Song war zu Ende. Gustav nahm Ruths Gesicht in beide Hände und ließ seine Fingerspitzen sanft über ihre Wangen gleiten. »Ein Glück, dass mir diese Idee schon länger durch den Kopf geistert. Schau mal in deine Mailbox.«

Gustav hatte ihr einen Link geschickt. Als Ruth die Seite öffnete, hielt sie die Luft an. »Du bist ja verrückt!«

»Das sollte dir nach so vielen Jahren längst bekannt sein, oder?« Gemeinsam sahen sie sich die Fotos von Schwimmbad, Sauna, Sonnenterrassen und Restaurant an. »Und wenn wir das alles nicht mehr ertragen können, gehen wir wandern.« Gustav tippte auf das Wort *Ausflüge*. »Ich glaube, dass wir es dort ganz gut aushalten werden.«

Ruth drehte sich nach ihm um. »Du bist ein Traummann!«

Gustav grinste. »Ich weiß. Mir war aber auch klar, dass ich das mal wieder unter Beweis stellen musste.«

Es war kurz nach zwei, als Ruth schweißgebadet aus einem Traum hochschreckte. Sie erinnerte sich an Wasser, an einen See. Und an die Furcht, die sie gespürt hatte. Sie versuchte das Gefühl zu verdrängen und schmiegte sich an Gustav, der leise schnarchend neben ihr lag. Doch bald war ihr klar, dass an Schlaf nicht mehr zu denken war.

Leise glitt sie aus dem Bett und ging in die Küche. Während der Wasserkocher das Teewasser erhitzte, betrachtete sie die fallenden Flocken im Licht der Straßenlaterne. Sie würden Schnee schippen müssen. Sie goss das heiße Wasser in die Tasse und zog den Schlafteebeutel mehrfach im Kreis.

Beim Betrachten dieser Bewegung kamen weitere Traumbilder zurück. Susanne hatte sie gerufen, kurz vor dem Ertrinken. Wieder spürte Ruth die schneidende Kälte des

Wassers an den Beinen, sah den panischen Ausdruck in den Augen ihrer Freundin. Trotz dicker Strickjacke und Wollsocken zitterte sie, sie umfasste die Tasse mit beiden Händen und setzte sich an den Küchentisch.

Der aufsteigende Dampf führt sie zurück in den klammen Nebel, der über dem See liegt. Sie entdeckt Susannes Kopf, schreit ihren Namen, bringt aber keinen Ton heraus. Als sie sieht, dass ein starker Strudel Susanne hinunterzuziehen droht, watet sie vorwärts, so schnell sie kann, spürt, wie ihre Kräfte schwinden. Sie muss Susanne retten.

In letzter Sekunde bekommt sie deren Hand zu fassen, glaubt, es geschafft zu haben. Doch die Hand löst sich auf, rinnt ihr durch die Finger, ihre Schreie verhallen stumm.

Die tiefe Verzweiflung, die Ruth im Traum gespürt hatte, kehrte in ihrer ganzen Intensität zurück. Bald würde es die Susanne, die sie so liebte, nicht mehr geben. Bald würde dieses große, gefürchtete Vergessen sie voneinander trennen.

Sie dachte an ihre gemeinsame Reise im Herbst zurück, spürte Susannes Hand, hörte die geflüsterten Worte: »Wirst du immer für mich da sein?«

Ruth nickte, wiederholte stumm ihr Versprechen. Dann endlich fanden die ungeweinten Tränen ihren Weg.

9.

»Darf ich hereinkommen?« Susanne kann es kaum erwarten, aber Martin ist unerbittlich. »Erst, wenn ich dich rufe!« Sie hört das Lächeln in seiner Stimme. Er weiß genau, wie ihr zumute ist. Um sich abzulenken, geht sie in die Küche, obwohl alles längst fertig ist. Sie hebt den Deckel von der Terrine. Das Zwiebelmustergeschirr ist ein Erbstück und erinnert sie an die Besuche bei ihrer Großmutter. Jedes Jahr an Heiligabend steht diese Schüssel gefüllt mit Kartoffelsalat auf dem Tisch. Eine Weihnachtstradition, die sie beibehalten haben.

Sie hat ihn gestern schon zubereitet, damit er über Nacht gut durchziehen konnte. Susanne pickt mit der Gabel ein paar Kartoffelscheiben heraus und kaut andächtig. Während sie mit Pfeffer nachwürzt, hört sie, wie sich die Wohnzimmertür öffnet. Im nächsten Moment erscheint Martin in der Küche.

»Ich wäre so weit.« Behutsam schließt Susanne die Schüssel und nimmt die ihr entgegengestreckte Hand. Plötzlich wähnt sie sich wieder fünf Jahre alt und hofft, dass dieser Zauber nie verschwinden wird.

Im Wohnzimmer sind alle Lichter gelöscht. Nur die Kerzen am Baum verbreiten ein warmes Licht. Bewundernd geht sie näher heran. Der Baumschmuck, der von seiner Familie stammt, funkelt und wirft zitternde Schatten auf die Wand.

»Frohe Weihnachten.« Martin stellt sich hinter sie und umfasst mit beiden Händen ihren runden Bauch. »Nächstes Mal sind wir schon zu dritt.«

Susanne dreht sich, um ihn zu umarmen, doch sie greift ins Leere. Auch der Baum ist verschwunden. Nur das Licht der Straßenlaternen fiel durch den schmalen Spalt der Vorhänge. Sie kniff die Augen fest zusammen, wollte zu Martin zurückkehren, doch das Hupen eines vorbeifahrenden

Autos brachte sie endgültig in die Wirklichkeit zurück. Sie versuchte, sich den würzigen Tannenduft in Erinnerung zu rufen, konzentrierte sich auf die flackernden Kerzen. Doch sosehr sie sich auch bemühte, der Moment hatte sich verflüchtigt.

Verstört setzte Susanne sich im Bett auf. Sie hatten beide dieses Fest geliebt und immer versucht, etwas ganz Besonderes daraus zu machen. Seit Martin nicht mehr da war, hatte sich das geändert. Paul war siebzehn gewesen, als sein Vater starb, und hatte von den alten Traditionen nichts mehr wissen wollen. Für sie hingegen verging kein Heiligabend, ohne dass sie an die Magie dachte, die dank Martin untrennbar mit diesem Tag verbunden war.

Plötzlich fasste sie einen Entschluss. Sie würde den Vierundzwanzigsten allein verbringen und dafür am nächsten Tag zu Paul und Sandra gehen. Niemand wusste, wie lange sie noch bei klarem Verstand sein würde, und sie wollte die ihr verbleibende Zeit nach ihren Wünschen verleben. Das bedeutete, dass sie diesen Abend in Gedanken zusammen mit Martin verbringen würde. Mit Kartoffelsalat, einem guten Tropfen, vielen Kerzen und dem schönen Cello-Konzert, das sie oft gehört hatten. Und sollte ihr nach Weinen zumute sein, wollte sie ihren Tränen freien Lauf lassen können, ohne befürchten zu müssen, jemandem den Abend zu verderben.

Während Susanne die Kaffeemaschine in Gang setzte, fragte sie sich, warum sie diese Lösung nicht schon eher in Betracht gezogen hatte. Sie richtete sich viel zu oft nach den Wünschen ihrer Umgebung. Doch dafür war keine Zeit mehr.

Wieder blitzte vor ihrem Auge das Bild ihrer Mutter auf,

und sie dachte daran, was diese ihr stets eingeschärft hatte: Lebe immer so, dass du später nie die Worte *hätte ich nur* oder *wäre ich nur* verwenden musst! Ob ihr das selber gelungen war, konnte Susanne nicht überprüfen. Doch sie hoffte es von Herzen.

Mit der ersten Tasse Kaffee setzte sie sich an ihren Schreibtisch und fuhr den PC hoch. Sie würde Paul und Sandra in einer Mail von ihrem Entschluss in Kenntnis setzen und sie heute Abend anrufen. Bis dahin konnten sie sich schon mal mit der Idee anfreunden. Das sparte Diskussionen. Nachdem sie das erledigt hatte, nahm sie Stift und Papier, um aufzuschreiben, was sie sonst noch ändern wollte. Da fiel ihr Blick auf einen Stapel Briefe.

Manche waren geöffnet, doch viele waren noch zu. Susanne zog ein gefaltetes Blatt aus einem der Kuverts. Es war die Mahnung zu einer Rechnung, die längst hätte bezahlt werden müssen. Erschrocken öffnete sie die restlichen Umschläge. Auch sie enthielten Rechnungen und Zahlungserinnerungen. Hilflos legte sie die Seiten zusammen. Musste sie damit zur Bank? Oder war es üblich, den Firmen das Geld direkt vorbeizubringen? Sie wusste es nicht mehr.

In diesem Moment rief Paul an. Er fiel direkt mit der Tür ins Haus. »Es gefällt uns gar nicht, dass du Weihnachten ohne uns verbringen willst, Mama. Du bist schon viel zu viel allein. Und denk doch mal an Marie und Noah. Die kennen den Heiligabend nur mit dir!«

»Dann wird es Zeit, dass ihr euch daran gewöhnt.« Susanne spürte, wie ihr Kampfgeist sich regte. »Ich weiß schließlich nicht, wie lange ich noch klar denken kann.«

»Was haben sie gestern denn gesagt?«

»Wie meinst du das?«

»Du warst doch gestern bei diesem Arzt, oder?« Paul klang ungeduldig. »Du hattest mit Ruth einen Termin in dieser Klinik. Weißt du das nicht mehr?«

Tests? Arzt? »Ich habe keine Ahnung, wovon du sprichst.«

»Ich rufe Ruth mal an. Vielleicht hat sie sich im Datum geirrt. Ich war ohnehin verblüfft, dass das so schnell geklappt hat.« Er holte tief Luft. »Aber Weihnachten bist du wie immer bei uns. Daran gibt es nichts zu rütteln.«

Als sie das Gespräch beendet hatten, notierte Susanne zwei Dinge, bevor sie ihr entfallen konnten. *Ich bleibe am Heiligabend hier* und *Ruth nach Rechnungen fragen.* So schnell würde sie nicht aufgeben.

*

Auch wenn Susanne ihr Bestes tat, einen unbeschwerten Eindruck zu machen, die Manier, wie sie sich das halblange Haar hinter die Ohren strich, und die Art und Weise, in der sie die Anrichte abwischte, konnten Ruth nicht darüber hinwegtäuschen, dass sie stinksauer war. Ruth spielte das Spiel mit, bis sie mit einem Kaffee am Küchentisch saßen. »Spuck's aus. Was ist passiert?«

»Ist das so offensichtlich?«

»Vergiss nicht, wie lange ich dich schon kenne.«

»Es ist so: Ich möchte am Heiligabend in meinen eigenen vier Wänden bleiben und erst am nächsten Tag zu Paul gehen. Aber er ist strikt dagegen.« Sie schlug mit der flachen Hand auf den Tisch. »Schlimmer noch: Er will einfach über mich verfügen! Himmel noch mal. Ich weiß, dass ich vergesslich bin. Aber das bedeutet noch lange nicht, dass ich verrückt bin und nicht mehr weiß, was ich möchte!«

»So ist es. Und genauso habe ich das Paul gesagt.«

»Und?«

»Ich habe den Eindruck, dass ihn die ganze Geschichte völlig überfordert. Du kennst ja deinen Sohn: Er mag keine Überraschungen. Und wenn es sich dabei auch noch um Situationen handelt, mit denen er nicht umgehen kann, wirft ihn das aus der Bahn. Dann wird er pampig. Angstbeißer nennt man solche Leute.«

»Gut zusammengefasst«, brummte Susanne. »Du hättest Lehrerin werden sollen.« Sie versuchte ein Grinsen, aber Ruth ließ sich nicht in die Irre führen.

»Paul hat mich heute Mittag angerufen, und wir haben eine ganze Weile gesprochen. Es hat ihn eiskalt erwischt, dass du ausgerechnet diesen Abend ohne die Familie verbringen möchtest. Vor allen Dingen, weil er nicht verstehen kann, warum.«

»Der Grund ist ganz einfach: Weil ich den Abend in diesem Jahr so verbringen möchte, wie ich das früher mit Martin getan habe. Wir haben uns stets riesig auf das Fest gefreut und hatten unsere eigenen Rituale. Und so schön es auch bei Paul und Sandra ist – sie geben sich wirklich Mühe mit mir –, komme ich mir doch immer vor wie Falschgeld.« Sie zeichnete mit dem Finger das Muster der Tischdecke nach. »Außerdem weiß ich ja nicht, wie lange ich das alles noch selber in der Hand habe. Hat dieser Arzt das letzte Woche nicht selber gesagt?«

Ruth schluckte das berichtigende *gestern* herunter und nickte. »Er sagte, dass du an einer beginnenden Demenz leidest, Susanne. Und ich weiß, dass du dich keinen weiteren Tests unterziehen willst, aber ich frage mich, ob es nicht doch sinnvoll wäre. Vielleicht kann man anhand der Ergebnisse etwas klarer abschätzen, wie …«

»Wie es weitergeht?« Susanne funkelte sie wütend an. »Für wen? Für dich?«

Ruth hätte sich ohrfeigen können, doch nun war es zu spät. Ihre Worte ließen sich nicht mehr rückgängig machen, und sie entschied sich, weiterzusprechen. »Für uns alle! Vielleicht kann man den Verlauf mit Medikamenten etwas verlangsamen. Ich weiß es doch auch nicht.«

»Die Antwort lautet nein! Ich weiß, dass du dein Leben liebend gern durchplanst, aber in diesem Fall kann ich dir leider nicht entgegenkommen. Ich denke nicht daran, mich als Versuchskaninchen durch diese Mühlen schicken zu lassen. Ich möchte die Zeit, die mir bleibt, so verbringen, wie *ich* es für richtig halte. Wenn das zu viel verlangt ist, muss ich eben allein zurechtkommen.« Erschöpft ließ Susanne den Kopf in die Hände sinken.

Ruths Magen krampfte sich zusammen. Was war nur in sie gefahren? Sie war nicht befugt, sich so einzumischen. Nur Susanne hatte das Recht, zu entscheiden, wie sie diese Zeit verbrachte. Und statt sich zu streiten, sollten sie die verbleibende Zeit lieber harmonisch miteinander verbringen.

»Verzeih mir bitte, du hast vollkommen recht.« Sie setzte sich neben Susanne und legte ihr einen Arm um die Schulter. »Und ich bin für dich da. Egal, was kommen mag.«

Susanne lehnte sich an sie. »Wahrscheinlich würde ich nicht anders reagieren. Für Außenstehende ist es nur schwer vorstellbar. Es ist, als würde dichter Nebel mich verfolgen.

Oft schaffe ich es, zu entkommen. Aber es ist nur eine Frage der Zeit, bis ich nicht mehr die Kraft aufbringe, dem auszuweichen. Und verschwinde …«

Ruth zog sie fest an sich heran. Es war wie ein böser Traum. Doch sie wusste, dass es diesmal kein erleichtertes Aufwachen geben würde.

»Weißt du was? Ich will sowieso noch ein paar Geschenke für die Kinder vorbeibringen. Dann rede ich noch mal in Ruhe mit den beiden. Wäre dir das recht?«

»Das wäre mir eine große Hilfe. Ich gebe dir auch meine Päckchen mit. Dann ist klar, dass ich es ernst meine.« Susanne setzte sich gerade hin und nahm einen Zettel vom Tisch. »Ich brauche dich auch noch für eine andere Sache: Rechnungen.«

»Wie bitte?«

Statt zu antworten, stand Susanne auf und kam kurz darauf mit einem Stapel Papieren zurück. »Rechnungen.« Sie legte alles mitten auf den Tisch. »Lach mich bitte nicht aus, aber ich weiß nicht mehr, was ich damit machen muss.«

Nach Lachen war Ruth nicht zumute. Vielmehr überlief es sie kalt: Susannes Zustand war akuter, als sie geglaubt hatte. Ihre Freundin, die lange nebenbei mit Aktien jongliert hatte, wusste nicht mehr, wie einfachste Bankgeschäfte funktionierten? »Die Beträge müssen überwiesen werden«, sagte sie. »Machst du Online-Banking?«

»Kann sein«, sagte Susanne leise. »All diese Dinge sind aus meinem Gedächtnis wegradiert. Kannst du mir bitte helfen?«

»Natürlich helfe ich dir. Ich kann diese Aufgabe auch ganz übernehmen. Machen wir es doch so: Wir stellen eine

Schachtel in den Flur, in die du die Post legst, um die ich mich kümmern soll. Einverstanden?«

Susanne nickte zaghaft. Ruth nahm ihre Scham, diese Dinge nicht mehr selbstständig regeln zu können, beinahe körperlich wahr. Wie ausgeliefert musste sie sich fühlen?

»Dann ist das geregelt.« Obwohl ihr nach Weinen zumute war, versuchte sie, ihrer Stimme einen munteren Klang zu verleihen. »Und ich habe noch eine Idee.« Sie holte ihre Tasche aus dem Flur und legte Blöcke, Stifte und eine Rolle rotes Papierband auf den Tisch. »Was hältst du davon, wenn wir diese Collegeblöcke in der Wohnung verteilen? Dann kannst du dir überall Notizen machen.«

»Und wenn ich die Blöcke nicht finde?« Ein Aufblitzen in Susannes Augen.

»Dann tritt Plan B in Kraft.« Ruth hielt die Rolle hoch. »Du schneidest ein Stück von diesem Papierband ab, machst einen Knoten rein und schreibst an einem Ende auf, woran er dich erinnern soll.« Mit einem Mal sah Ruth eine Wohnung voller roter Schleifen vor sich. Sie spürte, wie ihre Stimmung ins Alberne zu kippen drohte, und musste sich auf die Lippen beißen, um nicht loszulachen.

Susanne schien ein ähnlich groteskes Bild im Kopf zu haben, denn sie kicherte. »Wenn ich mir gar nichts merken kann und diese Methode außer Kontrolle gerät, können wir das Ganze als Ausstellung deklarieren«, rief sie. »Stell dir vor: überall Schleifen! Auf den Tischen, dem Boden, in der Badewanne, in den Blumenkästen auf dem Balkon …«

»In Töpfen und Pfannen, in Schubläden und Schränken und als Bilder an der Wand«, rief Ruth ausgelassen. Eine zentnerschwere Last fiel von ihr ab. Solange Susannes Humor funktionierte, gab es Hoffnung.

»Wir brauchen aber ein gutes Konzept für die Ausstellung«, warf Susanne ein. »Damit wir die Kunstmürbchen dieser Stadt so richtig aufs Glatteis führen können.« Eine verrückte Idee jagte die nächste. Bis Susanne die Papierrolle in die Hand nahm. »Aber wofür war die noch mal?«, fragte sie unschuldig.

Ruth sah sie erschrocken an. »Wie bitte? Da… das ist doch für die …«

Susanne grinste. »Reingefallen!«

Erleichtert darüber, wie entspannt der Nachmittag mit Susanne zu Ende gegangen war, nahm Ruth die große Tüte mit Geschenken von der Rückbank und schloss ihren Wagen ab. An den anderen Autos auf dem Parkplatz war deutlich erkennbar, dass sie sich in einer Familiensiedlung befand. Kaum eine Heckscheibe kam ohne das Bekenntnis aus, dass sich Alina, Mia, Ben oder Leon an Bord befand. Hinweise, die ihr nach all der Zeit immer noch einen Stich verpassten.

Der Gehweg zu den Reihenhäusern war penibel geräumt. In den Vorgärten hielten erste Schneemänner die Stellung, Schlitten warteten auf ihren nächsten Einsatz. Überall blinkten bunte Sterne und Lichterketten, die Nachbarn von Paul und Sandra hatten ein leuchtendes Rentier aufgestellt. Ruth war froh, am nächsten Tag das Weite suchen zu können, und schickte ein Stoßgebet zum Himmel, dass das Hotel nur dezent geschmückt sein würde.

Auf die Stufe vor der Haustür hatte Sandra ein ausladendes Gesteck mit Christbaumkugeln hingestellt, und wie jedes Jahr hoffte Ruth, dass sie ihr Gepäck so an der Deko vorbeischieben konnte, dass nichts zu Bruch ging.

Paul hatte Übung darin. Schwungvoll nahm er ihr die Tasche ab und reichte sie an seine Frau weiter. »Perfektes Timing«, sagte er. »Die Räuber sind außer Haus und können keine neugierigen Fragen stellen.« Er lotste sie in die Sitzgruppe und fragte, ob Ruth etwas trinken wolle. Als sie verneinte, kamen die beiden sofort zum Thema. »Hast du Susanne überreden können?«

»Ich habe mit ihr gesprochen. Und bin nach wie vor der Meinung, dass wir ihren Wunsch, diesen Abend zu Hause zu verbringen, respektieren sollten.«

»Schon, aber ...« Sandra drehte nervös an ihrem Ehering.

»Macht ihr euch Sorgen, dass ihr etwas zustoßen könnte? Dass sie verwirrt durch die Straßen laufen und ihre Adresse nicht mehr wissen könnte?«

»Nein. Es ist vielmehr so, dass wir ...« Auch Paul wand sich. »Schau, wir sind es einfach gewohnt, dass sie an diesem Abend bei uns ist, und befürchten, dass ihre Abwesenheit uns das ganze Fest verhageln könnte.«

»Weil ihr Angst habt, mit einem schlechten Gewissen unter dem Baum zu sitzen, wollt ihr, dass Susanne bei euch ist. Habe ich das richtig zusammengefasst?«

»Das klingt aber egoistisch«, fand Sandra.

»Das *ist* egoistisch. Und ich habe gedacht, ihr macht euch Sorgen um sie.« Ruth verspürte den starken Wunsch, etwas durch das sorgfältig dekorierte Wohnzimmer zu werfen. »Aber die Selbstvorwürfe könnt ihr euch sparen. Es ist ihr eigener Wunsch, und sie weiß, was sie tut.«

»Ich glaube ohnehin, dass diese Vergesslichkeit nur mit dem Alter zusammenhängt«, sagte Paul erleichtert. »Das ist eben so, wenn man 70 ist.«

»Der Gerontologe ist zwar anderer Meinung, aber wir müssen abwarten, wie es sich entwickelt.« Ruth wandte sich Sandra zu. »Wie sieht es denn bei dir zu Hause aus?«

»Mama hat ein neues Knie bekommen und ist jetzt in der Reha. Am zweiten Feiertag besuchen wir sie.«

»Dann grüß sie bitte herzlich von mir.« Ruth stellte fest, dass die beiden wie ausgewechselt waren, als hätte sie ihnen soeben die Absolution erteilt. »Wir sollten mal wieder was gemeinsam unternehmen«, sagte Paul. »Die Kinder fragen oft nach dir.«

»Das machen wir im neuen Jahr«, sagte Ruth. Hoffentlich würde Susannes jetziger Zustand sich so weit festigen, dass ihnen dafür genügend Zeit blieb.

10.

Susanne hatte alles vorbereitet. Die Wohnung war mit duftenden Tannenzweigen geschmückt, überall brannten Kerzen. Die Terrine stand auf dem Küchentisch. Sie hatte mehrere Schachteln auf dem Dachboden nach diesem Erbstück durchforsten müssen, doch nun stand es wieder dort, wo es an dem Abend hingehörte. Sie hatte den Kartoffelsalat bereits am Tag vorher zubereitet, damit er über Nacht durchziehen konnte. Er schmeckte köstlich. Die Marinade war genau richtig!

Sie setzte sich auf das Sofa und lauschte den ersten Tönen von Gabriel Faurés *Elegie*. Als der satte Klang des Cellos einsetzte, lehnte sie sich zurück und stellte sich vor, Martin säße neben ihr.

Das Tempo des Stückes steigerte sich, die Streicher wurden lauter, bis die Grundmelodie des Cellos wieder in den Vordergrund trat und nur von Querflöte und Oboe begleitet wurde. Als der letzte tiefe Ton verklungen war, öffnete sie die Augen. Alles war so, wie sie es sich vorgestellt hatte. Nur Martin war nicht gekommen.

Das Gefühl der Enttäuschung währte nur kurz. Wenn sie ehrlich war, hatte sie nicht damit gerechnet, dass es funktionieren würde. Aber einen Versuch war es wert gewesen.

Sie füllte einen Teller mit Kartoffelsalat und geschnittenen Würstchen und öffnete eine Flasche ihres Lieblingsbordeaux. In Gedanken hörte sie Pauls Anmerkung, dass das eine unmögliche Kombination sei. Doch zum Glück konnte sie heute Abend tun und lassen, wonach ihr der Sinn stand.

Sie stellte alles auf die Schreibtischunterlage und suchte in der Schachtel nach einer Aufnahme von Martin. Sie fand einen Schnappschuss, der ihn bei der Einweihung der neuen Kanzleiräume zeigte. Er stand hinter einem riesigen Blumenstrauß an der Empfangstheke und strahlte in die Kamera. Wie wenig sie damals über ihn gewusst hatte. Susanne legte das Foto zur Seite. Dann nahm sie blindlings weitere Bilder aus der Schachtel, die sie um Teller und Glas verteilte. Während sie es sich schmecken ließ, betrachtete sie die Momentaufnahmen: ein Picknick mit den Mitgliedern ihrer alten Wohngemeinschaft, Ruth auf einem Karussellpferd und Paul als Indianer beim Karneval im Kindergarten.

Paul, der ihre Vergesslichkeit als gängige Alterserscheinung verbuchte. Wenn sie ehrlich war, hatte sie ähnlich reagiert, als ihr erste Aussetzer bei ihrer Mutter aufgefallen waren. Das Leben war zu dieser Zeit ohnehin schwierig genug gewesen, ihr Vater an manchen Tagen kaum ansprechbar.

Susanne schob den leeren Teller zur Seite. Sie sollte bald mit Paul klären, was sie sich wünschte, wenn ihr das Leben ganz entglitt. Wie es letztendlich kommen würde, stand zwar in den Sternen, aber sie nahm sich vor, sich später Notizen zu diesem Thema zu machen. Doch vorher wollte sie an der Geschichte für Ruth weiterschreiben.

Das Bild, das neben dem Karnevalsschnappschuss lag, eignete sich perfekt für den Einstieg. Mit einem Klebestift befestigte sie das Foto auf der nächsten Seite und begann zu schreiben.

Wenn ich mir dieses Foto ansehe, wundere ich mich, dass alles nach wie vor klar erkennbar ist. Meinem Gefühl nach sollte die Aufnahme von feinen Rissen durchzogen sein. Nicht weil sie so alt ist, sondern weil das, was man sieht, bald der Vergangenheit angehören sollte.

Wir schreiben das Jahr 1960, liebe Ruth. John F. Kennedy wurde US-Präsident und Elvis sang seine herzerweichenden Schnulzen. Ich hatte angefangen, Klavier zu spielen, las mit Begeisterung »Jim Knopf und Lukas der Lokomotivführer« und trauerte um Bobby, den Dackel unserer Nachbarn, den ich immer ausführen durfte.

Ich war damals zehn. Die Osterferien hatten gerade begonnen, meine Freundin Sonja und ich waren unzertrennlich, und es wurde Tag für Tag wärmer. Noch heute erinnere ich mich an dieses Gefühl von Freiheit, weil so viele schulfreie Tage vor mir lagen.

Zu meiner großen Freude hatten die Eltern mir einen Film für meine Kleinbildkamera geschenkt, und ich war den ganzen Tag zusammen mit Sonja auf dem Rad unterwegs gewesen. Wir stellten uns gern vor, berühmte Privatdetektive zu sein. Dann legten wir uns auf die Lauer und versuchten herauszufinden, was die Nachbarn im Schilde führten. Besonders auf Herrn Beckmann und sein Gartenhaus hatten wir es abgesehen. Wir hatten mehrmals beobachtet, dass er merkwürdig aussehende Koffer in die Laube brachte, und waren der festen Überzeugung, dass es dort nicht mit rechten Dingen zuging.

Als ich an diesem Tag nach Hause kam, fand ich diese entspannte Szene vor und hielt sie spontan fest: mein Vater, der am Gartentisch Hefte korrigierte, meine Mutter, die die Beine hochgelegt hatte und einen englischen Krimi las.

Wenn ich das Bild heute betrachte, kann ich mir das Vogelgezwitscher, das Summen der Insekten in Erinnerung rufen, rieche den Apfelkuchen, den Mutti gebacken hatte. Ich weiß noch, wie beschützt und geborgen ich mich fühlte. Wie zerbrechlich diese Idylle jedoch war, sollte ich bald erleben.

Susanne nahm einen Schluck Wein und ließ ihn im Mund kreisen. Es war ihr wichtig, dass ihre Freundin nachvollziehen konnte, wie das Vorher und das Nachher in ihrer Familie ausgesehen hatte. Aber wo sollte sie ansetzen? In diesem Moment läuteten die Glocken der benachbarten Kirche und halfen ihr auf die Sprünge:

Ein Geräusch, das ich noch heute mit meinem Vater in Verbindung bringe, ist der Klang seiner Fahrradglocke. Sie war groß, rund und glänzte silbern am Lenker. Das satte Ding-Dong ertönte stets zwei Mal, wenn er in die Einfahrt unseres Hauses fuhr. Danach stellte er seine Schultasche auf die unterste Stufe der Treppe, strich mir übers Haar und gab meiner Mutter einen Kuss. »Was hast du uns denn heute Feines gezaubert?«, lautete die stets gleiche Frage. Und egal, was meine Mutter antwortete, er setzte sich voller Vorfreude an den Tisch.

Er war Lehrer für Deutsch und Geschichte und liebte seinen Beruf von ganzem Herzen. Meine Mutter hatte ebenfalls einige Semester Lehramt studiert, doch dann war ich ihnen in die Quere gekommen. Sie betreute aber nebenher Nachhilfeschüler, und auch ich habe sehr von ihren Englischkenntnissen profitiert.

Kurz nach den Osterferien erzählte mein Vater beim Mittagessen, dass eine Kollegin einen schweren Unfall gehabt hatte und er eine ihrer Klassen übernehme. Obwohl dies Zusatzarbeit bedeutete, war er optimistisch. »Sind wir mal froh, dass wir gesund sind. In solchen Zeiten wird einem wieder klar, wie sehr das Leben an einem seidenen Faden hängt.«

Ich habe mich seitdem oft gefragt, wie unser Leben weitergegangen wäre, wenn er nein gesagt hätte. Wenn dieser Schüler nicht in sein Leben getreten wäre. Denn bald stand auch bei uns kein Stein mehr auf dem anderen …

II.

Kaum dass Susanne das Haus betreten hatte, rannten Marie und Noah begeistert auf sie zu. »Omi! Oma ist da!«

»Frohe Weihnachten!« Susanne überließ Paul ihren Mantel und umarmte ihre Lieblinge. »Hat das Christkind euch denn schöne Sachen gebracht?«

»Ja!« Sie wollten sie sofort ins Spielzimmer entführen, doch dem schob Paul einen Riegel vor. »Jetzt lasst Oma erst mal ankommen.« Er schob sie sanft ins Wohnzimmer, wo Sandra sich mit einem Paar unterhielt.

»Frohe Weihnachten!« Sandra küsste sie auf beide Wangen. »Wie schön, dass du da bist!« Sie zeigte auf die Besucher. »Das sind Sophia und Rainer. Rainer ist einer von Pauls Kompagnons.«

Susanne schüttelte den Gästen die Hand. Sympathische Menschen auf den ersten Blick.

»Möchtest du auch einen Aperitif?« Paul zeigte ihr eine halbvolle Flasche Prosecco, doch Susanne winkte ab. Sie wollte einen klaren Kopf behalten. »Ich verschwinde lieber kurz zu den beiden hinauf.«

Im ersten Stock wurde sie sehnlichst erwartet. Die Kinder präsentierten Susanne ihre Geschenke, und sie ließ sich geduldig alles erklären. Noah war glücklich mit dem neuen Zubehör für seine Werkbank und zeigte ihr, was er damit alles anstellen konnte. Marie hatte die erträumte Buntstiftbox bekommen und schenkte Susanne ein Bild, das sie am Morgen gemacht hatte. Auch waren sie begeistert von der Toniebox, die Christkind Susanne beigesteuert hatte. »Die kann uns vorlesen, wenn du nicht da bist«, erklärte Marie. »Aber sie ist nicht so gut wie du.«

Als Sandra zum Essen rief, gingen sie gemeinsam hinunter. Neben Paul saßen zwei weitere Leute am Tisch. Susanne reichte ihnen die Hand. »Schön, Sie kennenzulernen. Ich bin Pauls Mutter. Und Sandras … Schwiegermutter.«

»Mama, das wissen sie doch schon.« Paul dirigierte sie zu einem freien Stuhl.

»Ach ja?« Susanne hätte schwören können, diesen Menschen noch nie begegnet zu sein. Sie nickte dem Paar, das ihr ganz sympathisch schien, freundlich zu. »Nichts für ungut.«

»Es geht los!« Sandra stellte jedem einen kleinen Teller hin. »Wir beginnen mit einem Feldsalat mit Walnüssen und Granatapfelkernen. Guten Appetit.«

»Bist du heute wieder neblig, Oma?« Marie, die neben ihr saß, sah sie besorgt an.

Susanne schüttelte den Kopf. »Nein. Oma ist nur ein bisschen müde, mein Schatz. Mach dir keine Sorgen.«

»Tja, das lästige Alter«, sagte Paul launig. Dann wendete er sich dem jungen Paar zu. Es entspann sich eine Unterhaltung über Kurzreisen aller Art und die Frage, ob man Silvester feiern sollte. Suanne tat, als würde sie dem Gespräch interessiert folgen, doch sie spürte, dass sie unter genauer Beobachtung stand.

Während des Hauptgangs, vegetarische Kohlrouladen mit Hirse, Tomaten und Schafskäse – laut Sandra ein Segen für die Abwehrkräfte –, ging es um das Für und Wider von gastronomischen Auszeichnungen und dem damit verbundenen Stress für die Köche.

Wenn es nach den Kindern ginge, würde Sandra für dieses Gericht keinen einzigen Stern an Land ziehen können. Noah verzog nach dem ersten Bissen angewidert das Gesicht, und es war nicht leicht, Marie zum Essen zu überreden. »Das nächste Mal essen wir wieder Muppelpuff mit Knubbelgnö«, sagte Susanne leise, als ihr auffiel, dass das Gespräch am Tisch erstorben war.

»Schmeckt es wohl nicht?« Sandras Ton verhieß nichts Gutes.

»Es ist hervorragend«, sagte Susanne. »Aber kein Gericht, das Kinder begeistert. Daher versprach ich Marie, dass wir bald mal wieder Muppelpuff essen.«

Nun hatte sie alle Aufmerksamkeit. »Muffelpuff?« Paul sah sie an, als hätte sie den Verstand verloren. »Was soll *das* denn bitte sein?«

»Das ist unser Geheimnis«, sagte Marie, während sie Susannes Hand drückte. »Und sehr lecker.«

»Geheimnis!«, bestätigte Noah. Auch die Gäste machten den Eindruck, dass sie durchaus für eine Portion dieses unbekannten Gerichts zugänglich wären. Sandra tat ihr fast ein wenig leid.

»Aber heute ist nun mal kein Muppelpuff-Tag«, sagte Susanne bestimmt. »Heute essen wir diese leckeren Rouladen. Die sind sehr gesund.«

Als Susanne eine Stunde später neben Paul im Auto saß, war sie unendlich erleichtert, den Besuch hinter sich gebracht zu haben. Auch der zuckerfreie Nachtisch hatte die Stimmung nicht retten können, und das Ehepaar war gegangen, sobald der Anstand es zugelassen hatte.

Es war ruhig auf den Straßen. Der graue Himmel berührte fast den Boden, und die Menschen, die unterwegs waren,
hatten sich bis zur Unkenntlichkeit eingemummelt. Leichtes Schneegrieseln setzte ein, die Scheibenwischer bewegten
sich träge.

»Sandra hat sich wirklich viel Mühe gemacht«, durch-
brach Paul die Stille. »Und Kinder müssen lernen, dass nicht
nur für sie gekocht wird. Davon profitieren sie später enorm.«

»Da bin ich ganz deiner Meinung. Ich kann mich noch
lebhaft an das Theater erinnern, das du jedes Mal veranstal-
tet hast, wenn es Fisch gab.« Susanne lachte leise. »Dabei
habe ich ihn paniert und mit den knusprigsten Bratkartoffeln serviert, die unsere Pfanne hergegeben hat. Aber du
hast dich aufgeführt, als wollte man dich vergiften. Dafür
gehst du heute für Fisch durchs Feuer. Stimmt's?«

Paul grinste. »Okay. Eins zu null für dich.« Er setzte den
Blinker und fuhr auf den Stadtring. »Und was ist jetzt dieses Muppel-Zeugs, wofür meine Kinder so schwärmen?«

»Das ist unser Geheimnis. Damit kennen nur Omas sich
aus.« Susanne langte in ihre Manteltasche und zog die Liste hervor, die sie am Abend vorher geschrieben hatte. »Apropos Oma. Diese hat noch ein paar wichtige Wünsche.«
Doch sie erstarrte, als sie das Blatt auseinanderfaltete. Das,
was sie sich gestern Abend notiert hatte, entpuppte sich als
eine Liste mit lauter durchgestrichenen Wörtern.

»Ich höre.« Paul versuchte einen Blick auf das Blatt zu
werfen, aber Susanne ließ es schnell verschwinden.

»Ist nicht so wichtig«, sagte sie. »Das machen wir mal in
Ruhe, wenn die Feiertage vorüber sind.«

Noch mal gutgegangen … Susanne legte die vermeintliche Liste auf den Küchentisch und strich sie glatt. Ungläubig starrte sie auf die Zeilen. Nicht auszudenken, was passiert wäre, wenn Paul sie zu sehen bekommen hätte. Ihr Status *Mama wird alt* hätte sich innerhalb von Sekunden in *Mama ist plemplem* gewandelt. Und dieses Image wollte sie vermeiden, solange es ging. Sie zerriss das Blatt in kleinste Schnipsel und spülte sie in der Toilette herunter. Sicher war sicher.

Und jetzt? Ihr knurrte der Magen, aber auf Brot hatte sie keinen Appetit. Susanne öffnete den Vorratsschrank und entdeckte zu ihrer großen Freude eine angebrochene Tüte Chips. Der nahrhafte Ausgleich zu einem gesunden Mittagessen und die perfekte Begleitung zu einem schönen Film.

Einen Moment lang glaubte sie sich daran zu erinnern, dass mit dem Rekorder etwas nicht in Ordnung gewesen war, doch das stellte sich als Trugschluss heraus. Minuten später hetzte sie mit Hugh Grant von Hochzeit zu Hochzeit und stellte beruhigt fest, dass sie einige Szenen noch immer auswendig mitsprechen konnte. Es mochte ja sein, dass sie manchmal klitzekleine Aussetzer hatte, aber ansonsten war in ihrem Kopf alles in Ordnung.

Spätestens als Gareth tot umfiel, vermisste sie Ruth schmerzlich. Sie hatten den Film schon so oft gemeinsam angeschaut. Und jedes Mal waren ihnen die Tränen gekommen, wenn Matthew das bewegende Gedicht am Sarg seines Freundes vortrug.

Haltet alle Uhren an, lasst das Telefon abstellen,
Hindert den Hund am Bellen, indem ihr ihm
einen Knochen gebt,

Klaviere sollen schweigen, und mit gedämpftem
Trommelschlag,
Lasst die Trauernden nun kommen, tragt heraus den Sarg …
Susanne drückte die Pausentaste und wischte sich über
die Augen. Sie sollte es Johann mal aufschreiben. Wer Todes-
anzeigen und Fotos von Grabsteinen sammelte, hatte auch
Sinn für diese Zeilen.

Sie stand auf und ging langsam durch die Wohnung. Die
Auswahl mancher Bilder, die kleine Skulptur im Buchre-
gal, die seltsam gestreifte Tapete im Bad, die alte Lampe, die
er auf dem Flohmarkt gefunden hatte: Auf Schritt und Tritt
wurde sie an Martin erinnert.

Er war mein Nord, mein Süd, mein Ost und West,
Meine Arbeitswoche und mein Sonntagsfest,
Mein Gespräch, mein Lied, mein Tag, meine Nacht,
Ich dachte, Liebe währet ewig: Falsch gedacht.
Auf dem Tischchen im Flur fand sie eine Buntstiftzeich-
nung. *Für Oma von Marie* stand in schiefen Buchstaben am
Rand. Ein weiteres Wort war mit einem roten Buntstift
energisch durchgestrichen worden …

Plötzlich kam ihr ein schrecklicher Gedanke: Hatte sie
im Heft für Ruth auch alles unleserlich gemacht? Alarmiert
schlug Susanne die Seiten auf, die sie gestern geschrieben
hatte. Nein, dort war alles in Ordnung. Aber sie sollte sich
beeilen. Diese Geschichte musste verständlich und lücken-
los geschrieben werden.

Den Anfang vom Ende bekam ich nur am Rande mit. Ich wuss-
te, dass mein Vater Ärger mit dieser neuen Klasse hatte, aber
ich war mit meinen Gedanken woanders: Vor den Osterferien

war ich dem Schulchor beigetreten und fühlte mich dort wie ein Fisch im Wasser. Als wäre ich endlich da angekommen, wo ich hingehörte.

Frau Brand, die den Chor leitete, führte mich in eine völlig neue Welt ein und schaffte es, mich für unterschiedlichste Musikgenres zu begeistern. Ein Stück, das mich völlig verzauberte, war die Cantate Domino von Buxtehude. Hatte ich früher derlei Gesangsstücke scheußlich gefunden, öffnete diese Motette mir die Tür zur Klassik.

Auch mein Vater betrat Neuland. Die siebte Klasse, die er von der Kollegin übernommen hatte, war als Problemklasse verschrien. Mit ihrer ursprünglichen Lehrerin hatten die Schüler leichtes Spiel gehabt – sie unterrichtete in ihren Augen ja ›nur‹ Geschichte. Doch mein Vater hatte seine Prinzipien. Er ließ nicht zu, dass während des Unterrichts geredet wurde, für Essen und Trinken waren die Pausen vorgesehen.

Mit dieser strengen Haltung brachte er ein paar der Jungs gegen sich auf. Sie hatten sich diese Freiheiten ertrotzt und dachten nicht im Traum daran, sie wegen einer Vertretung aufzugeben. In jeder Stunde probierten sie aus, wie weit sie gehen konnten. Als mein Vater kurz darauf einen Test schreiben ließ, waren die Noten dieser Schüler dementsprechend.

Der Sprecher der Clique war nicht einverstanden mit seiner Note und stellte meinen Vater zur Rede. Der erklärte ihm sachlich, wie er die Arbeit korrigiert hatte und dass er keinen Grund sah, etwas an der Beurteilung zu ändern.

»Das wird Ihnen noch leidtun«, sagte der Junge. Ein Satz, über den mein Vater an jenem Tag beim Mittagessen schmunzelte. Fest der Meinung, dass er im Recht und somit auf der sicheren Seite war.

Das erste Schulhalbjahr lag in den letzten Zügen. Die freie Karnevalswoche, die ihnen wie eine saftige Möhre vor der Nase hing, rückte in erreichbare Nähe. Doch bis dahin standen noch jede Menge Korrekturen, Notendiskussionen und Konferenzen auf der Tagesordnung. Eine Zeit, in der man seine Kollegen besonders gut kennenlernen konnte.

Während sie dem Stimmengewirr lauschte, dachte Ruth darüber nach, ob sie sich nicht doch die Arbeit machen und eine Arbeit über die »Lebewesen in der Schullandschaft« verfassen sollte. Schließlich war Biologie eines ihrer Lieblingsfächer gewesen, und das Motto würde es ihr erlauben, diese heterogene Truppe in Gattungen einzuteilen, die je nach Lust und Laune vertieft werden konnte.

Die Referendare an den Tischen vor ihr gehörten eindeutig zu den Vögeln. Bunt gefiedert und pausenlos schnatternd. Gerade flogen sie aufgeregt umher, weil ein balzendes Männchen sich näherte. Dabei sollten sie sich lieber vor Sport-Georg in Acht nehmen, dachte Ruth. Sein Krokodilsgrinsen und die ausgeprägte Liebe zu Schwimmbädern machten ihn zu einem typischen Vertreter der Reptilien. Wobei nicht klar war, was den Mädels mehr schaden könnte: das scharfe Gebiss oder seine müden Witze.

Die Hofmann ordnete Ruth den Amphibien zu. Gedrungen, übergewichtig und glupschäugig sah sie einer Kröte zum Verwechseln ähnlich.

Ingrid setzte sich zu Ruth und musterte sie besorgt. »Na? Ist dir eine Laus über die Leber gelaufen?«

»Obwohl ich mich gerade mit Tieren auseinandersetze, nein. Ich versuche die hier Anwesenden in Gattungen einzuteilen und weiß nicht so recht, wo ich die Obergestressten hinstecken soll.« Sie zeigte auf zwei Kolleginnen, deren lautstark geführte Diskussion sich um das Arbeitspensum drehte, das die beiden zu bewältigen hatten, und wer von beiden schlimmer dran war.

»Wie wäre es mit Nagetieren im Versuchslabor?«, schlug Ingrid vor. »Die verhalten sich bei Stress, als wären sie auf Speed. Habe ich jedenfalls mal irgendwo gelesen.« Sie ließ den Blick schweifen. »Und unser lieber Kollege Merz mimt heute einen Piranha. Ich besaß vorhin die Frechheit, ihm eine Frage zu stellen, während er sich seinen Weg zur Tür freischnauzte. Der Idiot hätte mich fast gebissen!«

»Das ist aber auch rücksichtslos von dir. Der arme Mann hat es ohnehin so schwer. Kein Prüfungsfach und kaum Korrekturen. Und dann kommst du ihm noch in die Quere!«

»Ja, das Leben ist hart. Aber wehe, er ist zur Abwechslung mal entspannt. Dann quatscht er mir das Ohr weg und zeigt, dass seine Lieblingsfloskel *Transferleistung* im eigenen Verhalten noch nicht angekommen ist.«

Der Gong ertönte, und Ruth machte sich gutgelaunt auf den Weg in ihre Klasse. Obwohl sie deswegen fast ein schlechtes Gewissen hatte, empfand sie die Schule im Augenblick als Schutzraum vor den vielen Problemen in ihrem Leben. Hier war sie vor Susannes sich wiederholenden Anrufen sicher.

Hinzu kam, dass das Projekt, das sie im Rahmen des Kunstunterrichts mit der 11b durchführte, ihr großen Spaß bereitete. Die Schüler erstellten Clips zum Thema »Schach-figuren mal anders«, und als sie das Klassenzimmer betrat, waren die meisten bereits konzentriert am Arbeiten. Inte-ressiert ging Ruth an den Tischen entlang, ließ sich neue Szenen zeigen und gab Tipps für die Umsetzung.

Tobias, ein stiller Schüler, hatte sich für das Thema *Liebe* entschieden. Seine Skizzen zeigten eine Schachkönigin mit wallenden Haaren und einer Oberweite, die mindestens Körbchengröße DD erforderte. Ruth wollte schon darauf hinweisen, dass auch solche Attribute eher unerwünscht waren, doch sie wollte seinen Arbeitseifer nicht im Keim ersticken. Auf Nachfrage erzählte Tobias stockend von einer Femme fatale, die zuerst den König willenlos macht, dann das ganze Figurenreich in den Abgrund lotst.

»Das klingt spannend«, fand Ruth. »Aber brauchst du dazu solche Klischees?« Sie tippte mit dem Bleistift auf den Atombusen. »Nicht jede Frau mit großer Oberweite ist automatisch ein Vamp.«

Tobias wurde rot. »Nein, schon, aber ich wusste nicht ...«

»He, mach daraus doch eine krasse MeToo-Geschichte!« Melissa hatte sich zu Tobias umgedreht und sah ihn mit leuchtenden Augen an. »Harvey Weinstein und so. Weißt du, was ich meine?«

Tobias war anzusehen, dass er keine Ahnung hatte, wo-von die Rede war, doch Melissa fackelte nicht lange. Im nächsten Augenblick saß die reichlich tätowierte Schülerin auf dem freien Platz neben Tobias und half ihrem schüch-ternen Klassenkameraden in Sachen sexueller Übergriffe auf die Sprünge.

Als Ruth ihnen wenig später über die Schulter spitzte,

hatte sich Hollywood in *Schachwood* verwandelt, und aus den Bauern waren protestierende Frauen geworden, die den Turm gestürmt hatten und dem König zeigten, wo der Hammer hing. Noch hatte die Königin ihre Zweifel, aber es war nur eine Frage der Zeit, bis auch sie sich den Demonstrantinnen anschließen und dem König ein übermütiges *Schachmatt* zurufen würde.

In diesem Augenblick vibrierte Ruths Handy. Unauffällig warf sie einen Blick auf das Display. Als sie die Nummer erkannte, verließ sie das Klassenzimmer und nahm das Gespräch im Flur entgegen.

»Susanne! Ist was passiert?«

»Das Telefon funktioniert nicht!« Ihre Freundin klang verzweifelt. »Ich versuche seit Stunden Paul zu erreichen, aber meine Leitung ist tot.«

»Aber wir sprechen doch gerade miteinander. Also kann es nicht kaputt sein.«

»Wenn ich es dir doch sage! Es geht nicht mehr. Jedenfalls nicht, wenn ich Paul anrufen will.«

»Paul hat vielleicht am Gericht zu tun«, versuchte Ruth sie zu beruhigen. »Wenn ich hier fertig bin, komme ich vorbei und schau mir alles an. Oder du fragst in der Zwischenzeit Johann.« Doch ihre Worte verhallten ungehört. Susanne hatte das Gespräch bereits beendet.

Ruth lehnte sich mit dem Rücken an die Wand und schloss die Augen. *Schachmatt.* Ihr Schutzraum war gestürmt worden.

Bevor Ruth bei Susanne klingeln konnte, öffnete Johann die Haustür. »Gut, dass du da bist. Susanne hat einen schlechten Tag.«

»Deshalb bin ich hier.« Sie drückte die Tür hinter sich zu. »Sie hat mich in der Schule angerufen und war völlig aufgelöst. Hast du das Telefonproblem lösen können?«

Johann nickte. »Der Akku war leer. Ich habe es aber auf den Telefonanbieter geschoben, damit sie das Gesicht wahren konnte. Hast du eine Idee, wie man sie irgendwie aufheitern könnte? Ich habe schon an einen Film gedacht. Aber es muss einer sein, den sie gut kennt. Sonst geht der Plan nach hinten los.«

Ruth musste nicht lange nachdenken. »*Vier Hochzeiten und ein Todesfall*. Den kennen wir praktisch auswendig. Dir könnte er auch gefallen. Obwohl nur eine einzige Leiche darin vorkommt.«

»Dann schauen wir doch mal, ob sie anbeißt.«

Susanne war hocherfreut. »Kommt rein! So eine Überraschung. Hatten wir eine Verabredung?«

»Nein. Und ich muss gleich weiter«, sagte Ruth. »Aber ich habe zufällig Johann getroffen. Er langweilt sich heute zu Tode. Wie wäre es, wenn du ihn mit einem Film aufheiterst.«

»Eine gute Idee.« Susanne zeigte aus dem Fenster. »Bei dem Wetter jagt man keinen Hund vor die Tür!«

Johann richtete umständlich seinen Zopf. »Du hast nicht zufällig diesen Film mit den vielen Hochzeiten? Mir fällt gerade nicht ein, wie er heißt …«

»Du meinst *Vier Hochzeiten und ein Todesfall*? Natürlich habe ich den. Tolle Idee. Den habe ich seit Ewigkeiten nicht mehr gesehen.«

13.

Es kam nicht oft vor, dass Susanne Lust zum Bügeln hatte, aber heute fühlte sie sich, als könne sie Bäume ausreißen, und beschloss, diese leidige Arbeit sofort zu erledigen. Sie baute das Bügelbrett im Wohnzimmer auf, schaltete den Fernseher ein und zappte, bis sie das perfekte Programm gefunden hatte: eine Doku über die Bretagne.

Während ein Sprecher erzählte, wie schön die Nordküste war, zog sie das heiße Eisen über ein gestreiftes T-Shirt. Als sie die Flecken entdeckte, hielt sie inne. Mist, die Wäsche hatte die Fettspritzer nicht entfernen können. Und jetzt? Es war eines ihrer Lieblingsshirts, aber nun hatte es wohl endgültig ausgedient. Bedauernd warf sie es auf die Couch und nahm sich das nächste Hemd vor.

Beim Ausbreiten einer Hose kam sie ins Grübeln. War das nicht die Jeans, die ihr am Bund viel zu eng geworden war? Sie schlüpfte schnell hinein und stellte fest, dass sie recht hatte. Schade, das Rot war echt schön, und sie hatte sie erst im letzten Jahr gekauft. Oder? Hatte sie seitdem so zugenommen? Susanne fasste sich an den Bauch. Sollte sie eine Diät machen? Nein, die Zeiten waren endgültig vorbei. Die Hose war ein Fall für die Altkleidersammlung und damit basta.

Susanne legte sie separat auf einen Stuhl und dachte an ihre Mutter. Auch die hatte bis ins hohe Alter gern Rot getragen. Und wehe, jemand hatte sie darauf aufmerksam gemacht, dass diese Farbe nicht altersgemäß war … Wie gern sie diesen Ton gehabt hatte, war Susanne erst richtig klargeworden, als sie die Kleidung ihrer Mutter geordnet hatte, nachdem diese in ein Heim gezogen war. Sie hatte sogar ein rotes Nachthemd besessen.

Dieses Aussortieren war sehr belastend gewesen. In manchen Augenblicken hatte sie das Gefühl gehabt, weiter in ihre Privatsphäre einzudringen, als ihr zustand, in anderen war sie unangenehm berührt gewesen, Dinge über ihre Mutter zu erfahren, die sie nie hatte wissen wollen.

Susanne dachte an ihren eigenen Kleiderschrank, der bis obenhin voll war. Mit einem Mal sah sie ihre Garderobe durch die Augen anderer. Was würden Paul und Sandra empfinden, wenn sie das alles in Säcke packen mussten? Wie würde es Ruth dabei ergehen?

Sie nahm einen der herumliegenden Collegeblöcke und begann eine Liste: *Dinge, die ich unter allen Umständen vermeiden möchte.* Als ersten Punkt notierte sie, dass sie nicht wollte, dass Sandra ihre persönlichen Sachen aussortierte. Sie hatte nichts gegen ihre Schwiegertochter. Sandra war eine liebevolle Mutter und Frau. Aber sie hatte etwas Fanatisches, das Susanne nicht mochte. Und sie wollte nicht, dass Sandra irgendwann aufgrund ihres Geschmacks über sie urteilte, wenn sie darauf nichts erwidern konnte.

Susanne sah genau vor sich, wie sie verächtlich die Nase rümpfen würde, weil ihre Kleidung nicht 200%ig Fair-Trade hergestellt war. Dieses Label hatte Sandra vor kurzem für sich entdeckt und ging damit überall hausieren. Ähnlich war es in ihrer Yoga-Phase gewesen. Von heute auf morgen hatte sie diese Lehre als das Nonplusultra propagiert und jeden kritisiert, der nicht ebenfalls überzeugt gewesen war. Anschließend hatte es die *Fett-ist-Teufelszeug*-Phase gegeben, neuerdings war alles, was mit Zucker zusammenhing, pures Gift. Susanne fragte sich, warum junge Frauen sich heute so wahnsinnig viel Stress machten. Klar, auch sie hatten früher ihre Macken gehabt. Aber sie waren bei weitem nicht so verbissen gewesen.

Angestachelt von dieser Vorstellung ging Susanne ins Schlafzimmer und leerte den Schrankinhalt auf dem Bett aus. Die Sachen für das Rote Kreuz landeten am Fußende, Teile, die sie vorher anprobieren musste, verteilte sie im Wohnzimmer. Zufrieden nahm sie sich als Nächstes die Schubläden der Kommode vor. Es ging doch nichts über ein durchdachtes System!

Als ihr die Ablageflächen ausgingen, räumte Susanne den Küchentisch frei. Hier legte sie die Teile hin, die entsorgt werden konnten. War das alles? Nein, es mussten noch Sachen in Pauls früherem Zimmer sein. Wenn sie schon dabei war, konnte sie auch dort gleich ausmisten.

Susanne betrat den Raum, der mittlerweile als Gästezimmer diente, nicht oft. Die Wände waren noch gepflastert mit Pauls Bildern: ein Plakat mit den Tourdaten einer Band, Schnappschüsse von einer Fete am Baggersee, die Fußballfahne vom FC Bayern München …

Während sie die Sachen betrachtete, fühlte Susanne sich plötzlich in ein anderes Jugendzimmer versetzt. Das Zimmer, das der Anlass war, warum sie Ruth all diese Dinge erzählen musste. Sie sollte ihre Zeit nicht mit dem Sortieren von Wäsche vergeuden, sie musste die Geschichte zu Ende bringen, bevor sie dazu nicht mehr in der Lage war.

Susanne setzte sich an den Schreibtisch und las den letzten Eintrag durch. Sie war noch lange nicht dort angekommen, wo die Erinnerung sie soeben hatte hinführen wollen. Und spürte die Angst, die sie vor diesem Moment hatte.

Zunächst dachte niemand mehr an die Drohung dieses Schülers, Ruth. Doch eine Woche später wurde mein Vater ins Direktorat zitiert. Der Vater des Jungen, ein angesehener Geschäftsmann, teilte die Meinung seines Sohnes und hatte sich an die Schulleitung gewendet.

Die beiden Männer waren sich noch nie grün gewesen. Mein Vater verachtete die Art, wie der Direktor die Schule leitete, und stellte klar, dass er in diesem Fall nicht klein beigeben würde.

Vati war guter Hoffnung, dass die Kollegen sich auf seine Seite stellen würden, aber er hatte nicht deren Karrierepläne bedacht. Ein Großteil von ihnen schaute weg, und auch vom Schulamt kam keinerlei Unterstützung. Man glaubte dem Schulleiter und dem Vater des Schülers, der sehr einflussreich war.

Seine Macht reichte weit über die Schule hinaus, und das ließ er uns spüren: Eine Handwerkerfirma, mit der Termine vereinbart worden waren, tauchte nicht auf, und es wurden bösartige Gerüchte über uns in Umlauf gebracht. Daraufhin verlor meine Mutter einen Teil ihrer Nachhilfeschüler.

Zuerst glaubte mein Vater, die Situation sei vorübergehend. Doch dann musste er feststellen, dass es Kollegen gab, die Gerüchte über ihn in die Welt setzten. Fachkollegen hielten wichtige Informationen zurück, dafür wurden Vertraulichkeiten in Umlauf gebracht. Bald redete man nicht mehr mit ihm, sondern nur noch über ihn, und es dauerte nicht lange, bis er erneut mit dem Schulleiter in Konflikt kam. Irgendwann war er so verzweifelt, dass er sich krankschreiben ließ und jeglichen Lebensmut verlor.

Seine Fahrradklingel habe ich nie mehr läuten hören.

Susanne zögerte. Sollte sie die Geschichte in einem Rutsch weitererzählen? Würde sie dafür die Kraft haben? Die Türglocke nahm ihr die Entscheidung ab.

»Hast du mich vergessen?« Johann zeigte auf seine Armbanduhr. »Du wolltest um halb sieben zum Essen kommen.«

»Du lieber Himmel, das habe ich doch tatsächlich verschwitzt. Moment, ich ziehe mir nur schnell eine Strickjacke über.« Sie ging durch den Flur ins Schlafzimmer. Überall lagen Kleidungsstücke. Wann hatte sie die aus dem Schrank genommen? Und warum?

»Willst du umziehen?« Johann war ihr gefolgt. »Oder gehst du auf Weltreise? Ich könnte dir meinen Schrankkoffer leihen.«

»Ob du es glaubst oder nicht …« Susanne griff ein geblümtes Sommerkleidchen vom Bett und hielt es ihrem Nachbarn vor die Brust. »Aber ich war auf der Suche nach einem passenden Karnevalskostüm für dich und habe mir gedacht, du könntest als Elfe gehen!« Sie kicherte. »Allerdings müsstest du die Haare offen tragen. Elfen mit Zopf sind ein absolutes No-Go!«

14.

Als Ruth die Melodie vernahm, machte ihr Herz einen Satz. Leise öffnete sie die Terrassentür und trat hinaus. Nein, sie hatte sich nicht geirrt: Ganz oben in der Tanne saß eine singende Amsel. Es gab für sie keinen schöneren Frühlingsboten. Aufmerksam lauschte sie der Melodie, um herauszufinden, ob es derselbe Vogel war, der sich schon im letzten Jahr im Garten aufgehalten hatte.

Er war es: Zuerst pfiff er die bekannte Tonfolge ein paar Mal sauber hintereinander, dann setzte er zu einer gekonnten Improvisation an. Gustav war der Meinung, dass es sich bei diesem Vogel um eine alte Jazzseele handelte, und hatte ihm aus diesem Grund den Namen Armstrong verpasst.

Während sie ihm weiter zuhörte, entdeckte Ruth, dass sich bereits die ersten Spitzen der Stauden aus der Erde wagten, und sie beschloss, bald einen Nachmittag für den Garten zu reservieren.

Sie war erleichtert, dass die Winterpullis wieder eingemottet und gegen die Sommergarderobe ausgetauscht werden konnten. Aus diesem Grund hatte sie sich heute mit Susanne zum Shoppen verabredet und freute sich auf die gemeinsamen Stunden.

Es war kurz vor zwei, als Ruth das Café betrat und sich an einem Fenstertisch niederließ. Obwohl sie längst wusste, dass sie nur einen Espresso wollte, blätterte sie die Karte reflexartig durch. Vielleicht war es ein vorsintflutliches Pendant zum Zücken des Smartphones, wie es die meisten anderen Gäste taten? Oder wollte sie sich von Gustavs Vorwürfen ablenken?

Sie waren beim Frühstück heftig aneinandergeraten. Gustav hatte sich diesen Samstag freigehalten, damit sie zusammen etwas unternehmen konnten, und war stocksauer gewesen, als er erfahren hatte, dass Ruth bereits mit Susanne verabredet war.

»Ich frage mich wirklich, warum ich weniger arbeiten soll, wenn du ohnehin nie da bist«, hatte er geschrien. »Entweder bist du in der Schule oder mit Susanne beschäftigt! Beim Erstellen deiner ausgetüftelten Pläne könntest du mich auch mal berücksichtigen!« Dann hatte er seinen Teller auf die Anrichte geknallt und war ins Büro gefahren, während Ruth mit ihren Schuldgefühlen gehadert hatte.

Es blieb ihr keine Zeit, darüber nachzudenken. Susanne klopfte von außen an die Scheibe und schnitt eine Grimasse. Kurz darauf schlängelte sie sich an den enggestellten Tischen entlang und schloss Ruth gutgelaunt in die Arme.

»Ich kann dir gar nicht sagen, wie ich mich auf dich gefreut habe!« Sie hängte ihren Mantel über die Lehne und setzte sich ihr gegenüber. Auch Susanne nahm die Karte in die Hand. »Hast du schon bestellt?«

»Ich nehme nur einen Espresso. Hast du schon zu Mittag gegessen?«

Als sie sah, wie Susanne zögerte, wusste sie, dass es die falsche Frage gewesen war.

»Ich glaube ja«, sagte ihre Freundin. »Aber leider weiß ich nicht mehr, was es war. Kaffee klingt gut.«

Ruth versuchte, die Bedienung auf sich aufmerksam zu machen, doch der smarte junge Mann schäkerte mit einigen hübschen Frauen herum und hatte keinen Blick für sie. »Neben diesen Schönheiten mutieren wir zu *Unsichtbaren*. Ob wir in diesem Leben noch mal als Lustobjekt betrachtet werden?«

Susanne kicherte. »Das kannst du dir getrost aus dem Kopf schlagen, mein Goldstück. Aber was soll's. Wir haben es nicht eilig.« Sie langte in ihre Tasche und zog ein Blatt hervor, das sie Ruth reichte. »Die Idee mit den Blöcken ist übrigens echt gut. Ich schreibe jetzt alles Wichtige auf.«

Die Liste begann mit harmlosen Begriffen, wie *Streifenshirt, neue Jeans (rot?), schwarzer BH* und *Leinenhemd*. Der Begriff *Osternest* folgte weiter unten. Ruth freute sich, dass die Idee funktionierte. Doch als sie das gefaltete Blatt umdrehte, wurde ihr klar, wie sehr Susanne sich schon mit ihrer Krankheit auseinandersetzte: *Sandra soll unter keinen Umständen meine Sachen aussortieren!* Ganz unten am Rand hatte Susanne notiert: *Wird dies mein letzter Frühling sein?*

Diese schlichte Frage traf sie so unvorbereitet, dass ihr die Luft wegblieb. Bin ich genug für dich da, wollte sie Susanne fragen. Wie kommst du mit diesen Ängsten klar? Wollen wir noch mal zusammen verreisen? Wie kann ich es bloß allen recht machen? Gefolgt von dem Thema, das sie nicht mehr losließ: Wie soll ich ohne dich alt werden?

Stattdessen gab sie Susanne die Liste zurück. »Wie wollen wir den Kaufrausch heute angehen?«

In aller Ruhe bummelten sie durch die Gassen der Fußgängerzone, kauften wie immer jede Menge Postkarten, nahmen neue Geschäfte unter die Lupe und gaben in einem Papierladen viel zu viel Geld aus.

Susanne war begeistert von einem Block selbstklebender Zettel in Pfeilform. »Die beschrifte ich und klebe sie überall dorthin, wo ich an etwas erinnert werden muss.« Sie hatte es noch nicht ganz ausgesprochen, da begann sie auch schon zu lachen. »Siehst du es vor dir?«

Und ob Ruth es vor sich sah: eine Wohnung voller Pfeile, die auf irgendetwas zeigten. Nur wusste leider niemand mehr, was der Sinn und Zweck des Ganzen war. »Vielleicht kann man sie mit den roten Schleifen mischen«, kicherte Ruth. »Dann können wir es dem Kunstverein als Folgeausstellung anbieten!«

»Hach, was wäre das Leben nur ohne dich.« Susanne hakte sich bei Ruth unter.

»Was soll ich da erst sagen!« Ruth kniff die Augen zusammen, um die Tränen zurückzudrängen. Vielleicht hatten sie Glück, und die Krankheit schritt nur langsam voran. Oder kam sogar zum Stillstand. Wunder geschahen immer wieder. Warum nicht hier?

Nach einer Pause in ihrer Lieblingsbuchhandlung nahmen sie das *Frühlingsoutfit* in Angriff. Susanne hatte ihre Liste bald abgehakt, doch ein passendes Kleid für Ruth – schick, aber nicht affig – stellte eine größere Herausforderung dar. Als sie drei in Frage kommende Modelle gefunden hatten, steuerten sie auf den Umkleidebereich zu. Die meisten Kabinen waren besetzt, eine müde aussehende Verkäuferin tat ihr Bestes, die gewünschten Größen und Farben herbeizuschaffen.

»Probier die Sachen in Ruhe an. Wenn du was brauchst, sag mir Bescheid. Ich warte hier.« Susanne zeigte auf eine Ledercouch, die direkt vor den Garderoben stand.

Ruth hasste es, sich in solchen Hühnerkäfigen umzuziehen. Ganz zu schweigen von den Lichtverhältnissen, denen man dort ausgesetzt war. Sie wurden von irgendwelchen Sadisten eingerichtet, dessen war sie sich sicher. Männer, die eine große Freude daran hatten, Lampen so zu installieren, dass Frauen sich in blasse, krank aussehende Wesen verwandelten. Ganz zu schweigen von den Spiegeln, die es schafften, jede Figur zu verunstalten. Doch Ruth blieb nichts anderes übrig. Bei ihrer Größe war es ohnehin schwer, etwas Passendes zu finden, und die Hoffnung, online fündig zu werden, hatte sie längst aufgegeben.

Das erste, ein Businesskleid in Dunkelrot, zwickte unter den Armen, das Cocktailkleid sah ausgesprochen altbacken aus. Sie zwängte sich in das dritte, ein dunkelblaues Etuikleid, das ihr von Schnitt her gut gefiel, aber die Farbe war langweilig.

»Was du brauchst, ist ein Kobaltblau«, sagte Susanne, als sie Ruth begutachtete. »Ich schau mal, ob ich etwas finden kann.«

Sie wollte gerade losziehen, als ein pummeliges Mädchen in einem braunen Rüschenkleid aus der Nachbarkabine trat. Sowohl Susanne als auch Ruth entfuhr spontan ein »Du lieber Himmel!«.

Das Mädchen sah sie alarmiert an. »So schlimm?«

»Diese Farbe macht Sie sehr alt«, sagte Susanne. »Vielleicht sollten Sie es mal mit etwas Rotem versuchen?« Ruth musterte sie. »Ja, das könnte gut aussehen.«

»Aber dann sehe ich ja aus wie ein Leuchtturm!« Es war der jungen Frau anzusehen, dass sie die Vorstellung, Blicke auf sich zu ziehen, höchst unangenehm fand.

»Papperlapapp«, sagte Susanne. »Warten Sie kurz, ich bringe Ihnen auch gleich was mit. Welche Größe soll es sein?«

Während Susanne auf Kleiderjagd ging, zog Ruth sich ihr Leinenhemd über und steckte den Kopf durch den Vorhang. In dem schmalen Gang ging es zu, wie in einem Taubenschlag. Ganz rechts stand eine große Türkin in einem monströsen, violetten Abendgewand. Zwei Männer, anscheinend ihre Brüder, fotografierten sie und schickten die Bilder per WhatsApp gleich weiter. Ruth stellte sich vor, wie die Mutter die Auswahl begutachtete und aus der Ferne ihren Senf dazugab.

»So etwas in Lila würde mir auch gefallen.« Das Mädchen nebenan verfolgte die Szenerie ebenfalls. »Was meinen Sie?«

Ruth schüttelte den Kopf. »Sie brauchen unbedingt etwas Schlichtes. In so einem Schleifenzirkus würden Sie untergehen!«

»Nachschub!« Susanne kam beladen um die Ecke. »Diese hier könnten Ihnen gut stehen.« Sie drückte dem verdutzten Mädchen zwei Teile in die Hand. »Auch wenn Sie glauben, dass ich spinne: Ziehen Sie beide mal an. Dieses gerade geschnittene Modell gäbe es auch noch in Grün.« Dann wendete sie sich Ruth zu. »Und du bekommst etwas in *electric blue*, meine Liebe. Alternativ dazu ein gemustertes Teil. Ich bin gespannt!«

Ruth wäre nicht überrascht gewesen, wenn Susanne sich nun bei den Türken eingemischt hätte, doch sie ließ sich auf die Ledercouch sinken und begann eine Unterhaltung mit einer Frau, die auf eine Freundin wartete.

Während Ruth das erste Kleid anzog, schloss sie im Geheimen Wetten ab, wie lange Susanne brauchen würde, ihre Gesprächspartnerin zu einer Neuanschaffung zu motivieren. Doch sie verlor. Dafür war das blaue Kleid ein Volltreffer. Als sie die Kabine verließ, gab es Applaus von den Frauen auf dem Sofa. Und gleich noch einmal: Ruths Nachbarin trat in einem roten Kleid mit asymmetrischem Schnitt durch den Vorhang. Strahlend umarmte sie Susanne. »Danke! Ohne Sie hätte ich das nicht mal in Erwägung gezogen. Sie sollten sich hier unbedingt um einen Job bewerben.«

Ihre neuen Schätze in den Taschen verließen sie das Kaufhaus und bogen in die Fußgängerzone ein. Vor einem Süßwarenladen blieb Susanne stehen und überflog ihre Liste. »Ich brauche noch zwei Osternester.«

»Seit wann erlaubt Sandra den Kindern Schokolade?«

»Gar nicht. Aber Omas haben die leidige Tendenz, sich über solche Verbote hinwegzusetzen.« Sie starrte auf die aufwendig gestalteten Hasenszenen im Schaufenster. »Weißt du, was verrückt ist, Ruth? Wenn es mit mir so weitergeht, kann ich mir nächstes Jahr selber Ostereier verstecken. Und eine Stunde später werde ich keine Ahnung mehr haben, wo sie verborgen sind.«

15.

Schon als Kind hatte Susanne Sonntage nicht leiden können. Dieser Inbegriff an Langeweile vermieste das Ende einer jeden Woche so sicher wie das Amen in der Kirche, wo viele ihrer Freunde den Vormittag verbringen mussten. Auch danach waren sie nicht erreichbar. Dann standen ein Verwandtschaftsbesuch und der übliche Sonntagsspaziergang an. Dinge, die Susanne fremd waren. Bei ihnen gab es nur Vater, Mutter, Kind, die sich an diesem Tag völlig ausgeliefert waren. Doch meistens machten sie das Beste daraus. Wenn das Wetter es zuließ, unternahmen sie eine Radtour und planten ein Picknick ein. War das nicht der Fall, gingen sie ins Museum oder vertrieben sich die Zeit mit Brettspielen und Büchern.

Die Aussicht auf die heutige Sonntagsruhe lähmte Susanne, seit sie die Augen aufgeschlagen hatte. Unentschlossen, wie sie die Zeit totschlagen könnte, ging sie in die Küche, schaltete Kaffeemaschine und Toaster ein und nahm Butter und Käse aus dem Kühlschrank. Als alles auf dem Tisch stand, entdeckte sie den Zettel. *Nicht vergessen: Vernissage um 11 Uhr!*

Komisch, das war nicht ihre Schrift. Doch dann erinnerte sie sich daran, dass die Notiz von Johann stammte. Er wurde in letzter Zeit ganz schön vergesslich, dachte Susanne. Aber sie würde sich den Termin merken und ihn rechtzeitig abholen. Erfreut, dass sie nun ein Ziel hatte, sah sie auf die Uhr. Erst sieben. Noch viel Zeit bis dahin.

Früher waren sie erst aufgestanden, wenn sie ausgiebig mit Paul gekuschelt und den Tag geplant hatten. Jedenfalls war das anfangs so gewesen. Später hatte Paul an den meisten Sonntagen Fußball gespielt, und Martin war nach dem Frühstück in die Kanzlei gefahren, um Liegengebliebenes aufzuarbeiten. Sie hatte zwar oft mit Ruth etwas unternommen – Gustav und Martin waren einander in der Hinsicht ähnlich –, doch an den Tagen, an denen sie allein zu Hause war, wusste sie wieder, warum sie diesen Tag nicht ausstehen konnte.

Susanne spürte, wie der Groll, den sie an Sonntagen Martin gegenüber empfunden hatte, sich einen Weg an die Oberfläche bahnte. Nein! Sie wollte sich lieber an die schönen Zeiten erinnern. An die Tage denken, an denen er bei ihr geblieben war und sie Spaß gehabt hatten.

Gab es noch Fotos von diesen Ausflügen? Die Kaffeetasse in der Hand ging sie ins Arbeitszimmer und nahm ein Fotoalbum aus dem Regal. Langsam blätterte sie sich durch die Touren, die sie unternommen hatten. Als Paul noch klein war, hatte Martin sich öfter Zeit genommen, sie zu begleiten. Später lachten meist nur Ruth, Paul und sie in die Kamera.

Wieder spürte Susanne die Verbitterung, die sie lange unter Verschluss gehalten hatte. War Martin wenigstens dabei gewesen, als sie an Pauls fünftem Geburtstag in diesen Abenteuerpark gefahren waren? Wenn es nach dem Album ging, hatte der Tag gar nicht stattgefunden, doch Susanne wusste, dass irgendwo Bilder existieren mussten. Als sie auch in den anderen Alben nicht fündig wurde, nahm sie sich die Schachtel mit den losen Fotos vor.

Plötzlich hielt sie einen ganz anderen Schnappschuss in der Hand. Das Bild zeigte sie neben Frau Brand im Scheinwerferlicht. Beide in schlichtem Schwarz gekleidet, strahlten sie um die Wette. Sie erinnerte sich an die schlaflose Nacht, die sie im Vorfeld gehabt hatte, und an die unbändige Erleichterung, als alles gutgegangen war. Ja. All das musste sie Ruth erzählen. Auch wenn es noch so schwerfiel, sie durfte nichts auslassen.

Wenn ich sang, war ich eine andere. Ich lernte, richtig zu atmen, und bekam ein ganz neues Körpergefühl. Zudem erfuhr ich im Chor eine Bestätigung, die ich in dieser Form nicht kannte. Frau Brand führte mich Schritt für Schritt in eine unbekannte Welt. Sie brachte mir die Kantaten und die h-Moll-Messe von Bach nahe und machte mich auf Besonderheiten jener Werke aufmerksam. Es dauerte nicht lange und die anfangs so ungewohnte Musik übte eine große Anziehungskraft auf mich aus, spornte mich an, noch besser zu werden.

Diese Gemeinschaft wurde im Lauf der Zeit zu meiner Ersatzfamilie. Hier interessierte sich kaum jemand für Statussymbole, die aufgrund der finanziellen Situation meiner Eltern für mich unerreichbar geworden waren. Ich lebte in einer Parallelwelt, in der nicht wichtig war, dass wir uns meine Klavierstunden nicht mehr leisten konnten. Es ging einzig und allein um den Einsatz meiner Stimme, und die war umsonst.

In meinem richtigen Zuhause hingegen wurde die Situation allmählich unerträglich. Ein Amtsarzt hatte meinen Vater bis auf weiteres krankgeschrieben. Als sich seine Depressionen jedoch verschlimmerten, wurde er in eine psychosomatische Klinik eingewiesen.

Mutti tat alles, um uns vor dem Gerede der Leute zu schützen, dennoch kam mir viel zu Ohren. Die meisten waren der Meinung, dass mein Vater sich einfach mal zusammenreißen sollte. Depressionen waren schließlich keine richtige Krankheit. Das war nur etwas für Schwächlinge. Zudem glaubten viele, dass die Gerüchte, die man über ihn in Umlauf gebracht hatte, mindestens ein Körnchen Wahrheit enthielten.

Susanne hielt inne. Beim Schreiben der Zeilen hatte sie die gebückte Gestalt ihres Vaters vor Augen, hörte seine über die Fliesen im Flur schlurfenden Schritte. Mit einem Mal fürchtete sie sich davor, die Gespenster der Vergangenheit so nah an sich heranzulassen. Würde Ruth das alles überhaupt lesen wollen?

Sie stellte sich vor, wie ihre Freundin mit dem Heft auf der Couch saß, einen Arm auf der Lehne, den Kopf auf die Hand gestützt. Oder hatte sie das Heft längst wütend zur Seite gelegt? Nein, noch hatte Ruth keinen Grund, sie zu verurteilen.

Wir besuchten Vati häufig. Bei jedem Wiedersehen stellte ich Vergleiche zum letzten Treffen an, klammerte mich an die Vorstellung, dass es ihm bald bessergehen, unser Alltag wieder normal werden würde.

Obwohl ich eine andere Schule besuchte, wo man diesen Vorfall zum Glück nicht zur Kenntnis genommen hatte, fühlte ich mich stigmatisiert und tat alles, um dazuzugehören. Egal, wie ich mich dafür verbiegen musste. Hauptsache, ich lieferte keinen Grund, ausgegrenzt zu werden.

Später, das nahm ich mir fest vor, würde ich mich für Mobbingopfer einsetzen. So wie ich mir geschworen habe, mich eines Tages an diesem Schüler zu rächen, dem wir das alles zu verdanken hatten.

Erschöpft legte Susanne den Stift nieder. Die erschütternden Ereignisse danach mussten warten. Nachdem sie die leere Tasse in die Spülmaschine gestellt hatte, fiel ihr Blick auf einen Zettel, der mitten auf dem Esstisch lag. *Nicht verges-*

sen: Vernissage um 11 Uhr! Komisch, das war nicht ihre Schrift. Doch sie konnte sich vorstellen, dass Johann das aufgeschrieben hatte. Er ging regelmäßig zu Ausstellungen, und manchmal begleitete sie ihn.

Es war schon fast halb elf. Schnell zog sie sich etwas Passendes an, legte ein leichtes Make-up auf und zog ihren Mantel über. Schön, dass sie heute rauskam. War nicht sogar Sonntag?

Johann öffnete die Tür, bevor sie klingeln konnte. Er trug seinen klassischen Trenchcoat und einen dunkelgrauen Hut. Susanne pfiff leise durch die Zähne. »Mann, du siehst aus wie 007!«

»Guten Morgen, meine Liebe!« Er zog den dunkelgrauen Filzhut. »Ich *bin* 007.« Als er sie an sich drückte, nahm Susanne den vertrauten Duft seines Rasierwassers wahr. Ihr wurde bewusst, wie sehr sie solche Berührungen vermisste, und sie verharrte so lange wie möglich in der Umarmung.

Eingehakt machten sie sich auf den Weg ins Stadtmuseum. »Was für eine Ausstellung wird heute eröffnet?«, fragte Susanne.

»Eine Auswahl aus der Sammlung. Kunst der sechziger und siebziger Jahre. Und im Nebenraum stellt ein Mitglied vom Kunstverein irgendwelche Collagen aus«, sagte Johann. »Aber das wird den meisten Besuchern egal sein. Diese Vernissagen sind in der Regel nur ein Schaulaufen, und ich bin heilfroh, dass ich darüber nie mehr berichten muss.« Er kicherte leise. »Mich hat mal ein Stadtratsmitglied wütend angerufen, weil er in meinem Artikel über eine Ausstellung nicht erwähnt wurde. Und das mitten im Wahlkampf! Dabei war er sicher nicht in der Lage, einen Dürer von einem Warhol zu unterscheiden.«

»Man legt solche Events nicht umsonst auf einen Sonntagvormittag«, sagte Susanne. »Da ist jeder froh, mal aus dem Haus zu kommen. Und Alkohol gibt es auch noch. Was will man mehr?«

*

»Versprichst du mir, dass wir uns nicht alle Einführungsreden anhören? Sonst besteht die große Gefahr, dass ich mich restlos betrinke und randaliere.« Ruth kramte in ihrer Tasche nach Kleingeld für die Parkuhr.

»Wie oft soll ich es dir noch erzählen: Ich muss mich dort sehen lassen, weil dieser Kunde wichtig ist, und seine Frau ihre Collagen oder was auch immer ausstellt. Sonst werden die Verhandlungen noch zäher, als sie ohnehin schon sind.«

»Ich bin ja bei dir.« Ruth drückte seine Hand und stieg aus. »Kann ich mich so an deiner Seite zeigen?«

»Du siehst zauberhaft aus.«

»Vor einem sollte ich dich allerdings warnen: Wenn mich jemand mit den Worten *Ach, dass man Sie auch mal wieder sieht, Frau Hagedorn!* begrüßt, lebt er gefährlich.«

Gustav lachte. »Ich verspreche dir, dass ich eine Richterin suchen werde, die mildernde Umstände gelten lässt.« Er nahm ihre Hand. »Komm, bringen wir es hinter uns.«

Schon im Foyer trafen sie viele Bekannte. Und es dauerte nicht lange, bis der berüchtigte Satz ein erstes Mal fiel. »Sehen Sie mal, was für ein Glück Sie haben! Ich darf das Haus nur ganz selten verlassen«, sagte Ruth, wobei sie die

Mundwinkel verzog. Während sie weitere Hände schüttelte, sah sie sich suchend nach dem markanten weißen Zopf von Johann um, doch sie konnte ihn nicht entdecken. Dafür stand sie im nächsten Moment ihrer Nachbarin gegenüber.

»Voll schade, dass du es nicht zum Brunch geschafft hast«, flötete Roswitha. Den roten Wangen nach zu urteilen, hatte sie dem Weißwein schon kräftig zugesprochen. »Es war wirklich voll schön!«

»Das freut mich«, sagte Ruth höflich. »Und wie ist die Ausstellung?«

»Ach, weißt du, die Bilder schaue ich mir lieber mal an, wenn nicht so viel los ist.« Im nächsten Moment riss sie einen Arm hoch, winkte aufgeregt und verschwand in der Menge.

»Wusstest du, dass das die meist verwendete Ausrede ist, sich an einem Sonntagvormittag gratis zu betrinken?« Johann legte seinen Arm um ihre Taille und zog sie an sich. »Ich hingegen bin hier, um schöne Frauen zu treffen.« Er küsste sie auf die Wangen. »Dieses Kleid steht dir ausgezeichnet.«

»Susanne hat es für mich ausgesucht. Ist sie auch da?«

»Sie hat mich sogar abgeholt. Ich habe den Eindruck, dass es ihr im Augenblick richtig gutgeht.«

»Ich kann dir gar nicht sagen, was ich dafür gäbe, wenn diese verdammte Krankheit zum Stillstand käme.« Ruth dachte an Susannes Frage nach dem letzten Frühling. Hoffentlich hatte Johann recht. »Ich habe uns einen Tisch für 12 Uhr 30 reserviert.«

»Ob wir das schaffen?« Johann deutete auf das Programm.

»Vier Leute wollen ihren Senf zu dem geben, was hier an den Wänden hängt. Das wird dauern. Und Gustav muss heute unbedingt gesehen werden, habe ich das richtig verstanden?«

In diesem Moment kam Roswitha zurück und teilte ihnen mit, dass Ruths Mann bereits beobachtet wurde. »Ich will hier nicht die Pferde scheu machen«, sagte sie in einem verschwörerischen Ton. »Aber dein Mann wird *voll* von dieser Siska in Beschlag genommen. Du weißt schon, diese scharfe Wuchtbrumme vom Kulturamt. An deiner Stelle würde ich mal dazwischengehen. Nur dass du Bescheid weißt …« Mit einem vielsagenden Blick mischte sie sich wieder unter die Besucher.

Johann lachte. »Das wäre eine schöne Schlagzeile: Stadtbekannter Architekt prüft Schärfe im Kulturamt. Dieser alte Toyboy aber auch!«

»Ich sehe schon, ihr habt die besseren Themen«. Susanne umarmte Ruth und nahm sich ein Glas Wein von einem vorbeischwebenden Tablett. »Mein Gott, gibt es hier schräge Leute. Außerdem scheint das halbe Kollegium hier zu sein. Alle wollen wissen, ob ich meinen Ruhestand genieße. Was ist das denn für eine dämliche Frage. Am Ende habe ich einfach gesagt, dass ich …« Sie nippte nachdenklich von ihrem Glas. »Ist auch egal.«

»Jedenfalls sind wir falsch angezogen«, sagte Ruth. »Keiner von uns trägt Künstlerschwarz.« Sie musterte Johann. »Gerade von einem Friedhofsexperten hätte ich mehr erwartet.«

»Wir können die Sache ja ausgleichen, indem wir uns künstlerische Grabsteinsprüche ausdenken.« Johann ließ den Blick schweifen. »Deine Nachbarin behält Gustav tatsächlich genau im Auge.«

»Dann beginnen wir gleich mit Roswitha.« Ruth überlegte kurz. »*Sie war ein Schwätzer vor dem Herrn. Nun haben sie die Würmer gern.*«

Susanne lachte so laut, dass mehrere Leute sich missbilligend nach ihr umdrehten. »Das ist aber gar nicht nett!«

Zu weiteren Dichtungen kam es nicht, denn die Besucher bewegten sich die geschwungene Treppe zum Saal hinauf. Sie folgten der Menge zum langweiligen Teil der Eröffnung.

Ruth setzte sich neben Gustav, der ihr direkt bei der Tür einen Stuhl freigehalten hatte. »Der Museumsleiter wollte mich in die erste Reihe setzen, aber das habe ich zu verhindern gewusst«, flüsterte er. »Ich habe Magen-Darm, nur für den Fall, dass du gefragt wirst.«

»Das ist zwar nicht kompatibel mit dem geplanten Essen, aber so können wir uns in Windeseile davonmachen. Es sei denn, du hast schon etwas mit der heißen Siska vom Kulturamt ausgemacht.« Sie grinste. »Roswitha hat euch genau beobachtet und mich eindringlich vor dieser Verbindung gewarnt.«

»Die wollte mich nur für eines ihrer Projekte gewinnen.«

»Aha, ihre Projekte«, sagte Ruth. »So nennt man das heutzutage?«

Ihr Geplänkel wurde vom ersten Vorsitzenden des Kunstvereins unterbrochen, der eine lange Reihe von Grußadressen herunterleierte. Auch Gustavs Name war dabei, und einige Menschen nickten ihm freundlich zu. Die Ankündigung der kommenden Ausstellungen ließen sie noch über sich ergehen, doch als eine Kunsthistorikerin sich anschickte, die Hintergründe der Pop-Art-Kunst zu erläutern, ergriffen sie die Flucht.

»Perfektes Timing«, sagte Johann, der mit Susanne vor der Tür wartete. »Nichts wie weg!«

Ausgelassen rannten sie die Treppe hinunter. Ruth fühlte sich an Schultage erinnert, an denen der Rektor das magische Wort *Hitzefrei* ausgesprochen hatte. Sie zog sich gerade den Mantel an, als sie sah, dass Susanne an der untersten Stufe stehen geblieben war und auf die Uhr sah.

»Was ist denn?«, fragte Ruth. »Hast du keinen Hunger?«

»Doch. Ich frage mich nur, wo Martin wieder bleibt. Er hatte verspochen, heute pünktlich zu sein.«

16.

Mittlerweile war ich achtzehn. Die Welt stand kopf, und sogar in unserer Kleinstadt hatte man erste Hippies gesichtet. Die Situation zu Hause hingegen war unverändert. Vati war meistens in der Klinik. Und wenn er mal zu Hause war, saß er am Fenster und starrte hinaus.

Mutti setzte alle Hebel in Bewegung, uns finanziell über Wasser zu halten. ›Wäre doch gelacht, wenn wir das nicht schaffen‹, war eine ihrer Durchhalteparolen, und auch ich versuchte, meinen Beitrag zu liefern, indem ich jeden Morgen Zeitungen austrug. Doch das Geld war knapp, und manchmal wachte ich nachts in Panik auf, weil ich Angst hatte, dass wir bald mittellos auf der Straße landen würden.

Die Musik und der Chor waren mein Ein und Alles. Dort

hatte ich Freunde, war die Stimmung entspannt, und ich konn-
te meine Sorgen für eine Weile vergessen. Umso größer war der
Schock, als meine Gesangslehrerin mich eines Tages bat, nach
der Probe kurz dazubleiben. Sofort befürchtete ich das Schlimms-
te: Ich war nicht gut genug, und sie wollte mich loswerden.
Während ich mich mit schweißnassen Händen auf die neuen
Noten zu konzentrieren versuchte, dauerte es nicht lange und
ich war ganz ihrer Meinung: Ich hatte hier nichts verloren.

Doch anstatt mir nahezulegen, den Chor zu verlassen, bot
Frau Brand mir private Gesangsstunden an. Das Glücksge-
fühl und die Erleichterung waren überwältigend. Bis die Re-
alität mich Sekunden später einholte: Für so etwas hatten wir
kein Geld. Doch Frau Brand wusste von meiner Situation
und wischte alle Einwände beiseite. »Ich verlange lediglich, dass
du mit Herz und Seele dabei bist. Hättest du Samstagnachmit-
tag Zeit, bei mir vorbeizukommen?«

Susanne betrachtete die Tasse, die auf der Schreibtischunterlage stand. Wie war es möglich, dass sie sich nicht daran
erinnern konnte, diesen Tee aufgegossen zu haben, die Bilder aus der Vergangenheit aber ungehindert auf sie einström-
ten, sobald dieses Heft aufgeschlagen vor ihr lag?

Zu Hause erzählte ich nichts von der Einladung. Zu groß war
meine Angst, dass Mutti mir verbieten würde, das großzügige
Angebot anzunehmen. So zählte ich die Stunden im Stillen und
stellte mir vor, was mich erwarten könnte.

Dabei plagten mich große Schuldgefühle, denn meine Mut-
ter hatte kaum die Möglichkeit, mal rauszukommen.

Dann, endlich, wurde es Samstag. Ich hatte mir im Vorfeld

so einiges ausgemalt, mit einer verwunschenen Villa hatte ich aber nicht gerechnet. Staunend betrachtete ich sie durch die Gitterstäbe des schmiedeeisernen Zaunes. Das Haus stand zwischen alten Buchen in einem verwilderten Garten. Die verwitterte Fassade war einst ockergelb gewesen, und an der rechten Seite des Gebäudes befand sich ein kleiner runder Turm mit spitzem Dach.

Zögernd drückte ich das Tor auf und ging über den unbefestigten Weg auf das Haus zu. Zwischen den Bäumen standen buntbemalte Holzskulpturen, und an einem dicken Ast drehte sich ein Mobile aus Metall. Ich stellte mir unsere Nachbarn vor, die schon die Fassung verloren, wenn einer der Sträucher über den Zaun wuchs. Bei diesem Anblick würden sie einen Nervenzusammenbruch erleiden.

Neben der breiten Treppe, die zur Haustür führte, stand ein Mann vor einer Staffelei. Er hatte die Haare zu einem Zopf gebunden und eine runde Metallbrille auf der Nase. Die buntbekleckste Gartenschürze spannte über seinem Bauch. Als er mich bemerkte, hob er die Hand. »Hallo! Du bist bestimmt Sabines Gesangstalent.«

Zum Glück erschien Frau Brand in der Tür und ersparte mir eine Antwort auf diese Frage. »Lass dich bloß nicht von unserem Malergast verunsichern.« Sie machte ein paar flachsige Bemerkungen über das Gemälde, ein wildes Durcheinander verschiedenfarbiger Körper, dann lotste sie mich ins Haus. Währenddessen erzählte sie, dass sie hier zusammen mit einem Pianisten, einer Cellistin und einem Bildhauer lebte und das Anwesen ihrer Tante gehörte. »Sie war früher Opernsängerin und lebt nun in einem Altersheim. Ab und zu holen wir sie her und machen gemeinsam Musik.«

Fasziniert folgte ich ihr über rotweiße Mosaikfliesen, be-
wunderte die grünen Streifentapeten und den goldgerahmten
Spiegel, der das Entree noch größer erscheinen ließ. Irgendwo
im Haus übte jemand Tonleitern auf dem Klavier.

Wir gingen durch einen langen Flur, vorbei an Portraits und
Landschaftsgemälden, bis wir zu einem Wintergarten kamen.
Zwischen den wuchernden Grünpflanzen standen zwei rote
Samtsofas, die Fenster waren zum Teil aus altem Glas, das die
Aussicht merkwürdig verzerrte. Neben der Tür hing ein Regal
voller Schallplatten, davor stand ein Tisch mit einem Platten-
spieler und einigen Glaskaraffen. Hätte mir jemand in diesem
Augenblick vorhergesagt, dass dieser Ort mein zweites Zuhau-
se werden würde, hätte ich ihm einen Vogel gezeigt.

Frau Brand schenkte uns Tee ein und fragte, ob ich schon
mal Lieder von Schumann gehört habe. Als ich unsicher den
Kopf schüttelte, legte sie eine Platte auf. Die Mondnacht *ver-*
zauberte mich vom ersten Moment an: Es war, als hätt' der
Himmel die Erde still geküsst, dass sie im Blütenschimmer
von ihm nun träumen müsst!

Die Musik schlug mich derart in ihren Bann, dass ich be-
fürchtete, es sei alles nur ein Traum. Dass ich Angst hatte, mei-
ne Mutter könne jeden Augenblick hereinkommen, um mich
zu wecken, und ich sähe diese Welt danach nie wieder.

Als wir nach den letzten Tönen still dasaßen, betrat tatsäch-
lich jemand den Raum. Ein Mann, der noch eine große Rolle
in meinem Leben spielen sollte.

Automatisch griff Susanne nach dem Karton, um ein Foto
von Bruno herauszusuchen. Bis ihr einfiel, dass sie alle vernichtet hatte. Doch selbst nach so langer Zeit fiel es ihr nicht

schwer, ein Bild von ihm heraufzubeschwören. Vor allen Dingen seine schönen Hände, die stets mit traumwandlerischer Sicherheit die richtigen Tasten am Klavier gefunden hatten, konnte sie sich sofort ins Gedächtnis rufen.

Doch das war alles aus und vorbei. Nicht mal Martin hatte sie von ihm erzählt. Sie war froh gewesen, diese Zeit überlebt zu haben, und wollte nach vorn schauen. Aus diesem Grund hatte sie seine Einladung an diesem sonnigen Frühlingstag damals angenommen. Sie stand kurz vor dem Staatsexamen und lernte rund um die Uhr. Aber am Nachmittag hatte sie nichts mehr in sich aufnehmen können und war zum Einkaufen gegangen. Unentschlossen, ob sie sich eine Pause gönnen sollte, war sie auf Höhe der Terrasse vom Café *Sehnsucht* stehen geblieben.

Als Martin auf den leeren Stuhl neben sich gezeigt und sie gefragt hatte, ob sie ihm Gesellschaft leisten wolle, war sie einverstanden gewesen. Auch er stand kurz vor den Prüfungen und kämpfte mit einem englischen Gesetzestext. Nicht gerade das Vokabular, das sie im Englischstudium lernte, aber gemeinsam bekamen sie das Problem in den Griff. Erleichtert, dass die Übersetzung unter Dach und Fach war, lud Martin sie zum Essen ein. Obwohl sie längst wieder an ihrem Schreibtisch hätte sitzen sollen, hatte sie nicht lange überlegt. Ihr gefiel die Art, wie er spielerisch mit Worten und Ausdrücken umging, wie er lachte und schräge Witze erzählte.

Während sie den Aufsatz übersetzten, lief im Café der neue Song von den *Turtles,* der nach diesem Tag zu *ihrem* Lied geworden war.

Imagine me and you, I do

I think about you day and night, it's only right
To think about the girl you love and hold her tight
So happy together

Sie hatte stets geglaubt, dass dieser Text auch für ihre Beziehung gültig war. Bis die Kanzleipartner sie nach Martins Beerdigung darum gebeten hatten, seine persönlichen Sachen abzuholen. Viel war es nicht gewesen: ein paar gerahmte Bilder von Paul und ihr, eine Originallithografie, das alte Tintenfass seines Vaters, sein Füller, einige Bücher. Das monströse Ledersofa hatte sie den Partnern vermacht.

Erst ganz zum Schluss hatte sie seine Schreibtischschublade ausgeräumt. Da war ihr klargeworden, dass Martin manche Zeilen ihres Liedes anders aufgefasst hatte, als sie:

I should call you up, invest a dime,
and you say you belong to me and ease my mind …

Sie hatte ein Büchlein gefunden mit den Telefonnummern von F. und K. Eine gewisse G. war zu dem Zeitpunkt nicht mehr im Rennen gewesen, denn Martin hatte diese Nummer mit energischen Linien durchgestrichen. Anschließend war sie auf Umschläge gestoßen, die kleine Liebesbriefe von ihr unbekannten Frauen enthielten. Ordentlich sortiert, wie es stets seine Art gewesen war. Wer rechnet schließlich schon damit, plötzlich aus dem Leben gerissen zu werden? Susanne hatte sich vorgestellt, wie sie ihm bei Meetings mit anderen Anwälten, bei Terminen am Gericht zugesteckt worden waren. Und sich gewünscht, sie hätte sie nie gefunden.

I can't see me lovin' nobody but you
For all my life
When you're with me, baby the skies 'll be blue
For all my life

Der Himmel war also auch mit anderen blau gewesen, aber sie hatte es nie jemandem erzählt. Sogar Ruth hatte sie es verschwiegen. Aus Scham, dass sie ihrem Mann nicht genug gewesen war?

Immerhin war dieser Rückblick für etwas gut: Er erinnerte sie daran, dass es Zeit wurde, aufzuschreiben, was verschwinden sollte, bevor es zu spät war. Sie nahm einen Collegeblock und notierte erste Begriffe:

– Briefe

– Tagebücher

– Kontoauszüge

– Fotos?

Während sie weiter überlegte, spürte sie tiefe Trauer, weil Martin sie einfach von heute auf morgen im Stich gelassen hatte. Und Wut, weil der Fund dieser Briefe sich wie ein Schatten über ihre Erinnerungen gelegt hatte. Egal, wie sie sich dagegen stemmte.

Susanne riss das Blatt aus dem Block und heftete es an die Pinnwand in der Küche. Schluss mit der Grübelei. Sie sollte lieber in der Stadt einen Kaffee trinken. Das würde sie auf andere Gedanken bringen.

Der Frühling schaffte es immer wieder, dass Susanne staunend wie ein Kind bei den ersten Krokussen und Tulpen stehen blieb, voller Ehrfurcht die winzigen Blättchen an den Sträuchern beobachtete. Je weiter sie sich der Fußgängerzone näherte, umso mehr Leute waren unterwegs. Vor dem Zebrastreifen wartete sie inmitten einer dichten Menschentraube und fühlte sich für einen Augenblick zwischen diesen Unbekannten geradezu geborgen. Als die Ampel auf

Grün schaltete, ließ sie sich im Strom mittreiben, genoss es, Teil von etwas zu sein.

In den Straßencafés saßen die Ersten in dicken Jacken in der Sonne. Es erinnerte sie daran, dass Martin und sie sich hier oft gegen Abend getroffen und eine Weißweinschorle getrunken hatten. Mit einem Mal schmeckte sie die milde Säure des Getränks und spürte, wie ihr das Wasser im Mund zusammenlief. Sobald es wärmer war, sollte sie diesen Brauch zusammen mit Ruth oder Johann wieder aufleben lassen.

Eine Gruppe von Männern ging an ihr vorbei. Ein vertrauter Duft stieg ihr in die Nase, und sie folgte den Geschäftsleuten in ein Bistro mit verglaster Terrasse. Dort setzte sie sich an einen Tisch, von dem aus sie die Passanten gut im Blick hatte, und bestellte eine Weißweinschorle. Voller Vorfreude nahm sie einen kleinen Schluck. Den Rest würde sie erst trinken, wenn Martin da war.

Doch die Zeit verging, die Kondenstropfen auf dem Glas waren längst getrocknet. Susanne nahm ihr Handy aus der Tasche und sah nach, ob er ihr vielleicht eine Nachricht geschickt hatte. War er etwa wieder bei dieser F., die ihm in ihrer kindlich geschwungenen Schrift eine Einladung zu einem Stelldichein zugesteckt hatte? Verdammt, sie hatte es so satt, von ihm versetzt zu werden! Wütend wählte sie Ruths Nummer und fiel mit der Tür ins Haus.

»Stell dir vor, ich warte hier schon seit einer Stunde auf Martin. Warum kann der Kerl nie pünktlich erscheinen? Ich möchte nicht wissen, wo er sich wieder herumtreibt. Wenn man schon mit F. unterschreibt, kann man sich ja vorstellen, was für eine Tussi das ist, oder?«

Es dauerte, bevor Ruth antwortete. »Es tut mir … schrecklich leid.« Sie räusperte sich. »Aber Martin *kann* nicht kommen … Er ist doch schon lange tot!«

Susanne schloss die Augen, versuchte, den dichten Nebel in ihrem Kopf zur Seite zu drängen.

»Susanne? Bist du noch dran?«

»Ich weiß ja, dass er tot ist. Ich bin schließlich nicht blöd.«

17.

Nach diesen Vorfällen war Martin auch in Ruths Gedanken wieder präsent. Vor einigen Tagen hatte sie gar geglaubt, ihn in der Fußgängerzone zu sehen. Seitdem waren ihr immer weitere Gegebenheiten aus der Vergangenheit eingefallen. Zum Beispiel der Tag, an dem sie Martin mit einer eleganten Frau im Café beobachtet hatte. Dem Outfit und der Aktentasche nach zu urteilen, war es eine Kollegin gewesen, doch die beiden hatten einen so vertrauten Eindruck auf sie gemacht, dass ihrer Meinung nach mehr als nur Sympathie im Spiel gewesen war.

Ruth hatte mehrfach überlegt, Susanne auf diese Frau anzusprechen, war aber stets in letzter Minute davor zurückgeschreckt. Martin war nun mal ein Mann, der gern auf Tuchfühlung ging. Auch sie hatte er oft umarmt oder sich bei ihr untergehakt. Wozu schlafende Hunde wecken?

Langsam drehte Ruth eine letzte Aufsichtsrunde in der Pausenhalle. Dabei entdeckte sie Tobias und Melissa aus der 11b. Es sah ganz danach aus, als würde sich die Zusammenarbeit der beiden über den gemeinsamen Clip hinausentwickeln. Einträchtig standen sie an einem der Bistrotische, wo Melissa Tobias die Tattoos auf ihrer linken Schulter zeigte und ihn nebenbei von ihrem Pausenbrot abbeißen ließ.

Während sie die Treppe zum Lehrerzimmer hinaufging, dachte Ruth wehmütig an Jochen zurück, ihre große Liebe, als sie selber die 11. Klasse besucht hatte. Er war ihr erster richtiger Freund gewesen, und sie konnte sich noch lebhaft an den Geruch seiner selbstgedrehten Zigaretten erinnern, an seine dunklen Augen und das blonde, halblange Haar. Auch an den entsetzten Blick ihrer Mutter, als sie in einem von Jochens alten Karohemden nach Hause gekommen war. Sie hatte das Kleidungsstück regelrecht verstecken müssen, damit es nicht in der Waschmaschine gelandet war. Wie hätte sie ihrer Mutter erklären können, dass gerade der Duft ihres Liebsten so wertvoll war, sie an seine Küsse und Berührungen erinnerte und ihre Sehnsucht in Zeiten seiner Abwesenheit etwas erträglicher machte?

Bei ihrem nächsten Freund hingegen wäre es der Mutter nicht mal aufgefallen, wenn sie nackt nach Hause gekommen wäre. In dieser Zeit hatte sich ihr ganzes Leben um das Wohl ihres Bruders und um die Bibel gedreht.

*

Auch Susanne war an diesem Vormittag mit der Vergangenheit beschäftigt. Sie hatte die Liste an der Küchenpinnwand wiederentdeckt. *Briefe, Tagebücher, Kontoauszüge, Fotos.* Im ersten Moment war ihr nicht klar gewesen, was es damit auf sich hatte. Bis ihr wieder eingefallen war, dass Paul diese Unterlagen nicht zu Gesicht bekommen sollte.

Aber wollte sie all die Briefe schon jetzt vernichten? Was, wenn sie sie später noch mal lesen wollte? Schließlich konnte niemand sagen, wie viele gute Tage ihr noch blieben. Oder ob sie wie ihre Mutter eine Weile in einem Niemandsland leben würde. Dort, wo Wissen *und* Vergessen sich abwechselten. Erst vorhin war ihr klargeworden, dass sie sich noch gut an das Wetter am Tag ihrer Einschulung erinnern konnte – es war sonnig und warm gewesen –, aber dass sie keine Ahnung hatte, wie das Wetter gestern gewesen war.

Susanne zog ein paar Blätter aus einem Umschlag. Wie hatte sie sich damals gefreut, dass Martin sich bei dieser Fortbildung Zeit genommen hatte, ihr zu schreiben! Heute war sie sich nicht sicher, ob er die Zeilen lediglich verfasst hatte, weil er mit einer dieser Frauen zugange gewesen war und ihn sein schlechtes Gewissen geplagt hatte. Sie zerriss die Seiten. Weg mit den Schatten, die sich über die schönen Erinnerungen gelegt hatten.

Doch wie sah es mit Fotos aus? Hatte sie das Recht, diese Momentaufnahmen zu vernichten? Waren sie nicht von großem Wert für Paul und seine Familie?

Sie dachte an die Zeit direkt nach Martins Tod. Es war ihr nie gelungen, mit Paul über seinen Vater zu reden. Der Junge hatte sich eingeigelt und war unerreichbar gewesen. Auch sie hatte sich durch die Tage geschleppt, war nur aufgestanden, damit er mit seinem Kummer nicht allein war. Ob es jetzt möglich war, an Hand dieser Bilder miteinander ins Gespräch zu kommen?

Sie griff in den Schuhkarton und legte verschiedene Bilder nebeneinander. Paul mit seinem Abi-Zeugnis, Paul auf der Kirmes mit Zuckerwatte, Baby Paul mit einem Plüschbären, Paul auf dem Kinderrad, eine Schirmmütze auf dem Kopf. Aus diesen Momentaufnahmen konnte man eine Geschichte machen. *Nahm man aber etwas weg, entstand eine andere Geschichte.*

Für Susanne war das wirklich Interessante an den Fotos das, was der Betrachter *nicht* erkennen konnte. Details, die nur in der Erinnerung existierten, die sich unmittelbar davor oder danach abgespielt hatten. Dinge, die einerseits eine Ergänzung, häufig aber auch eine Verzerrung der Fakten darstellten. Zum Beispiel bei dem letzten Bild: Paul sah glücklich aus auf seinem kleinen Fahrrad. Die trotzige Auseinandersetzung und die Tränen, die dieser Aufnahme vorausgegangen waren, bleiben dem Betrachter verborgen.

Mit einer einzigen Handbewegung schob sie die Bilder zusammen und wollte sie schon zurücklegen, als sie ein gelbes, zerknittertes Blatt in der Schachtel entdeckte. Die *Glühweinliste*! Kurz nach ihrem Kennenlernen hatten Ruth und sie festgestellt, dass es neben den vielen gemeinsamen Vorlieben auch einiges gab, was sie gar nicht miteinander verband. Glühwein zum Beispiel. Susanne liebte dieses Getränk, Ruth hasste es geradezu. Und als Susanne eines Abends weitere Themen aufgefallen waren, hatte Ruth diesen Zettel genommen, oben ein Strichmännchen mit angewidertem Gesicht hingezeichnet und erste Begriffe notiert. Obwohl auch Susanne längst bei Glühwein die Nase rümpfte, war der Name geblieben.

Versonnen strich sie mit der Hand über das Papier. Für Sardellen, Patti Smith und Meeresfrüchte hatte sie immer noch nichts übrig, und Ruth fand Weihnachtsmärkte, Schlager der fünfziger Jahre sowie die Farbkombi von Orange und Pink nach wie vor scheußlich. Warum aber der Begriff Sudoku auf der Liste stand, war ihr ein Rätsel. Hatte sie die mal gern gemacht? Oder eher nicht leiden können?

Als sie beim Begriff *Liedgesang* angekommen war, holte Susanne tief Luft. Es war Zeit, Ruth zu erklären, warum dieses Wort hier eigentlich nichts zu suchen hatte. Sie durfte nichts auslassen. *Nahm man etwas weg, entstand eine andere Geschichte.* Ruth verdiente es, die Wahrheit zu erfahren. Susanne nahm einen Stift und strich den Ausdruck durch. Dann schlug sie das Heft auf und setzte ihren Bericht fort:

Man sagt, die Zeit heilt alle Wunden. Beim ersten Mal war ich der Meinung, dass das stimmt, beim zweiten Mal hatte ich schon erhebliche Zweifel. Zu Recht, wie ich später feststellen musste. Dabei sah es im Vorfeld so aus, als würde sich mein Leben endlich zum Guten wenden.

Es blieb nicht bei diesem einen Besuch in der Villa. Und bald kam ich nicht nur wegen der Gesangsstunden. In dieser Gemeinschaft hatte ich eine neue Familie gefunden, und jeder von ihnen war erpicht darauf, mich mit seiner Welt vertraut zu machen.

Neben Sabine, die meine Stimme mit Hingabe förderte, führte mich Hartmut in die Geheimnisse der Bildhauerei ein, Dorothea entfachte meine Liebe zur Cellomusik. Und dann war da noch Bruno, in den ich mich bereits bei unserer ersten Begegnung verknallt hatte. Er war Korrepetitor, unterrichtete mich am Klavier, begleitete meine Lieder – wir ergänzten uns perfekt.

Neben alledem rückte das Abitur in greifbare Nähe, und das Lernen forderte viel von meiner Zeit. Doch die Aussicht, bald

Gesang studieren zu können, verlieh mir Flügel. Endlich schien alles nach Wunsch zu verlaufen.

Bis wir von der Klinik, in der mein Vater untergebracht war, erfuhren, dass sein Zustand sich gravierend verschlechtert hatte. Meine Mutter war am Ende ihrer Kräfte, und auch ich fühlte mich völlig überfordert. Ich blieb an diesem Tag bei ihr, bis sie zu Bett gegangen war. Dann flüchtete ich mich in die Villa, wo Bruno mir öffnete.

Als er sah, in welchem Zustand ich war, führte er mich in den Wintergarten und ließ mich erzählen: von meinem depressiven Vater, der heimlich zu trinken begonnen hatte, von meiner Mutter, die nicht mehr weiterwusste, und von meinen Ängsten, die mich nachts wach hielten.

Bruno hielt mich in seinen Armen. Als ich alles losgeworden war, sah er mir tief in die Augen. »Du solltest wissen, dass du mich von Anfang an verzaubert hast. Du bist eine besondere Frau und hast großes Talent. Mach weiter und lass dich nicht von deinem Weg abbringen.« Dann küsste er mich.

Bis auf verstohlene Knutschereien auf Schulfesten hatte ich keine Erfahrungen mit Männern und konnte nicht fassen, dass dieser attraktive Mann ausgerechnet an mir interessiert war, mich eine Frau nannte. Ich hatte ihn von Anfang an für unerreichbar gehalten, zudem ich ihn oft mit einer langhaarigen Schönheit in der Stadt gesehen hatte. Doch in dieser Nacht fragte ich ihn nicht danach. In dieser Nacht brauchte ich seine warme Haut und seine Küsse, von denen ich nicht genug bekommen konnte.

Susanne legte den Stift zur Seite. Unfassbar, wie deutlich ihr all das vor Augen stand: die Wendeltreppe, die vom Ende des Flurs in den kleinen Turm führte, das behagliche Zimmer mit dem Schreibtisch, den alten Sesseln und das große Bett mit den vielen Kissen. Nach dieser Nacht war sie endgültig dort angekommen.

An manchen Tagen schien die ganze Villa aus Musik zu bestehen, kamen Klänge aus jedem Fenster des Hauses. Es war die Zeit des Musicals *Hair*, die Beatles sangen *Hey Jude,* und Dorothea spielte ihr zum ersten Mal Gabriel Faurés *Elegie* vor, die sie bis heute so liebte.

Natürlich war es nur eine Frage der Zeit, bis Brunos Freundin auftauchte und ihn zur Rede stellte. Zum Glück hatte ich gerade eine Stunde bei Sabine und stand somit nicht im Kreuzfeuer, als sie aufeinander losgingen. Aber der Streit war trotz lauter Klaviermusik nicht zu überhören.

Sabine mahnte mich anfangs zur Vorsicht. Doch bald musste auch sie zugeben, dass unsere Verbindung einen Glücksfall darstellte. Auch wenn es bei den Proben zwischen Bruno und mir manchmal heftig krachte und die Noten durch die Luft flogen, hatten wir ein gemeinsames Ziel, und diese Auseinandersetzungen waren nie von Dauer.

Wir waren davon überzeugt, alle Probleme bewältigen zu können, weil das Schicksal uns zusammengeführt hatte.

Es gab die Musik, den kleinen Turm und unsere allumfassende Liebe. Mehr brauchten wir nicht. Glaubte ich damals.

18.

Gegrüßet seist du, Maria, voll der Gnade, der Herr ist mit dir. Du bist gebenedeit unter den Frauen, und gebenedeit ist die Frucht deines Leibes Jesus, der in uns den Glauben vermehre. Heilige Maria, Mutter Gottes, bitte für uns Sünder, jetzt und in der Stunde unseres Todes ...

Die Kirche war bis auf den letzten Platz gefüllt. Unruhig rutschte Ruth auf der kalten Bank hin und her und spürte, wie ihr Rücken sich schmerzhaft verkrampfte. Dabei hatte der eigentliche Gottesdienst noch gar nicht angefangen. Ein Blick durch ein schmales, hohes Fenster zeigte, dass die Sonne von grauen Wolken verdeckt worden war. Erste Schneeflocken trafen auf die Scheibe und hinterließen eine nasse Spur.

Das Sterbekärtchen, das Ruth in der Hand hielt, zeigte das Bild ihrer alten Schulfreundin: *Kerstin Stein. In Gedenken.* Den Kopf in die Hand gestützt sah sie den Betrachter lächelnd an. Ruth hatte keine Vorstellung davon, wie es nach dem Tod weitergehen würde, der Glaube an einen Himmel war ihr schon als Kind fremd gewesen. Aber mit der Vorstellung, Kerstin eines Tages wiederzusehen, konnte sie sich durchaus anfreunden.

Gegrüßet seist du, Maria, voll der Gnade, der Herr ist mit dir. Du bist gebenedeit unter den Frauen, und gebenedeit ist die Frucht deines Leibes Jesus, der in uns die Hoffnung stärke ...

Wahrscheinlich hätten sie auch nach all den Jahren sofort ein Thema, über das sie sich lebhaft austauschen würden. War es Zufall gewesen, dass die Lehrerin sie am Tag der Einschulung nebeneinandergesetzt hatte? Im Nachhinein waren beide fest der Meinung gewesen, dass das Schicksal seine Finger im Spiel gehabt hatte, denn bald waren sie unzertrennlich gewesen.

Obwohl Ruths Eltern ein großes Haus mit Garten besaßen, hatten sie sich lieber bei Kerstin getroffen. In der Altbauwohnung der Steins war es chaotisch zugegangen, doch Ruth hatte eine Geborgenheit und Toleranz kennengelernt, die es bei ihr zu Hause nicht gab. Dabei arbeiteten Kerstins Eltern beide, und die vier Kinder mussten im Haushalt tüchtig mit anpacken. Doch selbst im größten Chaos herrschte ein liebevolles Miteinander.

Hatten sie als Kinder hauptsächlich miteinander gespielt, änderte sich der Kontakt, als sie in die Pubertät kamen. Sie hingen in Kerstins Zimmer ab und hörten ihre Lieblingsmusik, experimentierten mit dem Make-up von Kerstins Mutter und vertrauten sich ihre geheimsten Wünsche, ihre größten Träume an. War sie mit Kerstin zusammen, hatte Ruth sich immer stark gefühlt.

Zu Hause hingegen lebte sie stets in der Angst, etwas Falsches zu tun oder zu sagen. Wobei man im Voraus nie wusste, was *falsch* sein würde. Ihr Vater war zwar oft abwesend, aber wehe, er hatte Ärger in der Firma oder aus einem anderen Grund schlechte Laune. Dann reichte es, eine leere Tasse auf der Anrichte oder die Schultasche im Flur zu vergessen, um ihn aus der Haut fahren zu lassen.

»Du bist eine einzige Enttäuschung!«, brüllte er in solchen Fällen. »Kannst du denn nie mal etwas richtig machen? Muss man dir alles zehn Mal sagen?«

Wenn wichtige Leute zu Besuch kamen, nannte er sie

Liebling und war der charmanteste Mensch, den man sich vorstellen konnte. Doch kaum hatte sein Publikum sich verabschiedet, machte er gehässige Bemerkungen über ihr Benehmen, ihre Noten oder ihre schlaksige Figur.

O mein Jesus, verzeih uns unsere Sünden. Bewahre uns vor dem Feuer der Hölle und führe alle Seelen in den Himmel, besonders jene, die deiner Barmherzigkeit am meisten bedürfen.

Ihrer Mutter hatte es nicht behagt, dass sie so oft bei Kerstin gewesen war. An manchen Tagen hatte sie sich Ruths Gesellschaft regelrecht erkauft, ihr neue Kleidung versprochen und war anschließend mit ihr ins Café gegangen. In diesen Momenten hatte Ruth fast ein Gefühl von Normalität verspürt. Bis sie zu Hause aus dem Auto stiegen und ihre Mutter wieder zu der unscheinbaren Person wurde, die alles tat, um es ihrem Mann und ihrem Sohn recht zu machen.

Gegrüßet seist du, Maria, voll der Gnade, der Herr ist mit dir. Du bist gebenedeit unter den Frauen, und gebenedeit ist die Frucht deines Leibes Jesus, der für uns Blut geschwitzt hat.

Nach der zehnten Klasse war Ruth heimatlos geworden. Kerstins Vater hatte eine neue Stelle angenommen, und die Familie war in eine andere Stadt gezogen. Noch heute konnte Ruth das Bild des wegfahrenden Umzugswagens, das Gefühl der Leere heraufbeschwören, das sich in ihr breitgemacht hatte. Anfangs hatten sie einander Briefe und besprochene Kassetten geschickt – Ferngespräche waren damals teuer gewesen –, und in den Ferien hatten sie sich gelegentlich besucht. Doch all das war im Sande verlaufen, als sich das große Unglück ereignet hatte.

Heilige Maria, Mutter Gottes, bitte für uns Sünder, jetzt und in der Stunde unseres Todes.

Ruth konnte sich durchaus vorstellen, dass Gläubige diesem rhythmischen Gebet etwas Tröstliches abgewinnen konnten, wenngleich sie selber solche Riten eher kurios fand. Als könnte sie ihre Gedanken lesen, stieß Susanne sie in diesem Moment von der Seite an. Ihr Mund formt das Wort *Voo-Doo*. Ruth nickte. Das traf es genau.

Der eigentliche Gottesdienst hingegen war überraschend persönlich und warmherzig. Ruth freute sich, dass Kerstin in diesem kleinen Ort, der Heimat ihres Mannes, so viele Freunde hatte finden können, die ihrer mit Liedern und Gedichten gedachten. Auch war sie nun froh, dass Susanne neben ihr saß. Sie hatte darauf bestanden, Ruth zu begleiten. Zuerst hatte Ruth befürchtet, dass die Konfrontation mit dem Tod Susanne nach ihren letzten Blackouts eher schaden würde. Doch das schien nicht der Fall zu sein: Während Ruth mit Emotionen zu kämpfen hatte, machte Susanne einen ruhigen und gelassenen Eindruck und hielt ihre Hand.

Anschließend reihten sie sich in die lange Schlange ein, die sich auf den Weg zur Grabstelle machte. Als sie ins Freie traten, brach die Sonne durch die Wolken. Man hatte die Kirche auf dem höchsten Punkt im Ort erbaut, und die Aussicht auf die umliegende Landschaft war atemberaubend. Sanfte Hügel und kleine Waldstücke erstreckten sich, so weit das Auge reichte. Das Gras leuchtete im schrägen Licht in einem grellen Grün, doch am Horizont kündigte ein grauer Streifen bereits den nächsten Schneeschauer an.

»Bei dem Aprilwetter sollten wir lieber aufbrechen«, sagte Ruth. »Es dauert schließlich eine ganze Weile, bis wir zu Hause sind. Und weitere Gebete ertrage ich jetzt nicht.« Sie drückte Susannes Hand. »Danke, dass du mich nicht allein hast fahren lassen.«

Nachdem sie sich vergebens nach Kerstins Geschwistern umgesehen hatte, fuhren sie in einem vertrauten Schweigen Richtung Autobahn, wo Ruth den Wagen in den dichten Feierabendverkehr einfädelte.

»Vorhin in der Kirche fiel mir ein, dass Kerstin immer kalte Füße hatte, und ich habe mich gefragt, ob jemand daran gedacht hat, ihr warme Socken in den Sarg zu legen. Albern, oder?«

Susanne schüttelte nachdenklich den Kopf. »Finde ich gar nicht. Ich hätte meinem Vater gern seine Fahrradklingel mitgegeben. Leider habe ich mich nicht getraut, es auch nur vorzuschlagen. Noch heute drehe ich mich um, wenn ich eine ähnliche Klingel höre. Es ist, als würde er mich aus einer anderen Welt grüßen.«

»Ein schönes Bild«, sagte Ruth. Plötzlich wurde ihr klar, wie wenig sie im Grunde von Susannes Familie wusste. Wenn sie sich nicht täuschte, waren die Eltern ebenfalls Lehrer gewesen.

»Meine Eltern wurden eingeäschert und verstreut«, nahm Susanne den Faden wieder auf. »Ich finde es eine angenehme Vorstellung, dass sie überall sein könnten.«

»Meine wurden beerdigt.« Es waren Großveranstaltungen gewesen. Vor allem die Beisetzung ihres Vaters, der bis zum Schluss geglaubt hatte, auch dem Leben seine persönlichen Prinzipien aufdrücken zu können. Doch der Tod hat klare Spielregeln: Niemand kommt ungeschoren davon. Nun lag er unter einem protzigen Stein. Gut sichtbar für jeden Friedhofsbesucher, damit man ihm auch jetzt noch die Ehre erweisen konnte.

»Ich möchte ebenfalls gern eingeäschert werden«, sagte Susanne.

»Hast du das schriftlich festgelegt? Gustav und ich möchten das auch und haben das, zusammen mit einer Patientenverfügung, klar geregelt.«

»Ich glaube, ich habe es Paul gegenüber mal erwähnt. Aber vielleicht sollte ich diesen Wunsch lieber offiziell erklären. Was meinst du?«

»Unbedingt.« Ruth überholte einen Laster. »Ich habe einen Link, über den man die Formulare direkt ausdrucken kann. Den schicke ich dir heute noch zu.«

*

Nachdem Ruth sie vor der Haustür abgesetzt hatte, stieg Susanne die Stufen zu ihrer Wohnung hinauf. Erst jetzt spürte sie, wie erschöpft sie war. Als hätte *sie* einen geliebten Menschen zu Grabe getragen.

Genauso war es in den Wochen nach Martins Tod gewesen. Unfähig, etwas zustande zu bringen, hatte sie sich durch die Tage geschleppt. Einkaufen, kochen, essen, alles war ihr zu viel gewesen. Nur Paul zuliebe hatte sie funktioniert.

Hinlegen. Sie würde sich für einen Moment auf die Couch legen. Nur mal kurz die Augen zumachen, wieder zu Kräften kommen. Wie sie es auch damals oft getan hatte.

Kaum dass ihr Kopf das Kissen berührt, hört sie gemurmelte Gebete, das Räuspern und die scharrenden Füße unter den Holzbänken. Das leise Schniefen und die überwältigende Orgelmusik, die körperlich spürbar ist. Gebete, wieder Gebete und Erde, die auf Holz fällt. Weihrauch und Gebete. Immer im Rhythmus und dann diese bleierne, alles niederdrückende Trauer. Wie soll es nun weitergehen, wie soll sie das allein stemmen? Nach all den gemeinsamen Jahren? Aus der Erde sind wir gekommen, zu Erde sollen wir wieder werden. Als sie die kleine Schippe in die Hand nimmt, setzen die Glocken ein, hören nicht mehr auf. Sie schreckte hoch, setzte sich auf. Das waren keine Glocken, das Telefon läutete. Susanne stolperte in den Flur »Hallo?«

»Oje, habe ich dich geweckt?« Die muntere Stimme von Ruth. Schwindelgefühle legten sich über die tiefe Trauer. »Pass mal auf, ich habe mich wegen der Patientenverfügung erkundigt und dir den Link per Mail …«

»Ruth? Ruth! Bist du das wirklich?«

»Ja klar, erkennst du meine Stimme nicht?«

Mit einem Mal rannen Tränen über Susannes Gesicht. »Ruth! Du lebst!« Das Telefon fest umklammert ließ sie sich mit dem Rücken zur Wand schluchzend auf die Dielen gleiten. »Du lebst – du lebst – du lebst.«

»Natürlich lebe ich. Was ist denn los mit dir?«

»Ich war gerade auf deiner Beerdigung«, sagte Susanne mit erstickter Stimme. »Es war so schrecklich. Ich wusste nicht, wie es ohne dich weitergehen sollte. Aber du bist da. Bist bei mir …«

19.

Das schlechte Gewissen war erdrückend. Da saß sie nun, um Erkundigungen zu *Betreutem Wohnen* einzuholen, ohne Susanne darüber informiert zu haben. Doch die Sorgen um ihre Freundin brachten Ruth allmählich um den Schlaf.

Als könne die Leiterin der Einrichtung ihre Gedanken lesen, schüttelte sie nachdrücklich den Kopf. »Machen Sie sich bitte keine Vorwürfe. Was Sie tun, ist reine Fürsorge. So traurig es ist, aber Ihre Freundin scheint nicht mehr in der Lage, ihre Situation zu umreißen. Und Sie haben ja auch nicht vor, etwas über ihren Kopf hinweg zu bestimmen. Wie schätzt der Sohn von Frau Bender die Situation denn ein?«

»Er negiert die Tatsachen und schiebt alles auf das Alter seiner Mutter. Obwohl die Diagnose schwarz auf weiß vorliegt.«

»Das erleben wir häufig«, sagte Frau Grellner. »Viele Kinder haben Angst, dass ihr Leben komplett durcheinandergewirbelt wird. Und die Befürchtung ist ja nicht aus der Luft gegriffen.«

Das konnte Ruth bestätigen. Auch sie kämpfte um Normalität in ihrem Alltag. Und stritt immer häufiger mit Gustav, der bisweilen ungehalten reagierte, weil Susanne so viel von ihrer Aufmerksamkeit forderte.

»Wir hoffen natürlich, dass Susanne noch möglichst lange zu Hause leben kann. Es gibt sicher eine lange Warteliste, oder?«

Die Leiterin nickte. »Das ist leider der Fall. Doch habe ich Sie richtig verstanden, dass Frau Bender, abgesehen von gelegentlichen Aussetzern, noch gut für sich selber sorgen kann?«

»Das kann man durchaus behaupten«, sagte Johann. »Und wenn es doch mal ein Problem gibt, braucht sie nur bei mir zu klingeln. Wir wohnen Tür an Tür.«

»Oder sie ruft mich an. Allerdings passiert es nun öfter mitten in der Nacht, weil sie nicht immer auf die Zeit achtet«, ergänzte Ruth, als ihr Handy klingelte.

»Ich hoffe, ich störe dich nicht«, sagte Susanne. »Aber ich wollte mich endlich bei dir bedanken für das tolle Fotobuch, das du mir geschenkt hast. Ich blättere immer wieder drin rum. Bist du noch in der Schule?«

»Ja. Und leider gerade in einer Besprechung«, sagte Ruth. Sie fühlte sich wie eine Verräterin, doch die Wahrheit kam in diesem Augenblick nicht in Frage. »Ich melde mich später bei dir. Okay?«

»Mach dir meinetwegen bloß keinen Stress«, sagte Susanne fröhlich. »Du weißt ja, wo du mich findest.« Im nächsten Moment war die Verbindung unterbrochen.

»Das war … Susanne.« Ruth atmete tief durch, um den Knoten, der sich in ihrem Magen gebildet hatte, zu lockern. »Sie hat sich mal wieder für das Fotobuch bedankt, das ich ihr Anfang Oktober geschenkt habe.«

»Es wird sicher nicht das letzte Mal gewesen sein, dass Ihre Freundin es findet«, sagte Frau Grellner. »Das ist völlig normal in diesem Stadium. Haben Sie sonst noch Veränderungen bei ihr festgestellt?«

»Sie füllt keine Sudokus mehr aus«, wusste Johann zu berichten. »Dabei war das früher eines der ersten Dinge, die sie nach der Zeitungslektüre gemacht hat. Sie meint, das interessiere sie nicht mehr. Auch Thriller und Krimis liest sie nicht mehr. Und Filmen kann sie nur noch schwer folgen.«

»Solches Desinteresse wird häufig vorgeschoben, wenn der Patient sich überfordert fühlt«, erklärte die Leiterin. »Da ist es wichtig, ihn nicht auf frühere Fähigkeiten hinzuweisen, sondern Verständnis für seinen Sinneswandel zu zeigen.«

»Susanne weiß auch nicht mehr, wie Bankgeschäfte funktionieren. Die habe ich seit einiger Zeit für sie übernommen. Aber insgesamt habe ich den Eindruck, dass ihr Zustand nach den Blackouts wieder recht stabil ist.«

»Es wäre sinnvoll, wenn Sie sich Haus und Räumlichkeiten bald mit ihr zusammen anschauen würden. Dann kann sie sich ein Bild davon machen, was wir hier bieten können, und entscheiden, ob es für sie in Frage kommt. Ich gebe Ihnen gern Informationsmaterial mit. Meinen Sie, dass sie sich darauf einlässt?«

»Ich lege es ihr auf den Küchentisch«, sagte Johann. »Das mache ich auch mit wichtigen Hinweisen für Verabredungen. In der Regel geht sie davon aus, dass sie diese Zettel selber zur Erinnerung geschrieben hat. Gut möglich, dass sie glaubt, die Unterlagen selber angefordert zu haben.«

»Und? Wie ist dein Eindruck?«, fragte Ruth, als sie zur Rezeption zurückgingen.

»Ich fand das Gespräch recht angenehm. Was hältst du davon, wenn wir mal mit Bewohnern des Hauses sprechen und sie nach ihrer Meinung fragen? Da vorn ist eine Cafeteria. Dort finden wir sicher jemanden.« Sie hatten die Kaffeestube fast erreicht, als sie jemanden rufen hörten: »Mensch, Geier-Willy! Was treibst du denn hier?«

Johann blieb auf der Stelle stehen. Bestürzung zeichnete sich auf seinem Gesicht ab. Doch dann drehte er sich um und ging zu Ruths großer Verwunderung auf einen gebeugten Mann mit Rollator zu. »Alter! Was machst du denn hier?« Die beiden umarmten sich herzlich. Dann winkte Johann Ruth herbei.

»Darf ich dir meinen ehemaligen Kollegen Harry vorstellen? Früher war er Chef vom Sportressort, jetzt scheint er in einer neuen Disziplin unterwegs zu sein.« Lachend betätigte er die Klingel, die am Griff der Gehhilfe befestigt war. »Ist der für Autobahnfahrten?«

»Mach nur deine Witze! Ich bin zwar fußlahm, aber noch quicklebendig. Mit dem Verfassen einer Grabrede auf mich kannst du dir noch Zeit lassen!« Lachend schlug er Johann auf die Schulter.

»Aber wieso *Geier-Willy*? Du heißt doch Johann?«

»Mein zweiter Name ist Wilhelm«, erklärte Johann. »Und da ich bei der Redaktion für die Nachrufe auf Prominente zuständig war, wurde in Anspielung auf die *Geier-Wally* ein *Willy* daraus.«

Ruth lachte. »Sehr kreativ.«

»Das ist er auch in Bezug auf Poker, meine Liebe. Spielt falsch wie ein Mafioso, aber keiner kann es ihm nachweisen!« Harry lachte so laut, dass einige Leute sich erschrocken nach ihm umdrehten. »Sag bloß, du hast dich mit deiner Holden hier angemeldet. Dann könnten wir bald wieder heiße Pokernächte veranstalten! Wie in alten Zeiten. Spielen Sie auch?«

»Tut mir leid. Weder bin ich die Holde, noch kenne ich mich mit Glücksspiel aus.«

»Wir sind hier, um uns für eine gemeinsame Freundin

zu informieren.« Während sie das Gebäude verließen, erzählte Johann von Susanne.

»Ich kann euch gern mal zeigen, wie dieses betreute Wohnen aussieht«, sagte Harry. »Es ist nicht alles perfekt, aber insgesamt fühle ich mich hier gut aufgehoben.« Er zeigte auf ein dreistöckiges Gebäude mit kleinen Balkons am Rand einer großen Rasenfläche. »Wenn ihr Zeit habt, können wir das gleich erledigen. Ich koche euch auch gern einen Kaffee.« Er zwinkerte Johann zu. »Oder trinkst du nach drei nur noch Kamillentee?«

Ruth war angenehm überrascht von der Wohnung. Sie war klein, hatte aber einen guten Schnitt und war von Harry gemütlich eingerichtet worden. Als der Kaffee fertig war, tauschten die beiden Männer sich weiter über vergangene Zeiten aus. Einerseits amüsierte Ruth sich über die alten Geschichten. Sie wurde aber den Eindruck nicht ganz los, dass Johann sich in Harrys Gesellschaft unbehaglich fühlte.

Doch bald schweiften ihre Gedanken wieder zu Susanne ab. Würde ihre Freundin sich in so einer kleinen Unterkunft wohlfühlen? Sie schimpfte ja schon über das Reihenhaus von Paul und Sandra. Andererseits konnte sie hier eigene Möbel mitbringen, und ihre Lieblingsstücke fänden auf jeden Fall Platz.

Auf einmal fror Ruth, obwohl sie eine dampfende Tasse in Händen hielt. Man sagte zwar immer augenzwinkernd, dass Altwerden nichts für Feiglinge war, aber es stimmte. Das wurde ihr mehr und mehr bewusst.

*

Susanne war hocherfreut, als sie die Pfanne mit den Schinkennudeln auf dem Herd entdeckte. Sie liebte Schinkennudeln! Während sie das Essen warm machte, dachte sie an ihre Kindergeburtstage zurück. Jedes Jahr hatte sie sich dieses Gericht gewünscht. Sehr zum Kummer ihres Freundes Theo, für den es kein Festmahl gewesen war. Doch einmal im Jahr aß er es mit Todesverachtung – ihr zu Ehren. Schließlich hatte er sie heiraten wollen. Spätestens in der vierten Klasse! Susanne kicherte. Wie es Theo im Leben wohl ergangen war?

Während sie in der Pfanne rührte, erinnerte sie sich daran, dass sie ihn zum letzten Mal auf dem Weg zur Villa getroffen hatte. Auch ihm waren die Schinkennudeln noch präsent gewesen. Scherzhaft hatte er damals angemerkt, dass aus ihnen wohl nie ein glückliches Paar geworden wäre, denn auch klassischer Musik konnte er nichts abgewinnen.

Die Villa. War sie dort mit ihrer Erzählung bereits angekommen? Susanne gab das Festmahl auf einen Teller und las während des Essens die bisherigen Einträge durch. Nach dem letzten Bissen fühlte sie sich gestärkt, um die Geschichte fortzusetzen.

Sie schloss die Augen und beschwor die Vergangenheit herauf. Diese Zeit, die sie so verzaubert hatte.

All we are saying, is give peace a chance!

Mit einem Mal durchströmte sie der Song von John und Yoko, hörte sie das rhythmische Trommeln, das Klatschen der Hände, die Stimmen im Chor in der Küche der Villa …

Es war eine spannende Ära. Zwänge und bürgerliche Tabus wurden in Frage gestellt, All you need is love *zu einer zentralen Idee. Ich war fasziniert von den Bewohnern der Villa, von ihren Ideen, Plänen und Ansichten. Mit ihnen konnten Träume entstehen und wachsen, endlich war es mir möglich, meinem Elternhaus zu entkommen. Ein Ort, der mich immer mehr deprimierte.*

Doch ganz so einfach war es nicht. Ich liebte meine Eltern, und wann immer ich in meine eigene Welt flüchtete, plagten mich Schuldgefühle. Schließlich hatten sie keine Möglichkeit, ihrer aussichtslosen Situation zu entkommen. Ihre Zukunftspläne waren von einem einzigen Menschen zunichtegemacht worden, und die Chance, ein glückliches Leben zu führen, war ihnen für immer verbaut worden.

Aus diesem Grund schwor ich mir, diesen Kerl im Blick zu behalten. Ich war noch nicht fertig mit ihm. Gleichzeitig nahm ich mir fest vor, ihm keine weitere Macht über mein Leben zu gewähren.

Wann immer es sich einrichten ließ, war ich in der Villa, sang und ließ mir von Sabine und Bruno die Welt der Musik erklären. Ich sog alles in mich auf, spürte, wie mir Flügel wuchsen.

Für Bruno war diese Symbiose Neuland. Plötzlich sah auch er, welchen Weg wir zusammen würden gehen können, und setzte alles daran, dieses Ziel zu erreichen. Den ersten gemeinsamen Auftritt hatten wir bei meiner Abiturfeier. Nach langer Überlegung mit Sabine entschieden wir uns für Wie Melodien zieht es mir *von Johannes Brahms.*

Während ich diese Worte notiere, spüre ich wieder das Lampenfieber, das mich vor der Darbietung erfasste. Wobei ich mich fragte, ob ich mit dieser immensen Anspannung auf Dauer

würde leben können. Doch plötzlich wusste ich, dass die Ant-
wort ja lautete, und beschloss, dieses Lied für Vati zu singen.
Wenn er es schaffte, weiterzuleben, würde ich auch mit diesem
Herzklopfen fertig werden. Wir bestanden die Feuerprobe, und
als der Applaus am Ende der Darbietung entbrannte, ich die
strahlenden Augen von Mutti sah, war ich mir sicher, auf dem
richtigen Weg zu sein.

Man wünschte uns Erfolg, Glück und Gesundheit. Doch
schon bald sollte sich herausstellen, dass diese Segenssprüche,
die wir oft so leichtfertig formulieren, keineswegs selbstverständ-
lich sind.

Susanne war froh, dass ihr das Schreiben heute so gut von
der Hand ging, obwohl sie sich allmählich den schwersten
Kapiteln näherte. Während sie überlegte, weiterzumachen,
fiel ihr Blick auf das Fotobuch, das auf dem Schreibtisch
lag. Susanne schlug willkürlich eine Seite auf und kicherte,
als sie die Schnappschüsse von einer Karnevalsfeier entdeckte. Martin als Pirat, sie als Bardame. Sie hatte sich nie viel
aus dieser fünften Jahreszeit gemacht, aber auf diesem Fest
war die Stimmung wirklich gut gewesen.

Hatte sie sich bei Ruth schon dafür bedankt? So liebevoll, wie es gestaltet war, musste ihre Freundin unendlich
viel Zeit investiert haben! Im nächsten Augenblick hatte sie
Ruth am Telefon und äußerte ihre Begeisterung über das
Geschenk. »Bist du noch in der Schule?«

»Nein, ich besuche mit Johann einen alten Freund von
ihm.« Ruth hielt kurz inne. »Der hat sich vor einiger Zeit
für betreutes Wohnen entschieden, und ich muss sagen, das
hat was.« Susanne hörte, wie Ruth etwas zu jemandem sagte,

dann war sie wieder da. »Hör mal, wir wollen zusammen essen gehen. Hättest du Lust mitzukommen?«

»Gern! Ich habe heute kaum was gegessen. Wo treffen wir uns?«

Kurz darauf saß Susanne im Bus. Die Strecke zum Altersheim kannte sie noch aus der Zeit, als Martins Vater dort gelebt hatte. Er war ein Jahr vor seinem Sohn gestorben, und Susanne hatte ihn oft und gern besucht.

An der Bushaltestelle wartete Ruth auf sie. »Du solltest dir die Wohnung von Johanns Freund mal anschauen«, sagte sie, während sie sich bei Susanne einhakte. »Johann hat sich auf die Warteliste setzen lassen. Einfach mal für alle Fälle. Wäre das vielleicht auch was für dich? Dann könntet ihr bis ins hohe Alter Nachbarn sein.«

Diese Aussicht gefiel Susanne. Johann und sie hatten viele gemeinsame Interessen, obwohl ihr gerade nicht einfiel, welche es waren. Aber darauf kam es jetzt ja auch nicht an.

Neugierig betrat sie die Wohnung, wo Johann ihr seinen alten Freund Harry vorstellte. »Ich zeige Ihnen mal mein Reich«, sagte Harry. »Es ist klein, aber der Architekt hat sich was einfallen lassen.

Nach der Besichtigung setzte Susanne sich neben Johann auf die Couch. »Und du willst ebenfalls hierherziehen? Was soll ich denn ohne dich machen?«

»Die Warteliste heißt nicht umsonst Warte-Liste.« Johann legte ihr einen Arm um die Schultern. »Wie wäre es, wenn du es mir nachmachst? Niemand weiß, wie sich unsere Gesundheit entwickeln wird.«

Ja, warum eigentlich nicht? Susanne fand die Idee gar nicht so abwegig. Wie schnell sich das Leben ändern konnte, hatte sie oft genug erleben müssen. »Du hast recht«, sagte sie. »Ob man das heute noch klären kann?«

Eine Dreiviertelstunde später war fast alles erledigt. Einige Papiere mussten noch nachgereicht werden, doch das hatte Zeit.

»Ein gutes Gefühl«, sagte Susanne zufrieden zu Johanns Freund. »Auch wenn ich im Gegensatz zu Ihnen noch flott zu Fuß bin.«

Harry lachte. »Dafür bin ich ein Champion im Kartenspiel. Spielen Sie Poker?«

Susanne schüttelte den Kopf. »Damit habe ich es nicht so. Aber ich habe Hunger. Ich glaube nicht, dass ich heute schon etwas gegessen habe.«

Harry führte sie zu einem gemütlichen Gasthof, wo sie einen Tisch am Fenster ergatterten. Zufrieden sah Susanne sich um. Ja, wenn gar nichts mehr ging, konnte sie sich durchaus vorstellen, noch mal woanders hinzuziehen. Und dieser Freund von Johann schien ein Netter zu sein.

Neben ihr begann Ruth zu lachen. »O guck mal, was es hier gibt!« Sie zeigte auf das Wort *Maultaschen*. »Ob wir dazu Bratkartoffeln bekommen?«

Susanne kicherte. »Versuchen können wir es ja mal.«

»Wären die Damen wohl so freundlich, uns einzuweihen?« Johann sah sie fragend an.

»Nichts lieber als das.« In allen Farben erzählte Ruth von dem Kellner, bei dem sie vor Jahren Bratkartoffeln zu den Maultaschen bestellt hatten.

»Dann sollten wir auch hier mal einen Versuch starten.« Harry winkte der Bedienung, die sofort mit gezücktem Block zur Stelle war. »Ob wir zu diesen wundervollen Maultaschen wohl Bratkartoffeln serviert bekommen könnten?«

»So gern ich Ihnen diesen Wunsch erfüllen würde, ich muss leider Rücksicht auf mein eigenes Wohlergehen nehmen«, sagte die junge Frau. »Denn sollte ich den Koch mit dieser Bestellung behelligen, würde er mich – da es im ganzen Haus bestimmt keine einzige Kartoffel gibt – unter Umständen mit sofortiger Wirkung entlassen.« Sie lächelte freundlich in die Runde. »Daher empfehle ich Ihnen einen weiteren Blick in die Karte. Darf ich Ihnen derweil etwas zu trinken bringen?«

»Nach diesem beeindruckenden Plädoyer entscheide ich mich für einen Riesling«, sagte Susanne. »Sie sollten Jura studieren.«

»Raten Sie mal, was ich tue, wenn ich hier nicht arbeite!« Sie zwinkerte Susanne zu, nahm die weiteren Bestellungen entgegen und ging zur Theke.

»Schade …« Unentschlossen blätterte Susanne in der Speisekarte. »Dann werden wir es wohl selber machen müssen. Wie wäre es, wenn ich euch bald zu Maultaschen und Bratkartoffeln zu mir nach Hause einlade? Lasst uns gleich mal überlegen, wann.«

20.

Endlich war der Frühling da. Susanne stand in Pauls Zimmer am offenen Fenster und spürte die Wärme der Sonnenstrahlen. Auf dem Dach gegenüber trällerte ein Amselmännchen, und auf dem Gehsteig fuhren zwei Kinder auf ihren Fahrrädern um die Wette. Ja, der Mai war mit Abstand ihr Lieblingsmonat.

Während sie das Fenster schloss, stellte sie fest, dass die Lackfarbe an manchen Stellen abblätterte. Vorsichtig fuhr sie mit der Hand über die Risse, die sich am Rahmen gebildet hatten. Wie lange war es her, dass in dieser Wohnung etwas renoviert worden war? Die letzte Streichaktion hatte Martin noch miterlebt.

Als sie weitere Macken entdeckte, stand ihr Plan fest: Sie würde das schöne Wetter nutzen und streichen. Beschwingt von der Idee ging sie in die Küche, wo sie eine Notiz auf dem Tisch fand: *Nicht vergessen: fehlende Unterlagen im Sekretariat des Seniorenhauses abgeben!* Hatte sie das geschrieben? Oder war das ein Zettel, den Johann ihr hingelegt hatte? Wie auch immer. Die Papiere, um die es ging, lagen bereits in einer Klarsichthülle daneben, und Susanne beschloss auch das heute zu erledigen. Sie legte die Mappe in ihre Tasche und benutzte das Blatt mit dem Hinweis gleich als Einkaufszettel.

Weiße Lackfarbe, Pinsel … Was würde sie sonst noch brauchen? Es war Ewigkeiten her, dass sie sich mit derlei Dingen beschäftigt hatte. Schleifpapier wäre noch gut. Und Terpentin. Alles andere würde ihr sicher im Baumarkt einfallen.

Nach einer weiteren Tasse Kaffee stieg sie in den Bus zum Seniorenheim. Sie dachte an ihren betagten Schwiegervater, der dort nach dem Tod seiner Frau noch schöne Jahre verbracht hatte. Wollte sie den etwa besuchen? Nein. Quatsch. Der gute Leonard war ja schon vor Jahren gestorben. Ein Blick in ihre Tasche brachte sie auf die richtige Spur. Es ging um dieses betreute Wohnen. Richtig. Johann hatte sich auch angemeldet. Und um die Unterlagen, die sie dort vorbeibringen wollte.

Sekretariat. Unterlagen. Nicht vergessen. Unterlagen. Nicht vergessen.

Susanne fand das Büro auf Anhieb wieder und wurde freundlich von der Sachbearbeiterin begrüßt. »Jetzt haben wir alles beieinander. Wenn Sie bitte hier noch unterschreiben, dann kann ich die Anmeldung auf den Weg bringen.«

Beschwingt, dass sie den ersten Punkt ihrer To-do-Liste so leicht hatte erledigen können, fuhr Susanne weiter zu einer Baumarktfiliale, die sich am Rand eines Einkaufszentrums befand. In der Abteilung für Malerbedarf zog sie den Zettel hervor, legte alles, was sie brauchte, in einen Korb, und ging zur Kasse. Jetzt schnell nach Hause, dann war sie bald fertig.

Kaum hatte sie ihre Einkäufe verstaut, als jemand ihren Namen rief. Eine Frau, die ihr vage bekannt vorkam, kam strahlend auf sie zu. »Susanne! Ich bin's, Hanna. Du warst schon so lange nicht mehr in Yoga, dass ich mir schon Sorgen gemacht habe. Alles gut bei dir?«

Yoga. Hanna. Ja, da gab es mal jemanden. »Alles in bester Ordnung. Und bei dir?«

»Bei dem schönen Wetter kann es einem ja nur gutgehen, oder?« Hanna zeigte auf die Tische und Stühle, die unter bunten Fähnchen vor einer Eisdiele standen. »Wollen wir zusammen einen Kaffee trinken?«

Susanne zögerte. Wollte sie nicht gleich nach Hause, um etwas zu erledigen? Sie schaute in ihre Einkaufstasche. »Aber nur kurz«, sagte sie. »Ich möchte heute noch Fenster streichen.« Sie folgte ihr zu den roten Tischen und Stühlen und setzte sich ihr an einem Tischchen gegenüber.

»Fenster streichen. Das wäre bei uns auch mal wieder nötig«, sagte die Frau. Sie winkte den Kellner herbei und orderte zwei Cappuccino. »Mir graust es ja immer vor solchen Aktionen.« Sie beugte sich zu Susanne vor. »Aber wir lassen das machen. Ein Kollege von mir hat Kontakt zu polnischen Handwerkern. Die machen alles picobello, *und* man kann es sich leisten.«

»Ich mache erst mal ein Fenster. Danach sehe ich weiter.« Der Kaffee wurde serviert, und Susanne zahlte für beide. »Es ist ohnehin die Frage, ob eine Renovierung sich bei mir noch lohnt.«

Hanna schlug die Hände zusammen. »Wieso denn das? Du bist doch noch fit? Wenn ich daran denke, welche Yoga-Übungen du geschafft hast – das war so manch Jüngeren in der Gruppe zu schwer!«

»Das mag schon sein. Aber ich habe mich für betreutes Wohnen angemeldet.«

»Wie bitte?« Die Frau sah sie mit großen Augen an. »*Du* hast dich da angemeldet? Wieso das denn?«

»Die Wartelisten sind lang«, sagte Susanne. »Sicher ist sicher.«

»Also, ich werde niemals in so ein Heim voller Beklopptet ziehen.« Die Frau schüttelte energisch den Kopf. »Man weiß ja nie, mit wem man da letztendlich zu tun hat, nicht wahr?«

»Es ist noch lange nicht so weit. Das kann Jahre dauern.« Susanne rührte den Milchschaum in der großen Tasse um. Der Wind frischte auf, und brachte die Fähnchen über ihrem Kopf zum Flattern. »Und wenn es mir noch nicht passt, dann bleibe ich einfach in meiner Wohnung. So einfach ist das.«

»Ich wäre da vorsichtig«, sagte die Frau grimmig. »Erst tun die so, als könne man alles selbst bestimmen. Aber wenn dann tatsächlich etwas frei wird, nötigen sie einen, sofort einzuziehen. Das ist einer Bekannten von mir passiert. Und da saß sie dann. Mit lauter *Bekloppten*!«

Diese Schilderung beunruhigte Susanne. Was, wenn das wirklich so war? Wollte sie das? Sie hatte doch noch Pläne, oder? Sie blickte auf die Dose Lackfarbe in der Tasche: Richtig. Sie wollte streichen und hatte beim besten Willen keine Zeit, auch noch umzuziehen. Am Ende riefen die bereits morgen an! Plötzlich hielt es sie nicht mehr auf ihrem Stuhl. »Du hast recht. Ich sollte das sofort klären.«

Wieder zu Hause war Susanne am Ende ihrer Kräfte. Warum hatten die Leute nicht kapieren können, dass sie nicht willens war mit irgendwelchen *Bekloppten* zusammenzuleben? Das verstand sich doch von selbst, oder? Sie stellte ihre Einkäufe auf die Anrichte und ließ sich auf einen Küchenstuhl sacken. Vielleicht sollte sie erst ein Nickerchen machen. Ein ganz kleines Schläfchen. Danach ging es ihr sicher besser.

Susanne wachte gegen zwei Uhr auf und wusste im ersten Moment nicht, wo sie war. Die Sonne schien, Kinderstimmen drangen durch das offene Fenster von der Straße herauf. Was war denn heute für ein Tag? Donnerstag, oder? Natürlich. Donnerstags legte sie sich gern mal hin.

Jetzt brauchte sie aber einen Kaffee, und danach sollte

sie das schöne Wetter ausnutzen und einen langen Spaziergang machen. Wieder hörte sie die Kinder auf der Straße. Vielleicht könnte sie mit Marie und Noah etwas unternehmen? Ja, sie würde dort gleich mal anrufen. Aber erst Kaffee.

Nachdem sie die Maschine in Gang gesetzt hatte, griff sie nach der Zeitung. Dienstag. Wie sie schon gedacht hatte. Susanne überflog die Schlagzeilen, dann legte sie das Blatt auf die Anrichte. Als sie die Dose Lackfarbe und die Pinsel liegen sah, kamen die Erinnerungen zurück. Sie war im Baumarkt gewesen. Wegen Pauls Fenster. Und danach war sie so müde gewesen, dass sie sich erst mal hatte hinlegen müssen.

Mit der Tasse in der Hand ging sie in das ehemalige Kinderzimmer und besah sich das Fenster. Das war keine große Aktion. Die Risse würde sie einfach überstreichen. Es musste schließlich nicht perfekt werden. Wann übernachtete schon jemand in diesem Zimmer?

Susanne breitete eine Zeitung auf dem Boden aus, öffnete den Deckel mit der Küchenschere und tauchte den Pinsel in die Farbe. Kurz bevor die Borsten den Rahmen berührten, fiel ihr ein, was fehlte: Sie hatte vergessen, Kreppband zu kaufen, um die Ränder der Scheiben abzukleben. Sollte sie noch mal zum Baumarkt fahren? Ach was. Sie hatte ja eine ruhige Hand. Behutsam führte sie den runden Pinselkopf über die abgeblätterten Stellen am Rahmen. Auf und ab, auf und ab. Das klappte auch so.

Sie erinnerte sich an Paul, der nie die Geduld hatte aufbringen können, Vorlagen auszumalen. Und wenn er sich doch mal dazu hinreißen ließ, schaffte er es nur selten, innerhalb der Linien zu bleiben. Sie war da als Kind viel exakter gewesen. Sie hatte Stunden damit zubringen können, Bilder zu kolorieren. Paul war viel lieber … lieber … Es wollte ihr nicht einfallen, was Paul lieber tat. Ausmalen war es jedenfalls nicht. Das hatte sie wiederum gern gemacht.

Komisch, dass ihr neuerdings manches nicht mehr einfallen wollte, sie andere Dinge aber sofort parat hatte. Gab es so etwas wie eine Zeitgrenze? Eine Linie, die quer durch die Vergangenheit verlief und ihren Lebenslauf in Erinnern und Nicht-Erinnern trennte?

Mist! Vor lauter Grübeln war sie schon zum zweiten Mal auf die Scheibe abgerutscht. Vorsichtig wischte sie mit einem Taschentuch über die Flecken, doch richtig entfernen ließ die Farbe sich nicht. Egal. Sie würde das Glas später mit Terpentin saubermachen.

Auf und ab, auf und ab. Ein Glück, dass sie so geschickt ist. Auf und ab, auf und ab. Martin hat ja zwei linke Hände. Ihm fehlt die Geduld für solche Arbeiten. Sie hingegen war schon als Kind ein Ass im Ausmalen von Vorlagen gewesen. Na ja. Jeder, wie er kann. Martin wird Augen machen, wenn er nach Hause kommt und sieht, dass sie Pauls Fenster gestrichen hat. Apropos Paul. Es ist gleich fünf! Sollte er nicht längst da sein und Hausaufgaben machen? Oder ist heute Nachmittag Training? Fußball ist ja sein Ein und Alles. Ganz im Gegensatz zum Ausmalen. Na ja. Jeder, wie er kann. Sie geht nicht gern zum Sport. Das ist ihr viel zu hektisch. Schon dieses Geschrei nach dem Ball und das Gerenne machen sie ganz nervös. Sie sollte Paul aber anrufen. Nicht, dass er die Zeit wieder vergisst. Das passierte schon mal. Schließlich muss er seine Hausaufgaben noch machen.

Wie praktisch, dass seine Nummer auf dem Telefon eingespeichert ist. Sie drückt den Knopf und hört es tuten. Es tutet lange. Dann endlich:

»Hallo, hier ist Marie. Wer ist dran?«

Ein Mädchen. »Ist Paul da?«

»Oma? Bist du es, Oma? Wir sind gerade aus dem Urlaub gekommen. Wir waren am Meer, und es war ganz toll. Ich habe schwimmen gelernt!«

Oma? War sie das? Ja, natürlich. Paul war ja schon groß.

»Bist du noch dran, Oma?«

»Ja, ich bin noch dran und freue mich sehr, dass ihr so einen schönen Urlaub gehabt habt.«

»Aber Papa ist nicht da. Er musste gleich ins Büro.«

»Das macht nichts. Es ist nicht so wichtig. Sag allen viele liebe Grüße von Oma. Ich melde mich bald wieder.«

Susanne ging zurück in Pauls Zimmer. Schön war es geworden. Die Risse fielen gar nicht mehr auf. Ob sie noch weitere Fenster streichen sollte? Nein. Morgen vielleicht. Sie verschloss die Farbdose und wickelte sie mit dem Pinsel fest in Plastik ein. So würde nichts eintrocknen, und sie konnte jederzeit etwas anderes in Angriff nehmen. Zufrieden betrachtete sie ihre Arbeit ein letztes Mal. Ein Glück, dass *sie* keine zwei linken Hände hatte.

21.

Seit den Morgenstunden goss es wie aus Kübeln. Im Prinzip mochte Susanne Regen. Doch heute machten die stetig fallenden Tropfen sie trübsinnig. Die Zeiger der Wanduhr bewegten sich so langsam, als müssten sie gegen einen unsichtbaren Widerstand ankämpfen, der Tag dehnte sich ins Unendliche, eine graue monotone Fläche, ohne jeglichen Trost. Susanne versuchte, sich etwas Schönes vorzustellen. Etwas Rotes vielleicht, eine Farbe, die sie sehr mochte. Erdbeeren waren rot. Am liebsten aß sie sie mit … Wie hieß das Zeug noch mal, das man schlagen musste? Es kam von der Kuh, war weiß und man konnte auch damit kochen. Himmel noch mal! Wütend schlug Susanne mit der Faust auf den Tisch. Warum kam das Wort nicht zum Vorschein?

Ablenken. Wenn sie nicht weiter daran dachte, würde der Begriff sich in Sicherheit wiegen und aus der Deckung kommen. Sie summte eine Melodie.

Let me take you down
'Cause I'm going to strawberryfield
Nothing is real
And nothing to get hung about

Von wegen! Es gab etwas, worüber sie sich aufregen konnte. Über dieses verdammte Wort! Weg! Verschwunden!

Ich esse Erdbeeren am liebsten mit …
Ohne … sind die Erdbeeren nicht halb so gut.
Daher nehme ich gern …

Der Begriff ließ sich aber nicht überlisten, ganz egal, wie viele Sätze sie mit *Erdbeeren* bildete. Er schwirrte ihr vor der Nase herum, legte sich ihr auf die Zunge. Sie konnte ihn schmecken, doch immer wieder entwischte er im letzten Moment.

Sie gab es auf. Sie würde so tun, als interessiere es sie nicht mehr. Hast du das gehört, Wort? Du bist mir völlig egal. Stattdessen würde sie an den Frühling denken. An die Sonne, die nun länger schien, an die Wärme und an blühende Wiesen. Als Kind spielte sie zu dieser Jahreszeit draußen, bis Mutti zum Abendbrot rief. Danach war Schluss. Nur in den Ferien durfte sie auch später noch mal hinaus. Manchmal spielten sie Verstecken. Wie war noch mal der Reim?

Eins, zwei, drei, vier Eckstein,
alles muss versteckt sein.
Hinter mir und vorder mir gilt es nicht,
und an beiden Seiten nicht!
Eins, zwei, drei, vier, fünf, sechs, sieben, acht, neun, zehn
– ich komme!

Oder sie schlich zusammen mit Sonja an Hecken und Hinterhöfen entlang, stets auf der Suche nach verdächtigen Personen. Später lagen sie auch schon mal auf der Lauer, um einen Jungen zu beobachten, der ihnen den Kopf verdreht hatte. Doch wenn die Straßenlaternen angingen, mussten sie die Ermittlungen und Schwärmereien auf den nächsten Tag verschieben. Sonst gab es Ärger.

Schon damals war ihr das Phänomen *Zeit* ein Rätsel gewesen. Sie hätte ihr Taschengeld darauf verwettet, dass die Laternen schneller angingen, wenn es gerade richtig spannend gewesen war. Überhaupt schrumpften die Tage in der schulfreien Zeit. Anfangs waren sie von majestätischer Länge, doch je mehr Wochen vergingen, umso schneller verstrichen sie. Und bevor man es sich versah, saß man wieder in der Schulbank, hatte den Ranzen voller neuer Bücher und Hefte und die Bleistifte waren gespitzt.

Susanne erinnerte sich gern an die Makellosigkeit der unbeschriebenen Heftseiten, die währte, bis man das erste

Wort durchstreichen musste. Dann war der Glanz des Neu-
en dahin.

Ähnlich hatte sie sich in den Wochen nach Ostern gefühlt. Jesus war für ihre Sünden am Kreuz gestorben, lernten sie im Religionsunterricht. Noch heute konnte Susanne sich an das unbehagliche Gefühl erinnern, wenn sie
sich danach etwas hatte zuschulden kommen lassen und
wusste, das leere Makelkonto begann sich wieder zu fül-
len.

In ihrer kindlichen Vorstellung war Ostern stets gelb gewesen, Pfingsten violett, kombiniert mit einem kräftigen
Grün. Auch in späteren Jahren hatte sie bestimmten Phasen
eine Farbe zugeordnet. Sie dachte an die Kapitel für Ruth,
die noch anstanden. Bald waren die grauen Zeiten an der
Reihe und sie würde all ihren Mut zusammennehmen müssen, um …

Sahne.

Warum kam ihr dieses Wort ausgerechnet jetzt in den
Sinn? Sie war doch mit ganz anderen Dingen beschäftigt?
Mit Ostern. Mit der Villa. Mit ihrem ersten Auftritt. Susan-
ne setzte sich an den Schreibtisch und zog das Heft hervor.
Genau. Da hatte sie aufgehört.

Sahne!

Sie sollte einfach weiterschreiben. Dann würde dieses
Wort, für das sie weiß Gott keine Verwendung hatte, auch
wieder verschwinden.

*Nach dieser Aufführung ging es Schlag auf Schlag, liebe Ruth.
Ich schaffte die Aufnahmeprüfung und begann mit dem Studium. Endlich konnte ich mich voll und ganz der Musik wid-*

men, ohne mich um Mathe-Klausuren oder ähnlich lästige Dinge zu kümmern. Endlich.

Für meine Eltern sah das Leben nicht so rosig aus. Mein Vater hatte sein Alkoholproblem zwar in den Griff bekommen, aber er würde wohl sein Leben lang im Pflegeheim leben müssen. Ich konnte nicht genau erkennen, ob er sich seiner Lage bewusst war, für meine Mutter aber brach die Welt endgültig zusammen.

Ich kann mich noch gut an einen Vorfall erinnern. Wir hatten Vati gemeinsam besucht, und Muttis Stimmung war erstaunlich ausgeglichen gewesen. Doch als ich mich am Abend von ihr verabschieden wollte, entdeckte ich sie an der Garderobe, wo sie, das Gesicht in einen alten Schal von Vati gepresst, seinen vertrauten Geruch in sich aufsog. Unfähig, sie zu trösten, wartete ich im Wohnzimmer.

Mein Leben mit Bruno hingegen war aufregend und bunt. Wir wussten, was wir erreichen wollten, und setzten alles daran, immer besser zu werden. Auch im Studium unterstützte er mich, wo er konnte, und wir hatten in meinen ersten Studienjahren etliche gemeinsame Auftritte. Ich liebte die Bühne, mein schlichtes schwarzes Kleid, die Anspannung im Vorfeld und den Applaus, wenn das Konzert vorbei war. Schlug ich aus diesen Gründen alle Warnungen in den Wind? Glaubte ich daher, unverletzlich zu sein?

Ich weiß nicht, warum ich bereits am vierten Tag nach einer Kehlkopfentzündung darauf bestand, diesen einen Auftritt zu absolvieren. Obwohl der Arzt mir stark davon abgeraten hatte, ging ich auf die Bühne. Anschließend stürzte meine Welt erneut ein.

Ich lernte, dass jeder Mensch ersetzbar ist.

Ich lernte, dass es manchmal besser ist, etwas auszulassen, um nicht das große Ganze zu versäumen.

Ich lernte, dass eine Perspektive, wie fundiert sie auch gewesen sein mag, ganz plötzlich in Rauch aufgehen kann.

Noch heute habe ich den gedeckten Küchentisch in der Villa vor Augen, sehe ich das alte Geschirr mit dem kobaltblauen Schmuckrand vor mir, die weißen Tischtücher mit den verschlissenen Stellen und den Stockflecken, die immer so hingelegt wurden, dass diese Makel nicht auffielen. Dass auch eine mir nahestehende Person gravierende Defizite aufwies, war mir damals noch nicht bewusst.

Als das Telefon nach dem letzten Wort zu läuten begann, zuckte Susanne zusammen. Die Vergangenheit war so präsent, dass sie sich mit ihrem Mädchennamen meldete.

»Seit wann heißt du denn *Fries*, meine Liebe?«, fragte Johann. »Sag bloß, du hast heimlich geheiratet!« Nach dem schmerzhaften Rückblick war sein Lachen wie Balsam, und sie stimmte ein.

»Mist. Dabei habe ich mir so viel Mühe gegeben, die Sache unter Verschluss zu halten. Was kann ich für dich tun?«

»Ich wollte mich nur noch mal versichern, ob das Maultaschen-Essen heute Abend stattfindet.«

Maultaschen? Das Telefon am Ohr ging Susanne in die Küche und öffnete den Kühlschrank. Tatsächlich, da lagen mehrere Packungen. »Sieht gut aus. Wann wolltet ihr noch mal kommen?«

»Um sieben stehen wir vor der Tür«, versprach Johann. »Ich freue mich schon. Vor allem auf die knusprigen Bratkartoffeln!«

Susanne nahm die eingeschweißten Maultaschen aus dem Kühlschrank und versuchte, sich zu konzentrieren. Knusprige Bratkartoffeln. Hatte sie überhaupt Kartoffeln? Ja, in der Speisekammer lag eine Tüte. Wie viele Leute wollten überhaupt kommen? Sie sah auf die Uhr. Sie hatte noch eine Stunde. Das könnte sie schaffen. Vorausgesetzt, die Zeit spielte heute nicht verrückt. So wie früher in den Schulferien. Waren gerade Ferien?

Eins, zwei, drei, vier Eckstein,
alles muss versteckt sein.

Sie legte die Kartoffeln auf den Tisch. Bratkartoffeln. Die wurden in Scheiben geschnitten und dann in der Pfanne gebraten. Aber vorher hatte Mutter sie immer – *was?*

Dann eben erst die Maultaschen. Susanne überflog die Anweisung auf der Packung. Ganz einfach: In heißes Wasser geben, ziehen lassen. Währenddessen Zwiebeln in Ringe schneiden, Öl in einer Pfanne erhitzen, Zwiebeln darin goldgelb braten, dann herausnehmen. Anschließend die Maultaschen in die Pfanne geben. Das hatte sie schon unzählige Male getan.

Aber was sollte sie noch mal mit den Kartoffeln ... Und wo waren die Zwiebeln?

Eins, zwei, drei, vier Eckstein,

Ah, da waren welche. In Ringe schneiden. Gleich würde ihr wieder einfallen, was mit den Kartoffeln passieren musste. Dünne Ringe. Gar nicht so einfach mit dem stumpfen Küchenmesser. Wenn sie wenigstens Mutter kurz anrufen könnte. Aber Mutter ist im Heim und weiß nichts mehr. Sie weiß aber auch nicht mehr weiter. Sie studierte die Angaben auf dem Kartoffelbeutel. *Festkochend. Hervorragend geeignet für Kartoffelsalat, Bratkartoffeln und Gratins. Dunkel lagern.* Das war alles? Wütend starrte Susanne auf die Kartoffeln. Am liebsten hätte sie alle an die Wand geworfen.

Gleich war es sieben. Die Zeit spielte verrückt. Wie in den Schulferien. Hatte sie etwa Ferien?

Drei, vier, Eckstein

Sie konnte die Pfanne ja schon mal hinstellen und Öl hineingeben. Sie griff nach der Flasche neben dem Essig. Komisch, das Öl war violett. Pfingsten war violett. *Shampoo* stand auf dem Etikett. Was machte das Shampoo auf der Anrichte? Sie ließ sich auf einen Stuhl sinken. Sie wusste es nicht. Sie war müde. Entsetzlich müde.

In diesem Augenblick klingelte es. Wer konnte *das* denn sein?

*

Ruth erschrak, als Susanne aufmachte. So erschöpft und abgekämpft hatte sie ihre Freundin selten erlebt. Dabei war es ihr in den vergangenen Tagen doch so gutgegangen. Aus welchem Grund hielt sie diese Shampooflasche in der Hand? Und warum stank es im Flur nach Lackfarbe? Sie warf Johann einen alarmierten Blick zu.

»Sind wir zu früh, meine Liebe?« Sie legte Susanne einen Arm um die Taille und führte sie durch den Flur. »Wolltest du gerade noch schnell unter die Dusche springen?«

Susanne schüttelte den Kopf. »Ich glaube nicht. Ich weiß es nicht mehr.« Sie blieben in der Küchentür stehen. »Die Kartoffeln. Irgendwas muss man ja vorher damit machen, aber …« Sie ließ ihren Kopf auf Ruths Schulter fallen. »Ich weiß es einfach nicht mehr.«

»Wie wäre es, wenn die Damen ins Wohnzimmer gehen und mich an die Eisen lassen?« Johann schob sie sanft weiter. »Ich rufe euch, wenn das Essen fertig ist. Harry kommt sowieso etwas später.«

Susanne sah verwirrt auf. »Welcher Harry?«

»Ein alter Kollege von Johann«, sagte Ruth. »Wir haben ihn vor einigen Tagen im Seniorenheim besucht. Wenn du ihn siehst, wirst du dich sicher an ihn erinnern.«

Im Wohnzimmer setzte sie sich mit Susanne auf die Couch und überlegte angespannt, wie sie das Gespräch in sicheres Fahrwasser steuern konnte. Auch hier roch es nach Farbe. Hatte Susanne gestrichen?

»Hast du was dagegen, wenn ich ein Fenster öffne? Mir ist schrecklich warm.« Ruth stand auf. »Und ich hole uns mal was zu trinken.«

»Gute Idee.« Susanne schien sich etwas zu entspannen.

In der Küche schälte Johann Kartoffeln. »Und?«

»Schon besser.« Ruth öffnete den Kühlschrank und nahm Wasser und Saft heraus. »Wir müssen unbedingt dafür sorgen, dass sie nicht überfordert wird. Dann scheinen ihre Gedanken Amok zu laufen. Kommst du klar?«

»Ich brate die Kartoffeln einfach roh. Nur das Öl kann ich nicht finden.«

Ruth erinnerte sich an das Shampoo, das Susanne in der Hand gehabt hatte. Sekunden später kam sie mit der gewünschten Flasche aus dem Bad zurück. »Die hatte sich verlaufen. Ruf mich bitte, wenn du mich brauchst.«

Sie stellte die Gläser mit Saftschorle auf ein kleines Tablett und ging ins Wohnzimmer zurück. Susanne döste auf dem Sofa und war höchst erfreut, Ruth zu sehen. »Ein Glück, dass du da bist. Die Zeit spielt heute komplett verrückt. Sind etwa Schulferien?«

»Leider noch nicht. In zehn Tagen ist es so weit.« Sorgenvoll betrachtete Ruth ihre Freundin, eine in der Regel gepflegte Erscheinung. Die lange Pagenfrisur brauchte dringend einen Schnitt, und ihre Bluse wies mehrere Flecken auf. »Was hältst du von der Idee, wenn wir uns mal wieder ein Wellness-Wochenende gönnen? Mit Sauna, Massage und Kosmetik? Und vorher gehen wir zusammen zum Frisör.« Sie griff sich in die kurzen Haare. »Das ist bei mir überfällig.«

Susanne atmete tief durch. »Klingt großartig. In letzter Zeit habe ich das Gefühl, dass mein Körper mich völlig im Stich lässt. Kennst du das?«

Ruth nickte. »Wir können ja gegenseitig auf uns achtgeben, damit die Sache nicht ganz aus dem Ruder läuft. Sonst sehen wir bald aus wie Vogelscheuchen. Wo wollen wir denn hinfahren?«

»Das ist mir egal. Hauptsache, du bist dabei.« Susanne strich sich mit dem Zeigefinger übers Kinn. »Ich habe eine große Bitte an dich: Könntest du mir später, wenn ich selber nicht mehr dazu in der Lage sein sollte, diese blöden Hexenhaare auszupfen?« Sie zeigte auf eine bestimmte Stelle. »Mich macht es verrückt, wenn die hier vor sich hin sprießen.«

»Das verspreche ich dir. Mich machen die auch wahnsinnig. Das ist wie bei einem entzündeten Zahn, den man immer wieder mit der Zunge befühlt.«

Susanne versuchte, mit der Zunge die Stelle am Kinn zu erreichen. »Ich glaube, der Vergleich hinkt etwas. Das schaffe ich niemals!«

Da war sie plötzlich wieder: die vertraute, humorvolle Susanne. Die Erleichterung darüber war so groß, dass Ruth sie am liebsten fest an sich gedrückt hätte. »Wir könnten das aber üben. Und wenn wir es hinkriegen, treten wir gemeinsam auf.« Lachend tranken sie ihre Gläser aus.

»Jetzt sollte ich aber mal in die Küche«, sagte Susanne.

»Nicht nötig. Johann kocht. Und wie du weißt, kann er es gar nicht leiden, wenn sich jemand einmischt.«

»Das stimmt.« Susanne kniff ein Auge zu. »Aber meinst du, er wird es verkraften, wenn eine von uns reinflitzt und eine Flasche Wein holt?«

Minuten später kam Ruth mit einem gekühlten Riesling zurück. »Die Herren sind ganz in ihrem Element, und das Essen steht in etwa zehn Minuten auf dem Tisch.« Sie schenkte ihnen ein. »Auf kochende Männer!«

»Auf kochende Männer!« Susanne prostete Ruth zu. »Ist Gustav etwa da?«

»Nein, Harry, ein alter Kollege von Johann ist jetzt auch da und leistet ihm Gesellschaft. Wenn du ihn siehst, erinnerst du dich wieder an ihn.«

»Kochende Männer sind was Feines.« Susanne nippte von ihrem Wein. »Martin ist in der Hinsicht eine Niete. Gustav kann kochen, oder?«

»Wenn er Lust und Zeit hat, durchaus. Leider kommt beides selten vor.«

Susanne seufzte. »Traummänner gibt es ohnehin nicht. Irgendeine Macke haben sie alle.«

»Wir doch auch«, sagte Ruth. »Schau, ich habe die nervige Tendenz, die Probleme anderer lösen zu wollen, erstelle für jede Woche einen detaillierten Plan und rieche an Speisen, bevor ich sie esse.«

Susanne überlegte. »Ich habe einen Pünktlichkeitstick und schneide die Sachen auf meinem Teller gern klein, bevor ich anfange zu essen.« Sie seufzte tief. »Außerdem räume ich zwanghaft auf, wenn Mutti ihren Besuch angekündigt hat. Das werde ich mir wohl nicht mehr abgewöhnen können.«

In diesem Moment steckte Johann den Kopf durch die Tür. »Wenn die Damen jetzt Zeit hätten? Das Essen wäre fertig.«

Susanne strahlte. »Super. Ich habe Hunger für drei und bin gespannt, was es gibt!«

Ruth hingegen war der Appetit vergangen.

22.

»Schau dir diese Schönheiten an!« Susanne zeigte auf einen Verkaufstisch mit Hängepetunien, deren tiefviolette Blüten weiß getupft waren. »Das ließe sich gut mit Gelb kombinieren. Was meinst du?«

»Das sieht sicher schön aus.« Johann stellte einen Topf mit gelben Kapkörbchen zwischen die Petunien. »Wie der Mond in einer Sternennacht.«

Susanne betrachtete die Zusammenstellung. »Sehr schön. So mache ich das.« Während sie die Pflanzen in den Einkaufswagen stellte, hörte sie, wie Johann eine Melodie anstimmte. Abrupt drehte sie sich um. »Das ist doch *Die Mondnacht*!«

»Diese Petunienart nennt sich laut Beschreibung *NightSky*. Und in Verbindung mit dem Gelbton kam mir Schumann in den Sinn. Ich wundere mich, dass du die Weise gleich erkennst. Ich dachte immer, du magst diese Art von Musik nicht.«

Den Handgriff des Wagens fest umklammernd starrte Susanne auf die Blüten, versuchte den Text zu ignorieren, doch es war bereits zu spät.

Es war, als hätt' der Himmel, die Erde still geküsst, dass sie im Blütenschimmer von ihm nun träumen müsst.

Was die Rückblicke im Heft für Ruth bisher nicht hatten bewirken können, schaffte Johann mit dem Intonieren dieser Weise. Sie schüttelte nachdrücklich den Kopf, als könnte sie die Töne so zum Verstummen bringen.

»Fehlt dir was?« Johanns besorgte Stimme drang von weit her zu ihr durch.

Ja. Das Singen fehlt mir, wollte sie sagen. Vor allen Dingen dieses Lied, mit dem alles anfing. Doch ich traue mich nicht, dem Drängen meines Herzens nachzugeben. Die Erinnerungen sind unberechenbar, schmerzen noch immer so sehr, dass ich …

»Ich glaube, ich nehme lieber etwas anderes.« Resolut stellte Susanne die Töpfe auf die Verkaufsfläche zurück. Diese Pflanzenkombination war nun unwiderruflich mit der *Mondnacht* verbunden. Schumann und sie gehörten aber nicht mehr zusammen. Zögernd ging sie zum nächsten Tisch. Der Elfensporn sah ja auch nett aus. Doch diese Pflanze stellte sie ebenfalls zurück. Mit einem Mal war ihr alles zu viel.

»Vielleicht fahre ich ja im Sommer länger weg. Dann würden die Pflanzen nur vertrocknen.« Sie zog die Mundwinkel nach oben. »Lass uns lieber nach Hause fahren.«

Kaum hatte sie die Wohnungstür hinter sich geschlossen, als das Telefon zu läuten begann. Froh über die Ablenkung, meldete sie sich.

»Hallo Mama! Da bist du ja. Ich hatte es heute Nachmittag schon mal probiert. Wo warst du denn?«

Susanne holte tief Luft. Ohne Frage wäre es ihr unter Umständen eingefallen. Wenn sich aber jemand gezielt erkundigte, war ihr Kopf wie leer gefegt. Johann, fiel ihr ein. »Ich war mit Johann unterwegs.«

»Es tut mir leid, dass ich mich erst jetzt wieder bei dir melde, aber nach dem Urlaub ging es derart rund im Büro, dass ich kaum zum Luftholen kam. Geht es dir gut?«

»Prima«, sagte Susanne. »Ab und zu ein bisschen müde, aber das ist in meinem Alter erlaubt. Hattet ihr einen schönen Urlaub?«

Während Paul angeregt von ihrem Aufenthalt auf Korsika berichtete, blätterte sie im Kalender, der neben der Ladestation lag.

»Und rate mal, was Marie gelernt hat?«, fragte Paul.

Susanne kniff die Augen zusammen. Sollte sie das wissen? »Keine Ahnung. Erzähl du es mir.«

»Marie hat einen Schwimmkurs gemacht. Am Ende war sie kaum noch aus dem Schwimmbecken zu locken.« Er lachte fröhlich.

»Ich erinnere mich noch gut daran, wie du dein Seepferdchen gemacht hast«, sagte Susanne. Mit einem Mal hatte sie den kleinen Paul vor Augen. Ein süßer, schmächtiger Knabe in einem froschgrünen Badehöschen. »Papa war oft mit dir im Schwimmbad.«

»Das weiß ich auch noch. Ich hatte eine grüne Badehose«, sagte Paul. »Jetzt will Noah natürlich auch schwimmen lernen. Wir haben ihm Schwimmflügel für Kleinkinder gekauft. Am liebsten würde er sie sogar nachts tragen!«

»Ich sehe es vor mir«, sagte Susanne, während sie eine hingekritzelte Zeile im Kalender entzifferte: *OP Sandras Mutter*. Ja, da war etwas gewesen. »Wie geht es eigentlich Sandras Mutter? Hat sie die Operation gut überstanden?«

»Der Schwiegermama geht es prima«, sagte Paul. Es folgten Einzelheiten, die Susanne nicht interessierten. Sie war müde. Wo war sie heute bloß gewesen, dass sie sich so erschöpft fühlte?

»Morgen kommt sie zu Besuch und will mit den Kindern einen Ausflug machen«, beendete Paul seine Ausführungen.

Wer war denn jetzt wieder diese *sie*? »Dann grüß bitte herzlich von mir«, sagte Susanne, in der Hoffnung, das Richtige zu sagen.

»Das mache ich sehr gern«, sagte Paul. »Da freut sie sich sicher.«

Glück gehabt. Sie schaute auf ihre Armbanduhr. Schon sieben! »Ich muss mich langsam mal ums Abendessen kümmern.«

»Ja, mach das. Bevor ich es vergesse: Könntest du in nächster Zeit mal einen Abend auf die Kinder aufpassen?«

»Natürlich! Sag mir aber rechtzeitig Bescheid. An manchen Tagen habe ich viel um die Ohren.« Das stimmte durchaus. Auch wenn sie hinterher nur selten sagen konnte, was los gewesen war.

Nachdem sie sich verabschiedet hatten, ging Susanne in die Küche. Sie war hungrig, hatte aber keinerlei Lust, etwas zu kochen. Ein Butterbrot würde genügen. Als sie die Flasche Wein in der Kühlschranktür entdeckte, hob sich ihre Stimmung. Sie würde den Abend mit einem Glas Rosé einläuten.

Den ersten Schluck trank sie im Stehen. Ja, jetzt erinnerte sie sich wieder: Sie war mit Johann unterwegs gewesen. Richtig. Doch gepaart mit dieser Feststellung kam eine weitere Erinnerung zurück, hörte sie die ersten Klavierklänge der *Mondnacht*, sah Brunos Hände über die Tasten gleiten. Automatisch holte sie tief Luft. Gleich kam ihr Einsatz.

Es war, als hätt' der Himmel, die Erde still geküsst, dass sie im Blütenschimmer von ihm nun träumen müsst.

Irgendetwas hatte diese Melodie so nachhaltig zum Leben erweckt, dass sie das dringende Bedürfnis spürte, das Lied zu hören. Aufnahmen hatte sie keine mehr. Doch im Internet könnte sie fündig werden. Sie schenkte sich nach und fuhr ihren PC hoch.

Susanne suchte, bis sie die Version einer Mezzosopranistin gefunden hatte, dann schloss sie die Augen und stand im nächsten Augenblick neben dem Klavier auf der Bühne. Bei der letzten Zeile vernahm sie zu ihrem großen Erstaunen die eigene Stimme, spürte, wie ihr Tränen in die Augen stiegen. Sie durfte sich dieser Musik nicht länger verschließen. Auch wenn die Erinnerungen noch schmerzten, sollte sie diese Zeit allmählich wieder an sich heran-lassen.

Vielleicht war das möglich, nachdem sie Ruth alles erzählt hatte. Ruth, ohne die sie sich ihr Leben nicht vorstellen konnte.

Sie schlug das rote Heft auf.

Meine liebe Ruth, obwohl ich immer mehr vergesse, ist das Ge-fühl, von Dir getragen zu werden, stets präsent. Ich kann Dir gar nicht sagen, wie unendlich dankbar ich dafür bin. Auch wenn Du nicht bei mir sein kannst, spüre ich stets Deinen Arm um meine Schultern, Deine weiche Wange an meiner und höre Deine vertraute Stimme, wenn mir alles zu viel wird.

Das Wissen, dass Du da bist, hilft mir, wenn äußere Ein-drücke auf mich einstürmen und ich mich verkriechen möch-te, weil ich Angst habe, unterzugehen.

Namen verschwinden, Begriffe vermischen sich, Unterhal-tungen werden zu Labyrinthen, aus denen ich fürchte nie wie-der entkommen zu können. Aber mit Dir an meiner Seite ist diese Bedrohung erträglicher.

Ich habe mir die Frage, ob es einen Gott gibt, oft gestellt. Doch kurz nach meiner Stimm-OP verstand ich, dass er mir, wenn es ihn denn gab, nicht wohlgesinnt war. Während jemand im Hintergrund vom Verlust der Falsettstimme sprach, sein Bedau-ern darüber zum Ausdruck brachte, dass die hohen Töne nicht mehr erreicht, die mittlere Stimmlage tiefer werden würde, mit einer geringfügigen Heiserkeit zu rechnen sei, betrachtete ich die Pflanze auf dem Tisch, studierte das Muster ihrer Blatt-

adern, die sich mir in einer unnatürlichen Schärfe präsentierten.

Die Diagnose war vernichtend, doch in dem Augenblick bezog ich sie nicht auf mich. Erst am nächsten Tag drang zu mir durch, welche Konsequenzen der Befund für mich hatte. Mein Traum war geplatzt. Und ich war wieder allein.

Bruno hatte die Folgen sofort umrissen und war verschwunden. Er hatte nicht einmal den Mut aufgebracht, mir persönlich zu sagen, dass es mit uns vorbei war. Stattdessen erwartete mich ein Brief in der Villa, in dem er mir in knappen Sätzen alles Gute für die Zukunft wünschte. Im Nachhinein keine große Überraschung. Schließlich hatte er meine Vorgängerin auch ohne Vorwarnung abserviert.

Sabine war diejenige, die mich auffing. Sie ermutigte mich, überlegte mit mir, wie es weitergehen könnte. Und sie tröstete mich, als ich herausfand, dass Bruno nach Amsterdam gezogen war, wo er mit einer Opernsängerin, die bereits einen Namen hatte, die Karriereleiter erklomm. Wer weiß, wie lange diese Beziehung schon lief.

Während ich mit 24 wieder bei null anfangen musste.

Susanne ging in die Küche und durchsuchte den Küchenschrank nach etwas Herzhaftem. Eine Tüte Rauchmandeln – perfekt! Kauend schenkte sie sich nach und dachte an ihre letzten Tage in der Villa. Der Abschied war schlimm gewesen. Als hätte sie das Gelobte Land verlassen und ins Exil gehen müssen. Sie hatte ihre Sachen in einen Koffer geworfen und war im Zeitlupentempo ein letztes Mal durch den Garten zum Tor gegangen. Unfähig, zurückzuschauen.

Ich beschloss, alles, was mit dieser Phase zusammenhing, komplett aus meinem Leben zu verbannen. Allem voran den klassischen Liedgesang. Der Gedanke, nie wieder so wie früher singen zu können, brachte mich fast um.

Meine neue WG machte es mir leicht. Der Musikgeschmack der Mitbewohner hatte nichts gemein mit Schumann und Schubert. 1975 war das Jahr der Frau, der Vietnamkrieg ging zu Ende und die Band 10cc sang, dass sie nicht verliebt sei. Ich lebte mein neues Leben auf Teufel komm raus, jobbte in Kneipen und beschloss, wie meine Eltern Lehrer zu werden. Dabei nahm ich mir vor, sofort einzugreifen, wenn jemand in meinem Umkreis gemobbt werden sollte. Vatis Schicksal durfte sich nicht wiederholen.

Meine wöchentlichen Besuche bei ihm verliefen nach einem festen Schema. Ich erzählte ihm, was ich so alles erlebt hatte, und schob ihn bei schönem Wetter im Rollstuhl durch den Park. In der Regel zeigte er kaum Reaktionen. War er irgendwann eingenickt, drückte ich ihm einen Kuss auf die stoppelige Wange und stieg ins Auto. Erleichtert, in die Stadt zurückkehren zu können.

Doch bei einer dieser Heimfahrten verlief nicht alles wie immer. Ich sah …

Susanne nahm einen großen Schluck Wein. Jetzt. Oder sollte sie vorher von anderen Dingen berichten? Was, wenn Ruth … Nein, das wäre … Sie hatte immer geglaubt, dass es an dieser Stelle noch einigermaßen leicht sein würde. Doch schon jetzt sperrte sich in ihr alles gegen den nächsten Satz, gegen die Worte, die dann folgen würden.

Sie nahm das Fotobuch in die Hand. So viele schöne

Erinnerungen. Nichts wies auf diesen Tag hin, der zu Beginn ihrer Freundschaft bereits zehn Jahre zurücklag. Hatte sie sich bei Ruth eigentlich schon für dieses Geschenk bedankt? Sie wählte die Nummer am Telefon und lauschte dem Freizeichen.

Guten Tag, Sie sind mit dem Anschluss von Ruth und Gustav Hagedorn verbunden. Sprechen Sie Ihre Nachricht bitte nach dem Signal. Wir melden uns baldmöglichst bei Ihnen.

Susanne unterbrach die Verbindung. Sie wollte es Ruth persönlich sagen. Nicht diesem blöden Band.

Durst. Sie hatte schrecklichen Durst. Das lag bestimmt an diesen Rauchmandeln. Am Wasserhahn in der Küche füllte sie ihr Glas und trank es in einem Zug leer. Jetzt ein Schlückchen Wein. Das hatte sie sich nach diesem Tag redlich verdient.

Als sie die Tageszeitungen auf dem Tisch liegen sah, setzte sie sich. Ein Sudoku wäre genau das Richtige, um auf andere Gedanken zu kommen. Susanne nahm eines der Blätter in die Hand und las den Titelkopf. Heute war Dienstag, der 26. Mai. Das hatte sie sich schon gedacht. Sie schlug die Rätselseite auf und überlegte. Wie ging das noch mal? Sie war völlig aus der Übung. Linien, so viel wusste sie noch. Horizontal und vertikal. Musste man die Ziffern miteinander verbinden? Mit einem Kugelschreiber zog sie eine erste Linie von oben nach unten. Nein, das sah komisch aus. Vielleicht mal diagonal? Nein. Auch nicht. Hatte man dieses Spiel geändert? Die änderten ja andauernd was – es war zum Verrücktwerden!

Vielleicht sollte sie Ruth kurz anrufen. Die wusste sicher, was Sache war. Während sie dem Freizeichen lauschte, fiel ihr auf, dass die Straßenlaternen schon brannten. Gleich würde Mutti rufen. Dann war Schluss mit draußen spielen. Nein. Quatsch. Sie war ja keine zehn mehr. Martin kam gleich nach Hause. Doch zuerst sollte sie Ruth anrufen. Warum noch mal? Egal. Wenn sie ihre Stimme hörte, würde es ihr bestimmt wieder einfallen.

Guten Tag, Sie sind mit dem Anschluss von Ruth und Gustav Hagedorn verbunden. Sprechen Sie Ihre Nachricht bitte nach dem Signal. Wir melden uns baldmöglichst bei Ihnen.

Wieder dieser AB. »Ruth? Hier ist Susanne. Ich möchte …« Ja, was denn? Sie legte auf. Schaltete Ruth dieses blöde Band jetzt immer ein, weil sie nichts mehr mit ihr zu tun haben wollte? Weil sie manchmal etwas vergaß? Ruth machte sich ja immer einen Plan. Für jede Woche einen neuen. Vielleicht sollte sie das auch mal machen. Vielleicht war das die Lösung. Vielleicht war Ruth genauso verwirrt, wie sie es manchmal war. An manchen Tagen konnte sie sich ja schwer was merken. Aber dumm war sie deswegen noch lange nicht! O nein! Wieder drückte sie die Kurzwahl.

Guten Tag, Sie sind mit dem Anschluss von Ruth und Gustav Hagedorn verbunden. Sprechen Sie Ihre Nachricht bitte nach dem Signal. Wir melden uns baldmöglichst bei Ihnen.

Wieder diese Ansage! Herrgott noch mal! »Hör mal, Ruth, es stimmt schon, dass ich mir manches nicht mehr merken kann. Aber ich bin deswegen noch lange nicht blöd, hörst du? Du hast auch schon vieles vergessen. Weißt du noch, wie du mal eine ganze Schulaufgabe in der Straßenbahn hast liegenlassen? Das ist ewig her, aber *mir* fällt es gerade wieder ein. Ich weiß das noch genau. Jeder vergisst mal was. Auch du!«

So. Gut, dass sie das mal losgeworden war. Jetzt hatte sie Durst. Susanne nahm ihr Glas und war schon an der Tür, als es ihr fast die Beine wegzog. In letzter Sekunde konnte sie sich an der Klinke festhalten. Dieser verdammte Teppich!

Am Schreibtisch zurück las sie die letzte Zeile wieder und wieder. Nein. Sie war noch nicht in der Lage, zu diesem Abend zurückzugehen. Nein-nein-nein.

Doch bei einer dieser Heimfahrten verlief nicht alles wie immer. Ich sah …

Beim Streichen des Satzes spürte sie wieder dieses Bedauern. So wie damals in der Schule. Nun war der Glanz des Neuen dahin. Oder war das an Ostern gewesen? Ostern war gelb. Das wusste sie genau. Sie sah zum Fenster hinaus. Die Straßenlaternen waren schon an. Sie musste sich beeilen. Sonst gab es ein Donnerwetter. Das wollte sie nicht riskieren.

Ob Ruth auch schon zu Hause war? Bestimmt. Ruth hatte abends selten was vor. Oder? Welcher Tag war denn? Die Zeitung. Sie hatte die Zeitung in der Küche liegen sehen. Sie stand auf und wäre um ein Haar auf dem Teppich ausgerutscht. Dieser verdammte Teppich! Wütend riss sie ihn vom Boden und warf ihn in die Ecke. Dann nahm sie eine der Zeitungen vom Küchentisch. Mittwoch, 27. Mai. Wie sie sich schon gedacht hatte. Mitten in der Woche. Ruth musste morgen in die Schule. Warum ging sie dann nicht ans Telefon? Hatte sie keine Lust, mit ihr zu reden? Das sollte sie gleich mal klären.

Guten Tag, Sie sind mit dem Anschluss von Ruth und Gustav Hagedorn verbunden. Sprechen Sie Ihre Nachricht bitte nach dem Signal. Wir melden uns baldmöglichst bei Ihnen.

»Jetzt hör mir mal ganz gut zu, Ruth. Ja, ich bin etwas vergesslich in letzter Zeit. Aber das heißt noch lange nicht, dass ich verrückt bin, hörst du? Ich kann sehr gut für mich selber sorgen. Nur dass das mal klar ist! Wenn du aber nichts mehr mit mir zu tun haben willst, musst du es mir nur sagen. Dann lass ich dich für immer in Ruhe!«

Susanne schnaufte. Schade, dass es diese alten Telefone nicht mehr gab. Da hätte sie den Hörer jetzt fest auf die Gabel knallen können. Sie trank ihr Glas aus und brachte es in die Küche. Todmüde war sie. Sie sollte ins Bett gehen. Sofort. Es war heute auch viel – – – gewesen. Und dann – – – Ärger.

Sie ließ sich aufs Bett fallen. Halt! – – – ausziehen. Und die Zähne – – – – Die Hose – – – – Rest würde sie später – – – – nicht so wichtig – – – – *Es war, als hätt'* – – – – *dass sie im Blütenschimmer von ihm* – – – –

Das Letzte, was Susanne hörte, war eine laute, disharmonische Klangmischung, als würde ein Orchester seine Instrumente stimmen. Dann wurde alles dunkel und still.

*

Ruth kuschelte sich selig in Gustavs Arm und ließ den Abend Revue passieren. Zuerst hatte er sie in ein französisches Restaurant geführt, wo sie ein kleines, hervorragendes Menü verspeist hatten. Anschließend waren sie in ein Konzert gegangen. Noch immer hatte sie die Klänge von Faurés *Elégie für Violoncello und Klavier* im Ohr. Leise summte sie die Melodie, während sie durch das Taxifenster hinaus in die Nacht sah.

Gustav strich ihr eine Haarsträhne aus der Stirn. »Überraschung gelungen?«

»Und ob. Ich schwebe richtig. Ob wir es schaffen, uns für solche Dinge wieder öfter Zeit zu nehmen?«

»Gute Idee …« Seine Finger fuhren zart an ihrem Hals bis zum Ohr hinauf.

Ruth drehte sich zu ihm und küsste ihn sanft auf die Lippen. Dann öffnete sie zwei Knöpfe seines Hemds und ließ ihre Hand hineingleiten. »Ich hätte da noch einen Vorschlag für den angefangenen Abend.« Gustav stöhnte leise.

»Die Nummer neun, sagten Sie?« Der Taxifahrer brachte sie auf den Boden der Tatsachen zurück.

»Ja.« Ruth setzte sich wieder gerade hin. Nachdem sie gezahlt hatten, gingen sie Arm in Arm zur Haustür. Es war noch angenehm warm. »Sollen wir uns auf der Terrasse noch einen Absacker genehmigen?«

»Wenn du nicht riskieren möchtest, dass wir von den Nachbarn angezeigt werden, sollten wir das lieber im Haus erledigen.« Gustav zog sie an sich. »Ich fühle mich wie sechzehn und frisch verliebt.«

»Dann darf ich dich leider nicht mit hineinnehmen«, flüsterte Ruth ihm ins Ohr. »Verführung von Minderjährigen ist strafbar.« Kichernd versuchte sie das Schloss mit ihrem Schlüssel zu treffen. »Wenn die Schule davon erfährt, bin ich meinen Job los.«

»Lass mich mal machen.« Gustav hatte mehr Glück und kurz darauf standen sie in der Diele. »Welchen Wein soll ich aufmachen?«

Ruth zeigte auf das Telefon, das blinkend auf der Kommode stand. »Da hat uns jemand zu erreichen versucht.«

»Das hat bis morgen Zeit.« Gustav küsste sie auf die Nase. »Also, was möchtest du trinken?«

»Einen Bordeaux bitte.« Es war ihr aber nicht möglich, sich dem kleinen roten Licht zu entziehen. Was, wenn es wichtig war? Als sie sah, dass vier verpasste Anrufe aufgezeichnet waren, drückte sie den Wiedergabe-Knopf.

Sie haben vier neue Nachrichten. Nachricht 1. Heute 20:45. Ruth lauschte angestrengt, aber der Anrufer hatte keine Botschaft hinterlassen.

Nachricht 2. Heute 21:07. »Ruth? Hier ist Susanne. Ich möchte …«

Nachricht 3. Heute 21:11. »Hör mal, Ruth, es ssimmt schon, dass ich mir manches nicht mehmerken kann. Aber ich bin deswegen noch lange nicht blödörstdu? Duhast auch schon vie-les vegessen. Weißu noch, wie du mal eine gan-ze Dings, eine gan-ze Schuldings inner Sraßenbahn hast liegnlassen? Dassis e-wig her, aber mir fällts ge-rade wiederein. Ich weißesnoch genau!! Jeder vergissmal was. Auch du!«

Nachricht 4. Heute 21:18. »Jetzt hömmir mal ganz guzu, Ruth. Ja, ich bin etwas vergesslich in letzterseit. Aber das heißt noch la-nge nicht, dass ich verrückt bin, hörsdu? Ich kann ssehr-gut für mich selbersorgen. Nur dassdas mal klar ist! Wenndu aber nixmehr mit mir ssutunhabenwills, mussu es mir nursa-gen. Dann lassichdich für – für immer in Ruh!«

Am ganzen Körper zitternd lauschte Ruth den verwaschenen Sätzen. Gustav, der die letzten Zeilen mit angehört hatte, stoppte die Wiedergabe und schloss sie fest in die Arme.

»Susanne scheint heute ganz schön durcheinander zu sein. Aber das hat sie bestimmt nicht so gemeint.« Beruhigend strich er ihr über den Rücken, immer wieder, bis ihr Atem sich beruhigt hatte. Dann ließ sie sich an den Küchentisch führen. Gustav setzte sich neben sie.

»War das wirklich Susanne? Meine allerbeste Freundin?«

»Ich fürchte schon. So wie es klang, war sie ordentlich betrunken. Du solltest morgen mal mit Paul sprechen.« Gustav legte ihr den Arm um die Schulter. »Ein Glück, dass sie schon auf der Warteliste für das betreute Wohnen steht.«

Ruth starrte ins Leere. Sie fragte sich, wie lange das noch so weitergehen würde. Und wie lange sie das noch aushielt.

23.

Die Nacht war die Hölle gewesen. Immer wieder war Ruth hochgeschreckt, weil sie glaubte, das Telefon läuten zu hören. Immer wieder hatte Gustav sie gehalten, bis ihr Herzschlag zur Ruhe gekommen war. Gegen Morgen war sie in einen unruhigen Schlaf gefallen, hatte wirres Zeug geträumt und war gerädert aufgewacht, als der Wecker klingelte.

Gustav war bereits in der Küche zugange und stellte ihr einen Kaffee hin.

»Ich kann heute nicht in die Schule gehen.« Schon der Gedanke, einer Klasse gegenübertreten zu müssen, überforderte sie komplett. Zudem waren Nacken und Rücken derart verspannt, dass jede Bewegung schmerzte.

»Soll ich dich krankmelden?«

Ruth schüttelte den Kopf. »Das mache ich selber.« Sie

sah auf die Uhr. Gleich sieben. »Ob ich schon bei Benders anrufen kann?«

»Die sind sicher längst auf. Und mit etwas Glück erwischst du Paul selber, weil Sandra mit den Kindern beschäftigt ist.«

Nachdem Gustav zu einem Kunden aufgebrochen war, starrte Ruth auf die Tischdecke und zeichnete das Karomuster mit dem Zeigefinger nach. War Susanne nur betrunken gewesen oder machte sich Demenz auch auf dieser Art bemerkbar?

Sie nahm das Telefon von der Ladestation. Wäre der Anrufbeantworter nicht eingeschaltet gewesen, sähe der heutige Tag anders aus. Sie hätte nichts von Susannes Aussetzern erfahren, hätte eine heiße Nacht mit Gustav verbracht und – hätte, hätte, Fahrradkette.

Sie wählte Pauls Nummer. Nach dem dritten Läuten meldete sich eine atemlose Sandra. Nein, Paul stehe gerade unter der Dusche. Bevor Sandra darüber berichten konnte, was heute Morgen schon alles passiert sei, würgte Ruth ihre Ausführungen ab. »Sag ihm bitte, er soll mich zurückrufen. Es ist wichtig.«

Ruth setzte sich ins Wohnzimmer und sah in den sonnigen Garten hinaus. Es wies alles darauf hin, dass Susannes Krankheit ein neues Level erreicht hatte. Würden solche Aussetzer in Zukunft zu ihrem Alltag gehören, ihn gar bestimmen? Eine Aussicht, mit der sie, die chronische Planerin, schwer umgehen konnte.

Ruth hatte dieses Organisieren von ihrer Mutter geerbt. Aus Angst, es würde etwas geschehen, das ihren Vater wütend machen könnte, hatte diese nichts dem Zufall überlassen können. Doch das Schicksal ließ sich nicht so einfach überlisten. Und so war ihre Mutter regelmäßig an ihren Ansprüchen gescheitert und von ihrem Vater auch dafür noch gedemütigt worden.

Als das Telefon läutete, setzte Ruths Herzschlag für einen Moment aus. War das ... Susanne? »Hallo?«

»Paul hier. Sandra sagte, du müsstest mich dringend sprechen.« Er klang gehetzt.

In knappen Sätzen erzählte Ruth, was vorgefallen war, und erklärte, dass sie sich bald zusammensetzen sollten.

»Ich kann beim besten Willen nicht sehen, wo das Problem ist«, sagte Paul. »Ich habe gestern Abend länger mit ihr gesprochen. Da war sie topfit! Sie hat sich sogar noch an die OP von Sandras Mutter erinnert und sich erkundigt, wie es ihr ging. Vielleicht war sie einfach müde.«

»Dann können wir nur hoffen, dass es sich um einen einmaligen Ausrutscher handelt«, sagte Ruth. Pauls Widerwille, über das Thema zu sprechen, war offensichtlich. »Ich wünsche dir einen schönen Tag.«

Wann war aus dem lebenslustigen Paul dieser überkorrekte Jurist geworden, der nur gelten ließ, was keinen Ärger verursachte? Man steckte nicht drin, wie Kinder sich entwickelten.

Sie hatte sich oft gefragt, wie ihre wohl geraten wären, hätte sich ihr Kinderwunsch erfüllt. Sie würde es nie erfahren. Dafür hatte sie mit Gustav das große Los gezogen. Er war vielleicht nicht perfekt, aber für sie genau der Richtige. Sie dachte gern an die Vernissage zurück, bei der sie sich kennengelernt hatten. Es war die Ausstellung eines polnischen Plakatkünstlers gewesen, für den sie beide eine Schwäche hatten. Über einen gemeinsamen Freund waren sie ins Gespräch gekommen, hatten immer neue Gemeinsamkeiten gefunden und waren anschließend zusammen essen gegangen.

Abrupt stand Ruth auf und stellte ihre Tasse in die Spülmaschine. Sie sollte nicht in der Vergangenheit weilen, sondern in der Schule anrufen und sich mit Johann in Verbindung setzen. Die Gegenwart war jetzt wichtiger.

Als Ruth Johann endlich erreichte, brach sie spontan in Tränen aus. Zehn Minuten später stand er vor der Tür. »Wie gut, dass ich drüben auf dem Friedhof war.« Er nahm sie tröstend in den Arm. Was bei Ruth sofort eine neue Tränenflut verursachte.

»Sorry, so kenne ich mich gar nicht«, schniefte sie. »Nicht mal gestern war mir nach Weinen zumute, als ich … Ich habe aber solche Angst, dass …«

Als Ruth sich beruhigt hatte, reichte Johann ihr ein gebügeltes Taschentuch und setzte sich mit ihr auf die Terrasse. »Jetzt erzähl mal von vorn.«

Stockend berichtete Ruth, was sich zugetragen hatte. »Ich weiß echt nicht, was ich tun soll. Wenn sie wirklich so wütend auf mich ist, wird sie gar nicht mit mir sprechen wollen. Oder?«

»Geh lieber davon aus, dass sie gar nicht mehr weiß, dass sie dich angerufen hat«, sagte Johann. »Aber wenn du möchtest, kann ich die Lage mal sondieren.« Er zupfte sich den grauen Zopf zurecht. »Es ist übrigens gestern noch etwas passiert. Wir waren im Gartencenter, um Pflanzen für unsere Balkonkästen zu kaufen. Das machen wir ja jedes Jahr gemeinsam. Bei einer Blumenkombination, die sie zusammenstellte, Dunkelviolett mit Gelb, kam mir spontan die *Mondnacht* von Schumann in den Sinn, und ich stimmte die Melodie an.«

»Damit kann Susanne gar nichts anfangen.«

»Dachte ich mir auch. Und doch erkannte sie die Weise sofort und reagierte völlig verstört. Im nächsten Moment stellte sie diese Pflanzen zurück. Seltsam, oder?«

*

Susanne sah verwirrt an sich hinunter. Sie war fast vollständig angezogen, Hose und Schuhe lagen vor dem Bett. Und Durst hatte sie. Schrecklichen Durst. Auf dem Weg ins Bad versuchte sie den vergangenen Abend zu rekonstruieren. War Johann zu Besuch gewesen? Hatten sie sich mal wieder einen langen Film angeschaut und dabei zu viel getrunken? Nach mehreren Bechern Wasser und einer Dusche fühlte sie sich besser. Bis sie einen Blick ins Arbeitszimmer warf.

Wer hatte den Teppich in die Ecke geworfen? Warum stand der PC aufgeklappt auf einem Hocker? Und wer hatte den Collegeblock vollgeschmiert?

Ich bin nicht verrückt, Ruth!!!!! Merk dir das!!!!!
Jeder vergisst mal was. Das passiertmanchmal.
Osternisgelb.

Sie schlug die Hände vors Gesicht. Das war eindeutig ihre Schrift. Sie konnte sich aber nicht daran erinnern, diese Zeilen geschrieben zu haben. Der ganze gestrige Tag war wie wegradiert. Während sie das Blatt in kleine Schnipsel riss, fragte sie sich, was sie sonst noch angestellt hatte. In der

Küche fand sie eine leere Weinflasche und mehrere aufgeschlagene Zeitungen, im Wohnzimmer war alles wie sonst. Anscheinend hatte sie einen sitzen gehabt.

Plötzlich fiel ihr das Heft ein. Hatte sie am Ende auch dort …? Nein. Zu ihrer großen Erleichterung lag es an seinem gewohnten Platz im Fotokarton, und es war nur eine einzige Zeile durchgestrichen. Zu Recht. Der Satz würde zu viel vorwegnehmen.

Wenn sie nur wüsste, wie viel Zeit ihr noch blieb, diese Geschichte zu schreiben. Würde das Vergessen langsam einsetzen? Oder gab es einen bestimmten Zeitpunkt, an dem ein Schalter in ihrem Kopf umgelegt wurde? Klack. Alles auf Werkseinstellungen zurückgesetzt. Sie musste das sofort erledigen. Noch konnte sie diese Zeiten wie einen Film heraufbeschwören.

Susanne setzte sich mit einem Käsebrot und einer Tasse Kaffee an den Schreibtisch. Auch bei ihrer Mutter hatte es so angefangen. Während sie die Linie im Heft so oft nachfuhr, bis kein Buchstabe mehr erkennbar war, dachte sie an diesen einen Tag zurück.

Kurz bevor sie ins Auto steigen wollte, hatte eine Pflegerin gefragt, ob mit ihrer Mutter alles in Ordnung sei. Sie sei seit Tagen nicht mehr im Heim gewesen. Dabei hatte Mutter am Telefon stets von ihren Besuchen bei Vater berichtet.

Ihr war bereits aufgefallen, dass sie schusselig wurde. Manchmal hatte sie Wortfindungsstörungen, und sie las anscheinend nicht mehr. Zwar verließ sie das Haus selten ohne Buch, doch es war immer derselbe Band, und das Lesezeichen lag stets an der gleichen Stelle.

Sie hatte diese Anzeichen geflissentlich ignoriert. Sie war zu diesem Zeitpunkt nicht in der Lage gewesen, zusätzliche Belastungen zu ertragen. Darum war sie an diesem Tag so verzweifelt, so wütend gewesen. Wieder ein Mensch, der dabei war, sie zu verlassen. Konnte das Leben sie nicht mal verschonen? Sie einmal ohne Sorgen und Kummer ihren Weg gehen lassen?

Wie damals bei ihrer Mutter fragte sie sich, was sie bereit wäre, dafür zu geben, wenn sie im Austausch dafür klar im Kopf bleiben könnte. Ihr Gehör? Ihr Augenlicht? Ihre Mobilität? Unwirsch schob sie Teller und Tasse zur Seite. Diese Gedanken führten zu nichts.

Studium und Referendariat machten mir viel Spaß, und ich konnte nachvollziehen, warum meine Eltern sich für diesen Beruf entschieden hatten. Dabei war keiner von ihnen mehr in der Lage zu verstehen, dass ich in ihre Fußstapfen getreten war. Mutti hatte die gleiche Krankheit, auf die ich nun auch hinsteuere, und lebte bereits in einem Heim.

Doch wie Du weißt, bekam ich mit Martin eine neue Familie, und Mutti freute sich über meine Besuche mit Paul. Auch wenn wohl nicht mehr zu ihr durchdrang, dass es sich bei dem Kleinen um ihren Enkelsohn handelte. Doch das war zweitrangig. Wichtig war einzig die Tatsache, dass sie dieses Glück empfinden konnte.

Am ersten Tag nach meiner Elternzeit lernte ich Dich kennen. Ich war nervös. Ich wusste zwar, dass Paul gut versorgt war, machte mir aber Sorgen, dass ausgerechnet heute alles schiefgehen könnte. Aus diesem Grund hatte ich den Sekretärinnen eingeschärft, mich sofort aus der Konferenz zu holen, sollte die Tagesmutter anrufen.

Ich weiß noch, dass Du etwas verloren am Fenster gestanden hast. Einige Kollegen musterten Dich interessiert. So eine hübsche, großgewachsene Frau mit kurzen blonden Haaren lief ihnen nicht oft über den Weg. Mich interessierte in erster Linie der Roman, der aus Deiner Tasche spitzte, und schon bald waren wir in ein angeregtes Gespräch verwickelt.

Susanne holte sich eine weitere Tasse Kaffee. Am liebsten würde sie sich seitenweise über diese erste Begegnung mit Ruth auslassen, um ja nicht zum Kern der Geschichte vordringen zu müssen. Doch das war nicht Sinn der Sache.

Unschlüssig, wie sie weiterschreiben sollte, blätterte sie durch die Seiten des Fotobuchs. »*Was wäre das Leben ohne Dich? 33 Jahre Susanne und Ruth.*« *Stand by me,* liebe Ruth. Lass mich bitte nicht allein. Ohne dich weiß ich nicht, wie es weitergehen soll.

Beim Jahr 1998 hielt sie inne. Damals kannten sie sich elf Jahre und hatten schon viel gemeinsam durchgemacht. Ruth und Gustav hatten ihren Kinderwunsch aufgegeben, Paul war zwölf, und Martin hatte noch fünf Jahre zu leben. Den Bildern nach zu urteilen waren sie oft mit den Hagedorns unterwegs gewesen. Fotos eines Picknicks am See, Gustav und Paul lachend auf einem Tretboot, Paul und Gustav im Tor seiner Fußballmannschaft.

Das Jahr, in dem die bislang verborgene Verknüpfung offenbar wurde.

Zu diesem Zeitpunkt wussten wir nicht, dass sich unser Ge-
spräch noch Jahrzehnte hinziehen, uns die Themen nie ausge-
hen würden. Und hatten keine Ahnung, dass unsere Lebens-
läufe seit Langem eng verknüpft waren.

Wir unternahmen viel miteinander und freuten uns, dass
auch die Männer sich gut verstanden. Unsere Vergangenheit
war nur selten Thema. Ich hatte schon länger damit abgeschlos-
sen. Von der Zeit vor meiner OP wusste niemand in meinem
direkten Umfeld etwas. Sogar Martin kannte nur eine zensier-
te Fassung meines Lebenslaufs. Ich wollte nie mehr auf diese
Jahre angesprochen werden. Bei Dir hatte ich von Anfang an
den Eindruck, dass Du froh warst, deinem Elternhaus entkom-
men zu sein. Ob das tatsächlich der Fall war, weiß ich bis
heute nicht. Und wie Du – hoffentlich – gleich verstehen wirst,
hatte ich nach diesem einen Tag große Skrupel, das Thema zu
vertiefen.

Daher stehe ich jetzt wie vor einer Mauer, die ich im Lauf
der Jahre zwischen mir und dieser Erinnerung errichtet habe.
Und habe alles so lange verdrängt, dass es mir schwerfällt, einen
Zugang zu finden.

Dabei begann der Tag so leicht und hoffnungsvoll.

Susanne gähnte. Was immer gestern Abend geschehen war,
es hatte sie über die Maßen angestrengt. In der Hoffnung,
anhand der Chronik herausfinden zu können, warum sie
ihren Computer angeschaltet hatte, berührte sie die Tastatur. Der Bildschirm blieb schwarz, der Akku war leer. Wie
bei ihr. Sie sollte eine Pause einlegen. Dann hätte sie genug
Kraft für den Endspurt.

Doch der Schlaf wollte nicht kommen, und nachdem

sie sich eine halbe Stunde auf der Couch hin- und herge-
wälzt hatte, setzte Susanne sich erneut zum Schreiben hin.

Dabei begann der Tag so leicht und hoffnungsvoll.

Ja, es war ein herrlicher Herbsttag gewesen. Sie liebte
diese Jahreszeit, den schrägen Lichteinfall, das bunte Laub,
den Regen und die Stürme.

*In der Woche zuvor hatte ich mich erkundigt, ob Dich etwas
belasten würde. Du hattest diese typische Falte zwischen den
Brauen, wie immer, wenn Du Dir Sorgen machst. Daraufhin
hast Du mir von Deinem Vater erzählt, der 70 wurde. Es sei
ein feierlicher Empfang geplant, und Dir graute vor dem Besuch. Zumal Gustav im Ausland war und nicht mitkommen
konnte.*

*»Und wenn ich dich begleite?« Mein Angebot kam spontan,
doch in den Jahren danach hätte ich alles dafür gegeben, diesen Satz nie ausgesprochen zu haben.*

*»Bist du sicher, dass du das machen willst?«, hast Du ge-
fragt. Mein Ja hat Dich strahlen lassen. Und so fuhren wir an
diesem Samstag gemeinsam hin.*

*Deine Familie wohnte in dem Ort, in dem auch ich aufge-
wachsen war. Ich sah aber keinen Grund, das zu erwähnen.
Du warst guter Dinge, und ich wollte die Stimmung nicht mit
tragischen Geschichten trüben.*

*Deine Eltern begrüßten uns herzlich, doch ich spürte, wie
Du ihnen gegenüber auf der Hut warst. Der Tag verlief unkom-
pliziert. Dein Vater sonnte sich im Glanz der Aufmerksamkeit, die ihm von den vielen Gratulanten zuteilwurde, Deine
Mutter versuchte, ihm jeden Wunsch von den Augen abzulesen.*

Spontan beschlossen wir, über Nacht zu bleiben. Wir hat-

ten dem Champagner zugesprochen, und keine von uns war nüchtern genug, um zu fahren. Nach dem Abendessen verwickelte Dein Vater Dich in eine Diskussion. Daher ging ich allein mit Deiner Mutter hinauf ins Dachgeschoss.

Noch heute habe ich das Blumenmuster der Tapete im Treppenhaus vor Augen, sehe die hochhackigen Schuhe Deiner Mutter auf den Stufen über mir, spüre den Hochflorteppich unter den Sohlen.

»Unsere Gästezimmer werden gerade renoviert. Ich hoffe, es stört Sie nicht, in einem der Kinderzimmer zu übernachten«, sagte sie. »Wir haben alles so gelassen, wie es war.«

»Kein Problem«, sagte ich leichthin. »Ich kann überall schlafen.«

Doch als sie die Tür öffnete und mich eintreten ließ, wusste ich, dass ich kein Auge zutun würde.

Susanne legte den Stift zur Seite. Die Szene stand ihr so klar vor Augen, als würde sie im Kino eine Dokumentation über ihr Leben verfolgen. Von allen Wänden hatte er sie angeschaut. Mal mit einem Fußball oder einem Mädchen im Arm, mal von der Motorhaube eines weißen Sportwagens.

Warum war sie Daniel nie nach Hause gefolgt? Warum hatte sie sich damit begnügt, ihn nur in der Stadt zu beobachten? Erst später, als sie längst studierte, war sie ihm mal zu einer Wohnung gefolgt. Doch dort stand lediglich *Schmidt* an der Klingel. Wie viele Leute hörten in Deutschland auf den Namen Schmidt? Hunderttausende? Und wer rechnete schon mit einem solchen Zufall?

»Ist das so in Ordnung für Sie?« Die Stimme von Ruths Mutter war von weit her gekommen.

»Wunderbar!«, hatte sie behauptet und sich aus Angst, die Beine könnten ihr versagen, am Türrahmen festgehalten.

»Es ist eine große Tragödie, was unserem lieben Jungen passiert ist. Sehen Sie nur.« Ruths Mutter hatte ein gerahmtes Foto aus dem Regal genommen: Daniel, hilflos in einem Hightech-Rollstuhl. »Er kam mit seinem Wagen von der Straße ab. Angeblich ist er bei Nebel zu schnell gefahren, aber das kann ich mir nicht vorstellen. Er war ein so umsichtiger Junge, so rücksichtsvoll. Jemand hat den Unfall zwar gemeldet, aber die Angaben waren sehr vage. So ist wertvolle Zeit vergangen. Der Notarzt konnte nicht mehr viel für ihn tun …« Sie hatte die Aufnahme an ihre Brust gedrückt. »So wurde er zu einem schweren Pflegefall. Ein Jahr später ist er gestorben.« Bei diesen Worten hatte sie sich bekreuzigt. »Mein geliebter Daniel.«

Als ich die Aufnahmen an der Wand sah, wurde mir schlagartig bewusst, dass ich nicht bei irgendwelchen Schmidts, sondern bei den Schmidts gelandet war. Bei den Menschen, die meine Eltern und meine Kindheit auf dem Gewissen hatten. Deine Mutter lobte Deinen Bruder in den höchsten Tönen und ließ das Thema erst fallen, als Dein Vater nach ihr rief.

Ich muss sehr mitgenommen ausgesehen haben, denn Du hast mich mit großen Augen angestarrt und wolltest wissen, ob etwas passiert sei.

Euer geliebter Daniel war ein Drecksack, wollte ich rufen. Und: Ich bin diejenige, die den Unfall so spät gemeldet hat. Stattdessen sagte ich, dass mir ein wenig schlecht sei.

»Meine Frau lernt es nie. Egal, wie oft ich es ihr sage, sie *verwendet immer zu viel Mayonnaise«, sagte Dein Vater und drückte mir einen Kognak in die Hand. »Nicht mal die einfachsten Dinge kriegt sie geregelt.« Dann prahlte er damit, wie weit hingegen er es gebracht hatte, und reichte mir Fotos, die ihn mit prominenten Politikern zeigten. Aufgrund der Geschichten, die er im Laufe des Abends erzählte, verstand ich, dass er zeitlebens über Leichen gegangen war und außer uns noch andere auf dem Gewissen hatte. Doch ich ließ die Prahlerei über mich ergehen. Alles war besser, als in dieses Dachzimmer hinaufgehen zu müssen.*

Die Nacht war die Hölle. Während ich auf dem Bett lag, durchlebte ich den bewussten Tag immer wieder neu. Von dem Moment, als ich erfuhr, dass ich nun auch noch meine Mutter verlieren würde, bis zu der Erkenntnis, dass es sich bei dem Unfallopfer um denjenigen handelte, der meine Kindheit und meine Familie auf dem Gewissen hatte, und ich es nicht über mich hatte bringen können, ihm zu helfen. Schließlich war auch meine Welt von einem auf den anderen Moment zerstört worden.

In den Jahren danach habe ich viele Anläufe genommen, Dir die Wahrheit zu sagen, Ruth. Doch der Gedanke, Dich dadurch zu verlieren, war so angsterregend, dass ich es nicht über mich brachte.

*

Ruth haderte mit sich. Als Johann sich verabschiedete, war sie zuversichtlich gewesen. Doch nun schlich sich der Kummer wieder an. Gepaart mit der Furcht, dass Susanne wirklich nichts mehr mit ihr zu tun haben wollte. Schon die

Aussicht, sie in absehbarer Zeit zu verlieren, war schlimm. Wenn diese Spanne nun aber noch verkürzt werden würde ... *Stand by me, Susanne.* Bleib bitte so lange wie möglich an meiner Seite!

Sie setzte sich auf die Terrasse und beobachtete die plüschigen Jungvögel an der Futterstelle im Garten. Es war wie im richtigen Leben: Manche verstanden sofort, wie der Spender funktionierte, andere liefen mit offenem Schnabel hinter den Eltern her und führten sich auf, als würden sie ohne deren Hilfe verhungern. Dabei stellte Ruth fest, dass Kohlmeisen in ihrer Erziehung konsequenter waren. Sie schritten bei weitem nicht so schnell ein wie Spatzen, sondern ließen den Nachwuchs erst mal eigene Erfahrungen machen.

Während sie den Vogelfamilien zusah, dachte sie an die eigenen Eltern zurück. Ihr Vater hatte stets die Haltung der Kohlmeisen eingenommen. Dabei war es ihm aber nicht darauf angekommen, dass sie eigene Erfahrungen machte. Vielmehr hatte er ihr zeigen wollen, wie großartig *er* war. Hatte sie mal Erfolg, lobte er sie mit keiner Silbe. Stattdessen spielte er die Leistung herunter und rieb ihr unter die Nase, wie sie es besser hätte machen können. Ihr Bruder hingegen war von beiden Eltern wie ein Spatzenjunges verhätschelt worden. Nur das Beste war gut genug für Daniel gewesen. Sie hatte sich oft gefragt, ob ihre Eltern genauso um sie getrauert hätten.

Das Telefon riss sie aus ihren Gedanken, die Vögel flogen erschrocken davon. Ruth langte neben ihren Stuhl. »Hagedorn?«

»Ah, wie schön, du bist schon zu Hause, mein Goldstück!«

Susannes Stimme klang völlig unbekümmert. »Sag mal, was hältst du davon, wenn wir zwei mal wieder zu dem Italiener beim alten Kino gehen? Ich fand gerade deren Visitenkarte, wir waren schon ewig nicht mehr dort.«

Ruth spürte, wie eine riesige Last von ihren Schultern glitt. Sie musste keine Angst um ihre Freundschaft haben. Susanne hatte nur einen weiteren Aussetzer gehabt. »Das ist eine tolle Idee. Wann passt es dir? Ich habe diese Woche keine Abendtermine.«

»Morgen geht's bei mir nicht. Paul hat angerufen und mich gebeten, abends auf die Kinder aufzupassen. Aber wie wäre es Samstag? Soll ich uns gleich einen Tisch um sieben reservieren?«

»Ich würde mich riesig freuen!« Die Angst, Susanne zu verlieren, ließ sich nicht ausblenden. Aber die Hoffnung, die Zeit, die ihnen noch blieb, gemeinsam verbringen zu können, war wieder da.

24.

Susanne stieg aus dem Auto und schulterte ihre Tasche. Sie freute sich auf diesen Abend. In letzter Zeit war sie viel zu selten mit Noah und Marie zusammen gewesen. Der Duft ihrer Kinderhaut, ihr ausgelassenes Lachen und die vielen Fragen, die nur Kinder in ihrem Alter stellten, all das hatte ihr schrecklich gefehlt.

Bei dem schönen Wetter konnten sie bestimmt auf der Terrasse zu Abend essen. Anschließend würde sie ihnen aus dem neuen Bilderbuch vorlesen, das sie in der Stadt gekauft hatte. Und wenn sie die beiden ins Bett gebracht hatte, würde sie es sich mit einer Zeitschrift auf der Couch gemütlich machen.

In den winzigen Vorgärten der Nachbarn herrschte zu dieser Jahreszeit Hochbetrieb. Sträucher wurden gepflanzt, Unkraut gejätet und Blumenkästen gefüllt. Ein Mann mähte seinen handtuchgroßen Rasen mit einer lärmenden Elektrosense, und Susanne mochte sich gar nicht vorstellen, welche Geräte er aufbieten würde, wäre der Garten ein wenig größer.

Voller Erwartung klingelte sie bei Paul und Sandra. Gleich würde sie die Racker in die Arme schließen. Doch es dauerte, bis ein hektischer Paul die Tür öffnete. Die schwarze Fliege gebunden, das Hemd noch halb offen, ließ er sie herein und küsste sie flüchtig auf die Wange. »Sorry. Wir sind spät dran. Die Kinder kommen sicher gleich.«

Sie folgte ihm nach oben, wo Sandra ihn rief. »Kannst du mir bitte das Kleid schließen?«

»Ich mache das schon.« Susanne ging ins Schlafzimmer. Ihre Schwiegertochter hatte sich in einen schwarzen, von Silberfäden durchzogenen Schlauch gezwängt, der viel Bein zeigte. »Halt mal kurz die Luft an.« Vorsichtig zog Susanne den Reißverschluss nach oben.

»Ich danke dir!« Sandra entfernte einen unsichtbaren Fussel von ihrer Hüfte. »Die Kinder sind auf einem Kindergeburtstag. Normalerweise sind sie erst mal ziemlich überdreht, aber bald werden ihnen die Augen zufallen. Dann kannst du sie ohne Theater ins Bett bringen.« Sie bewegte sich vor dem großen Spiegel, der in eine der Schranktüren eingefügt war. »Was meinst du? Ist das schick genug?«

Susanne musterte sie. »Du siehst sehr elegant aus.« Sie hatte sich bei offiziellen Einladungen von Martins Chef nie so in Schale geworfen. Ein dunkles Etuikleid war mehr als genug gewesen. »Ich nehme nicht an, dass ihr zur Oscar-Verleihung geht, oder?«

Sandra lächelte schmallippig. »Natürlich nicht. Aber Pauls Chef legt viel Wert auf Äußerlichkeiten bei Empfängen und immerhin müssen wir ...«

Weitere Ausführungen blieben Susanne erspart, denn es klingelte Sturm. »Das werden sie sein. Ich mache schon auf!« Sie hastete die Treppe hinunter und hielt im nächsten Moment ihre Enkel im Arm.

»Omi!« Noah sah sie strahlend an. »Es war so schön, Omi!«

Marie drückte ihr einen klebrig feuchten Kuss auf die Wange. »Jaaa! Es gab einen Zauberer, der ganz echt zaubern konnte. Und einen Pizzabäcker, der gesungen hat.«

»Ja! Der war lustig und hat ganz viel Pizza gekocht, und ich habe ganz viel gegessen und habe jetzt einen ganz dicken Bauch.« Um seinen Worten Nachdruck zu verleihen, riss Noah sein dreckiges T-Shirt hoch. »Siehst du, wie dick, Omi?«

»Hoffentlich platzt du nicht«, sagte Susanne lachend. Sie winkte dem Vater hinterher, der die beiden gebracht hatte, und schloss die Tür.

»Außerdem gab es Einhorntorte und Cake Pops. Und schau mal, wir haben Geschenktüten bekommen und ...«

Wie aus dem Nichts schwebte eine sorgfältig manikürte Hand hinunter und schnappte sich die beiden bunten Papiertüten, die die atemlos erzählende Marie Susanne gerade zeigte.

»*Das* heben wir uns für später auf«, kommentierte Sandra und stellte die Schätze unerreichbar auf den Garderobenschrank.

»Das ist gemein!«, brüllte Noah. »Das haben *wir gessenkt* gekommen!«

Auch Maries Unterlippe zitterte verdächtig.

»Ihr bekommt sie später wieder«, versuchte Susanne die Stimmung zu retten. »Wisst ihr was? Wir gehen jetzt in den Garten, und ihr erzählt mir, was ihr sonst noch erlebt habt.« Während sie die beiden zur Terrassentür schob, fragte sie sich, wann Kindergeburtstage zu Events geworden waren. Früher hatte es Geschenke gegeben und mittags das Lieblingsessen, bevor ein paar Freunde zum Feiern gekommen waren. Mit denen hatte man Spiele wie Eierlaufen oder Topfschlagen gemacht und Kuchen gegessen. Zauberer und Pizzabäcker waren unbekannt gewesen.

Susanne setzte sich zwischen die Kinder auf die Bank und legte ihnen die Arme um ihre Schultern. »Ein Glück, dass der Zauberer euch nicht hat verschwinden lassen. Ich hätte euch schrecklich vermisst!«

Marie kuschelte sich an sie. »Nein, Kinder hat er nicht weggezaubert. Aber Taschentücher.«

»Und er konnte Blumen«, begann Noah. Doch kaum machten ihre Eltern sich bemerkbar, schwiegen die Kinder.

»Viel Spaß, ihr Lieben!« Paul gab jedem ein Küsschen auf die Wange. »Und denkt daran, dass ihr noch in die Badewanne müsst.«

»Einen Zettel mit wichtigen Telefonnummern habe ich auf den Esstisch gelegt.« Sandra erschien auf schwarzen Stilettos in der Terrassentür. »Übrigens, es kann sein, dass Geli noch vorbeikommt, Susanne. Die kennst du ja, oder? Sie bringt ein Schlauchboot für die Kinder. Das kannst du einfach in der Diele liegen lassen.« Sie schickte ihnen ein paar Luftküsschen. »Mama kommt jetzt nicht mehr in den Garten, gell? Sie darf sich nicht schmutzig machen.« Weitere Luftküsse folgten. »Und seid schön brav, habt ihr gehört? Jetzt komm, Paul. Wir sind spät dran!«

Nachdem ihre Eltern die Haustür hinter sich zugezogen hatten, wurden die Kinder wieder gesprächig. »Ich weiß, was wir jetzt spielen«, rief Marie. »Wir spielen zaubern, und ich bin der Zauberer.«

»Nein, ich!«, schrie Noah.

»Eins nach dem anderen. Zuerst verzaubert Marie uns, dann du.«

»Jaaa!« Marie sauste ins Haus und kam kurz darauf mit einer Tischdecke und einem langen Kochlöffel zurück. Mit ernster Miene stellte sie sich auf eine Spielkiste. »Ihr müsst jetzt ganz still sein. Ich muss mich komsentieren!«

Nachdem die beiden alle Nummern des Geburtstagszauberers nachgespielt hatten, sehnte sich Susanne nach einem richtigen Magier, der die beiden mit einer einzigen Beschwörung zur Ruhe und anschließend ins Bett hexen würde. Vielleicht würde die Badewanne dieses Wunder vollbringen können. Als ihr Vorschlag nicht ganz so begeistert aufgenommen wurde, erinnerte sie sich an das Bilderbuch und versprach Marie und Noah eine Überraschung.

»Gibt es wieder Muppelpuff mit Knubbelgnö?«, fragte Marie.

»Muffelfö!« Auch Noah strahlte. »Jaaaa!«

Susanne hatte keine Ahnung, was die Kinder damit meinten. »Vielleicht beim nächsten Mal«, sagte sie vage. »Die Überraschung gibt es nach dem Baden. Und dem Zähneputzen.« Sie gratulierte sich zu diesem Zusatz. Soweit sie sich erinnern konnte, war die Zahnpflege ein heikles Kapitel. Danach kam die Überraschung. Ein Buch. Oder? Lag das bereits im Haus? Oder in ihrer Tasche?

Während die Kinder in der Wanne saßen und sich Schaumfrisuren machten, setzte sie sich auf den Klodeckel. Sie hatte das Bilderbuch gefunden und im Kinderzimmer bereitgelegt. Danach würden die beiden sicher bald einschlafen. Doch so erschöpft, wie sie sich fühlte, war es gut möglich, dass auch sie nicht mehr lange wach bleiben konnte.

Susanne spülte Noah gerade das Shampoo aus den Haaren, als es klingelte. »Macht keinen Quatsch«, sagte sie streng. »Ich bin sofort wieder bei euch!« Sie rannte die Treppe hinunter.

»Hallo Susanne!« Ein Ehepaar stand vor der Tür. Menschen, die sie noch nie gesehen hatte.

»Sandra sagte schon, dass du heute Abend die Stellung hältst. Das ist toll. Unsere Eltern wohnen leider zu weit weg. Sind die Kinder noch sehr aufgedreht von dem Geburtstag?«

Geburtstag? Hatte eines der Kinder heute Geburtstag? »Nein. Alles in bester Ordnung.« Sie musterte die beiden unsicher. Sollte sie ihnen etwas aushändigen? Oder etwas ausrichten? »Und bei euch? Alles gut?«

»Prima.« Die Frau zeigte auf ein unförmiges Paket, das der Mann die Stufen hochwuchtete. »Hier ist das versprochene Schlauchboot. Sandra und Paul wollen damit am

Wochenende an den Waldweiher fahren. Hast du schon gehört, wie toll Marie mittlerweile schwimmen kann?«

All diese Fragen! Susanne glaubte, dass hier ein Nicken das Richtige war. Doch bevor sie den Gedanken zu Ende denken konnte, hörte sie Marie kreischen. »Oma!!! Noah!!!«

»O nein!« Susanne rannte die Stufen hinauf. Die Kinder! Sie hatte völlig vergessen, dass ...

Marie stand heulend in der Wanne, Noah lag vornüber, das Gesicht im Wasser.

»Weg da!« Ein Mann schob sie zur Seite und hob den Kleinen mit einem Griff aus dem Wasser. »Er atmet. Ich glaube, wir haben Glück gehabt.« Er wickelte Noah in ein Badetuch. »Wie können wir Paul erreichen?«

»Aber ... wenn er doch atmet, dann ist doch alles ...« Susanne verstand die Welt nicht mehr. Sie wollte keine Umstände machen. Sie wusste ja, wie wichtig es war, dass Paul nicht gestört wurde. Er hatte zu tun, da konnte man ihn nicht einfach so anrufen. »Ich kann Noah doch abtrocknen und ihm eine heiße Milch ...«

»Haben Sie eine Telefonnummer?« Der Mann hielt Noah, der hustend nach Luft schnappte, im Arm. »Wir müssen ihn sofort in die Klinik bringen. Wenn er Wasser in die Lunge bekommen hat, ist das sehr gefährlich.«

»Unten auf dem Tisch«, brachte Marie wimmernd heraus. »Noah ...«

»Komm her, mein Schatz.« Plötzlich stand eine fremde Frau neben Susanne. Sie hob die zitternde Marie aus dem Wasser. »Ganz ruhig, meine Kleine. Deinem Bruder geht es bald wieder gut. Du musst dir keine Sorgen machen.« Sie rieb Marie trocken. »Gut, dass du uns gerufen hast.«

»Aber ich habe doch noch eine Überraschung«, fiel es Susanne ein. »Ich kann ihnen vorlesen. Dann haben wir den Schrecken bald wieder vergessen.« Doch niemand hörte ihr zu. Wer waren diese Menschen? Und was hatten sie im Haus zu suchen? Die Kinder mussten noch Zähne putzen. Zaubern. Sie hatten doch zaubern gespielt. Oder?

Eins, zwei, drei, vier, Eckstein, alles muss versteckt sein. Zauberei. Alles muss versteckt sein. Ich komme!

Als sie die Treppe hinunterkam, hörte sie jemanden telefonieren. Langsam ging sie auf die Stimme zu und blieb in der Tür stehen. Eine Frau saß auf dem Sofa und hielt Marie im Arm. »Ja, sie ist noch hier. Ziemlich verwirrt, wie mir scheint. Genau. Peter ist mit dem Kleinen für alle Fälle ins Klinikum gefahren, und ich nehme Marie mit zu uns. Mach dir keine Sorgen. Alles klar. Mache ich.« Die Frau steckte ihr Handy in die Hosentasche und lächelte Susanne an.

Sie wollte fragen, wer sie war. Und warum sie Marie mitnahm. Sie hatte doch noch eine Überraschung vorbereitet. Wo war Noah abgeblieben? War das ein Spiel?

Eins, zwei, drei, vier, Eckstein, alles muss versteckt sein. Alles will versteckt sein.

»Mach dir bitte keine Vorwürfe, Susanne. Solche Dinge passieren. Paul meint, es wäre das Beste, wenn du deine Freundin Ruth anrufen würdest. Ich kann das aber auch gern für dich übernehmen, wenn du möchtest.«

*

Selten war Ruth so froh gewesen, eine Parklücke zu entdecken. Sie rannte den Fußweg entlang, bis sie vor dem Haus von Paul und Sandra stand. Die Tür war wie versprochen angelehnt.

Als sie Susanne verloren auf dem weißen Ledersofa sitzen sah, ließ sie ihre Tasche fallen und schloss ihre Freundin fest in die Arme. War Susanne zuerst wie erstarrt, wurde ihr Körper bald von einem Weinkrampf geschüttelt. Ruth wiegte sie sanft, sprach leise auf sie ein.

Nach einem letzten Schluchzer beruhigte sich Susanne. »Es ist so schrecklich, Ruth.« Sie schnäuzte sich. »Meine Erinnerungen lösen sich in Luft auf, Worte verschwinden, und Sätze zerbrechen in Einzelteile. Ganz ohne Sinn. Und wenn ich … wenn ich weiß, wie es zusammenpasst, verschwindet ein anderes Stück. Kann ich gerade noch vermuten, was es war, ist es schon wieder weg. Alles entgleitet mir. Verstehst du, was ich meine?«

Obwohl sie nur erahnen konnte, wie wehrlos Susanne sich fühlen musste, nickte Ruth. Es musste ein Albtraum sein. Sie nahm Susannes Hand und überlegte, ob sie ihr erzählen sollte, was passiert war, oder ob sie den Zwischenfall besser auf sich beruhen lassen sollte. Die Entscheidung wurde ihr abgenommen, als ein aufgebrachter Paul das Wohnzimmer betrat.

»Bist du denn von allen guten Geistern verlassen, Mama?« Mit großen Schritten kam er auf sie zu. »Die Kinder allein in der Badewanne zu lassen! Das ist Wahnsinn! Verstehst du das?«

Susanne sah mit aufgerissenen Augen zu ihm hoch. »Kinder rutschen nun mal aus«, begann sie. »Es ist ja nichts passiert, oder? Der Boden ist so glatt, das weißt du doch selber …«

»Noah ist nicht ausgerutscht! Er wäre fast …«, begann Paul, doch Ruth brachte ihn mit einem durchdringenden Blick zum Schweigen.

»Wir sind gleich wieder da.« Sie nahm Paul an die Hand und zog ihn in die Küche. Leise schloss sie die Tür. »Jetzt hörst *du* mir mal genau zu!« Ruth holte tief Luft. »Wenn hier einer von guten Geistern verlassen wurde, bist du das. Wie oft habe ich versucht, dir beizubringen, dass Susanne demenzkrank ist? Aber jedes Mal hast du die Sache heruntergespielt und die Vergesslichkeit auf ihr Alter geschoben! Auch ich bin zu Tode erschrocken, als ich gehört habe, was vorgefallen ist. Aber du kannst nicht behaupten, dass ihr nicht gewarnt worden seid. Ich habe euch mehrmals auf die Tatsache hingewiesen.«

Paul rollte die Augen. »Ja, ist ja gut. Aber du musst doch selber zugeben, dass sie die meiste Zeit völlig normal wirkt, oder? Und sie hätte ja sagen können, dass es ihr zu viel wird. Dann hätten wir eine andere Lösung gefunden!«

»Wie soll sie so etwas äußern können, wenn sie ihren Zustand überhaupt nicht umreißen kann? Wann warst du denn das letzte Mal bei ihr?«

»Sorry, dafür fehlt mir im Augenblick die Zeit. Wir telefonieren regelmäßig. Aber da ist sie jedes Mal topfit, hat alles parat! Da kommt keiner auf die Idee, dass sie ihr Leben nicht mehr im Griff hat.«

»Aber es entgleitet ihr immer mehr, Paul. Sie gibt alles, um normal zu wirken. Das würde uns nicht anders gehen. Wenn sie all ihre Energie mobilisiert, schafft sie das auch. Danach ist sie aber komplett erschöpft.«

»Das wusste ich nicht.«

»Weil du es nicht wissen *willst*. Weil du Angst hast, dass deine Mutter dein geordnetes Leben durcheinanderwirbeln könnte und du dich zur Abwechslung um Dinge kümmern müsstest, die sich nicht in Aktenordnern abheften lassen. Es wäre aber sinnvoll, wenn du dich neben deinen Gerichtsfällen auch mal über diese tückische Krankheit informieren würdest. Der Zustand deiner Mutter wird im Lauf der Zeit nicht besser, sondern schlechter.«

Paul ließ sich mit einem tiefen Seufzer auf einem der Küchenstühle nieder und rieb sich das Gesicht. Er hat in diesem Anzug sicher eine gute Figur gemacht, dachte Ruth. Doch nun war das teure Hemd zerknittert, die Fliege hing auf Halbmast, und die Haare standen ihm wirr vom Kopf. Er sah müde aus. »Und was soll ich deiner Meinung nach machen?«

»Deine Mutter könnte bei euch einziehen.«

»Wie bitte?!« Paul starrte sie derart entsetzt an, dass Ruth zu lachen begann.

»Das war ein Scherz. Entschuldige. Im Augenblick kannst du gar nichts tun. Das Kind ist schon wortwörtlich in den Brunnen gefallen. Aber du könntest dich mit dem Gedanken vertraut machen, dass deine Mutter dich in Zukunft öfters brauchen wird.« Spontan fasste sie eine Idee. »Ich möchte sie nach diesem Schrecken unter keinen Umständen allein lassen und werde sie heute Nacht bei uns einquartieren. Morgen sehen wir weiter. Ich halte dich auf dem Laufenden.«

Es klopfte. Im nächsten Moment stand Susanne in der Tür. »Könntest du mich bitte nach Hause fahren, Ruth? Die Kinder sind gar nicht da. Und ich bin so schrecklich müde.«

25.

Als sie Susanne tief schlafend im Gästezimmer wussten, setzten Ruth und Gustav sich zusammen.

»Ich brauche einen plausiblen Grund, um mich für ein paar Tage bei Susanne einzuquartieren. Nur so kann ich abschätzen, wie sie im Alltag klarkommt. Ohne dass sie den Eindruck hat, unter Beobachtung zu stehen.«

»Nichts leichter als das.« Gustav musste nicht lange überlegen. »Ich erzähle beim Frühstück, dass lärmende Handwerker anrücken werden. Und da du noch Arbeiten korrigieren musst, hättest du allen Grund, Susanne um Asyl zu bitten.«

Der Plan fiel auf fruchtbaren Boden. Susanne, deren Erinnerungen an den gestrigen Tag weitgehend gelöscht schienen, freute sich, ihre Freundin beherbergen zu können, und verabschiedete sich nach dem Frühstück, um alles für den Besuch herzurichten. Ruth versprach, für das Abendessen einzukaufen und im Lauf des Nachmittags bei ihr aufzutauchen.

Als sie frische Maultaschen in der Auslage eines Feinkostgeschäfts entdeckte, griff sie spontan zu. Dazu Bratkartoffeln und einen Salat – schon war alles perfekt.

Sie hievte gerade ihre Taschen aus dem Kofferraum, als Johann aus dem Haus kam. »Na? Hat Gustav dich vor die Tür gesetzt?« Er half ihr, das Gepäck ins Treppenhaus zu tragen. Währenddessen erzählte Ruth, was vorgefallen war, und erläuterte ihren Plan.

»Ich fürchte, das hat sie längst vergessen. Ich war vorhin

bei ihr. Von deinem Besuch hat sie nichts verlauten lassen.«

Obwohl sie damit hatte rechnen müssen, erschrak Ruth. Es würde noch lange dauern, bis sie Susannes Zustand verinnerlicht hatte. Ob sie jemals lernte, sich damit abzufinden?

»Vielleicht fällt es ihr wieder ein, wenn ich vor der Tür stehe.« Sie hielt eine Papiertüte hoch. »Und darüber wird sie sich freuen: frische Maultaschen. Hast du Lust dazuzukommen? Du müsstest heute nicht mal kochen.«

Johann lachte. »Klingt sehr verlockend, aber Harry und ich haben schon was vor.« Ruth wollte nach ihren Plänen fragen, doch Johann war bereits bei seinem Auto. Er winkte kurz, dann fuhr er davon.

Susanne fiel tatsächlich aus allen Wolken, als sie Ruth die Tür öffnete. »Das nenne ich eine gelungene Überraschung! Hattest du dich angekündigt? Ich habe im Augenblick so viel um die Ohren, dass ich meine eigene Schuhgröße vergesse.«

»Was ist denn los?«

»Ach, was weiß ich. Irgendwelche Handwerker haben sich angesagt, und Paul will dauernd wissen, ob ich Zeit zum Babysitten habe. Es wächst mir alles über den Kopf.« Susanne spitzte in die Einkaufstasche. »Ui, du hast sogar eingekauft! Komm schnell rein.«

»Wir haben ja ebenfalls Handwerker im Haus.« Ruth hängte ihren Blazer an die Garderobe und folgte Susanne in die Küche. »Daher brauche ich einen ruhigen Platz zum Korrigieren.«

»Natürlich! Jetzt erinnere ich mich wieder. Lass dich nieder, wo du möchtest.« Susanne legte die Einkäufe auf die Anrichte und strahlte, als sie die Maultaschen entdeckte. »Die habe ich ja seit Ewigkeiten nicht mehr gegessen!«

»Ich lege sie so lange in den Kühlschrank.« Doch als Ruth einen Blick hineinwarf, erkannte sie, dass ein Großteil der Lebensmittel verdorben zu sein schien. Schnell schloss sie die Tür. Wie konnte sie die vergammelten Sachen verschwinden lassen, ohne dass Susanne es merkte? Sie sah auf die Uhr. Gleich fünf. »Wollen wir zuerst mein Bett beziehen?«

»Gute Idee.« Die Bettwäsche unter dem Arm öffnete Susanne die Tür des ehemaligen Kinderzimmers. Eine Mischung aus Lackfarbe und abgestandener Luft schlug ihnen entgegen. Ruth starrte entsetzt auf das Fenster, dessen Scheiben fast blind waren.

»Vielleicht sollten wir mal lüften.« Mit Mühe schaffte sie es, den Griff zu drehen und das Fenster aufzureißen. Alles wies darauf hin, dass es im frischgestrichenen Zustand geschlossen worden war.

»Das sieht wirklich schlimm aus.« Susanne fuhr mit dem Zeigefinger über die Farbspuren auf dem Glas. »Diesen Maler hole ich mir nicht noch mal ins Haus.«

»Das hat ein *Maler* gestrichen?«

»Oder es war ein Student? Wie auch immer. Das nächste Mal mache ich das selber.« Susanne zog die Tagesdecke vom Bett. »Wenn der Geruch dich stört, kannst du dich auch gern auf die Couch legen.«

»Nein, das passt schon.« Ruth versuchte, ihrer Stimme einen munteren Klang zu verleihen. »Was hältst du davon, wenn du das Bett machst? Dann fange ich schon mal mit den Vorbereitungen für das Abendessen an.«

Im Eiltempo kontrollierte sie den Inhalt des Kühlschranks. Das Schubfach war voll von verschimmeltem Gemüse, und auch die meisten Milchprodukte hatten schon bessere Zeiten gesehen. Als der Abfalleimer voll war, suchte sie unter der Spüle nach einem neuen Beutel. Dort entdeckte sie eine Dose Lackfarbe und einen eingetrockneten Pinsel. Entgegen ihrer sonstigen Gewohnheit warf sie alles in einen Sack. Sie wollte Susanne nicht mit ihrem wachsenden Unvermögen konfrontieren. Da musste es schnell gehen.

Zum Glück war Susanne noch in Pauls Zimmer zugange, sodass sie nicht sehen konnte, was Ruth alles hinuntertrug. Nachdem sie den Müll in die Tonne gesteckt hatte, stieg sie langsam die Treppe hinauf. Erkannte Susanne, wie ihre Wahrnehmung sich änderte? Gerade in puncto Lebensmittel war sie stets äußerst heikel gewesen und hatte Gerüche schon orten können, bevor sie Ruth überhaupt aufgefallen waren.

Vor Johanns Wohnungstür entfuhr Ruth ein Seufzer. Warum war er ausgerechnet heute unterwegs? Und warum hatte er es so eilig gehabt? Seit er häufig mit Harry unterwegs war, hatte Johann sich verändert. Er war oft nervös und sah aus, als würde er zu wenig Schlaf bekommen.

Ob sie heute Nacht zum Schlafen kommen würde? Wenn sie an die kommenden Tage dachte, beschlich sie ein mulmiges Gefühl. Welche Überraschungen würden ihr noch bevorstehen? Würde sie es schaffen, stets den richtigen Ton zu treffen?

Reiß dich zusammen, mahnte sie sich. *Du* hast keinen Grund zu jammern. *Du* kannst jederzeit wieder in dein eigenes Leben zurück. Diese Wahl hat Susanne nicht.

Ihre Freundin hantierte in der Küche. »Ich koche schon mal Pellkartoffeln«, sagte sie fröhlich. »Dann können sie abkühlen, bevor wir sie braten.«

»Prima. Ich schneide Zwiebeln.«

Susanne zeigte auf einen Hängekorb neben der Pinnwand. »Dort müssten noch welche sein.«

»Es ist nur noch eine da«, sagte Ruth. »Ich schreibe es gleich auf die Einkaufsliste.« Sie hatte den Stift schon in der Hand, als sie sah, dass dort eine weitere Liste hing. Während Susanne ihr von einem neuen Käsegeschäft erzählte, überflog sie die Notizen. *Tagesdecke waschen,* stand dort, *Altpapier* und *Stadtwerke anrufen.* Weiter unten hatte Susanne zwei weitere Punkte notiert: *Mutti zum Kaffee einladen* und *Hemden Martin in die Reinigung!*

Plötzlich wurde Ruth von einer grenzenlosen Trauer überrollt und musste sich zwingen, nicht alles stehen und liegen zu lassen, Susanne nicht anzuflehen, wieder die zu werden, die sie immer gewesen war. Nicht verzweifelt zu schreien, dass Mutti und Martin längst gestorben seien. Stattdessen vervollständigte sie die Einkaufsliste, bevor sie die Zwiebel in feine Ringe schnitt.

Nach dem Essen lehnte Susanne sich selig zurück. »Köstlich! Warum essen wir das nicht öfter? Wir könnten den ersten Montag im Monat zum Maultaschentag erklären, was meinst du?«

»Ich hätte nichts dagegen.«

»Weißt du, wozu ich jetzt Lust habe?« Susanne stand auf. »Ich möchte das Fotobuch von dir noch mal anschauen. Zusammen mit diesem Essen ist das fast so schön wie ein Ausflug.« Kurz darauf legte sie es auf den Tisch. »Dazu noch ein Gläschen Wein, und die Welt ist perfekt.«

Sie schoben die Stühle nebeneinander und blätterten erzählend durch die Seiten. Endlich entspannte sich Ruth. Sie würde lernen müssen, mit diesen Aussetzern zu leben. Eine andere Wahl hatte sie nicht. Zudem stellte sie überrascht fest, dass ihre Freundin bei manchen Aufnahmen mehr Details parat hatte als sie selber. Lachend zeigte Susanne auf ein Bild aus dem Jahr 1996. »Das war auf diesem Zeltplatz am See. Erinnerst du dich?«

»War das da, wo Gustav immer wieder mit seinem Kajak umgekippt ist?«

»Hundert Punkte! Und abends haben wir am Lagerfeuer gesessen und uns die Sternbilder gezeigt.« Sie sah Ruth an. »Erinnerst du dich noch an Pauls geniale Frage beim Betrachten des Großen Wagens?«

Es dauerte, bis Ruth verstand, worauf Susanne hinauswollte. Doch dann tönten sie wie aus einem Mund: »*Muss man den Großen Wagen ziehen oder schieben?*« Lachend stießen sie an.

»Leider hat mein Sohn inzwischen viel von seiner Fantasie eingebüßt. Aber wie heißt es so schön? Hauptsache gesund.«

Als sie am Ende der Zeitreise angelangt waren, klappte Susanne das Buch zu. »Wie wäre es, wenn wir in diesem Herbst noch mal nach *Hinteres Elend* fahren? Vielleicht treibt der Toupet-Kellner dort nach wie vor sein Unwesen.« Ihre Augen funkelten. »Was wir dann bestellen, ist ja wohl klar. Was meinst du?«

Ruth grinste. »Ich bin dabei!«

»Es wird Zeit, dass du in Rente gehst. Dann können wir endlich verreisen, wann immer wir wollen.« Susanne schenkte ihnen nach. »So, wie wir es uns immer vorgestellt haben: Wir werden große Hüte tragen und mit einem Glas Champagner am Bahnsteig stehen, während zwei knackig aussehende Gepäckträger unsere Schrankkoffer hinter uns herschleppen. Danach verabschieden wir sie mit einem Küsschen und machen es uns im Speisewagen bequem!« Sie hob ihr Glas. »Das wird großartig!«

»Bestimmt.« Beim Einräumen der Spülmaschine kehrte Ruths Verzweiflung zurück. Es würde keine großen Reisen, keine Schrankkoffer geben. Und die Einzige, die sich verabschieden würde, war Susanne.

»Vielleicht sollten wir uns gleich die Europakarte vornehmen«, schlug Susanne vor. »Mir schwebte schon immer eine Reise nach Cornwall vor. Dort soll man wunderbar wandern können. Und auf Korsika war ich auch noch nicht.« Sie schlug die Hände zusammen. »Ha! Wir werden gemeinsam die Welt erobern!«

»Das verschieben wir lieber auf morgen, wenn ich mit meinen Korrekturen durch bin. Dann habe ich etwas, worauf ich mich freuen kann.« Fieberhaft überlegte Ruth, wie sie Susanne von diesem Thema abbringen konnte. In ihrer Not zeigte sie auf das Fenster. Regen schlug gegen die Scheibe. »Ideales Wetter für einen gemütlichen Film. Was hältst du von *Vier Hochzeiten und ein Todesfall*?«

»Perfekt! Den habe ich seit Jahren nicht mehr gesehen.«

Sie machten es sich zwischen den vielen Kissen auf der Couch bequem und legten die Beine hoch. Es war wie immer:

Lachend rannten sie mit Charles und Scarlett in letzter Sekunde in die Kirche, griffen nach der Hand der anderen, wenn eine Szene ihnen zu Herzen ging, und sprachen die geliebten Dialoge mit. Wie immer regte Susanne sich über die flauen Versprecher von Vater Gerald auf und hatte Ruth Mitleid mit *Duckface*.

Auch dieses Mal schnieften sie leise bei Matthews Grabrede. Doch Ruth hatte plötzlich andere Bilder vor Augen: Sie sah Susanne regungslos an einem Fenster sitzen, den Blick in die Ferne, außerstande zu erkennen, was um sie herum geschah, wer bei ihr war.

Er war mein Nord, mein Süd, mein Ost und West,
Meine Arbeitswoche und mein Sonntagsfest,
Mein Gespräch, mein Lied, mein Tag, meine Nacht,
Ich dachte, Liebe währet ewig: Falsch gedacht.

Zuerst kamen die Tränen verhalten, doch mit jeder weiteren Zeile hatte sie ihre Trauer weniger im Griff.

»Was ist los, meine Liebe?« Susanne drückte den Pausenknopf. »Es ist doch nur ein Film.« Sie zog Ruth zu sich heran, strich ihr über den Arm. »Wir haben Gareth doch schon so oft beerdigt ...«

Ruth legte ihren Kopf an Susannes Schulter und ließ ihrem Kummer freien Lauf. Sie spürte die streichelnde Hand an ihrem Rücken, hörte die sanfte Stimme, die beruhigend auf sie einsprach. Wie sie es am Tag vorher bei Susanne getan hatte. Als die Tränenflut versiegt war, schnäuzte sie sich.

»Was bedrückt dich denn, mein Goldstück?«

Ich habe solche Angst, wollte Ruth sagen. Der Gedanke, dich zu verlieren, ohne dich alt werden zu müssen, ist unerträglich. Doch sie zuckte die Schultern. »Mir ist im Augenblick einfach alles zu viel«, sagte sie stattdessen. »Die Schule, der Stress, den Gustav von der Arbeit mit nach Hause bringt, die ganzen Korrekturen … Ich kann es gar nicht genau sagen.« Sie drückte Susannes Hand. »Schauen wir lieber weiter. Sonst verpassen wir die nächste Hochzeit!«

Während des Abspanns seufzte Susanne zufrieden. »Möchtest du noch etwas trinken?«

Ruth gähnte. »Ich muss ins Bett. Sonst wird das morgen nichts mit den Korrekturen.«

»Es ist so schön, dass du da bist.« Susanne musterte sie eingehend. Etwas schien sie zu beschäftigen. »Ja«, sagte sie dann. »Ich glaube, jetzt ist der richtige Moment gekommen. Ich habe noch etwas für dich. Ich bin gleich wieder da!«

Ruth hatte keine Ahnung, was sie damit meinte. Als Susanne nicht zurückkam, ging sie in den Flur und hörte, wie Susanne im Arbeitszimmer Selbstgespräche führte. »Kann ich dir helfen?«

»Moment, Sonja«, rief Susanne zurück. »Ich habe es gleich gefunden!«

Sonja? Welche Sonja? Leise stellte sie sich an die Tür und beobachtete, wie Susanne hektisch umherging. »Es ist wie verhext!«, rief sie verärgert. »Die ganze Zeit hatte ich es hier aufbewahrt, und jetzt ist es verschwunden!«

»Keinen Stress«, sagte Ruth. »Morgen bin ich auch noch da. Bestimmt findest du es dann auf Anhieb wieder.«

Im Bett rief Ruth Gustav an. »Es ist gut, dass ich hier bin.« Leise erzählte sie, wie der Tag verlaufen war. »Ich werde morgen vorschlagen, das Bad zu putzen. Überall liegen dicke

Staubmäuse. Vieles registriert sie gar nicht mehr. In einer Tasche unter der Kommode habe ich einen feuchten Badeanzug entdeckt. So, wie der muffelt, liegt er schon lange da.«

»Wenn du mich brauchst, ruf an.«

»Danke. Ich versuche jetzt mal zu schlafen. Gute Nacht.«

Sie legte das Handy auf das Nachtkästchen und schüttelte das Kissen zurecht. Obwohl das Fenster stundenlang offen gewesen war, roch es im Zimmer immer noch nach Farbe. Das Licht der Straßenlampe schien durch die angemalte Scheibe und warf bizarre Bilder an die Decke.

Als Kind hatte Ruth sich stundenlang mit Schattenspielen beschäftigen können. An warmen Sommertagen waren Schatten erfrischend. Doch es gab auch die bedrohliche Form, die unmerkbar heranzog und alles andere überlagerte.

Fröstelnd zog sie die Decke bis unters Kinn.

*

Susanne schreckt aus dem Schlaf hoch. Fast hätte sie es vergessen. Dieses …. Dings, das sie Ruth geben möchte. Wenn sie nur wüsste, wo sie es hingelegt hat!

Sie lauscht, wie jemand auf hochhakigen Schuhen die Treppe hinaufkommt. In der Wohnung über ihr wird die Klospülung gezogen, eine Tür zugeschlagen. Sie mag diese Hausgeräusche. Sie haben so eine beruhigende Wirkung, zeigen, dass alles in Ordnung ist. Wenn Mutti abends die Küche aufräumt, ist sie im Nu eingeschlafen.

Ruth. Etwas war mit Ruth gewesen. Etwas Wichtiges, das weiß sie genau. Sie schlüpft in ihre Hausschuhe und lauscht in den Flur. Es ist überall still. Nichts lenkt sie ab. Das ist gut. Sie wird so tun, als würde sie planlos umhergehen. Dann hält sie das Gesuchte sicher gleich in der Hand.

Als sie den Blazer an der Garderobe entdeckt, stutzt sie. Der Blazer gehört Ruth. Sie muss ihr morgen gleich sagen, dass sie ihn hier hat hängen lassen. Nicht vergessen. Ruth anrufen. Ruth wurde neuerdings immer schusseliger.

Im Arbeitszimmer schaltet sie das Licht ein. Bestimmt liegt es hier irgendwo. Wenn sie es liegen sieht, wird sie sich wundern, dass es ihr nicht gleich aufgefallen ist. Spähend geht sie umher. So, als wäre sie mit Sonja einem Verbrechen auf der Spur. Irgendein spannender Fall kommt ihnen immer unter. Bis die Straßenlaternen angehen. Dann ist Schluss.

Eins, zwei, drei, vier Eckstein, alles muss versteckt sein.

Nein, sie hat es nicht versteckt. Es ist schließlich für Ruth. Ruth ist ihre allerbeste Freundin. Vor Ruth muss sie nichts verstecken. Aber warum kann sie es dann nicht finden? Im Schrank ist es nicht. Im Regal liegt es nicht. Zwischen den Büchern ist es nicht.

Hinter mir und vorder mir gilt es nicht,
und an beiden Seiten nicht!

Sie sollte an etwas anderes denken. Als interessiere es sie gar nicht, dieses … Dings zu finden. Sie schaut *nicht* in den Schrank. *Nicht* im Regal, *nicht z*wischen den Büchern nach.

Rot.

Wieso rot? Erdbeeren sind rot. Marmelade ist rot. Rote Lippen soll man suchen, denn zum Suchen sind sie da. Ostern ist kein bisschen rot. Ostern ist gelb. Pfingsten violett.

So ein Blödsinn!

Konzentrier dich! Was möchtest du Ruth geben? Etwas Wichtiges. Was ist Ruth wichtig? Gustav. Kunst. Lachen. Weinen. Der Blazer. An der Garderobe. Nicht vergessen: Ruth anrufen. Bis dahin hat sie auch dieses ... Dings gefunden. Zwei Fliegen mit einer Klappe.

Eins, zwei, Eckstein, alles muss versteckt sein.

Lag es in der Schublade von Vatis Schreibtisch? Zögernd setzt sie sich auf den Stuhl. Vati mag es nicht, wenn sie in seinem Zimmer herumstöbert. Leise zieht sie die große Schublade auf. Erst einen Spalt breit, dann ganz. Papiere, Papiere, Papiere. Wer brauchte so viele Papiere? Kein Mensch. Und diese Collegeblöcke. Überall liegen sie herum. Sie schlägt einen der Blöcke auf:

– *Bettwäsche waschen*
– *Unterlagen zusammensuchen*
– *Mutti anrufen*
– *Hemden Martin Reinigung*
– *Ich ziehe nicht zu diesen Bekloppten!*

Welche Bekloppten? Hatte *sie* sich das notiert? Nein, das ist Ruths Schrift. Oder? Die vergaß mittlerweile ganz schön viel. Das ist wirklich auffällig. Sie selber vergisst höchst selten was. Doch was wollte Ruth mit Martins Hemden?

Hat sie dieses .... Martin zum Aufbewahren gegeben? Lag es in der Kanzlei? Überhaupt: Wo ist Martin? Übernachtet er im Büro? Sie könnte ja mal kurz anrufen und fragen. Die 37. Das war die Durchwahl. Direkt zu Martin. Doch wo hat sie das Telefon hingelegt? Dann könnte sie auch gleich bei Ruth anrufen. Nein. Später. Wenn sie das ... dieses Dings gefunden hat. Das und ... Zwei Fliegen mit einer Klappe.

Sie sollte Sonja fragen. Sonja weiß bestimmt, wo sie suchen muss. Schließlich ist Sonja Detektiv. Vielleicht ist sie noch draußen. Vielleicht hat sie es sogar längst gefunden! Gleich mal schauen, ob sie noch da ist. Nein. Der Gehsteig ist leer. Aber die Straßenlaternen sind schon an! Sie muss alles auf morgen verschieben, sonst gibt es Ärger. Mutti hat bestimmt schon oft gerufen. Jetzt aber rasch nach Hause! Schnell, *ganz* schnell. Sonst gibt es Ärger.

Eins, zwei, drei, vier Eckstein, alles muss ver
der Boden verschwindet stürzt die Türklinke sie muss
zu spät! Schmerz das Bein   Aua! AU!!!

Schwarz

»Susanne?!« Weit weg kenne die Stimme Schmerz   Füße,
Beine, weiche, warme Hand. »Ich bin bei dir. Du bist gefallen. Bleib ruhig liegen.«
will nicken, aber alles Schmerz tiefe Stimmen Stechen
muss sagen   geht nicht   weich alles so müde weg
Mutti in der Küche   Vati klingelt Ding Dong Ding
Dong

26.

Zuerst wusste Ruth nicht, wo sie war. Sie hatte wild wechselnde Sequenzen von greifenden Händen, Treppenstufen und zuschlagenden Türen vor Augen, eher ein experimenteller Film als ein Traum. Doch dann wurde die Tonspur hinzugefügt, hörte sie ein Wimmern, quietschende Reifen und knapp erteilte Anweisungen. Schlagartig fügten sich Bild und Klang zusammen, wurde ihr bewusst, dass sie all das tatsächlich erlebt hatte. Von dem Moment an, als sie Susanne auf dem Boden gefunden hatte, bis zu dem Augenblick, in dem man ihre Freundin durch einen langen, hellerleuchteten Krankenhausflur davonschob.

Sie schloss die Augen. Das blasse Gesicht von Paul erschien, seine Unsicherheit, die sich in Geschäftigkeit verwandelte, als er die Diagnose hörte und ihr eine einstweilige Vollmacht erteilte. Die nächtliche Heimfahrt mit dem Taxi, der verschlafene Gustav, der sie in die Arme schloss und sich heute Morgen irgendwann mit einem Kuss verabschiedet hatte.

Später. Später würde sie ins Krankenhaus fahren und ihre Freundin aufmuntern. Zum Glück war eine Hüft-OP heutzutage reine Routine. Zum Glück musste sie nicht in die Schule. Ruth drehte sich auf die Seite und war im nächsten Moment wieder eingeschlafen.

Nach einem späten Frühstück machte Ruth sich auf den Weg zu Susannes Wohnung. Der Bratkartoffelgeruch versetzte sie in den vergangenen Abend zurück. Während sie das Küchenfenster aufriss, stellte sie sich erneut die Fragen, die ihr seit dem Aufstehen durch den Kopf gingen: Wie dünn war der Schicksalsfaden, an dem alles im Leben hing? Was wäre passiert, wenn sie nicht bei Susanne übernachtet hätte? Sie vermied es, einen Blick in das Arbeitszimmer zu werfen. Sie wollte die Bilder dieser Nacht aus ihrem Kopf verbannen, lieber an eine gesunde, agile Susanne denken.

Zögernd drückte Ruth die Klinke der Schlafzimmertür. Alles lag so da, als wäre Susanne nur mal schnell hinausgegangen: Das Bett zerwühlt, ein aufgeschlagenes Buch und die Lesebrille warteten auf ihre Rückkehr. Ruth ging im Halbdunkel zum Fenster und schob den Vorhang zur Seite. Sofort war der Raum sonnengeflutet, Staubpartikel tanzten im Licht. Die Bluse, die auf einem Bügel am Schrank hing, würde sie beim nächsten Mal mitnehmen. Jetzt brauchte Susanne Unterwäsche, Schlafanzüge und ein paar Handtücher.

Obwohl sie so lange befreundet waren, fühlte Ruth sich wie ein Eindringling, als sie mit der Suche begann. Zu ihrer großen Überraschung fand sie alles ordentlich sortiert in den Schubläden, die Handtücher lagen gewissenhaft zusammengelegt in einer Kommode. Zusammen mit dem Kulturbeutel, dem Buch und der Lesebrille legte sie die Sachen in eine Reisetasche. Dann schrieb sie Johann ein paar Zeilen, heftete das Blatt an seine Tür und schloss ab.

Guten Mutes betrat Ruth das Krankenhaus. Sie war dankbar, hier nur selten Besucherin sein zu müssen. Als sie die *Gala* am Kiosk entdeckte, kaufte sie das Blatt spontan. Sie gehörten zwar nicht zur Leserschaft, doch bekamen sie die Zeitschrift mal in die Finger, hatten sie unbändigen Spaß daran, sich mit den furchtbaren Problemen der Promis zu beschäftigen. Damit würde sie Susanne aufmuntern.

Doch als Ruth sich auf der Station nach ihrer Freundin erkundigte, musterte die diensthabende Schwester sie mit ernster Miene. »Sind Sie eine Verwandte?«

Ruth schüttelte den Kopf. »Ihre Freundin.« Sie nahm das

Schreiben von Paul aus der Tasche. »Mit einer Vollmacht von ihrem Sohn.«

Kurz darauf saß Ruth mit der Pflegekraft und einem Arzt zusammen. »Eine Frage vorweg«, begann der Arzt. »War Ihre Freundin vor der OP geistig noch fit?«

»Wie man es nimmt«, sagte Ruth. »Laut einem Gutachten wird sie allmählich dement, aber normalerweise ist sie weitgehend klar. Warum fragen Sie?«

»Weil Frau Bender mit einem Durchgangssyndrom aus der Narkose erwacht ist.«

»Mit einem *was*?« Ruth verstand nicht, worauf der Mann hinauswollte.

»Ein Zustand starker Verwirrung, der sich nach einer Operation einstellen kann«, sagte der Arzt. »Der Patient weiß nicht, wo er ist, und leidet unter Wahnvorstellungen. Kommt noch eine Vorerkrankung wie Demenz hinzu, kann sich das insgesamt kritisch auswirken. Vielleicht erholt Ihre Freundin sich schnell wieder, aber das können wir in diesem Moment nicht abschätzen. Wir müssen abwarten, wie ...« Sein Piepser meldete sich. Ein ernster Blick, eine Entschuldigung, im nächsten Moment eilte er davon.

»Wir müssen abwarten, wie sich der Zustand von Frau Bender entwickelt«, beendete die Schwester den Satz. »Bei Leiden dieser Art hat das Gehirn bei einer OP enormen Stress.«

Auch Ruth schwirrte der Kopf. »Und was kann man in einem solchen Fall tun? Gibt es Medikamente?«

Die Schwester schüttelte bedauernd den Kopf. »Leider nein. Hier helfen nur Hingabe und Geduld. Daher wäre es gut, wenn Sie sie oft besuchen könnten. Vertraute Menschen sind wichtig für diese Patienten. Wollen wir gleich mal nach ihr schauen?«

Zuerst glaubte Ruth, sie hätten sich im Zimmer geirrt. Doch die Schwester ging zielstrebig zum Bett, das am Fenster stand. Ruth stellte sich an das Fußende und betrachtete Susanne erschüttert. War diese alte Frau ihre Freundin? Wo war die Susanne, die sie kannte? *Ihre* Susanne? Die sonst so hübsche Bobfrisur klebte flach an ihrem Kopf, die Lachfältchen um ihre Augen hatten sich in dunkle Ringe verwandelt. Ruth dachte an die Pläne für ein Wellness-Wochenende, an die Reisewünsche, die Susanne geäußert hatte. Der Trip, auf dem sie sich jetzt befand, gehörte ganz sicher nicht zu ihren Wunschzielen.

In diesem Augenblick öffnete Susanne die Augen und starrte sie erschrocken an. »Mutti? Wo ist Mutti?«

»Sie sind im Krankenhaus, Frau Bender.« Die Schwester strich ihr beruhigend über die Wange. »Machen Sie sich keine Sorgen, es ist alles in Ordnung.«

Gar nichts war in Ordnung. Und Ruth schwor sich, nichts unversucht zu lassen. Als die Schwester mit dem Versprechen, bald wiederzukommen, das Zimmer verlassen hatte, nahm sie einen Stuhl und setzte sich ans Bett. »He, du Zuckerschnute! Ich bin's, deine Ruth. Was machst du denn für Sachen?« Sie versuchte Blickkontakt herzustellen. Susanne sah jedoch mit aufgerissenen Augen zur Decke und stöhnte leise. »Nach Hause. Ich muss nach Hause. Sonst ist Mutti böse. Ich will nicht, dass sie mit mir schimpft.«

»Mutti wird nicht böse.« Ruth bemühte sich, ihrer Stimme einen festen Klang zu geben. »Sie weiß, dass du gestürzt bist, dass du hier bist.« Sie nahm Susannes Hand, spürte die zarten Knochen durch die dünne Haut. Es kam ihr vor, als wäre ihre Freundin in der Zwischenzeit geschrumpft und würde in einem viel zu großen Bett liegen. »Du musst jetzt erst mal wieder auf die Beine kommen. Darüber freut sich Mutti ganz besonders.«

Jetzt richtete Susanne den Blick auf sie. »Aber wenn die Straßenbeleuchtung an ist, muss ich …«

»Keine Sorge. Es ist draußen taghell. Die Laternen gehen erst heute Abend an.« Die Antwort schien richtig zu sein. Susanne schloss die Augen, bald atmete sie tief und regelmäßig. Als Ruth sicher war, dass sie schlief, stand sie auf. »Hab keine Angst. Ich komme bald wieder, meine Liebe«, flüsterte sie.

Die Schwester kam ihr im Gang entgegen. »Hat Frau Bender Sie erkannt?«

»Da bin ich mir nicht sicher. Aber ich glaube, ich habe sie beruhigen können.« Ruth fuhr sich durchs Haar. »Wie geht es jetzt weiter?«

»Wir werden sie heute mal im Bett aufsetzen. Morgen wird Ihre Freundin zum ersten Mal auf die Beine gestellt.«

»Schon? Wird ihr das nicht schrecklich weh tun? So direkt nach der OP?«

»Nein, sie bekommt starke Schmerzmittel. Wir wollen ja, dass Frau Bender bald wieder mobil ist und in die Reha gehen kann. Könnten Sie es einrichten, morgen dabei zu sein? Es ist immer gut, wenn diese Patienten ein vertrautes Gesicht sehen. Das nimmt ihnen die Angst.«

»Natürlich!« Ruth war froh, etwas tun zu können.

»Wunderbar. Der Termin mit der Physio ist um zehn.

Und sollte Ihre Freundin eine Patientenverfügung haben, wäre es schön, wenn Sie die mitbringen könnten.«

*

ruh – – – ruhe – – – Ruhe – – – Ruth – – – Ruth – – – Ruhe – – – Ruth – – – Ruthtutgut – – Ruthmutruth –
»Ruth?!« – Weg – – – Weg – – – muss zu Mutti – – nach Hause –

27.

Das Gedränge in der Eingangshalle war so chaotisch wie Ruths Gedankengänge. Abseits der Menge versuchte sie, Gustav anzurufen. Sie erreichte lediglich die Mailbox und verzichtete auf eine Nachricht. Was sie gerade erfahren hatte, ließ sich nicht in knappen Sätzen formulieren. Die Augen fest auf den Boden gerichtet, ging sie auf den Ausgang zu. Als sie angesprochen wurde, sah sie erschrocken auf.

»Da fährt man einmal weg und schon macht ihr Quatsch!« Ein übernächtigt aussehender Johann schloss sie in die Arme. »Wie geht es unserer Patientin?«

»Woher weißt du, dass …«

Er zog Ruths Zettel aus der Sakkotasche. »Eine Freundin hat mich informiert.« Er musterte sie. »Was ist los? Gibt es Probleme?«

Ruth nickte und ließ sich von Johann zu einer Bank im

Freien führen. Mit Blick auf die Raucher im Eingangsbereich erzählte sie, was sie auf der Station erfahren hatte.

»Da können wir nur hoffen, dass sie sich davon erholt«,
sagte Johann leise. »Ich habe das mit einer Tante erlebt. Ich
werde nie vergessen, wie schnell sie zu einem Pflegefall wurde.«

»Die Schwester meinte, es sei wichtig, dass Susanne vertraute Gesichter um sich hat. Ob sie mich erkannt hat, weiß
ich allerdings nicht. Sie war in großer Sorge, dass ihre Mutter schimpfen würde, wenn sie nicht rechtzeitig nach Hause
kommt.«

Johann nahm Ruth fest in den Arm. »Wir werden alle
Hebel in Bewegung setzen, dass Susanne in jeder Hinsicht
wieder auf die Beine kommt. Können wir sonst noch was
tun?«

»Die Schwester hat mich gebeten, nachzuschauen, ob Susanne eine Patientenverfügung hat.« Ruth erzählte Johann
von dem Vorfall in April. »Mir ist gar nicht wohl, ein weiteres Mal bei ihr herumwühlen zu müssen.«

»Es bleibt uns aber nichts anderes übrig. Mit etwas Glück
stoßen wir gleich auf eine Mappe, in der sie alles Wichtige
zusammengestellt hat.«

Während Johann in seiner Wohnung einen Kaffee kochte,
begann Ruth mit der Suche. Hatte Susanne nicht mal einen
Ordner erwähnt, in dem alle wichtigen Dokumente beisam-
menlagen?

Der Läufer, der den Sturz verursacht hatte, lag noch immer auf dem Boden. Nachdem Ruth ihn mit einem Fuß-
tritt in eine Ecke verbannt hatte, ging sie langsam an den

hohen Regalen entlang. Romane, Reiseführer und Fotoalben standen Seite an Seite, unterbrochen von Aktenordnern ohne Rückenbeschriftung. Wahllos schlug Ruth einen auf, doch sie stieß dabei nur auf alte Steuerunterlagen. Auch andere Ordner enthielten nicht das Gesuchte.

Sie stellte sich vor den Schreibtisch und betrachtete die leeren Kaffeetassen und die Stiftebox, die Marie aus einer Konservendose gebastelt hatte. Daneben standen mehrere Bilderrahmen mit Fotos von Martin, Paul und den Enkelkindern. Auch ein Schnappschuss von Gustav und ihr war dabei. Als sie die Schreibmappe unter einem Bücherstapel entdeckte, setzte sie sich und schlug sie auf. Sie war voller Listen, deren Inhalt Ruth auch diesmal einen Schauer über den Rücken jagten:

– *Kuchen backen ~~mit~~ für Mutti*
– *Sonntag Vati besuchen*
– *Ostern ist gelb*
– *Wenn die Straßenlampen*
– *Paul für Schwimmkurs anmelden*
– *Wäre doch gelacht, wenn wir das nicht schaffen*
– *Theaterkarten*
– *~~Betten frisch beziehen~~*
– *Ich ziehe nicht zu diesen Bekloppten!*

Ruth schloss die Augen. Mit welchen Gespenstern schlug Susanne sich herum? Und wen meinte sie mit *diesen Bekloppten*? Sie ließ sich auf dem Schreibtischstuhl zurückfallen und dachte nach. Wo würde Susanne so etwas aufbewahren? Ihr Blick fiel auf die Schublade, doch Ruth scheute sich davor, sie weiter aufzuziehen. Nicht auszudenken, welche Überraschungen sie dort noch erwarten …

Als sie den aufgeklappten PC auf dem kleinen Hocker an der Wand entdeckte, stand sie auf und berührte die Tastatur. Hatte Susanne am Ende einen virtuellen Ordner gemeint? Der Bildschirm blieb schwarz, so verband Ruth das Gerät mit dem Kabel, das aus der Steckdose ragte. Vielleicht erfuhren sie etwas, wenn der Akku sich geladen hatte.

Da es im Zimmer stickig war, riss sie die Balkontür auf und trat hinaus. Neben den leeren Blumenkästen stand die Ausbeute vom Ausflug in die Gärtnerei. Alle Pflanzen waren unwiederbringlich verdorrt. Ruth sah in den blauen Himmel hinauf. In diesem Moment wünschte sie sich, religiös zu sein, in eine Kirche gehen und eine Kerze anzünden zu können, die Augen zu schließen und Gott anzuflehen, sie zu erhören. Doch sie wusste, es würde nichts ändern. Ihre Mutter hatte sich nach Daniels Tod ganz der Bibel zugewandt, keinen Gottesdienst ausgelassen und auch sonst nichts unversucht gelassen, sich bei diesem Gott Gehör zu verschaffen. Mit dem Wort *Schicksal*, das in Momenten wie diesen gern bemüht wurde, hatte sie ebenfalls Schwierigkeiten. War alles wirklich von Anfang an festgelegt? Lagen die Lebensentwürfe eines jeden in einer großen Datenbank, wo ein unsichtbarer Stift die Ereignisse durchstrich, die sich bereits abgespielt hatten?

»Schon fündig geworden?« Johann reichte ihr eine Tasse Kaffee.

»Gefunden habe ich einiges.« Ruth zeigte ihm die Listen. »Aber nicht das, wonach wir suchen.«

»Dabei wäre es durchaus interessant zu erfahren, wen Susanne als *Bekloppte* bezeichnet.« Er versuchte ein Grinsen. »Was ist in der Schublade?«

»Da habe ich mich noch nicht herangetraut.« Ruth holte tief Luft. »Aber jetzt, wo du da bist …« Sie zog am Griff. Weitere Listen kamen zum Vorschein, mit Aufgaben, die längst nicht mehr umzusetzen waren.

Ruth warf einen kurzen Blick auf den restlichen Inhalt. Ein paar leere Schulhefte, eine Handvoll lose Fotos. Nichts von Bedeutung. Sie zeigte auf den PC. »Das ist meine letzte Hoffnung. Wenn wir dort nichts finden, lass ich es erst mal sein.«

Johann stellte den Computer auf den Schreibtisch. Während das Mailprogramm neue Nachrichten lud, prüften Ruth und Johann die Ordner auf dem Desktop, doch keines der Dokumente schien die gesuchten Infos zu enthalten.

»Ich hatte ihr damals einen Link geschickt, wo man die Formulare der Patientenverfügung aufrufen kann. Vielleicht können wir anhand der Chronik überprüfen, ob sie überhaupt auf der Seite war. Wenn nicht, brauchen wir gar nicht weiterzusuchen. Oder?«

Johann nickte. »Gute Idee.«

Als das Browserfenster sich öffnete, wurde automatisch die letzte Seite geladen, die Susanne sich angesehen hatte. Fassungslos blickten sie auf den Monitor. Es war eine Aufnahme von der *Mondnacht*.

»Wer hat sich *das* denn angehört? Susanne kann Schubert auf den Tod nicht ausstehen.« Ruth startete den YouTube-Clip. Vielleicht verbarg sich hinter diesem Titel etwas ganz anderes. Doch Sekunden später vernahmen sie die ihnen so bekannten Klavierklänge und lauschten der Frauenstimme bis zum letzten Ton.

»Es wäre interessant zu wissen, wann diese Seite besucht

wurde.« Johann öffnete die Chronik. Die Liste brachte sie erneut zum Staunen. Der Begriff war mehrmals eingegeben und geöffnet worden. »Schau her: Es wurde gezielt nach einer Mezzosopranist*in* gesucht. Die männlichen Interpreten wurden links liegengelassen. Wie es aussieht, war es an dem Tag, als wir die Pflanzen gekauft haben und sie so seltsam auf diese Melodie reagiert hat.«

28.

Als Kind hatte Ruth Schweigen nur als Form der Bestrafung gekannt. Verstummte ihr Vater, hatte sie nichts unversucht gelassen, seine Gunst zurückzugewinnen, und fieberhaft überlegt, welcher Fehler ihr unterlaufen war. Auch als junge Frau hatte sie Qualen gelitten, wenn ein Gespräch unterbrochen wurde, Leute wortlos ihren Gedanken nachhingen. Reflexartig hatte sie ihre Äußerungen überprüft, getrieben von der Angst, etwas Falsches gesagt zu haben.

Erst mit Gustav hatte sie gelernt, die Stille positiv zu besetzen und zu genießen. Doch es hatte gedauert, bis sie in der Lage gewesen war, einfach mit ihm zusammenzusitzen oder zu lesen, ohne das Gefühl zu haben, die Ruhe durchbrechen zu müssen. Auch mit Susanne hatte sie eine solche Stille genießen können.

Doch das Schweigen, das Ruth nun mit ihr erlebte, war wortloser als alles zuvor, ihm fehlten Vergangenheit und Gegenwart. Ob es eine Zukunft geben würde, darüber konnte man nur spekulieren. Dabei sprach Susannes Mimik Bände. Ruth war aber unsicher, ob sie diese Sprache richtig deutete. Versuchte Susanne sich zu äußern, musste sie raten, was ihre Freundin ihr sagen wollte. Jetzt lag sie mit geschlossenen Augen in ihrem Bett und atmete regelmäßig. Ja, sie wirkte fast zufrieden.

Ruth tat sich schwer, die Fassung zu bewahren. Als Gustav gestern spät nach Hause gekommen war, hatte sie verstanden, warum er nicht ans Telefon gegangen war: Der Besitzer der Villa, die seit Monaten immer wieder umgebaut worden war, hatte das Objekt ohne Vorankündigung verkauft. Zeitgleich war Gustav zu Ohren gekommen, dass der Mann kurz vor der Pleite stand. Daher hatten sie sofort handeln müssen, um sicherzustellen, dass ihre bisher erbrachten Leistungen bezahlt wurden, bevor das Geld in andere Kanäle floss.

»Da könnte er Martin jetzt gut brauchen. Der hätte diesem Typen schon gezeigt, wo der Hammer hängt«, sagte Ruth leise. Sie stellte die Bilderrahmen, die sie von Susannes Schreibtisch mitgenommen hatte, so hin, dass ihre Freundin sie sehen konnte, wenn sie die Augen aufschlug. »Aber wie sagst du immer so treffend, Zuckerschnute? *Der Teufel scheißt immer auf denselben Haufen.* Genauso ist es. Ich hoffe, er bewegt sich bald mal wieder von der Stelle und richtet woanders Unheil an.«

Nachdem Gustav heute früh wieder ins Büro gefahren war, hatte sie sich im Internet über das *Durchgangssyndrom* oder *Delir* informiert. Wichtig war bei allen Menschen in diesem Zustand, dass sie vertraute Gegenstände um sich hatten und man sich viel Zeit für sie nahm. Aus diesem Grund war Ruth anschließend wieder ins Krankenhaus gefahren.

Seitdem bewegte sich der Sekundenzeiger der Wanduhr im Schneckentempo vorwärts. Ruth betrachtete die lindgrünen Wände, die transparenten Vorhänge, die das Morgenlicht hereinließen, die Einbauschränke und den stumpfgrauen Linoleumboden und den Bettgalgen. Auf dem Tisch an der Wand stand das unangerührte Frühstück. Wie viel Zeit sie wohl noch in diesem Raum verbringen würde?

Susanne sah müde aus. Abgekämpft. Ruth hatte immer angenommen, ihre Freundin sei in einem behüteten Umfeld aufgewachsen. Doch nach den letzten Tagen hatte sie ihre Zweifel – und viele Fragen, von denen sie nicht wusste, ob Susanne ihr die jemals würde beantworten können: Hat deine Mutter oft mit dir geschimpft? Musstest du Angst vor ihr haben? Wer ist Sonja? Und warum hast du dir neulich *Die Mondnacht* angehört?

Ruth nahm das Fotobuch aus ihrer Tasche und schlug es willkürlich auf. Auf der rechten Seite war ein Bild von Paul vor dem Elefantengehege zu sehen. »Kannst du dich noch an diesen Zoo-Ausflug mit Paul erinnern?«, fragte sie Susanne. Als ihre Freundin die Augen aufschlug, zeigte sie ihr das Foto. »Er hatte gerade herausgefunden, dass es Männchen und Weibchen auf der Welt gibt, weißt du noch? Und war besessen von der Idee, es bei allen Tierarten herauszufinden.« Sie kicherte. »Bis wir zu den Pinguinen kamen, und du ihm zu erklären versucht hast, dass diese Tiere Eier legen, er aber stur darauf beharrte, bei einigen der Vögel einen Schniepel entdeckt zu haben. Einen Dickkopf hatte er schon immer.« Sie betrachtete Susannes Gesicht. Lächelte sie? Oder war das Einbildung?

Eine Schwester kam herein. »Könnten Sie Frau Bender

das Essen bitte anreichen?« Sie schnitt das Brot in Stücke und stellte das Kopfteil des Bettes etwas höher. »So müsste es gehen. Es sind gleich zwei Patienten gestürzt, und wir haben alle Hände voll zu tun.« Im Gehen drehte sie sich um. »In einer halben Stunde kommt die Physio!«

Ruth sah Susanne an. »Hast du das gehört, Zuckerschnute? Du solltest etwas essen. Gleich kommt ein hübscher, durchtrainierter Physiotherapeut, der mit dir für den Krankenhaus-Marathon üben will. Da möchtest du doch eine gute Figur machen, oder?« Ruth führte Susanne ein Stück Brot mit Käse an die Lippen und atmete auf, als ihre Freundin den Bissen in den Mund nahm und kaute. »Prima machst du das. Schmeckt sicher nicht so gut wie Maultaschen, aber ich mache bald wieder welche. Großes Bratkartoffel-Ehrenwort. Versuchst du mal selber ein Stück in die Hand zu nehmen? Ja, genauso! Perfekt.«

Nachdem Susanne das Brot gegessen hatte, nahm Ruth den Schnabelbecher vom Tablett. »So. Jetzt noch etwas Tee aus dieser wunderschönen Designtasse. Leicht kräuselnd im Abgang und mit der bezaubernden Farbe eines Sonnenuntergangs, wie man ihn nur in *Hinteres Elend* kennt. Dort, wo die Kellner Toupet tragen und sich bewegen, als hätten sie einen Stock verschluckt.«

Dieses Mal verzogen sich Susannes Mundwinkel eindeutig zu einem Lächeln. Ruth wurde so leicht ums Herz, dass sie vor Freude hätte singen können. Wenn es sein musste, würde sie ihre Freundin noch tagelang aufmuntern. Hauptsache, dieses verdammte Syndrom konnte in die Schranken gewiesen werden. Sie drückte Susanne einen Kuss auf die Wange und hielt ihr den Becher so hin, dass sie trinken konnte. »Schön langsam, Schlückchen für Schlückchen. Das machst du richtig gut. Ich hoffe, dir bald wieder einen guten Riesling kredenzen zu können. Doch da musst du dich noch ein wenig gedulden.«

»Du solltest Motivationstrainerin werden.« Plötzlich stand Johann neben ihr.

»Wo kommst du denn her?«

»Deine Fragen hingegen sind nicht sonderlich intelligent.« Er drückte sie. »Von zu Hause natürlich. Und was macht meine Lieblingsnachbarin?« Er ging um das Bett herum und sah Susanne an. »Weißt du, wer ich bin?«

Susanne nickte unmerklich mit dem Kopf. Johann tätschelte ihr die Hand. »Das ist gut. Ich vermisse dich nämlich sehr. Hoffentlich bist du bald wieder dort, wo du hingehörst.« Er wollte noch etwas hinzufügen, aber in diesem Moment kam eine junge Frau ins Zimmer.

»Guten Morgen, Frau Bender.« Sie war klein, drahtig, und ihre dunklen Locken bewegten sich mit jedem Schritt. »Erinnern Sie sich noch an mich? Ich bin Lucia und helfe Ihnen wieder auf die Beine.« Sie legte ihr Klemmbrett auf den Tisch.

Susanne schüttelte angsterfüllt den Kopf.

»Nicht enttäuscht sein, meine Liebe. Der knackige Typ, den ich dir versprochen habe, hat heute anscheinend seinen freien Tag«, sagte Ruth.

»Wie bitte?« Lucia sah sie irritiert an.

»Ein kleiner Witz am Rande.« Ruth nahm Susannes Hand und drückte sie. »Komm, wir helfen alle mit. Keine Sorge. Ich bin bei dir.« Sie versuchte, ihrer Stimme einen zuversichtlichen Klang zu geben, was ihr nicht leichtfiel, denn

Susannes Blick ging hektisch hin und her und sie stieß panische Laute aus.

»Sie brauchen doch keine Angst zu haben.« Lucia ließ sich von Susannes Reaktion nicht beeindrucken. »Zuerst wiederholen wir das, was wir gestern schon gemacht haben: Wir setzen uns auf die Bettkante. Mit der einen Hand halten Sie den Bettgalgen fest, genau, und ich nehme Ihre andere Hand. So, jetzt versuchen wir, langsam an den Bettrand zu rutschen. Ganz langsam. Sehen Sie? Und schon sitzen Sie. Toll haben Sie das gemacht.« Sie zwinkerte Susanne zu. »Heute versuchen wir Kontakt zum Fußboden zu bekommen. Kann sein, dass es ein bisschen weh tut, aber da müssen wir jetzt durch. Sie wollen ja schließlich wieder laufen können, oder?«

»Denk daran, wie viele Pläne wir noch haben, meine Liebe. Du hast immer davon geträumt, durch Blumenwiesen an der Küste entlangzuwandern und auf das türkisfarbene Meer hinunterzuschauen. Aber dort geht es steil bergauf und bergab. Da hast du mit einem Rollator verloren.«

»So ist das«, sagte Lucia. »Denken Sie immer an diese schöne Landschaft. Und wie gern Sie dorthin möchten. Es ist immer wichtig, ein Ziel vor Augen zu haben. So, jetzt lassen Sie den Galgen mal los. Ihre Freundin nimmt den einen Arm, auf der anderen Seite bin ich – und nun stellen Sie sich ganz langsam hin. Sehen Sie, wie gut das klappt? Super!« Während Lucia Susanne geduldig anleitete, mal das eine, mal das andere Bein zu belasten, überlegte Ruth, wie lang der Weg wohl war, der noch vor ihnen lag. Lang. So viel stand fest.

Als Lucia mit dem Versprechen gegangen war, dass sie

morgen erste Schritte um das Bett machen würden, sank Susanne erschöpft in die Kissen. Auch Ruth war am Ende ihrer Kraft. Ob Schauspieler sich nach einer Vorstellung ähnlich fühlten? Eine Pause war aber nicht möglich. Der Schreibtisch rief. Anschließend musste sie sich mit Kollegen treffen, um Korrekturen zu besprechen.

Sie verabschiedete sich von Susanne und Johann und machte sich auf den Weg zum Parkplatz. Vorbei an den Patienten, die im Bademantel durch die Flure schlurften, am Kiosk, der Ablenkung und Aufmunterung versprach, vorbei an der Kapelle und der Einladung zum Gottesdienst, an den Rauchern im Rollstuhl vor dem Haupteingang.

Sie ist mein Nord, mein Süd, mein Ost und West,
Meine Arbeitswoche und mein Sonntagsfest,
Mein Gespräch, mein Lied, mein Tag, meine Nacht,
Ich dachte, so bleibt es für immer: Falsch gedacht.

*

Weg. Alle weg. Alle versteckt. *Eins, zwei, Eckstein.* Stimmen. Töpfe klappern. Mutti spült ab. Was hat sie heute gekocht? Sie kann es nicht mehr riechen. Gleich kommt Mutti und wünscht gute Nacht. Grün. Warum ist ihr Zimmer grün? Bäume sind grün. Garten ist grün. Ostern ist gelb. Wie die Sonne. Die Sonne scheint. Bei Sonne muss man raus. Nicht im Zimmer bleiben. Fahrradfahren mit Sonja. Geht nicht. Weh. Bein tut weh. Aber Sonja wartet. Sonja wartet bestimmt. Au! So weh!

»Mutti!«

»Frau Bender! Um Himmels willen, Sie dürfen nicht allein

aufstehen. Sie wurden doch erst operiert. Ganz ruhig. Brauchen Sie den Nachtstuhl?«

Das ist nicht Mutti. *Eins, zwei, Eckstein.* Mutti muss versteckt sein.

»Brauchen Sie den Nachtstuhl, Frau Bender?«

Nein. Mutti. Ich will zu Mutti. Müde. So müde. Wäre doch gelacht, wenn wir das nicht schaffen. Sagt Mutti immer.

»Wäre doch gelacht, wenn wir das nicht schaffen.«

»Genau, Frau Bender. Das schaffen wir schon. Das ist die richtige Einstellung. Bald geht es Ihnen wieder gut. Aber nicht allein aufstehen, hören Sie? So weit sind wir noch nicht.«

29.

Alt.

Der Begriff kam ihr nicht oft in den Sinn. Ruth gehörte nicht zu den Frauen, die an jedem runden Geburtstag eine Krise zelebrierten, in der Hoffnung, von allen Seiten zu hören, wie *jung* sie doch noch aussahen – kein bisschen wie 30, 40, 50. Ihren Sechzigsten hatte sie wandernd mit einigen Freunden im Elsass verbracht. Anschließend waren sie in einem kleinen Hotel abgestiegen und hatten es sich bei einem Vier-Gänge-Menü mit Weinbegleitung gutgehen lassen. Ohne Reue, ohne Wehmut, sondern dankbar für das, was das Leben bisher für sie parat gehabt hatte.

Überhaupt feierte sie, ganz im Gegensatz zu Susanne,

Geburtstage nur unregelmäßig. Nicht aus Eitelkeit, sondern weil sie sich nur ungern vorschreiben ließ, wann sie ein Fest auszurichten hatte. Große Partys waren erst recht nicht ihr Ding. Man hatte im Vorfeld einen Riesenstress, bekam von den geladenen Gästen kaum etwas mit und war hinterher enttäuscht, dass man nicht mit jedem hatte reden können.

Doch seit sie Susanne nach der OP fast nicht wiedererkannt hatte, ging das Thema ihr nicht mehr aus dem Kopf. Ruth rubbelte sich die Haare trocken, dann ließ sie das Badetuch sinken und betrachtete sich kritisch im großen Spiegel neben dem Waschtisch.

In einigen Wochen wurde sie 62. Dabei fühlte sie sich keinen Tag älter als 48. Die Reaktionen von Schülern und jüngeren Kollegen spiegelten ihr aber, dass sie als so alt wahrgenommen wurde, wie es in ihrem Ausweis stand. Sie dachte an die verstörten Gesichtsausdrücke, wenn sie im Unterricht eine schräge Bemerkung machte. Eine, die so gar nicht in ihre Altersklasse passte. Sahen sie dann die Frau vor sich, als die sie sich selber betrachtete? Oder als eine, die ein Stück älter war als ihre Eltern, dies anscheinend aber nicht wahrhaben wollte?

Ihre kleinen Brüste mochte sie nach wie vor, auch wenn sie längst nicht mehr so fest waren. Anders sah es mit ihrer Bauchdecke aus. Sie nahm eine Fettrolle in die Hand und kniff sie fest zusammen. Was hätte sie früher dafür gegeben, einen dicken Bauch zu bekommen. Einen runden Babybauch. Jetzt fand sie es höchstens schade, dass man ihn nicht selber mit einigen Abnähern straffen konnte. Sie drehte sich und sah über die Schulter. Ja, das Gleiche galt für ihren Po.

Sie wendete sich von ihrem Spiegelbild ab. Jammern war nicht angesagt. Bisher hatte ihr Körper sie nie ernsthaft im Stich gelassen, was in ihrem Alter einem kleinen Wunder gleichkam. Zudem bereitete er ihr nach wie vor Lust. Doch wie sah Gustav sie? Begehrte er sie wirklich noch nach all den Jahren? Oder spielte er ihr Theater vor, wenn er mit ihr schlief, hatte dabei jüngere, attraktivere Frauen vor Augen? Als könnte er Gedanken lesen, klopfte er in diesem Augenblick an die Badezimmertür. »Bist du bald fertig? Ich müsste mir schnell die Zähne putzen.«

Ruth öffnete ihm. »Bitte schön. Ich habe es nicht eilig.«

»Das nenne ich mal eine schöne Überraschung …« Gustav pfiff leise durch die Zähne. Dann nahm er sie in die Arme. »Weißt du, dass du die schönste Frau bist, die ich kenne? Auch nach all den Jahren?« Er hauchte ihr einen Kuss auf die Lippen. »Wenn diese verdammten Stresszeiten vorbei sind, werde ich dir auch wieder zeigen, wie ernst ich das meine.« Er legte ihr das Badetuch um die Schultern. »Bis dahin ist es aber leider verboten, mich am helllichten Tag in Versuchung zu führen.«

Ruth grinste. »Darüber ist das letzte Wort noch nicht gesprochen worden.«

Ein Anruf vom Sozialdienst des Krankenhauses brachte Ruth in den Alltag zurück. »Wurde schon ein Heimplatz für Frau Bender gefunden? Die Reha ist bald vorbei, und es ist ja ausgeschlossen, dass sie in ihre Wohnung zurückkehren kann.«

»Haben Sie schon mit ihrem Sohn geredet? Der letzte Stand war der, dass er sich darum kümmern wollte.« Paul hatte hoch und heilig versprochen, sich um eine gute Unterbringung zu kümmern. Er sei da gut vernetzt, hatte er beim letzten Telefonat getönt.

»Wir haben schon lange nichts mehr von Herrn Bender gehört. Leider.«

Ruth holte tief Luft. Sie sollte sich endlich mal bei dem Heim melden, wo Susanne auf der Warteliste für betreutes Wohnen stand, und in Erfahrung bringen, wie die Lage dort aussah. Vielleicht konnte man sie ja dort unterbringen.

Eine Stunde später stand sie im Sekretariat und erkundigte sich nach dem Platz auf der Warteliste.

»Ich schaue gleich mal nach. *Bender, Susanne* sagten Sie?« Es dauerte eine Weile, bis die Sachbearbeiterin zurückkam. »Es liegen leider keine Unterlagen ihrer Freundin vor.«

»Komisch.« Ruth studierte ihren Kalender. »Wir waren im Frühling gemeinsam hier. Also schon etwas her. Sie wollte die restlichen Unterlagen in den Tagen danach vorbeibringen.«

»Könnten Sie mir Ihre Freundin beschreiben?«, mischte sich eine Kollegin ein.

»Frau Bender ist relativ klein, schlank, hat einen grauen Pagenkopf und strahlend blaue Augen.« Ruth überlegte, was sie noch anführen konnte, doch die Kollegin hatte bereits genug gehört.

»Ich erinnere mich an sie. Die Dame hat die erforderlichen Papiere nachgereicht, ist aber Stunden später wiedergekommen und hat sich mit den Worten: *Ich denke nicht daran, mit irgendwelchen Bekloppten zusammenzuziehen,* wieder von der Warteliste streichen lassen.

Ruth überlief es eiskalt. Sofort hatte sie Susannes Listen vor Augen. Da war die Erklärung für diesen Satz. »Aber …

warum haben Sie niemandem Bescheid gesagt? Frau Bender war manchmal sehr verwirrt.«

»Seien Sie mir nicht böse, aber diese Frau machte keinen verwirrten Eindruck. Da kann ich Ihnen aus dem Stegreif eine Menge Leute aufzählen, die mental nicht so gut beieinander sind. Zudem hatten wir keine weiteren Telefonnummern. Nur die von Frau Bender selber. Und Sie müssen zugeben, dass es wenig Sinn gemacht hätte, dort anzurufen, oder?«

Mit bleiernen Füßen machte sie sich auf den Weg zu Harrys Wohnung. Die Frau hatte recht. Und was ihr nun ebenfalls klar wurde: Sie war keinen Deut besser als Paul. Auch sie hatte Susannes Zustand unbewusst heruntergespielt. Wie oft hatte sie vorgehabt, sich im Heim zu erkundigen, wie es um die Warteliste bestellt war. Und wie oft war sie davor zurückgeschreckt, aus Angst zu erfahren, dass man Demenzkranke dort nicht nehmen konnte?

Ruth rief sich die Zeitungsartikel über den Pflegenotstand ins Gedächtnis, die sie in den vergangenen Monaten überflogen hatte. Da war es ähnlich. Wenn man so etwas las, dachte man kurz darüber nach, wie schlimm das alles sei. Doch wie gravierend die Situation tatsächlich war, wurde einem erst klar, wenn man direkt damit konfrontiert wurde.

Es dauerte, bis Harry die Haustür öffnete. Das Handy am Ohr machte er ihr gestenreich klar, sie solle sich schon mal ins Wohnzimmer setzen. Während Ruth es sich dort bequem machte, hörte sie Begriffe wie *Quoten* und *Einsatz*, dann wurde die Küchentür geschlossen.

Als Harry das Gespräch beendet hatte, stellte er zwei Tassen Kaffee auf den Couchtisch und setzte sich ihr gegenüber. »Du siehst aus, als könntest du einen vertragen. Was ist passiert?«

Stockend erzählte Ruth, was sie soeben erfahren hatte. »Und nun bin ich mit meinem Latein am Ende.« Sie sah Harry an. »Hast du eine Idee, wie es weitergehen könnte?«

Er schüttelte den Kopf. »Da von diesem Paul wohl nichts zu erwarten ist, würde ich mich an den Sozialdienst im Krankenhaus wenden. Die haben in der Regel gute Kontakte und sind kompetent. Wie hat Susanne sich denn dazu geäußert?«

»Mal ist sie einverstanden mit einem Heimplatz, mal will sie unbedingt nach Hause zurück. Ich verstehe es ja. Aber es würde nicht funktionieren. Johann kann schon mal nach ihr schauen, aber auf Dauer ist das keine Lösung. Und Paul stellt sich tot.«

»Im Fall ihres Sohnes gibt es ein einfaches, aber wirkungsvolles Mittel: Ruf ihn an und teil ihm mit, dass seine Mutter zu ihm ziehen wird, wenn er nicht sofort in die Puschen kommt. Was meinst du, wie schnell er Zeit hat, sich um alles zu kümmern?«

Ruth setzte den Plan gleich an Ort und Stelle um. Als sie Paul nicht erreichen konnte, rief sie bei ihm zu Hause an. Sandra war bei der Vorstellung, ihre Schwiegermutter bald im Haus zu haben, so entsetzt, dass sie kaum Worte fand und versprach, Paul sofort von der Situation in Kenntnis zu setzen. Befriedigt legte Ruth ihr Handy auf den Tisch.

Harry sah sie mit einem diabolischen Grinsen an. »Gut gemacht, meine Liebe. Susanne hätte ihre Freude an dieser

Aktion gehabt. Und jetzt begleite ich dich zum Sozialdienst. Ausflüge dieser Art sollte man nicht allein machen.«

30.

Ruth konnte es kaum glauben: Alles, was sie noch bewältigen musste, war der Grillabend mit dem Kollegium, dann konnte sie das Schuljahr abhaken. Sie stellte ihr Auto vor dem Gebäude ab und ließ den Blick wehmütig über den Parkplatz schweifen. Normalerweise überlegten Susanne und sie jetzt, welchen Kollegen sie beim sogenannten *Lehrer Grillen* gern auf dem Rost sehen wollten.

Doch Susanne lebte seit drei Tagen in einem Heim, das Paul im allerletzten Moment aufgetan hatte, das mehr als eine Autostunde entfernt war. Ob eine andere, näher gelegene Unterkunft gefunden werden konnte, war fraglich.

Die Beifahrertür öffnete sich, und Ingrid setzte sich neben sie. »Komisch, so ohne Susanne, oder?« Sie strich Ruth über den Arm. »Wo ist sie im Augenblick?«

»Seit Montag in einem Pflegeheim. Die Reha hat sie weitgehend wieder auf die Beine gebracht, aber wie es letztendlich um ihre psychische Verfassung bestellt ist, steht in den Sternen. Mal ist sie fit und überrascht einen mit ihrem gewohnten Humor, an anderen Tagen ist sie verwirrt und überfordert. Auch wenn die Ärzte etwas anderes behaupten, ich glaube nicht, dass sie dieses Durchgangssyndrom schadlos überstanden hat.«

»Du musst mir bald mal die Adresse geben. Ich würde

sie in den Ferien gern besuchen. Es gab da noch etwas, was ich sie fragen wollte, aber es fällt mir gerade nicht ein.« Ingrid schnitt eine Grimasse. »Hoffentlich kein erstes Anzeichen von Demenz. Und wo ist Gustav? Hat er dieses Jahr keine Lust auf gebratene Pädagogen?«

»Der hat im Augenblick so viel um die Ohren, dass ich ihn kaum sehe.« Ruth berichtete von dem Ärger mit dem Vorbesitzer der Villa und dem schwebenden Gerichtsverfahren. »Aber es gibt auch eine gute Nachricht: Der neue Eigentümer erwägt ernsthaft, mit Gustavs Büro weiterzuarbeiten. Das ist auch der Grund, warum er heute nicht kommen kann: Er trifft sich gerade mit dem neuen Bauherrn.«

Autos fuhren herbei. Körbe mit Brot und Brötchen kamen zum Vorschein, Salate und Brotaufstriche wurden zutage gefördert. Ruth nahm ein paar gekühlte Flaschen Chardonnay aus dem Kofferraum und ging auf die Bierbänke zu, die im Innenhof der Schule aufgestellt waren. Die Stimmung war gelöst, jeder der Anwesenden freute sich, diesen Bau in den kommenden Wochen nicht sehen zu müssen.

Der Grill war bereits in Betrieb genommen worden, und Ruth und Ingrid inspizierten das Angebot der Beilagen. »Achtung, dieser Nudelsalat sieht sehr nach Hoffmann aus. Letztes Jahr hatte er eine Konsistenz, als wären ihre abgelegten Tweedröcke darin verarbeitet.« Ingrid verzog angewidert das Gesicht. »Zum Glück gibt es das jährliche Highlight: Utes Pizzabrot.«

An einem Extratisch war Hajo Brose damit beschäftigt, zwei Schälchen in Szene zu setzen, die laut Pappschild *Vegane Brotaufstriche* enthielten. Als er mit seiner Präsentation endlich zufrieden war, stellte er sich stolz dazu, als hätte er den Begriff persönlich erfunden.

»Sollte er sich zu mir setzen, werde ich ihn in eine Diskussion über die unterschätzte Gefahr von Killerbohnen verwickeln«, sagte Ingrid.

»Verlorene Liebesmüh.« Ruth zeigte auf die brutzelnden Steaks und Würste auf dem Grill. »Wenn du so etwas auf dem Teller hast, macht er einen großen Bogen um dich.«

»Nicht, wenn er seinen missionarischen Tag hat.« Ingrid stellte sich neben Ruth in die Schlange und orderte vorsichtshalber etwas von beidem.

Immer mehr Kollegen samt Anhang strömten vom Parkplatz herbei, und bald waren die meisten Bänke besetzt. Man ließ das Schuljahr Revue passieren, bedauerte oder freute sich über die Entwicklung mancher Schüler und tauschte sich über die Reiseziele der kommenden Wochen aus.

»Sag bloß, dein Mann kann heute nicht kommen!« Mathe-Olaf setzte sich Ruth gegenüber und gab der langbeinigen Referendarin ein Zeichen. »Ich hätte ihm so gern ein paar Fragen gestellt zu der neuen Wohnung, die wir gemietet haben.« Seine neue Eroberung quetschte sich neben Olaf und ließ sich von ihm mit Bratwurststückchen füttern. »Ich bin mir nämlich nicht sicher, ob die Schimmelflecken an der Decke so harmlos sind, wie der Vermieter uns weiszumachen versucht. Wäre schön, wenn er mal einen Kennerblick darauf werfen könnte.«

Ruth hasste sein Schmarotzertum. Überall griff Olaf ab, was er bekommen konnte. Hauptsache, es war umsonst. »Du kannst jederzeit im Büro anrufen und über die Sekretärin einen Termin mit Gustav vereinbaren.« Sie schrieb ihm die Nummer auf seine Serviette. »Du hast ja zum Glück ein ordentliches Gehalt und bist kein Freiberufler wie er.« Olafs Miene sprach Bände.

Als eine ehemalige Geschichtslehrerin sie zu allem Überfluss in ein Gespräch über ihre hochbegabten Enkelkinder verwickeln wollte, war Ruth mehr als erleichtert, als Ingrid sie zu sich winkte. Sie wünschte den kleinen Einsteins alles Gute und flüchtete zu der Gruppe, die sich um Isa scharte, die mit Mann und Säugling gekommen war.

Ruth hatte sich gerade gesetzt, als der Direktor aufstand und um Ruhe bat. Er hörte auf den Namen *Fürst* und genauso benahm er sich.

»Meine Damen und Herren, zuallererst möchte ich mich bei Ihnen für Ihren Einsatz in diesem Schuljahr bedanken.« Er blickte in die Runde, als würde er zu seinen Untertanen sprechen. »Trotz mehrerer Ausfälle im Kollegium waren Sie wieder eine gute Mannschaft und haben es geschafft, den Unterrichtsbetrieb aufrechtzuerhalten. Ich sage es ja immer: Wir schaffen das schon!«

»Wir hätten *ihn* grillen sollen«, brummte Isa. »Wenn ich nur an ihn denke, wünsche ich mir, dass die Babypause nie zu Ende geht.«

»Noch ist nicht alles verloren«, sagte Ruth leise. »Gestern ist mir etwas zu Ohren gekommen. Und sollte das stimmen ...«

»Es gibt wohl seit einigen Tagen Gerüchte, die besagen, dass ich ...« Fürst räusperte sich umständlich. »... dass ich es noch mal *wissen möchte*. Nun, das ist richtig. Und vor einigen Stunden habe ich die verbindliche Zusage bekommen, dass ich Sie ab Herbst verlassen werde, weil ich eine Schulleitung in München übernehme.«

Zuerst bleib es gespenstisch ruhig unter den Kollegen. Nur ein leises *Yesss!* kam aus der Bank hinter ihr. Den anderen sah man deutlich an, dass sie ein Jubeln schwer unterdrücken konnten. Lediglich Brose, der nach wie vor neben seinen Schälchen Wache schob, brachte ein höfliches »Das ist aber schade« zustande.

Das war der Startschuss. Die Ersten begannen zu klatschen, manche riefen »Herzlichen Glückwunsch« und »Alles Gute«. Wobei allen klar war, dass sie sich und ihren Kollegen gratulierten, weil der Kerl bald verschwunden sein würde. Herr Fürst bezog den Beifall selbstredend auf sich und nickte gnädig nach allen Seiten. »Ich danke Ihnen. Und hoffe, dass man im Ministerium einen würdigen Ersatz für mich findet.«

»Wie geil ist *das* denn?« Ingrid sah verzückt in die Runde. »Nicht zu fassen, dass ich das noch erleben darf!«

Isa knuddelte ihr Baby. »Hast du das gehört, Mäuschen? Der komische Onkel verlässt die Schule. Da freut sich Mami!«

Auch Ruth fiel ein Stein vom Herzen, dass der Wechsel nicht nur Gerede gewesen war. Das bedeutete zwar, dass sie sich auf der Zielgerade an einen weiteren Schulleiter gewöhnen musste, unangenehmer als Fürst konnte der neue aber kaum werden.

Während sie an ihrer Weinschorle nippte, fiel ihr ein, dass sie auch diesem Thema ein kleines, wenn auch nicht unbedeutendes Kapitel in ihrer Doktorarbeit »Lebewesen in der Schullandschaft« widmen sollte. Immerhin konnte sie schon auf vier Direktoren zurückblicken. Der erste war entspannt und loyal gewesen, und Ruth hatte ihn lange vermisst. Sein Nachfolger hatte sich bald versetzen lassen, was kein Grund zur Trauer gewesen war.

Der Mann, der die Stelle anschließend innehatte, war zwar menschlich nett, als Schulleiter aber ungeeignet gewesen. Ruth glaubte nach wie vor fest daran, dass er sich nur zum Spaß beworben und einen Schock erlitten hatte, als ihm mitgeteilt wurde, dass er das Rennen gemacht hatte. Er war dann auch bald schwer krank geworden und hatte seinen Stuhl für Fürst geräumt. Und nun waren auch dessen Tage hier gezählt. Sie dachte an Susanne, die so manchen Streit mit Fürst ausgetragen hatte, und hoffte, dass sie diese Neuigkeit morgen aufnehmen und sich mit ihr darüber würde freuen können.

Morgen … Der Gedanke an den Besuch im Pflegeheim raubte ihr alle Kraft. In welchem Zustand würde sie Susanne antreffen? Auf der Homepage hatte das Haus einen guten Eindruck gemacht, aber wer sagte ihr, dass Susanne sich dort wohlfühlen würde? Sie betrachtete die plappernden Kollegen um sich herum und hatte plötzlich nur noch einen Wunsch: auf der Stelle nach Hause zu fahren, sich einen Wein einzuschenken und im Garten auf Gustav zu warten und mit ihm den Tag ausklingen zu lassen.

Ruth beugte sich zu Ingrid vor. »Ich mache mich ganz leise aus dem Staub. Wenn jemand nach mir fragt, sag einfach, dass du nicht weißt, wo ich bin. Okay?«

Ingrid nickte. »Vielleicht kannst du noch einen Schlenker ins Lehrerzimmer machen? Ich habe dir eine Karte für Susanne ins Fach gelegt. Wäre schön, wenn du ihr die mitnimmst.« Sie drückte Ruths Hand. »Ich wünsche dir viel Kraft für morgen.«

Im Lehrerzimmer hing der Mief von unerfüllten Wünschen und Resignation, letzte Schülerarbeiten stapelten sich auf den Tischen. Vielleicht bildete Ruth es sich ein, doch seit Fürst seinen Wechsel bekanntgegeben hatte, klangen die Stimmen, die vom Schulhof hinaufdrangen, ausgelassener.

Sie ging auf die Schrankkombination zu, die die gesamte Rückwand des Raumes ausfüllte, und langte in ihr Postfach. Dort fand sie nicht nur Ingrids Karte, sondern auch ein Sudoku-Heft, das jemand für Susanne hinterlassen hatte. Ob ihre Freundin jemals wieder in der Lage sein würde, solche Rätsel zu lösen? Ruth sah zu dem Stuhl, wo Susanne früher ihren Platz hatte, und sah sie dort überraschenderweise sitzen. Sie winkte ihr. Ruth hob ebenfalls die Hand.

In diesem Moment öffnete sich die Tür, und der Hausmeister kam herein. In dem Glauben, Ruths Gruß sei für ihn bestimmt, nickte er freundlich und wünschte schöne Ferien. Doch bevor er Ruth in ein Gespräch verwickeln konnte, steckte sie die Sachen in ihre Tasche und suchte das Weite.

31.

Ruth hatte in ihrem Leben schon zahlreiche *erste Male* erlebt. Im Rückblick betrachtet waren viele alltäglich gewesen: der erste Schultag, der erste Kuss, die erste eigene Wohnung, der erste Sex. Andere hingegen hatten gravierende Folgen gehabt. Sie dachte an die Therapiestunde, in der ihr zum ersten Mal klargeworden war, dass das Herz ihrer Eltern lediglich für Daniel geschlagen hatte, nach dessen Tod nur noch für sich selbst. Etwas, das sie nicht mal auf dem Sterbebett zugegeben hätten, doch die Indizien sprachen für sich.

Zum Glück konnten nachfolgende Premieren diese schmerzhafte Erkenntnis mehr als wettmachen: ihre erste Begegnung mit Gustav, dessen Liebe alles verändert hatte, und die erste Lehrerkonferenz, bei der Susanne in ihr Leben getreten war.

Nun stand ihr ein Debüt bevor, auf das sie gern verzichten würde. Ruth öffnete den Sicherheitsgurt und sah an der Fassade hinauf. Im Internet hatte der Bau ansprechender gewirkt. Sie fragte sich, wie es sich anfühlte, hinter einem dieser zahllosen Fenster zu leben. Hatte das Altwerden die Bewohner dieses Hauses auch eiskalt erwischt? War es überhaupt möglich, sich auf diesen Lebensabschnitt vorzubereiten?

Sie langte in ihre Umhängetasche und umfasste das Fotobuch, das sie aus Susannes Wohnung mitgenommen hatte. Mögliche Gesprächsthemen waren mit Post-it-Zetteln markiert, mit denen sie Susanne zu erreichen hoffte, sollte sie einen schlechten Tag haben.

Inmitten einer Gruppe, die aus der Straßenbahn gestiegen war, ging sie auf den Eingang zu. Ein kleines Mädchen sprang voller Vorfreude auf dem Gehsteig umher, andere näherten sich dem Gebäude mit eher ernster Miene.

Der Eingangsbereich war hell und voller Grünpflanzen. Ein Mann, der im Rollstuhl unter einer Yucca-Palme saß, riss die Arme hoch, als das Mädchen durch die Tür kam. Im nächsten Moment saß die Kleine auf seinem Schoß und quasselte ohne Punkt und Komma. Der Mann hörte ihr strahlend zu. Wehmütig setzte Ruth ihren Weg fort. Wie schön musste es sein, einen so liebevollen Vater und Großvater zu haben.

Die Rezeption war in einer geräumigen Halle untergebracht. Auf der anderen Seite hatte ein nostalgischer Tante-Emma-Laden seine Türen geöffnet, daneben lockte das *Café am Markt*. Ein Leben im Kleinstmaßstab, aus dem man das Beste zu machen versuchte.

Auf der großen Info-Tafel suchte Ruth Susannes Namen. Frau Bender, S. wohnte in Zimmer 204. Wenige Meter weiter stand ein Fahrstuhl bereit, um sie in den zweiten Stock zu bringen. Der Hinweis auf die Damentoilette lockte sie jedoch mehr. Erleichtert, die Begegnung noch etwas hinauszögern zu können, hielt sie die Hände unter den kalten Wasserstrahl und sah in den Spiegel. Das kalte Neonlicht ließ sie noch blasser aussehen, als sie sich fühlte.

Ruth stellte sich vor, wie sie nach dem Anklopfen die Tür öffnen und auf Susanne zugehen würde. Versuchsweise probierte sie ein Lächeln. So sah das schon besser aus. Sie musste Zuversicht ausstrahlen. Dann würde das schon klappen. *Na, du Zuckerschnute? Wie geht es dir? Ein hübsches Zimmer hast du dir geangelt. Und dieser Ausblick! Natürlich ist das erst mal ungewohnt, aber ich bin ja jetzt bei dir. Und wie ich dich kenne, wirst du den Laden hier bald rocken!*

Sie holte ein letztes Mal tief Luft und straffte die Schulter. *Du* kannst jederzeit wieder zur Tür hinausmarschieren, sagte sie ihrem Spiegelbild. Stell dich also nicht so an!

Obwohl sie sich dafür verachtete, wurden ihre Schritte langsamer, als sie sich den Aufzügen näherte. Ausreden, nicht hinauffahren zu können, schossen ihr durch den Kopf. Die Frage, was passieren würde, wenn ihr dies alles eines Tages zu viel werden sollte. Doch sie zwang sich, weiterzugehen, drückte den Knopf neben der Zwei und atmete erst wieder aus, als die Türen sich schlossen. Den Handlauf fest umklammert las sie das Unterhaltungsangebot: Montagnachmittag Chor, Dienstag Bingo, Mittwoch Handarbeiten im fünften Stock und Donnerstag Gymnastik im Sitzen. Freitag Kartenspiele. Ein letzter Kontrollblick in die verspiegelte Rückwand der Kabine, ein letztes Justieren der Mundwinkel, dann war sie am Ziel.

Eine süßliche Mischung aus Kantinenessen, Krankenhaus und Urin hing in dem langen Flur. Glänzend graues Linoleum, an der Wand ein Handlauf aus Holz, zwischen den identischen Zimmertüren verblasste Kunstdrucke in randlosen Rahmen. Auf einer der Fensterbänke warf ein vertrockneter Farn seine Blätter ab.

Na, du Zuckerschnute? Wie geht es dir? Ein hübsches Zimmer hast du dir geangelt. Und dieser Ausblick! Während sie die Sätze wie ein Mantra wiederholte, erreichte sie Zimmer 204. Ruth klopfte kurz, dann trat sie ein. »Na, du Zuckerschnute? Wie geht …«

Keine Susanne. Fassungslos stellte sie sich in die Mitte des kleinen Raums. Ein Bett, zwei Sessel, ein Tisch und ein Schrank. Die Wände waren bilderlos. Nichts erinnerte daran, dass Susanne hier wohnte. Sie stellte sich an das Fenster und sah hinaus. Ein Linienbus öffnete seine Türen und entließ weitere Besucher, an der anderen Seite entdeckte sie einen kleinen Park.

Als es an der Tür klopfte, fuhr Ruth herum. Eine Pflegerin kam auf sie zu und schüttelte ihr die Hand. »Hallo! Ich bin Andrea. Suchen Sie Frau Bender?«

»Ja. Ruth Hagedorn, eine Freundin von Susanne. Hat es mit dem Umzug nicht geklappt?«

»Wie man es nimmt.« Andrea setzte sich und deutete Ruth an, es ihr nachzutun. »Wir haben den Eindruck, dass Frau Bender im Grunde viel zu fit ist für diese Abteilung. Wir haben Ihre Freundin erst einmal in der Tagesgruppe untergebracht. Sonst wäre sie den ganzen Tag alleine in ihrem Zimmer. Heute ist sie recht verwirrt, aber das ist nach so einem Umzug normal. Wir sind uns aber einig, dass sich ihr Zustand bei intensiver Förderung wesentlich verbessern würde. Doch dafür fehlen uns Zeit und Personal.«

Ruth musste sich zusammenreißen, Paul nicht auf der Stelle anzurufen und rundzumachen. Was hatte dieser Idiot sich dabei gedacht, seine Mutter hier einfach zu parken? Warum hatte er sich nicht um einen *geeigneten* Platz gekümmert? »Ich kann zurzeit oft herkommen und etwas mit ihr unternehmen. Gibt es sonst noch etwas, das ihr helfen würde?«

»Besuche sind wichtig. Vielleicht könnten Sie auch ein paar vertraute Gegenstände mitbringen, damit Frau Bender sich in diesem Zimmer mehr zu Hause fühlt. Mit etwas Glück können wir die Folgen des Übergangssyndroms auch so bereits verringern. Versprechen kann ich Ihnen nichts, aber einen Versuch wäre es wert, oder?« Andrea stand auf. »Ich bringe Sie mal in die Gruppe.«

Minuten später befand Ruth sich in einem anderen Universum. Elf Menschen saßen in bequemen Sesseln, die meisten dämmerten vor sich hin. Der Fernseher in der Ecke war stumm geschaltet, alte Schlager versuchten, Sorglosigkeit zu verbreiten. Ruth sah, dass Susanne die Lippen bewegte und sich unmerklich zur Melodie wiegte. Zum ersten Mal in ihrem Leben konnte sie dieser Musik etwas abgewinnen und sei es nur, weil sie Susanne in diesem Moment erreichte.

Bei den anderen Mitbewohnern zeigten die Töne keine Wirkung. Viele weilten in einer anderen Welt. Nur ein kahler Mann kämpfte verbissen mit der Zeitung und ließ Seite für Seite zerknüllt auf den Boden fallen.

»Schauen Sie mal, Frau Bender, Sie haben Besuch!« Andrea stellte einen Stuhl neben Susannes Sessel und nickte Ruth aufmunternd zu. »Sie raten nie, wer da ist!«

In diesem Moment entdeckte Ruth das Sudoku-Rätsel auf Susannes Schoß. Ihre Freundin, die früher ein Ass in dieser Disziplin gewesen war, hatte die Kästchen nicht mit Zahlen ergänzt, sondern mit kleinen Mustern versehen. Jedes auf eine andere Art. Plötzlich fühlte Ruth so etwas wie Scham. Sie nahm das Heft und ließ es unauffällig in ihre Tasche verschwinden. Sie hasste sich für diese Tat, aber sie konnte nicht anders. Sie wollte nicht, dass man Susanne als eine beschränkte Frau wahrnahm. *Diese* Susanne war nur vorübergehend. Die eigentliche Susanne, *ihre* Susanne war eine andere.

*

Tanze mit mir in den Morgen, tanze mit mir in das Glück!
Wenigstens die Musik ist ganz nett hier. Aber auf die anderen Gäste kann sie gern verzichten. Hat *sie* das Hotel

diesmal ausgesucht? Oder war es Sonjas Aufgabe gewesen? Nein, Quatsch. Sonja fährt nie mit. Die blieb zu Hause und passte auf Beckmann auf. Eine musste sich ja auf die Lauer legen. Oder? Sie weiß es nicht. Sie weiß so vieles nicht mehr. All diese Lücken in ihrem Kopf, sie machen sie noch ganz verrückt.

In deinen Armen zu träumen, ist so schön bei verliebter Musik …

»Schauen Sie mal, Frau Bender, Sie haben Besuch!« Ein Zimmermädchen stellt einen Stuhl neben ihren Sessel. »Sie raten nie, wer da ist!«

»Na, meine Zuckerschnute? Wie geht es dir?« Eine Frau nimmt sie in die Arme. Ist das Sonja? Nein, die umarmt sie nie. Außerdem hat Sonja Zöpfe. Diese Frau hat kurzes, silbriges Haar. Das kommt ihr bekannt vor.

»Sie erinnern mich an jemanden.« Ja. Sie kennt sie irgendwoher. Ist es vielleicht eine Freundin von Mutti? Nein. Der Name liegt ihr auf der Zunge. Etwas mit Ru – Ruhe – »Ruth!« Ja, das ist richtig. Ruth freut sich.

»Gut, dass du da bist, Ruth. Dieses Hotel gefällt mir gar nicht! So schlimm haben wir noch nie danebengegriffen. Wie auch immer, wir sollten endlich wandern gehen. Hier sind bloß diese komischen Leute. Mit denen kann man nichts anfangen. Aber egal, jetzt bist du ja da. Auf geht's!«

»Wollen Sie vielleicht einen Rollstuhl mitnehmen? Für den Fall, dass Sie unterwegs müde werden?«

Was mischt dieses Mädel sich nun schon wieder ein? Und seit wann braucht sie einen Rollstuhl? »Ich bin vielleicht nicht mehr so jung wie Sie, aber noch gut zu Fuß! Ich möchte nicht wissen, wie schnell Sie schlappmachen würden, wenn Sie uns begleiten müssten.« Sie greift nach Ruths Hand. »Diese jungen Dinger haben keine Ahnung …«

Doch so leicht, wie sie gedacht hat, klappt es nicht mit dem Aufstehen. Sie ist steif in den Beinen. Schnell hakt sie sich bei Ruth ein. »Gut machst du das«, sagt die. Wie bitte? Was war daran *gut*? Gab es etwas, das man ihr verschwieg? »Wir sollten die Wasserflasche nicht vergessen. Ruth. Was ist denn? Geht es dir nicht gut?«

»Alles bestens. Ich hatte nur was im Auge.« Ihre Freundin wischt sich über die Augen und geht im langsamen Gleichschritt neben ihr her. Als sie zusammen im Flur stehen, zeigt sie aus dem Fenster. »Was hältst du davon, wenn wir eine Runde durch den Park gehen?«

Durch den Park. Natürlich. Sie sind nicht im Hotel, sondern im Heim. Daher der Rollstuhl. Sie wollen Vati besuchen und mit ihm spazieren gehen! »Eine gute Idee.« Sie drückt Ruths Hand. »Entschuldige bitte, ich war gerade völlig durcheinander.«

»Das kann doch jedem mal passieren.« Ihre Freundin sieht erleichtert aus. »Aber jetzt ist alles okay, oder? Komm, wir nehmen den Aufzug und dann suchen wir uns ein schönes Plätzchen. Da hinten ist ein hübscher Teich mit Springbrunnen. Siehst du?« Sie deutete in die Ferne. Tatsächlich. Der musste neu sein. War sie so lange nicht mehr hier gewesen? »Das machen wir.«

Sie legt Ruth kurz den Kopf an die Schulter. »Schön, dass du da bist. Zusammen kann man alles viel besser stemmen. Wäre doch gelacht, wenn wir das nicht schaffen!«

»Zusammen haben wir bisher noch alles geschafft!« Schön. Ruth sieht jetzt richtig entspannt aus.

Komisch. Es hat sich einiges im Heim verändert. Auch die Aufzüge sind neu. Früher musste man immer Treppen laufen. Bis in den fünften Stock. Das war für Mutti mit ihren Rückenschmerzen nicht immer leicht. Jetzt will ihr Bein nicht so, wie es sollte. Na ja, das Alter geht an keinem spurlos vorüber. Da ist der Lift ja schon. »Bitte einsteigen, Türen schließen selbsttätig, Vorsicht bei der Abfahrt!«

Ruth lacht. Susanne liebt das Lachen ihrer Freundin. Sie nimmt den Handlauf und drückt auf die Zahl Fünf.

»Was willst du denn im fünften Stock? Wir wollten doch einen Spaziergang machen, oder?«

»Natürlich. Aber vorher müssen wir Vati abholen, du Dummi. Oder warst du heute schon bei ihm?«

Komisch. Ruth antwortet nicht. »Hast du wieder was im Auge? Soll ich mal nachsehen?« Ruth schüttelt den Kopf, steckt das Taschentuch weg.

»Hoffentlich geht es Vati gut. Letzte Woche hatte er einen Schnupfen. Da bin ich lieber nicht mit ihm rausgegangen. Wie lange so ein Schnupfen wohl dauert?« Sie sieht Ruth an. »Was hast du denn?«

»Wir können deinen Vati nicht besuchen, Susanne. Er ist doch längst gestorben.«

Du meine Güte, wie konnte sie das vergessen! Natürlich. Wie es ihm jetzt wohl geht? Bestimmt gut. Er war ein guter Mensch. Aber traurig ist es schon. Vati ist tot. Diese Frau sieht auch traurig aus. Ob sie auch einen Sterbefall hat? Ja, das hat sie gerade erwähnt. Oder? Ihr Vati ist gestorben. Dann ist man traurig. Sehr sogar. Sie hat ja das Glück, dass sie Vati und Mutti noch hat. Doch langsam sollte sie nach Hause. Bestimmt hat Mutti schon mehrmals nach ihr gerufen. Hier in dem Kasten kann sie das nicht hören. Sie muss schnell raus. In dem Dings versteht man die wichtigsten Dinge nicht!

»Ich muss los!« Sie rüttelt an den Türen, aber sie öffnen sich nicht. Ihr Bein schmerzt. Sie sollte mal mit Sonja in die Gymnastik gehen. Die hat nie Probleme mit dem Bein. Und sie ist ein guter Detektiv. Ihr entgeht nichts. Bis die Straßenlampen angehen. Dann nichts wie nach Hause!

»Na endlich!« Die Türen öffnen sich. Die Frau steigt ebenfalls aus. »Kommen Sie mit zu Vati?« Die Frau sagt nichts. Sie sieht traurig aus. Ach ja, ihr Vati ist gestorben. Das hat sie vorhin erwähnt. Dann ist man traurig. Sehr sogar. Sie hat ja das Glück, dass sie Vati und Mutti noch hat. »Ich nehme Sie einfach mit zu ihm. Meistens sagt er nicht viel, aber dann nehmen Sie seine Hand. Das gefällt ihm.« Sie hakt sich bei der Frau unter. Langsam gehen sie durch den Flur.

»Da sind Sie ja schon wieder!« Ein junges Ding kommt auf sie zu, nimmt ihren Arm. Die andere Frau bleibt stehen. Na bitte. Dann würde sie sich eben allein zu Vati setzen und ihm was erzählen. Das gefällt ihm ja immer gut.

*

Erschüttert beobachtete Ruth, wie Susanne am Arm der Pflegerin mit langsamen Schritten auf den Gruppenraum zuging, als wäre sie gar nicht vorhanden. Alles, was ihr blieb, war ein Blick auf die Frau, mit der sie über viele Jahre Freude und Leid geteilt hatte, auf die Arme, die ihr so viel Geborgenheit gewährt hatten, auf die Füße, die sich zaghaft bewegten. Unsicher, ob die Richtung, in die sie gingen, die richtige war.

Als die Schiebetür sich geräuschlos hinter ihr schloss, drehte Susanne den Kopf. Ein Lächeln hinter Glas, wie konserviert. Sie sagte etwas, das Ruth nicht verstehen konnte.

Ruth hob die Hand. *Ich komme wieder.* Ein lautloses Versprechen. *Ich habe dich lieb!* Stumm gesprochene Sätze, die aus tiefstem Herzen kamen.

32.

Auf dem Rückweg nahm Ruth die Treppe. Allein die Vorstellung, ein weiteres Mal in den Aufzug zu steigen, überforderte sie. Während sie langsam die Stufen hinabstieg, kam ihr die letzte Strophe des Beerdigungsblues in den Sinn.

Die Sterne sind jetzt unerwünscht, löscht jeden aus davon,
Verhüllt den Mond und nieder reißt die Sonn',
Fegt die Wälder zusammen und gießt aus den Ozean,
Weil nun nichts mehr je wieder gut werden kann.

Die Sonne nahm aber keine Rücksicht auf ihre Gefühle. Sie schien grell vom Himmel, wenngleich es ein Tag war, der grau sein, der Trauer tragen sollte. Ruth warf ihre Tasche auf den Beifahrersitz und stieg ins Auto. Die Rasanz, mit der sich die Ereignisse entwickelten, war erschreckend. Der Schicksalsfaden hatte sich in ihren Alltag fest eingewoben. Würde es Gustav und ihr beschieden sein, bei guter Gesundheit alt zu werden? Sie war stets davon ausgegangen, doch nun hatte ihre Sicht sich geändert. Ein falscher Schritt und eine Narkose konnten das Leben von heute auf morgen aus den Angeln heben.

Während Ruth den Wagen auf die Landstraße lenkte, dachte sie an Daniel. Wie ihr Vater war auch er stets der Meinung gewesen, die Herrschaft über sein Leben zu haben. Bis sein Leichtsinn ihn in den Rollstuhl und ihre Mutter an den Rand des Wahnsinns gebracht hatte. Da seine Frau sich nach dem Unfall ausschließlich Daniel widmete, war sie zur Zielscheibe ihres Vaters geworden.

Im Vergleich dazu schien Susanne einer intakten Familie zu entstammen und eine fürsorgliche Tochter gewesen zu sein. *Er sagt oft nicht viel, aber dann nehmen Sie einfach seine Hand. Das gefällt ihm.* Wie liebevoll sie das gesagt hatte. Erneut wurde Ruth klar, wie wenig sie im Grunde von Susanne wusste. Und dass es unter den gegebenen Umständen wohl so bleiben würde.

Doch noch war nicht aller Tage Abend, noch war es zu früh, den Mut zu verlieren. Vielleicht sollte diese Andrea ja recht behalten und Susannes Zustand besserte sich in nächster Zeit. Vielleicht könnte sie Susanne dann behutsam Fragen stellen. Die Hoffnung starb schließlich zuletzt.

Sie fuhr direkt zu Susannes Wohnung. Gleich morgen früh würde sie diese unpersönliche Kammer mit vertrauten Gegenständen und Bildern in ein gemütliches Zimmer verwandeln. Ruths Elan währte, bis sie den Schlüssel in der Hand hielt. Dann kamen die Erinnerungen zurück. Und mit ihnen die Verzweiflung.

Sie wusste nicht, wie lange sie schon am Türrahmen lehnte, als Johann sie ansprach. Mit Einkäufen bepackt kam er die Treppe herauf und sah sie forschend an. »Ist was mit Susanne passiert?«

Sie nickte. Während sie Johann in seine Küche folgte, begann sie zu erzählen. »Die Pflegerin meinte, dass sich ihr Zustand durchaus verbessern könnte, wenn man sich intensiv um sie kümmert, aber dafür haben sie weder Zeit noch das Personal. Auch wäre es wichtig, ihr Zimmer gemütlich einzurichten«, schloss Ruth. »Deswegen wollte ich ein paar Sachen zusammenpacken. Aber ich weiß gerade nicht, wie ich das alles schaffen soll.«

Johann nahm das Telefon von der Station und wählte eine Nummer. Ruth protestierte, als sie hörte, dass er Harry anrief und einen Termin absagte, aber er ließ sich nicht davon abbringen. »Du kannst nicht alles allein stemmen. Gustav ist zu beschäftigt, und ich habe dir meine Hilfe versprochen. Basta!«

Gemeinsam überlegten sie, was Susanne gern um sich haben würde, und waren sich bald einig: bunte Kissen und die rote Tagesdecke für das Bett, ein Beistelltischchen und einen Klapphocker, um die Beine hochzulegen, ein kleines Regal mit Büchern und Bildbänden sowie ein paar Bilder für die kahlen Wände. Zudem entschied Ruth sich für eine Vase und eine kitschige Schneekugel, die sie auf einer ihrer Wanderungen erstanden hatten. Sobald man sie schüttelte, rieselten die Flocken auf eine windschiefe Hütte, die auf einer Waldlichtung stand.

»Susanne erzählt immer gern von dem Typen, der ihr dieses Teil angedreht hat«, erklärte sie Johann, der das Mitbringsel mit großer Skepsis betrachtete. »Glaube mir, sie liebt sie!«

Es war fast fünf, als sie sich nach getaner Arbeit auf

Johanns Balkon niederließen. Während er ihnen Eistee ein-
schenkte, blätterte Ruth in der Zeitung.

»Fahrt ihr noch in Urlaub?«

Ruth schüttelte den Kopf. »Vielleicht im Herbst. Im Moment kann Gustav überhaupt nicht planen. Und ich möchte in nächster Zeit auch hier sein.« Sie zeigte auf das Datum. »Am kommenden Samstag hat Susanne Geburtstag.
Meine Überlegung war, sie an dem Wochenende zu uns zu
holen. Doch nach dem heutigen Tag weiß ich nicht, ob so
ein Ausflug ihre Verwirrtheit noch steigert.«

»Wenn wir das gut vorbereiten … Einen Versuch wäre
es wert. Du weißt ja, wie gern sie feiert.«

Nach einem Telefonat mit Gustav war Ruth überzeugt.
»Er weiß zwar nicht, ob er im Vorfeld viel helfen kann, aber
er ist sich ziemlich sicher, dass die Sache mit der Villa bis
dahin in ruhigeren Bahnen laufen müsste.« Sie holte tief Luft.
»Wir können ja morgen mal mit dieser Andrea sprechen.
Die wird uns sicher mehr dazu sagen können.«

33.

Eins, zwei, drei, vier Eckstein … Anschleichen und in Deckung gehen. Damit kennt sie sich aus. Mal hören, was diese Zimmermädchen sich zu erzählen haben. Die jahrelange
Erfahrung macht sich jetzt bezahlt. *Eins, zwei, drei, vier …*
Hinter der Tür wird man sie nicht vermuten.

»Schrecklich, wie verwirrt sie heute wieder ist.«

Ist da die Rede von ihr? Schon möglich. In diesem Hotel

geht es aber auch drüber und drunter. Da kann man schon mal durcheinanderkommen. Bei den vielen Gästen … Das ist schon nicht mehr normal.

»Hoffentlich kommt ihre Freundin sie oft besuchen. Das würde ihr guttun.«

Da haben sie recht. Ein Königreich für Sonja! Mal sehen, wie es heute draußen ist. *Eins, zwei, drei, vier …* auf leisen Sohlen zum Fenster. Na bitte! Bestes Wetter, sich auf die Lauer zu legen und mit ihren Ermittlungen gegen diesen Beckmann fortzufahren. Außerdem muss sie Sonja so viel erzählen. Leider vergisst sie es immer wieder. Vielleicht sollte sie es aufschreiben. Nein, noch besser: einen Knoten machen! Und dann mit Filzstift dazuschreiben, was sie sich merken möchte. Genau. Das hat Sonja mal vorgeschlagen. Eine gute Idee. Sonja hat immer gute Ideen.

Die Sonne fällt auf den Schreibtisch an der Wand. Hat sie die Rolle mit dem Band dort hingelegt? *Eins, zwei, drei, vier …* auf Zehenspitzen. Sollen die doch reden, was sie wollen, diese Zofen.

Komisch. Der Schreibtisch sieht ganz anders aus. Warum hat dieser drei Schubläden? Da kann man sich gar nicht richtig hinsetzen! Überhaupt: Hier steht nichts an seinem Platz. Nichts-nichts-nichts! Wer hat ihr Bett ins Arbeitszimmer gestellt? Und wem gehören diese Sessel? Haben diese … Aufräumerinnen das getan?

Gleich aufschreiben. Dann kann sie das fragen, wenn Sonja kommt. Wenn Sonja kommt. Die wollte doch kommen, oder? Irgendjemand hat das gesagt. In der Schublade liegt das, womit man die Schleifen machen kann. Daran erinnert sie sich genau. Hoffentlich findet sie dort auch einen Stift. Nirgendwo gibt es hier einen Stift. Nicht auf dem Schreibtisch, nicht auf dem Sessel.

Hinter mir und vorder mir gilt es nicht,
und an beiden Seiten nicht!

Dafür steht das Bett im Arbeitszimmer. Es ist zum Ver- rücktwerden! Aber sie wird schon herausfinden, wer das zu verantworten hat. Sonja weiß sicher längst Bescheid. Einem erfahrenen Detektiv macht man nichts vor. Eins nach dem anderen. Erst die Schleifen, dann das …. Egal.

Die Schublade geht schwer auf. Ganz ruhig, langsam zie- hen. Ziehen und Schieben. Ziehlade, Schublade. Ist doch logisch. Hoffentlich ist Sonja bald da. Gleich hat sie verges- sen, was sie ihr sagen will. Schleife. Knoten, Schleife. Zieh- lade, Schublade. Und das Bett. Nicht vergessen.

Socken. Socken und Unterhosen und Strumpfhosen. Wer hat das in ihren Schreibtisch gelegt? Ladeziehen, Ladeschie- ben. Da ist doch was faul! In diesem Hotel verschweigt man ihr so einiges. Diese Zofen schwätzen sogar schon über sie! Das geht gar nicht. Wer schwätzt, kriegt eine Verwarnung. Da kennt sie keinen Pardon. Und wer dann noch weiter- schwätzt, bekommt einen Verweis! Sie macht das nicht gern, aber wenn es sein muss …

Socken und Unterhosen und Strumpfhosen in der Zieh- lade! Das geht auch nicht. Aber die Knoten. Sie darf das mit den Knoten nicht vergessen. Entweder – oder Schleife. Ziehlade, Schublade. Dann eben mit einer Socke. Einen Knoten. Nächster Knoten. Alle Socken – fertig. Aber wo ist der Stift? Sie muss ja hinschreiben, was … Was war das gleich wieder? Unterhosen gehen auch. Oder wird Mutti da schimpfen? Aber wenn es doch nicht anders geht? Wie soll sie sich alles merken, wenn nicht mal ein Stift da ist? Weder in der Schublade noch in der Ziehlade noch auf dem Schreibtisch noch in der Schublade noch in der Ziehlade noch auf dem Schreibtisch –

Noch hinter mir, noch vorder mir,
und an beiden Seiten nicht!

»Es ist zum Verrücktwerden! Nicht mal einen Stift! Ich habe nicht mal einen Stift! Wie soll ich denn das alles …«

»Susanne! Was ist denn los?«

*

»Es ist zum Verrücktwerden! Nicht mal einen Stift! Ich habe nicht mal einen Stift! Wie soll ich denn das alles …« Susanne sah sie verzweifelt an. »Wie soll ich mir etwas merken, wenn nicht mal ein … ein …«

»Ganz ruhig. Ich bin jetzt da.« Ruth strich Susanne über den Rücken und betrachtete das Chaos. Die Schubläden der Kommode waren herausgezogen, der Inhalt lag verstreut auf dem Boden. Ob Socken, Unterhosen oder Strümpfe, Susanne hatte alles fest verknotet. »Was hattest du denn mit der Unterwäsche vor?«

»Die hat in meinem Schreibtisch nichts verloren!« Susanne ging mit wütenden Schritten umher. »Ich wollte diese Schleifen machen. Ich will nicht alles vergessen. Aber das Band ist nicht im Schreibtisch und das Bett ist im Arbeitszimmer und ich weiß nicht, wem diese Stühle gehören und … es gibt hier nicht mal einen Stift!« Susanne ließ sich auf die Bettkante fallen und umfasste ihren Kopf mit beiden Händen.

»Wir klären das alles.« Ruth legte Susanne einen Arm um die Schultern. »Ich kann mir gut vorstellen, wie schwer es ist, sich woanders einleben zu müssen. Aber es wird bestimmt bald besser.«

»Wie soll es denn besser werden, wenn man alles vergisst. *Alles!* Dabei wollte ich das nicht. Ich wollte es aufschreiben. Auf die Schleifen. Aber die Schleifen sind nicht in der Ziehlade und nicht in der Schublade und das ist auch gar nicht mein Schreibtisch! Und warum steht er im Schlafzimmer? Ich muss in der Schule anrufen. Wenn ich keinen Stift habe, kann ich nicht mal korrigieren. Verstehst du?« Sie sah Ruth verzweifelt an. »Du lässt mich nicht allein. Du bleibst immer bei mir, oder?«

»Das habe ich dir doch versprochen, Zuckerschnute. Ich bin immer für dich da.« Doch Ruth musste einen übermächtigen Fluchtimpuls unterdrücken. Die Überforderung, die sie spürte, war so groß, dass sie am liebsten alles liegen und stehen lassen würde. Dabei spürte sie einen unglaublichen Zorn auf Paul, der seiner Mutter all dies eingebrockt hatte. Und sie war wütend auf sich selbst, weil sie selber nicht eher aktiv geworden war. Schließlich kannte sie Paul nicht erst seit gestern.

Einen großen Karton in den Händen betrat Johann das Zimmer. Er wollte etwas sagen, doch Ruths Blick ließ ihn verstummen. Er stellte die Schachtel auf den Boden und verschwand.

»Schau mal, wir haben ein paar Sachen aus deiner Wohnung geholt, damit du es hier im Heim fast so gemütlich hast wie zu Hause.«

»Im Heim?« Susanne schaute verdutzt um sich. »Wie

kommst du denn auf diese hirnrissige Idee? Ich bin in einem schlecht organisierten Hotel gelandet und hätte große Lust, den Zimmermädchen hier mal den Marsch zu blasen! So ein Chaos habe ich noch nie erlebt. Schau dich doch um. Ist das in deinem Zimmer auch so schlimm?«

»Du bist vor einiger Zeit gestürzt und hast dir die Hüfte gebrochen«, begann Ruth. »Danach bist du operiert worden. Leider hast du die Narkose nicht vertragen. Das ist der Grund dafür, dass du im Augenblick vieles vergisst. Aber das wird bestimmt besser mit der Zeit. Wir müssen einfach ein wenig Geduld haben.« Mehr Wahrheit brachte sie beim besten Willen nicht übers Herz.

»Das mit dem Bein habe ich schon bemerkt«, sagte Susanne. »Das ist manchmal richtig lästig.«

»Bewegung tut dir gut. Was hältst du davon, wenn wir einen Spaziergang machen? Das Wetter ist herrlich. Und beim Laufen kommen wir auf andere Gedanken.« Ruth nahm einen Zettel aus ihrer Tasche und schrieb Johann eine Nachricht. »Wollen wir?«

»Ich glaube nicht, dass ich meine Wanderschuhe hier finden kann.« Susanne sah sich suchend um.

»Die brauchst du auch nicht. Aber ich organisiere mir einen Rollstuhl. Ich bin in letzter Zeit schnell müde und muss ab und zu eine Pause machen.«

Nachdem sie eine Runde um den kleinen Weiher gegangen waren, setzten sie sich unter einer Buche auf eine Bank. Ruth betrachtete, wie ihre Freundin ihr Gesicht genießend in die Sonne streckte. Langsam entspannte sich die Situation.

»Sag mal, mein Goldstück, wie alt bin ich eigentlich?«

»Bald wirst du 71.«

»Du meine Güte!« Sie langte nach Ruths Hand. »Dann bist du also …«

»Bald 62.«

»Zwei alte Schachteln in der Sonne.« Susanne kicherte.

»Würde es dir gefallen, deinen Geburtstag bei uns im Garten zu feiern? Das Wetter soll so bleiben.«

»O ja!« Susanne strahlte sie an. »Dann könnten Noah und Marie draußen spielen und müssten nicht die ganze Zeit in der Wohnung sitzen.«

»Dann machen wir das so!« Sofort hatte Ruth einen dekorierten Garten vor Augen, gutgelaunte Menschen mit Gläsern in der Hand und für den Abend eine lange Tafel unter bunten Lampions. »Wenn du mir jetzt noch sagst, was du dir zum Essen wünschst, wird alles in die Wege geleitet!« Sie kannte die Antwort zwar, aber sie wollte sie aus Susannes Mund hören.

»Schinkennudeln natürlich!«, rief ihre Freundin. »Was denn sonst? Das wünsche ich mir doch jedes Jahr. Aber vielleicht kannst du diesmal für Theo etwas anderes machen? Er kann Schinkennudeln nicht leiden, und das wird sich wohl nicht mehr ändern. Wir haben vor einiger Zeit noch darüber geredet, als wir uns bei der Villa über den Weg liefen.«

Plötzlich glaubte Ruth in einer Achterbahn zu sitzen. Wer um Himmels willen war Theo? Und von welcher Villa war hier die Rede? Susanne war doch die ganze Zeit ganz klar gewesen!

»Wer war … dieser Theo noch mal?«, fragte sie vorsichtig.

»Jetzt erzähl mir nicht, dass du Theo nicht kennst. Mit

dem bin ich doch schon seit der dritten Klasse zusammen!«
Sie schüttelte lachend den Kopf. »Du bist in letzter Zeit
ganz schön schusselig, mein Goldstück.«

Mit jeder weiteren Nachfrage Susannes, wie alt sie denn nun
sei, wuchs Ruths Verzweiflung. Was, wenn die Pflegerin sie
nur hatte beruhigen wollen, es aber mit Susanne stetig bergab ging? Würde sie auch in Zukunft für solche Unterhal-
tungen genügend Geduld aufbringen können? Oder konnte
sie *ihre* Susanne in dieser verwirrten Frau irgendwann nicht
mehr wiedererkennen, nicht mehr so lieben wie bisher?

Ruth schob die Gedanken beiseite. Das konnte niemand
vorhersagen. Sie würde lernen müssen, zu reagieren, wie es
nötig war. Nachdem sie Susanne abermals gesagt hatte, wie
alt sie war, schlug sie vor, zurückzugehen, und hoffte, dass
Johann nicht sauer war. Schließlich hatte sie ihn mit der
ganzen Arbeit alleingelassen. Doch ihre Sorge war unbegründet. Er hatte Tee und Kuchen organisiert und saß in
einem Zimmer, das er in ein kleines Abbild von Susannes
Wohnung verwandelt hatte.

»Ein Glück, dass ich ein anderes Zimmer beantragt habe!«,
rief Susanne erleichtert »Das hier ist richtig gemütlich.«
Dann entdeckte sie Johann, der am Fenster saß. »Wir kennen uns auch, oder?«

Ruth merkte, wie er zusammenzuckte.

»Und ob wir uns kennen. Ich weiß nicht, ob du dich
erinnerst, aber ich bin dein Nachbar – wir haben uns oft
zusammen Filme ...«

Susanne machte eine wegwerfende Handbewegung.
»Weißt du, Johann ... verarschen kann ich mich selbst!«

34.

Alles verlief nach Wunsch: Das Gästezimmer war hergerich-
tet, der Garten dekoriert, und die ersten Gäste hatten sich
bereits eingefunden. Ruth und Susanne trafen zusammen
mit dem Cateringservice ein.

»Das Sahnestück der Party trifft gleichzeitig mit den
Häppchen ein!«, rief Gustav. Er schloss Susanne in die Arme
und küsste sie auf beide Wangen. »Alles Gute zum Geburtstag, meine Liebe! Du siehst kein bisschen älter als 17 aus!«

»Du alter Charmeur«, sagte Susanne. Dann entdeckte sie
das Etikett mit seinem Namen, das auf seinem Poloshirt
klebte. »Haben sie Angst, dass du verloren gehst?«

»So etwas bekommt hier jeder. Uns kam nämlich der Gedanke, dass manche Leute, die heute herkommen, sich noch
nie begegnet sind. Daher die Namensschilder. Nur du bekommst keins. Schließlich sind alle wegen dir hier.«

»Darum schnell rein mit dir!« Ruth lotste ihre Freundin
durch das Haus und trat mit ihr auf die Terrasse. »Meine
Damen und Herren, unser Ehrengast ist eingetroffen!«

Aus dem Garten drang Applaus, und die Gäste drängten
sich um Susanne, um ihr zu gratulieren.

»Wie ist es gelaufen?« Gustav kam mit einem Tablett voller Gläser aus dem Haus und stellte es auf einem der Tische
ab. »War ihr klar, dass du sie abholst?«

»Als ich kam, war sie verwirrt«, sagte Ruth. »Sie wusste
zwar noch, dass sie eine Tasche packen sollte, hatte aber keine Ahnung mehr, aus welchem Grund. Als ich ihr zum
Geburtstag gratuliert habe, erinnerte sie sich wieder, wo die

Reise hingeht, und war guter Dinge. Allerdings freut sie sich auf einen gewissen Theo, von dem ich noch nie gehört habe. Doch mit etwas Glück vergisst sie ihn wieder.«

»Das wird schon. Denk daran: Du bist nicht allein!«

Susanne wurde unterdessen von den Gästen gedrückt und geherzt und schien überglücklich. »Diese Idee mit den Namensschildern ist nicht dumm«, hörte Ruth sie sagen. »Manche von euch habe ich so lange nicht gesehen, da wäre ich ganz schön ins Schwitzen gekommen!«

Ruth gratulierte sich zu diesem Einfall. Sie hatte lange überlegt, wie sie die Begegnungen für Susanne möglichst einfach gestalten konnte. Gerade ihre ehemaligen Kollegen sah sie nicht regelmäßig und manche Leute veränderten sich ja auch. Doch das Konzept schien aufzugehen, und Susanne bewegte sich zwischen den Besuchern wie in alten Zeiten.

»Jetzt wird es spannend.« Johann, der gerade mit einem Teller voller Häppchen vorbeikam, nickte unauffällig zu Paul, Sandra und den Kindern, die das Treiben auf dem Rasen beobachteten. Es war ersichtlich, dass Sandra ihrer Schwiegermutter keinen Millimeter über den Weg traute und am liebsten auf der Stelle wieder gefahren wäre. Paul hingegen machte einen überraschten Eindruck. Er hatte wohl nicht damit gerechnet, seine Mutter so fröhlich vorzufinden. Die Kinder machten sich keine Gedanken. Mit einem lauten »Omi!« rannten sie auf ihre Großmutter zu, die sie glücklich in die Arme schloss.

Zögernd folgten die Eltern und gratulierten Susanne. »Ich freue mich, dass ihr gekommen seid!« Susanne strahlte. »Dass du dir überhaupt hast freinehmen können! Das war bestimmt nicht einfach, oder?«

Paul murmelte, dass sie leider nicht lange würden bleiben können, da sie Sandras Mutter ebenfalls besuchen mussten, aber Marie ließ das nicht gelten. »Du hast selber gesagt, dass die andere Oma erst am Nachmittag wieder zu Hause ist. Ich will jetzt bei dieser Omi bleiben!« Sagte es und überreichte Susanne eine große Rolle mit Schleife. »Das ist ein Kunstwerk. Das haben wir ganz allein für dich gemacht.«

Noah nickte. »Ganz allein für dich. Und ich habe ein Gedicht für dich gelernt.« Den verdutzten Gesichtern von Paul und Sandra zufolge wussten diese nichts von dem Beitrag. Als Marie zu kichern begann, versuchte Sandra, Noah mit einem Glas Saft abzulenken, doch er dachte nicht daran, sich dieses Publikum entgehen zu lassen.

»Es ist eigentlich kein Gedicht«, sagte Marie. »Aber es ist sehr lustig.«

»Lustig ist immer gut«, sagte Susanne. »Also los, ich bin gespannt.«

Noah holte tief Luft. »Der Papi, der macht Pipi, bis die Pupi nicht mehr piept!«

Kurz war es ganz still im Garten, dann begannen die Ersten zu lachen.

»Wo hast du *das* denn her?« Sandra sah ihren Sohn angewidert an. Die Gäste applaudierten jedoch begeistert, Susanne ging in die Hocke und umarmte ihre Enkelkinder. »Das war ein tolles Gedicht. Und vielen Dank für das Bild. Das bekommt einen Ehrenplatz!«

Im nächsten Moment schnappte sich Sandra Paul und redete eindringlich auf ihn ein. Doch was immer sie ihm mitteilte, er schien anderer Meinung zu sein und mischte sich erneut unter die Gäste. Sie tat Ruth fast ein wenig leid.

Als Paul sich zum Büfett aufmachte, schloss sie sich ihm an. »Na, gefällt dir das Fest?«

»O ja! Das habt ihr toll organisiert.« Er legte ein paar Schnittchen auf seinen Teller und biss in ein Lachshäppchen. »So lustig wird es bei Sandras Mutter bei weitem nicht. Wenn ich an die kommenden Tage denke …« Er ließ den Blick über die Gesellschaft schweifen. »Mama scheint es ja wieder richtig gutzugehen.«

»Der Schein trügt. Wenn sie in einer Gesellschaft wie dieser ist, geht es ihr ganz gut. Im Heim hingegen ist sie oft verwirrt. Mal glaubt sie, dass sie in einem schlechten Hotel ist, mal ist sie der Meinung, dass sie deinen Großvater besucht. Wenn ich das erlebe, tut es mir in der Seele weh. Was sie bräuchte, wäre eine Unterbringung, wo man sich mit Geduld um sie kümmern könnte. Die Pflegerinnen sind der Meinung, dass deine Mutter für diese Demenzabteilung viel zu fit ist.«

»Alles schön und gut. Aber was sollen wir stattdessen machen?« Paul starrte auf seinen Teller, als könnten die Gurkenscheiben ihm die Zukunft vorhersagen. »Es gibt nirgendwo freie Plätze.«

»Ich schau mich in nächster Zeit mal gezielt um und melde mich bei dir, sollte ich etwas finden. Okay?«

Paul nickte. Über dieses Thema nur zu reden, fiel ihm anscheinend schwerer als jeder verzwickte Rechtsfall.

»Aber bis es so weit ist, wäre es schön, wenn auch du sie mal öfter besuchst und dir selber ein Bild von der Situation dort machst. Wenn du Zeit für deine Schwiegermutter erübrigen kannst, sollte das wohl noch drin sein.« Mit diesen Worten ließ sie ihn stehen.

*

Susanne stopfte sich ein Kissen in den Rücken und legte die Beine hoch. So eine schöne Feier! Alle unterhielten sich angeregt, nur Paul saß missmutig auf der Terrasse. Was er wohl hatte? Ach, es war ihr egal. Schließlich war er alt genug, sich um sich selbst zu kümmern.

»Na du, amüsierst du dich gut?« Eine Frau setzte sich neben sie und drückte ihre Hand. Sie linste auf das Etikett auf ihrem T-Shirt. Ingrid hieß sie. Eine gute Idee, diese Namensschildchen. »Es ging mir nie besser!« Ingrid-Ingrid ... Schule! »Wie ist es in der Schule?«

»Du fehlst uns sehr«, sagte Ingrid. »Allein schon in der Mobbing-Gruppe. Da hatten wir in diesem Schuljahr einen ganz schlimmen Fall.«

»Ach ja?« Mit Mobbing kannte sie sich ja aus. Wenn sie an die schlimmen Zeiten mit Vati dachte ...

»Eine Schülerin ließ ganz plötzlich in ihren Leistungen nach, wollte aber nichts erzählen. Dann hat sich herausgestellt, dass man ihren Vater auf der Arbeit schlimm mobbte und er jetzt völlig depressiv zu Hause sitzt. Ich stelle mir das ganz schlimm vor.«

»Das ist auch schlimm. Wenn ich daran denke, wie ich ...« Halt. Das sollte sie nicht erzählen. Das will sie niemandem erzählen. Dieses Thema geht keinen etwas an. Darüber nachdenken will sie auch nicht. Lieber über etwas anderes reden. »Und? Fährst du in Urlaub ...« Sehr gut. Es ist warm draußen, bestimmt haben die Sommerferien schon begonnen. Oder doch nicht? Die Frau schaut sie ganz komisch an. Schnell mal auf das Schildchen gucken. »Ingrid?«

»Geplant habe ich noch nichts«, sagt Ingrid. »Aber ich habe Durst. Ich hole mir mal schnell was zu trinken. Möchtest du auch was?«

Sie schüttelt den Kopf. »Danke.« Dann beobachtet sie, wie diese ... Ingrid sich mit Ruth unterhält. Sie hat wohl gar keinen Durst. Ist ja egal. Es ist ein richtig schönes Fest. Marie und Noah gefällt es hier ebenfalls. Wie groß sie schon sind! Sie möchte mal wieder einen Tag mit ihnen verbringen. Oder zum Babysitten kommen. Dann können Paul und Sandra etwas miteinander unternehmen.

Plötzlich. Plötzlich hört sie es. Unverkennbar Vati. Wer sonst?

Ding-Dong! Ding-Dong!

So eine Überraschung! »Vati kommt aus der Schule heim!« Schnell zur Einfahrt. Sie wird ihn heute gleich dort überraschen. Schnell, schnell. Sie hat ihn so lange nicht gesehen!

»Was ist denn, Susanne?« Ruth rennt ihr hinterher.

»Hast du die Fahrradglocke nicht gehört?«

Ding-Dong! Ding-Dong!

Da ist es wieder. Ruth nickt. »Doch. Ich höre sie auch, aber ...«

»Vati kommt von der Schule nach Hause. Komm, wir überraschen ihn.«

Aber Vati ist nicht in der Einfahrt. Ruth zeigt in die Ferne. Dort fährt jemand auf dem Rad.

»Das war jemand anders, Zuckerschnute. Tut mir leid.«

»Vielleicht weiß er nicht mehr, dass ich hier auf ihn warte?« Vati kann doch nicht einfach weiterfahren! »Er war so lange im Heim. Vielleicht hat er vergessen, wo er wohnt. Das kann schon passieren. Oder?«

Ruth strich ihr beruhigend über den Rücken. »Wenn es Vati war, kommt er bestimmt wieder. Und wenn nicht, haben wir uns eben geirrt.«

»Aber wenn er am Ende der Straße auf mich wartet ...«

»Weißt du was? Wir machen einen kleinen Spaziergang und schauen nach. Ich bin schon ganz wirr im Kopf von dem vielen Gerede. Einverstanden?«

»Aber nur, wenn wir in die Richtung gehen.« Vielleicht ist Vati einfach zu schnell gefahren, und sie treffen ihn am Ende der Straße. Das ist gut möglich.

Ruth sagt kurz Bescheid. Das ist wichtig. Auch wenn die Laternen noch nicht brennen. Eingehakt. Gemütlich. Vielleicht sehen sie ja irgendwo etwas Verdächtiges. Dann können sie sich gleich auf die Lauer legen. Einmal Detektiv, immer Detektiv. Hinter Hecken muss man lauern, denn zum Lauern sind sie da.

Am Ende der Straße bleiben sie stehen. »Schau, das ist die Villa, die Gustav den letzten Nerv raubt.« Ruth zeigt auf ein schönes Haus mit großem Garten. »Ständig gab es Änderungen. Und dann wurde sie in letzter Sekunde noch verkauft. Ich kann dir sagen, das war ein Stress!«

»Warum haben sie die schönen Bäume gefällt?«

»Welche Bäume?« Ruth sieht sie ganz verdutzt an. »Soviel ich weiß, hat der Eigentümer den Garten so gelassen, wie er ist.«

»Früher standen hier alte Buchen, und der Garten war verwildert.« Sie zeigt auf das Gebäude. »Den kleinen Turm haben sie auch abgerissen.« Wahrscheinlich, weil niemand sich mehr an diesen Feigling von Bruno erinnern will. Das kann sie gut nachvollziehen. Wenn eine das versteht, dann sie. »Aber wir haben dort auch schöne Dinge miteinander erlebt.« Sie denkt an die große Küche. *All we are saying, is give peace a chance!* Mit einem Mal ist die Melodie wieder da, hört sie das rhythmische Trommeln, das Klatschen der Hände, die Stimmen im Chor … Leise beginnt sie zu singen. Ob sie will oder nicht. Die Melodie ist überall. *All we are saying, is give peace a chance!*

Ruth summt leise mit.

Weiß Ruth von der Villa? Sie wollte ihr ja alles erzählen. Nein. Sie wollte es aufschreiben. Hat sie das getan? Sie hat was aufgeschrieben. Aber wo ist das? Hat Ruth das schon? Sie weiß es nicht. Sie weiß so vieles nicht mehr. Das ist so schrecklich. Und so traurig.

»Was ist, meine Zuckerschnute?« Ruth sieht sie besorgt an. »Wollen wir wieder zurückgehen?«

»Du lässt mich nicht allein, oder? Bleibst immer bei mir, oder?«

Ruth nickt. »Aber natürlich!« Ruth hakt sich wieder bei ihr ein. So ist es gut. Und jetzt zurück. Weg von dem, was war. Weit weg. So müde.

*

Gegen neun waren die letzten Gäste verschwunden. Während Susanne die Augen kaum noch aufhalten konnte, stellte Ruth die Teller zusammen und räumte mit Gustavs Hilfe den langen Tisch ab. »Du hast mir in all den Jahren verheimlicht, was für ein begnadeter Schinkennudel-Koch du bist.«

Er rollte die Augen. »Während des Studiums habe ich mich mehr oder weniger davon ernährt. Danach war das erst mal lange tabu. Aber du hast recht, wir könnten sie ab und zu mal wieder machen.« Er zeigte auf die Terrasse. »Wie machen wir es mit Susanne?«

»Ich bringe sie bald in ihr Zimmer. Hoffentlich schläft sie hier ruhig und wandert nicht umher.«

»Das hören wir dank Babyphone ja sofort. Mach dir mal keine Sorgen.«

Das war leichter gesagt als getan. Nach ihrem Spaziergang war Susanne zwar wieder klar gewesen, aber Ruth traute dem Frieden nicht. Was, wenn sie die Fahrradklingel ihres Vaters plötzlich zu hören glaubte? Der Gedanke, sie heute Nacht in der Nachbarschaft suchen zu müssen, erfüllte sie mit Sorge. Zudem fragte sie sich, warum Susanne immer wieder Angst zu haben schien, von ihr verlassen zu werden. Spürte sie, wie sehr die Situation sie überforderte?

»Ich glaube, mein Bett ruft.« Susanne kam in die Küche und stellte ihr leeres Glas auf die Anrichte. »Gleich schlafe ich im Stehen ein. Hatte ich eine Jacke dabei?«

»Du übernachtest doch hier.« Ruth zeigte Richtung Gästezimmer. »Es ist alles schon vorbereitet.« Sie warf Gustav einen bekümmerten Blick zu.

Als Susanne ihre Sachen entdeckte, hatte sie alles wieder parat. »Wenn man mit so vielen Leuten gesprochen hat, kann man schon mal durcheinanderkommen, oder?«

»Allerdings. Ich werde heute auch nicht alt.« Ruth stellte ihr ein Glas und eine Flasche Wasser auf das Nachtkästchen. »Wenn du was nicht finden kannst, rufst du mich. Da drüben ist Bad und Toilette.«

»Das weiß ich doch, mein Goldstück. Mach dir keine Sorgen. Dort macht Mutti Pipi, bis die Pupi nicht mehr piept!«

Ein kurzer Blick, und sie brachen beide in Lachen aus. »Wo der Kleine das nur aufgeschnappt hat.« Susanne wischte sich über die Augen. »Bei seinen Eltern jedenfalls nicht.«

»Ganz sicher nicht. Aber das bestürzte Gesicht von Sandra war Gold wert!« Sie blödelten weiter, während Ruth die Tagesdecke über einen Stuhl legte. »So, jetzt ist alles fertig. Süße Träume, Geburtstagskind.« Sie umarmte Susanne. »Bis morgen!«

Sie war schon fast zur Tür hinaus, als Susanne sie rief. »Was ich noch sagen wollte: Mit diesem Hotel hast du echt einen Glücksgriff gemacht. Aber ist Gustav jetzt immer dabei, wenn wir wandern gehen?«

35.

Nach einem schönen, entspannten Sonntag hatten Ruth und Gustav in der Nacht zum Montag wenig geschlafen. Dabei war es nicht Susanne gewesen, die sie wach gehalten hatte, sondern die Frage, wie es mit ihr weitergehen sollte. Während ihre Freundin bereits im Bett lag, hatten sie mehrere Szenarien durchgespielt, bis Gustav ihr den Vorschlag unterbreitet hatte, Susanne vorübergehend bei ihnen aufzunehmen.

»Das sage ich nicht ganz uneigennützig. Natürlich wäre es gut für Susanne, aber auch für uns. Überleg mal, wie lange du für jeden Heimbesuch unterwegs bist! Ich sehe dich in letzter Zeit kaum noch.«

Zuerst glaubte Ruth, er sei verrückt geworden. Wie sollte

das gelingen? Sie waren beide berufstätig und hatten ohnehin kaum Freizeit. Zudem befürchtete Ruth, dass alles an ihr hängen bleiben würde. Doch Gustav hatte bereits weiter gedacht und versprochen, kürzerzutreten, sobald die Sache mit der Villa in trockenen Tüchern wäre.

Anschließend hatten sie den Plan mit allen Konsequenzen durchgespielt und waren zu der Überzeugung gelangt, dass es mit einer professionellen Pflegekraft zu schaffen wäre. Platz hatten sie genug. Und es wäre schließlich nur so lange, bis sie ein Zuhause für Susanne gefunden hatten, wo sie optimal unterstützt und sich richtig wohl fühlen würde.

»Dir ist aber schon klar, dass sich das hinziehen kann, oder?«, hatte Ruth sowohl zu sich selbst als auch zu Gustav gesagt. »Das wird trotz Hilfe kein Spaziergang.« So gut sie die Idee fand, tief in ihrem Herzen beunruhigte sie der Gedanke, in welchem Maß ihr Leben sich in dem Fall ändern würde.

Doch in diesem Augenblick überwog die Zuversicht. Susanne saß fröhlich erzählend neben ihr im Auto und wusste noch erstaunlich viel von ihrer Geburtstagsfeier. Nur die Frage, wie alt sie denn nun sei, hatte auch heute Konjunktur, doch Ruth beantwortete sie immer wieder.

Als sie den Wagen vor dem Heim parkte, ging in Susanne eine Veränderung vor. Das Unbekümmerte verschwand, und sie wurde unruhig.

»Das ist nur vorübergehend, Zuckerschnute. Bald ziehst du bei uns ein. Vorher muss aber noch einiges geregelt werden. Das verstehst du, oder?« Susanne nickte, doch Ruth war misstrauisch. »Ich besuche dich ganz oft. Oder Johann kommt vorbei. Du wirst sehen, die Zeit vergeht im Nu.«

Sie hasste sich für diese Sätze, aber ihr waren die Hände gebunden. Sie mussten hier beide durch.

Zu ihrer großen Erleichterung hatte Andrea Dienst. Nicht, dass die anderen Pflegerinnen ihrer Arbeit nicht ordentlich nachgingen, aber zu dieser Frau hatte auch Susanne Vertrauen. Gemeinsam begleiteten sie Susanne zu ihrem Zimmer und packten die Tasche aus. Der erste Schreck schien vergessen, denn Susanne erzählte Andrea ausgelassen von den vorangegangenen Tagen. »Stellen Sie sich vor: Alle waren gekommen. Es gab köstliche Häppchen, und abends hat Gustav Schinkennudeln gemacht! Mögen Sie die auch?«

»Ich liebe Schinkennudeln«, sagte Andrea. »Was halten Sie davon, wenn wir die hier auch bald mal machen?«

Mit diesem Vorschlag hatte sie Susannes Herz endgültig erobert, und Ruth fuhr mit gutem Gewissen nach Hause.

Nach einem späten Mittagessen setzte Ruth sich mit ihrem Laptop in den Garten und sondierte die Lage der Pflegedienste in der Region. Bald wurde ihr klar, dass sie viel tiefer in diese Materie einsteigen musste, um die Leistungen der einzelnen Anbieter beurteilen und die richtigen Fragen stellen zu können. Denn laut einem Testbericht gab es große Unterschiede zwischen den einzelnen Anbietern.

Ruth war auf diesem Gebiet ein unbeschriebenes Blatt, und schon bald fragte sie sich, wie sie da jemals durchsteigen sollte.

Als das bekannte *Halli-hallöchen!* an der Hecke ertönte, wäre Ruth am liebsten unsichtbar geworden, doch Roswitha hatte sie bereits im Visier.

»Naaa? Ich habe gehört, wir haben eine gaaanz tolle Party

verpasst.« Ruth war klar, dass ihre Nachbarin erst Ruhe geben würde, wenn sie alles erfahren hatte. Sie stand auf und ging auf sie zu.

Nachdem sie einen ausführlichen Bericht geliefert hatte, berichtete Roswitha ihrerseits vom Besuch bei ihren Eltern. Ruth erinnerte sich, dass ihr Vater seit einem Schlaganfall zu Hause gepflegt wurde. Vielleicht war diese Nervensäge zur Abwechslung für ein paar Infos gut?

Auf Ruths Frage hin rollte Roswitha die Augen. »Die üblichen Pflegedienste haben uns echt den letzten Nerv gekostet, das kannst du mir glauben. Und helfen konnten sie auch nicht, weil vorn und hinten Personal fehlt. Kann man ja verstehen. Mein Job wäre das auch nicht. Doch dann wurde uns eine Agentur empfohlen, die ausländische Pflegekräfte vermittelt. Mit den meisten von den Beschäftigten kann man sich zwar schlecht auf Deutsch unterhalten, aber Hauptsache, sie verstehen ihr Handwerk, oder? Und das ist bei meinem Papa wirklich der Fall. Aktuell haben meine Eltern eine Ludmilla. Ein Engel!«

Kurz darauf hatte Ruth die Kontaktdaten und gab den Namen der Agentur bei einer Suchmaschine ein. Die Beurteilungen konnten sich sehen lassen, und die Kommentare waren, bis auf wenige Ausnahmen, positiv. Sie beschloss, es darauf ankommen zu lassen. Wenn diese Leute ihr nicht weiterhelfen konnten, konnte sie immer noch versuchen, in den Dschungel der Pflegeregelungen vorzudringen.

Die Kontaktaufnahme gestaltete sich zeitintensiv. Als Ruth auch beim dritten Anlauf in der Warteschleife gelandet und der Melodie *Für Elise* schutzlos ausgeliefert war, beschloss sie, sich erst um den Einkauf zu kümmern. Anschließend setzte sie sich erneut ans Telefon, ihre Frageliste griffbereit neben sich.

Wieder wurde sie von einer munteren Stimme begrüßt, die ihr den nächsten freien Mitarbeiter versprach. Während Beethoven ihre Nerven weiter strapazierte, überlegte sich Ruth, warum so viele Firmen nicht in der Lage waren, angenehmere Musik auszuwählen. Sie hatte dieser Melodie nie viel abgewinnen können, aber in der elektronischen Version war sie noch schlimmer.

Eine menschliche Stimme riss sie aus ihren Überlegungen und fragte, wie man ihr helfen könne. Ruth schilderte Susannes Situation und den Plan, den Gustav und sie verfolgten, dann überlegte sie mit der Beraterin, welcher Pflegeumfang sinnvoll wäre. Punkt für Punkt gingen sie eine lange Liste durch und legten die Rahmenbedingungen für Susannes Betreuung fest: Sie einigten sich auf eine nichtrauchende Frau, die Erfahrung mit Demenzkranken hatte, nach Möglichkeit gut Deutsch sprach und ein eigenes Zimmer im Haus beziehen würde.

»Ich erkundige mich gleich bei unserer Partneragentur und melde mich bald bei Ihnen«, versprach die Dame.

Nach dem Gespräch lehnte Ruth sich in ihrem Stuhl zurück und gratulierte sich zu diesem Etappensieg. Nachdem sie Gustav vom Stand der Dinge berichtet hatte, mixte sie sich einen Aperol Spritz und setzte sich in den Schatten. Es wurde immer drückender, kein Lüftchen regte sich. Ruth hasste dieses Wetter. Auch wenn alle um sie herum johlten, wie *schön* das Wetter doch sei, sie konnte dem nichts abgewinnen. Lieber waren ihr Frühling und Herbst.

Wenn alles nach Plan verlief, würde Susanne in diesem Herbst bereits bei ihnen wohnen. Sie hob das Glas und prostete ihrer Freundin in Gedanken zu. *Wir schaffen das, Zuckerschnute!* Wenn sie sich erst mal eingewöhnt hätte, würde es ihr sicher bessergehen. Vielleicht könnten sie sogar ihre jährliche Wanderung machen ...

Doch plötzlich wurden die optimistischen Gedanken von Ängsten verdrängt. Was, wenn es nicht so glatt lief, wie sie sich das vorstellten? Was, wenn ihre Freundin weiter abbaute? Wenn sie *ihre* Susanne in dieser Person nicht mehr wiedererkennen konnte? Dann würden sie mit zwei Fremden unter einem Dach wohnen. Zwei Menschen, mit denen sie sich im schlimmsten Falle nur schwer verständigen konnte. Wäre sie dann immer noch von der Idee überzeugt?

Ich melde mich bald bei Ihnen! In diesem Zusammenhang bekamen die Abschiedsworte der Frau am Telefon etwas Bedrohliches. *Bald.* Sie musste sich eingestehen, dass sie nicht damit gerechnet hatte, dass sich alles so schnell ändern würde. Dass ihr geschützter, durchgeplanter Alltag vielleicht schon in einer Woche der Vergangenheit angehören könnte. War sie wirklich bereit, sich auf ein solches Leben einzulassen? Könnten Gustav und sie diese neue Situation stemmen? Trotz der Hitze fröstelte sie.

Erinnerungen an ihren Vater wurden wach, an seine Unberechenbarkeit, mit der er sie immer wieder aus der Bahn geworfen hatte. Ihr Planen war aus einem Reflex heraus entstanden, diesen unliebsamen Überraschungen etwas Sicheres entgegenzusetzen, und hatte sich im Lauf der Jahre verselbstständigt. Ohne ihre Listen fühlte sie sich geradezu nackt.

Das Telefonläuten holte sie in die Gegenwart zurück. Es war Andrea, die vorsichtig fragte, ob es ihr möglich wäre zu kommen. Susanne sei sehr verwirrt und frage ständig nach ihr.

Während Ruth losfuhr, fragte sie sich, was der Auslöser für diese Krise sein könnte. Heute Vormittag hatte Susanne sogar noch Einzelheiten ihrer Geburtstagsparty parat gehabt. Was immer vorgefallen war, Ruth wurde klar, dass die Planbarkeit ihres Lebens schon jetzt der Vergangenheit angehörte.

*

Langsam. Ganz langsam und so tun, als würde der Garten mich gar nicht interessieren. Erst wenn ich das Loch in der Hecke erreicht habe, schnell in die Hocke. Sonst erregt man nur Aufmerksamkeit. Sonja schaut derweil, ob sich auf der Terrasse etwas Interessantes tut. Wäre doch gelacht, wenn sie nicht herausfinden würden, was dieser Beckmann im Schilde führt. Man hört ja oft von Leuten, die nicht ganz dicht sind und die gefährlichsten Geräte in ihrem Gartenschuppen zusammenbasteln. Es würde sie kein bisschen wundern, wenn auch Beckmann in dieser Liga spielt. Kein bisschen. Null.

Sie hört Frauenstimmen. Wahrscheinlich wieder diese Zimmermädchen. Die wurde man hier kaum los. Immer stehen sie irgendwo herum und unterhalten sich. Die eine serviert das Frühstück, die andere kennt sie nicht.

»Ihre Freundin hat erzählt, dass sie am Wochenende nur selten Aussetzer hatte«, sagt Frühstück.

»Wir lassen sie lieber in Ruhe. Wenn sie im Flur umherschleicht, stört sie ja niemanden. Kann ihre Freundin kommen?«

Nicht zu glauben. Die beiden quatschen über andere, als hätten sie nichts zu tun. Für so etwas hat *sie* keine Zeit. Am Ende ist der Kerl wieder ins Haus verschwunden, und sie sind kein bisschen weitergekommen.

Langsam. Ganz langsam und so tun, als wäre alles in Ordnung. Da ist das Loch in der Hecke … Und schon ist sie drin. Na bitte. Im Schuppen brennt Licht. Besser geht es nicht. Jetzt auf diesen alten Kasten steigen und dann durch das Fenster –

»Waaaah!«

»Zuckerschnute, was machst du denn für Sachen?«

»Meine Güte, hast du mich erschreckt! Was machst *du* denn hier? Soll der Typ mich in seinem Garten erwischen? Dann sind wir beide dran!« Das durfte nicht wahr sein! Ausgerechnet jetzt, wo sie kurz vor der Auflösung dieses Falls stehen … »Du wolltest dich doch an die Terrasse anschleichen! Wenn wir so weitermachen, werden wir nie herausfinden, was Beckmann da treibt. Ich wollte gerade Fotos machen. Wo ist denn meine Kamera? Habe ich sie fallen lassen?« Sie schaut auf den Boden, aber der Apparat ist nirgends zu sehen. »Mist! Jetzt ist meine Kamera weg!«

»Du hast doch gar keine Kamera.«

»Ach nein? Und womit mache ich meine Beweisfotos?« Sie schlägt mit der Hand auf die Pflanze, die vor ihr steht. »Etwa mit diesem … Strauch?«

»Susanne, du bist nicht im Garten. Du bist im Flur. Komm, wir holen uns was zu trinken. Es ist furchtbar heiß.«

Stimmt das? Tatsächlich. Überall Leute, die zuschauen. Na super. Den Einsatz können sie vergessen. Wahrscheinlich hat Beckmann sie längst entdeckt. Wenn es ganz blöd läuft, beschwert er sich bei Mutti.

»Trotzdem war das nicht geschickt, Sonja. Ich hatte mich schon so nah vorgewagt. Die Scheibe ist dreckig, aber ich hätte sehen können, was der Typ im Schilde führt! Wenn das jetzt mal kein Donnerwetter von Mutti gibt ...«

»Ganz bestimmt nicht, Susanne.«

Da sieht sie es. »Von wegen!« Sie zeigt durch die Scheibe. »Die Laterne brennt schon. Ich muss sofort nach Hause. Wenn ich zu spät komme, schimpft Mutti mit mir!«

»Susanne, du musst dir keine Sorgen machen. Mutti lebt doch längst nicht mehr.«

»Mutti ... ist tot?« Sie spürt, wie ihr Tränen über die Wangen laufen. Das kann nicht sein! »Aber ... wer kümmert sich dann um alles? Weiß Vati es schon?« Sie setzt sich auf den Rasen, möchte am liebsten in der Erde versinken. Für immer verschwinden. Mutti ist tot ...

*

Während Susanne zögernd in die Gegenwart zurückkehrte, ahnte Ruth, wie schwer es sein würde, sich auf diese Welt einzulassen. Sie verstand, dass sie die Wahl hatte: Sie konnte Susanne belehren oder sie die wenigen Schritte zu diesem imaginären Grenzübergang begleiten. Sie begriff, dass die Sudoku-Hefte eine wichtige Verbindung zu einer vergangenen Zeit darstellten. Dass sie ihrem Umfeld signalisieren sollten, dass Susanne früher eine andere gewesen war.

Sie würde lernen müssen, dass es für Susanne nicht hilfreich war, ihr zu sagen, dass ihre Mutter nicht mehr lebte. Sondern dass es in diesen Fällen wichtig war, ihre Freundin in den Arm zu nehmen und sie von Mutti erzählen zu lassen. Dass sie in solchen Momenten nicht fragen sollte, wer Sonja sei, sondern sich lieber danach erkundigte, wie sie mit der Detektivarbeit vorankamen.

Während sich ein Gewitter über der Stadt entlud, erkannte Ruth, dass es keine Frage war, ob sie das alles aushalten könne. Die Frage lautete vielmehr, ob sie bereit war, sich auf diese fremde Welt einzulassen.

36.

Fest entschlossen, Näheres über die unkartierte Welt zu erfahren, auf die Susanne zustrebte, saß Ruth am nächsten Morgen früh im Auto. Sie hoffte, im Umgang mit den Menschen im Heim mehr über die Krankheit zu lernen, und hatte mit Andrea vereinbart, gleich zur Frühstückszeit da zu sein. Von ihren weiteren Plänen wollte sie erst erzählen, wenn sie spruchreif waren.

Susanne kam ihr bereits im Flur entgegen. Sie war noch im Schlafanzug und schien Ruth nicht zu erkennen. »Wissen Sie zufällig, wo das Bad ist? Ich kenne mich hier nicht besonders gut aus.«

»Du hast ein eigenes Bad, Zuckerschnute.« Schnell führte sie Susanne in ihr Zimmer zurück und war erleichtert, als ihre Freundin im nächsten Moment wusste, wer sie war.

»Sehr verwirrend hier«, brummte Susanne. »Beim nächsten Mal suchen wir uns wieder eine Familienpension!« Dann verschwand sie unter die Dusche.

Während Ruth das Bett machte, stellte sie sich vor, wie unter diesen Umständen ein normaler Arbeitstag bei ihnen zu Hause aussehen würde. Weder Gustav noch sie hatte am Morgen viel Zeit, bevor sie losfuhren. Aber das musste sie ja nicht, sagte sie sich. Es wäre dann jemand im Haus, der sich um Susanne kümmerte.

Ihre Freundin kam angezogen und gutgelaunt aus dem Bad. »Hast du schon gefrühstückt?« Sie sah sich um. »Komisch, hier ist gar nichts vorbereitet.«

»Wir gucken mal in den Frühstücksraum. Da gibt es bestimmt was.«

Andrea hatte den Tisch bereits gedeckt, Kaffee und Tee standen bereit. Eine alte Dame, die eine bunte Speiseschürze trug, wischte unablässig mit der Hand um ihren Teller und erzählte eine lautlose Geschichte. »Der Tisch ist nun schön sauber, Frau Höhn.« Andrea schnitt das Brot auf ihrem Teller in Stücke und versuchte, Blickkontakt mit ihr herzustellen. »Möchten Sie jetzt was essen?«

Sie lud Ruth und Susanne ein, sich zu setzen. »Was möchten Sie heute, Frau Bender?« Ruth, die wusste, wie Susanne sonst frühstückte, wunderte sich, als ihre Freundin sich ein Marmeladenbrot wünschte. Ob auch ihre Essensvorlieben sich änderten?

Sie beobachtete Frau Höhn, die ihre monotone Handbewegung nach kurzer Pause kauend fortsetzte, und fragte sich, was wohl im Kopf der alten Dame vor sich ging. Da Susanne in ein Sudoku-Heft vertieft war, stand sie auf und wollte Andrea fragen, wie sie sich nützlich machen konnte, als das Telefon läutete. Die Altenpflegerin hörte kurz zu, nickte und legte auf.

»Gut, dass Sie da sind, Frau Hagedorn. Eine Kollegin braucht dringend meine Hilfe. Darf ich Sie kurz mit den Damen allein lassen? Sollte in der Zwischenzeit noch jemand kommen, im Küchenbereich finden Sie alles, was Sie brauchen. Ich bin so schnell wie möglich wieder da.«

Ruth hatte sich gerade kundig gemacht, als eine weitere Bewohnerin den Raum betrat. Das Gesicht der adrett gekleideten Dame war von feinen Fältchen durchzogen, das weiße Haar dauergewellt. Mit kleinen Schritten näherte sie sich dem Tisch. »Ich hoffe, ich bin nicht zu spät?« Sie setzte sich neben Frau Höhn und lächelte ihr freundlich zu.

»Sie sind genau richtig. Möchten Sie vielleicht auch ein Marmeladenbrot?« Die Frau nickte strahlend und beugte sich zu Ruth vor. »Das wäre schön. Wissen Sie, mein Mann hat früher selber Marmelade eingekocht. Ein Glück, dass ich das so gern esse, nicht?«

»Allerdings. Sonst hätte er alles allein essen müssen.« Es machte Ruth Mut, dass es hier auch Menschen gab, die sich noch an solche Dinge erinnern konnten. Vielleicht verschwanden nur bestimmte Bereiche der Vergangenheit? Sie richtete das gewünschte Brot her und stellte es der Dame hin.

»Wunderbar!« Die Frau griff nach Ruths Arm. »Wissen Sie, mein Mann hat früher selber Marmelade eingekocht. Ein Glück, dass ich das so gern esse, nicht?«

»Das stimmt! Welche Sorten hat Ihr Mann denn am liebsten gekocht?«

Die Frau sah aus dem Fenster und schien nachzudenken. Dann blickte sie auf ihren Teller und lächelte. »O, ein Marmeladenbrot!« Als sie die Hälfte gegessen hatte, blickte sie zu Ruth auf. »Das schmeckt sehr gut. Wissen Sie, mein Mann hat früher selber Marmelade eingekocht. Ein Glück, dass ich das so gern esse, nicht?«

»Da haben Sie wirklich großes Glück gehabt.« Obwohl ihr eher nach Weinen zumute war, versuchte Ruth ein Lächeln. Sie ermunterte Frau Höhn, einen weiteren Bissen zu essen, und fragte Susanne, ob sie noch einen Wunsch habe, doch die winkte ab. »Nur noch einen Kaffee, bitte.«

Als die Tür aufging und ein gebeugter Mann mit Rollator den Raum betrat, holte Ruth tief Luft. Ruhig Blut. Schlimmer als pubertierende Schüler konnten diese Menschen auch nicht sein.

»Guten Morgen!« Sie ging auf den Herrn zu und legte all ihre Zuversicht in ihre Stimme. »Schön, dass Sie da sind.« Der Mann schlurfte jedoch an ihr vorbei, ohne sie auch nur anzusehen, und ließ sich ächzend neben Susanne auf einen Stuhl fallen. »Na, Hilde? Wie geht es dir heute?« Er zog ein Taschentuch hervor und schnäuzte sich laut. »Gut geschlafen?«

Susanne sah von ihrem Heft auf. »Danke. Und selber?«

»Gleich fünf vor neun.« Der Mann klopfte mehrmals auf das Glas seiner Armbanduhr. Dann betrachtete er sie mit ausgestrecktem Arm, um sie anschließend direkt vor die Augen zu halten. »Gleich fünf vor neun. Ich sage immer: Der frühe Vogel fliegt mit Wurm.«

Susanne überlegte. »Ich weiß, was Sie meinen: Der Vogel fällt nicht weit vom Ast!« Der Schalk blitzte aus ihren

Augen. »Dabei sollte man eins aber nicht vergessen: Der Papi, der macht Pipi, bis die Pupi nicht mehr piept!« Sie lachte schallend.

Erschrocken unterbrach Frau Höhn ihre Handbewegung. Der Mann starrte Susanne verblüfft an. »Die Pupi piept? Wo gibt es denn so was?«

»Ach, Hauptsache, die Marmelade schmeckt«, warf die Weißhaarige ein. »Wissen Sie, mein Mann hat früher selber Marmelade eingekocht. Ein Glück, dass ich das so gern esse, nicht?«

Ruth musste sich zusammenreißen, sich diesem absurden Dialog nicht anzuschließen. Kichernd flüchtete sie zur Küchenzeile und machte dem Mann ein Marmeladenbrot, das er mit Appetit aß. Doch es war ihm anzusehen, dass Susannes Worte ihn beschäftigten. Immer wieder beobachtete er sie von der Seite und schüttelte den Kopf.

Kurz darauf tauchte Andrea in der Tür auf, eine weitere Bewohnerin am Arm. »Alle versorgt und zufrieden. Wir sollten Sie einstellen, Frau Hagedorn. Sie sind ein Naturtalent!« Sie half der Frau sich hinzusetzen und schob sie vorsichtig an den Tisch heran. »Guten Morgen, Herr Möller! Ist schon bald neun?«

Herr Möller schüttelte nachdenklich den Kopf. »Nein. Es ist Pupi und die piept.«

Nachdem sie Andrea über Noahs Nonsenszeile aufgeklärt hatte, schlug Ruth vor, einen Spaziergang zu machen. Nach dem gestrigen Gewitter war die Luft angenehm frisch, und es war wichtig, dass Susanne sich viel bewegte.

»Eine Menge Verrückte in diesem Hotel«, sagte Susanne,

als sie das Gebäude durch den Hintereingang verließen. »Wie lange haben wir hier eigentlich gebucht?«

»Da müsste ich mal nachsehen«, sagte Ruth ausweichend. »Manche Leute sind vielleicht etwas schräg, aber insgesamt ist es hier doch gar nicht so schlecht, oder?«

»Wenn du dabei bist, habe ich überall Spaß.« Susanne hakte sich bei ihr unter. »Wir haben weiß Gott schon Verrückteres erlebt.«

Schweigend umrundeten sie den Weiher und setzten sich wieder auf die Bank unter der Buche. Ruth dachte an die Menschen im Gruppenraum. Bisher hatte sie über dieses Leiden nur gelesen, aber nie Kontakt mit Alzheimerkranken gehabt. Auch mit alten Menschen war sie höchst selten in Berührung gekommen. Doch nun merkte sie, dass ihre Befangenheit jeglicher Grundlage entbehrte.

Im Land der Demenz galten andere Gesetze und Umgangsformen. Doch auch diese Menschen hatten eine Persönlichkeit, eine eigene Geschichte, und sie bewunderte Andrea und Kolleginnen, die ihren Schützlingen so viel Liebe, Geduld und Humor entgegenbrachten.

Im Vergleich zu den Leuten, die ständig in diesem imaginären Land lebten, gehörte Susanne noch zu den Grenzgängern zwischen beiden Welten. Als wollte Susanne das beweisen, meldete sie sich zu Wort. »Ich habe gerade Visionen von Lasagne und einem großen Salat. Was hältst du davon, wenn wir heute mal keine Wanderung machen, sondern uns bei einem Italiener den Bauch vollschlagen?«

»Ich bin dabei!« Es war noch keine elf, doch auch Ruth lief bei dem Gedanken an diese Speisen das Wasser im Mund zusammen. »Wir sollten uns nur kurz von der Halbpension abmelden. Danach suchen wir ein gemütliches Restaurant.«

»Ein perfekter Plan.« Susanne setzte sich auf und griff nach ihrer Krücke. »Weißt du, was ich so an dir schätze, mein Goldstück? Dass du genauso gern schlemmst wie ich!«

Nach vergnüglichen Stunden und einem guten Essen saß Susanne gähnend neben ihr im Auto. Ruth überlegte, wie sie sich jetzt verhalten sollte. Nach wie vor war Susanne der Meinung, dass sie zusammen Urlaub machten, und Ruth hatte Angst, dass sich ihr Zustand verschlechtern würde, wenn sie sich verabschiedete.

Doch Susanne war guter Dinge. Im Fahrstuhl drückte sie den Knopf zum zweiten Stock und erzählte, wie sehr sie sich auf einen Mittagsschlaf freue.

Im Flur kam ihnen Frau Höhn entgegen. Mit unsicherem Gang hangelte sie sich am Handlauf entlang und wischte mit einem Lappen über die Fensterbänke. Als Ruth sie grüßte, bedachte die Frau sie mit einem leeren Blick, dann setzte sie ihre Tätigkeit fort.

»Effektives Putzen sieht anders aus«, bemerkte Susanne. »Komisch, dass man hier derart betagte Menschen anstellt. Wir sollten das an der Rezeption mal zur Sprache bringen, findest du nicht auch?«

»Vielleicht hat diese Frau ab und zu noch Lust, zu arbeiten. Manche Leute wissen ja nichts mit sich anzufangen, und freuen sich, wenn sie sich im Ruhestand nützlich machen können.«

»Das ist natürlich möglich. Du musst sicher auch noch korrigieren, oder?«

Froh darüber, dass Susanne ihr diese Steilvorlage bot, nickte Ruth. »Ja, es warten noch einige Arbeiten auf meinem Schreibtisch. Langsam sollte ich mich darum kümmern.«

»Mach das. Ich bin heilfroh, dass ich aus der Nummer raus bin, und werde weder putzen noch sonst etwas machen.« Sie umarmte Ruth. »Apropos: Wie alt bin ich eigentlich?«

Auf der Fahrt nach Hause überkam Ruth eine bleierne Müdigkeit. Sie steuerte den nächsten Rastplatz an und parkte den Wagen im Schatten. Während sie ins Grüne starrte, hatte sie Frau Höhn wieder vor Augen. Das Bild, wie ihre Lippen lautlose Sätze formten, während ihre Hände unermüdlich über Flächen strichen, ließ sich nicht beiseiteschieben. Noch pendelte Susanne zwischen Wissen und Vergessen. Doch was, wenn sich ihr Zustand wegen mangelnder Aktivierung rapide verschlechterte? Und wo wäre Susanne heute früh umhergeirrt, wenn sie nicht zur Stelle gewesen wäre? Ruth wusste, dass sie es sich nie verzeihen würde, ihre Freundin aus Angst vor der eigenen Überforderung nicht genug unterstützt zu haben.

Als hätten sie auf diese Eingebung nur gewartet, begannen zahllose Argumente eine Achterbahnfahrt in ihrem Kopf. Doch mit einer einzigen Frage schaffte sie es, den Rummel zum Stillstand zu bringen: *Was würde schlimmstenfalls passieren, wenn sie ihre vertrauten Verhaltensregeln über den Haufen werfen müsste?* Ein paar Zweifel versuchten, sich weiter Gehör zu verschaffen, doch im Großen und Ganzen blieb es erstaunlich still. Es konnte nämlich rein gar nichts passieren.

Natürlich würde es viel Kraft erfordern, ihr Leben anders zu gestalten und sich nicht bei jeder Unsicherheit in eine Strategie zu flüchten. Aber hatte sie nicht alle Zeit der Welt, sich auf diese Herausforderung einzulassen? Zudem waren Sommerferien. Nicht mal die Schule konnte ihr in die Quere kommen. Was wollte sie noch mehr?

Mit einem Mal wurde Ruth leicht ums Herz. Obwohl sie sich eine große Verpflichtung aufhalsen würde, erfüllte sie ein Gefühl unendlicher Freiheit. Es war nie zu spät, etwas Neues zu wagen. Wenn sie das schon zu ihren Schülern sagte, warum ging sie dieses Abenteuer nicht selber ein?

Spontan fuhr sie zu Gustav ins Büro und hatte Glück. Er stand im Foyer und verabschiedete gerade einen Kunden. Als er sie hereinkommen sah, sah er sie beunruhigt an. »Ist etwas passiert?«

»Wie man es nimmt.« Ruth begrüßte den Mann, einen jugendlich wirkenden Endvierziger, der sich als Frank Findeißen vorstellte. »Entschuldigen Sie bitte, dass ich hier so hereinplatze, aber ich muss kurz etwas loswerden.« Sie wandte sich an Gustav: »Ich bin zu dem Schluss gekommen, dass wir Susanne so schnell wie möglich zu uns holen sollten. Diese Demenzgruppe im Heim tut ihr gar nicht gut. Und wenn ich der Dame dieser Pflegeagentur Glauben schenken darf, müssten wir höchstens ein paar Wochen ohne Hilfe überbrücken. Das schaffen wir.«

Da der Kunde interessiert zuhörte, erklärte Ruth den Fall in wenigen Sätzen. »In der Zwischenzeit suchen wir nach einer guten Alternative für Susanne, doch bis wir die gefunden haben, wird sie bei uns leben«, schloss sie ihre Ausführungen.

»Dir ist aber schon klar, dass du nicht gerade die geborene Krankenschwester bist, oder?« Gustav war skeptisch. »Am Ende zieht sich alles hin, und du bist rund um die Uhr eingespannt. Noch habe ich mit der Villa dieses Herrn ...«, er zeigte auf den Kunden, »einiges um die Ohren und kann dir nur teilweise zur Seite stehen.«

»Wir sind doch schon auf der Zielgeraden.« Der Mann lächelte. »Ich finde Ihren Plan gut und wünsche Ihnen viel Erfolg!«

Nachdem sie mit Gustav übereingekommen war, dass sie den Heimplatz vorsichtshalber nicht kündigen, sondern angeben würden, dass sie mit Susanne in Urlaub fahren wollten, machte Ruth sich auf den Weg zu Paul.

Zu ihrer großen Freude traf sie ihn bereits auf dem Parkplatz, wo er mit den Kindern das Auto leerräumte.

»Du kommst wie gerufen!« Paul wedelte mit einem Brief. »Hättest du kurz Zeit? Ich muss etwas mit dir besprechen.« Er nahm die letzten Taschen aus dem Kofferraum und ging zum Haus. Ruth folgte mit Marie und Noah, die ihr aufgeregt von den Tagen bei Sandras Mutter erzählten. Nachdem Marie stolz ihren Schulranzen vorgeführt und Noah ihr eine bunte Zeichnung geschenkt hatte, setzte Ruth sich zu den Eltern auf die Terrasse und las das Schreiben, das ihr vorgelegt wurde.

Es kam von Susannes Vermieter, der anfragte, ob, und wenn ja, wann Susannes Wohnung neuvermietet werden könne. Ihm sei zu Ohren gekommen, dass Frau Bender neuerdings in einem Heim lebe. Mit einem Mal wurde Ruth klar, was dieser eine Sturz alles zufolge hatte. In absehbarer Zeit würden andere Menschen unter der Adresse leben, die ihr in den vielen Jahren vertraut gewesen war wie ein zweites Zuhause. Andererseits: Das Geld für Miete und Nebenkosten konnte besser investiert werden, da es als ausgeschlossen galt, dass Susanne je in ihre Wohnung zurückkehrte.

Paul und Sandra staunten, als Ruth ihnen von den neuesten Plänen erzählte. »Ob wir das Geld für dieses Heim ausgeben oder eine Pflegekraft organisieren und Susanne bei uns unterbringen, hält sich finanziell ziemlich die Waage«, schloss sie. »Wir sind uns sicher, dass es ihr in einer vertrauten Umgebung und bei gezielter Förderung bessergehen wird.«

Paul, den sichtlich ein schlechtes Gewissen plagte, versprach Ruth seine Unterstützung und schlug vor, sich gleich am nächsten Morgen in der Wohnung zu treffen. Schließlich kam eine Menge Arbeit auf sie zu.

37.

Bepackt mit Tüten und Kartons stieg Ruth die Stufen zu Susannes Wohnung hinauf. Sie hatte immer wieder versucht, Johann zu erreichen, doch er war weder gestern noch heute ans Telefon gegangen. Auch jetzt reagierte er nicht auf ihr Klingeln. Seltsam, das war nicht seine Art. Wenn sie heute Nachmittag immer noch nichts gehört hatte, würde sie sich mal bei seinem Freund Harry erkundigen.

Gemeinsam mit Gustav hatte sie einen Aufriss von Gäste- und Badezimmer gemacht und überlegt, wie sie es in ein Zuhause für Susanne umgestalten konnten. Doch wo sollte sie jetzt anfangen? Langsam ging sie durch die Räume und klebte Zettel auf die Möbel, die die Umzugsleute zu ihnen bringen sollten.

Der Rundgang glich einem Zwiegespräch mit der Vergangenheit. Dabei wurden Susannes Abwesenheit und die Gewissheit, dass sie hier nie wieder leben würde, so greifbar, dass Ruth am liebsten die Flucht ergriffen hätte. Was blieb von einem Menschen, wenn der Geist immer weiter verschwand? Konnte man Erinnerungen konservieren? Oder erloschen sie ebenfalls unwiderruflich?

Sie war erleichtert, als die Klingel sie aus ihren Gedanken riss. Paul begrüßte sie gutgelaunt und stellte weitere Kartons in den Flur. »Dann wollen wir mal!« Händereibend ging er umher. »Wie ich dich kenne, hast du bereits einen perfekten Plan im Kopf.« Obwohl das der Fall war, versetzten seine Worte Ruth einen Stich. Es würde dauern, bis ihr Organisationsdrang in Vergessenheit geraten würde.

»Wie wäre es, wenn du dich zuerst um dein altes Zimmer kümmerst? Dann packe ich inzwischen die Kleidung ein.«

»Eine gute Idee.« Paul zeigte ins Wohnzimmer. »Was ist mit der Einrichtung?«

»Die Möbel, die einen Klebezettel haben, stellen wir in Susannes Zimmer, bei den anderen Sachen müssen wir uns was überlegen. Möchtest du bestimmte Stücke mitnehmen?«

»Gut möglich.« Paul nahm eine leere Schachtel und verzog die Mundwinkel zu einem Grinsen. »Jetzt miste ich aber erst mal meine Kindheit und Jugend aus.«

Ruth ging ins Schlafzimmer und sichtete den Inhalt von Susannes Kleiderschrank. Sie dachte an den Tod ihrer Mutter. Auch da hatte sie alles sortieren müssen. »Doch Susanne lebt«, sagte sie in die Stille des Raums hinein. »Und bald wird es ihr wieder bessergehen!«

Sie hatte die Sommersachen schon eingepackt, als ein Schrei aus Pauls Zimmer drang. Etwas fiel polternd zu Boden. Ruth fand ihn auf dem Bett sitzend, vor seinen Füßen lag ein silberfarbener Pokal.

Sie sah, dass er Tränen in den Augen hatte, und setzte sich zu ihm. »Hast du dir weh getan?«

»Nein.« Ungehalten wischte Paul sich über die Augen. »Aber dieser verdammte Pokal hat mich daran erinnert, dass mein Vater damals kein Wort darüber verloren hat, als ich beim Bogenschießen den ersten Platz belegt habe. Das sei was für Mädchen, war alles, was er gesagt hat. Fußball war okay, aber für so einen Pseudosport war ihm seine Zeit zu schade.« Er verpasste dem Pokal einen Tritt, sodass er scheppernd in die Ecke flog.

Ruth legte ihm einen Arm um die Schulter, wie sie es getan hatte, als er ein kleiner Junge war. »War Mama denn dabei, als du gewonnen hast?«

»Ja. Sie war sehr stolz auf mich. Mit Fußball hatte sie wiederum nichts am Hut.« Er sah sie an. »Ob sie sich daran noch erinnern kann?«

»Das ist gut möglich. Vielleicht fragst du sie einfach?«

»Ich weiß nicht … Ich komme nicht klar damit, wie sie jetzt ist.« Er zuckte die Schultern. »Gleichzeitig habe ich ein furchtbar schlechtes Gewissen, weil ich mich nicht mehr um sie kümmern kann.« Er sah Susanne an. »Wäre es nicht besser, wenn wir sie in diesem Heim lassen? Dort ist sie doch gut aufgehoben, oder? Wer weiß, was sie bei euch alles anstellt.«

»Ich möchte nicht, dass sie irgendwo *aufgehoben* ist. Viel

wichtiger wäre es, wenn du versuchst, deine Angst zu überwinden. Deine Mutter ist verwirrt, aber nicht verrückt, Paul. Auch wenn sie aufgrund ihrer Krankheit Probleme hat, manches einzuordnen, ist sie nach wie vor eine liebende Mutter, eine begeisterte Oma und meine allerbeste Freundin. Und das wird sie bleiben, solange sie lebt.«

»Schon klar.«

»Ich glaube nicht, dass dir das klar ist. Mir gelingt es auch nicht immer, mit dieser Veränderung klarzukommen. Auch mir wird oft angst und bange, wenn ich sehe, wie Susanne mein Leben durcheinanderwirbelt. In der Hinsicht sind wir uns durchaus ähnlich.« Ruth strich ihm über den Rücken. Seine Trauer und sein Unvermögen, sie zuzulassen, waren regelrecht greifbar. »Glaube mir, es gibt Tage, da würde ich am liebsten abhauen, mich aus jeglicher Verantwortung stehlen. Aber sie in diesem Heim zu lassen, bringe ich nicht übers Herz.«

Ruth erhob sich. »Wie wäre es, wenn du die Sachen, die du behalten möchtest, in eine Schachtel packst und nach Hause fährst und mit den Kindern etwas unternimmst, wozu dir sonst die Zeit fehlt? Nicht dass auch sie später mit Pokalen werfen.«

Paul lachte. »Da hast du recht.«

»Und vergiss bitte nicht, auch deine Mutter wieder in dein Leben zu integrieren. Jetzt kann sie das noch bewusst genießen.« Sie überlegte. »Sonst muss ich dir ein Mandat erteilen.«

»Wieso das denn?« Paul sah erstaunt auf.

»Damit ich dich offiziell beauftragen kann, sie zu besuchen.«

Als Ruth mit der Kleidung fertig war, ging sie an den Buch-regalen entlang. Romane, Reiseführer, Lyrikbände, Biogra-fien in Hülle und Fülle. Welche Bände würde Susanne noch einmal lesen wollen? Würde sie überhaupt ein Buch in die Hand nehmen? Oder erwartete diese ein ähnliches Schicksal wie die Sudoku-Hefte? Auch sonst war es schwer zu entschei-den, was Susanne gern in dieser anderen Welt um sich ha-ben würde. Gab es überhaupt eine Antwort auf diese Frage?

Sie dachte an die vielen Listen, die Susanne in letzter Zeit erstellt hatte. War eine dabei, auf der sie Sachen aufge-listet hatte, die ihr besonders am Herzen lagen? Eine, die sie in einem klaren Augenblick gemacht hatte? Sie setzte sich an den Schreibtisch und öffnete die linke Tür.

Sofern sie sehen konnte, enthielt die obere Schublade nichts von Bedeutung. In der zweiten fand Ruth einen un-förmigen Papierbeutel. Er war ganz leicht und mit roten Pa-pierschleifen gefüllt. Jede einzelne war mit einem Begriff versehen, den Susanne nicht hatte vergessen wollen. Neben Namen wie *Sonja*, *Martin*, *Ruth* und *Bruno* waren Worte darunter wie *Schulanfang Marie*, *Maultaschen*, *Laibarös*, *The Turtels*, *Weißweinschorle*, *Heft*, *Villa*.

Ruth spürte, wie ihr die Tränen in die Augen stiegen. Susanne hatte nach jedem Grashalm gegriffen, um sich et-was zu merken. Und doch war letztendlich alles umsonst ge-wesen. Während sie an die Szene mit der verknoteten Wäsche zurückdachte, fuhr sie mit der Hand durch die Schleifen. Der Begriff *Heft* schien von großer Bedeutung zu sein, denn Susanne hatte es mehrfach notiert. Was es damit wohl auf sich hatte?

Ruth schüttelte den restlichen Inhalt auf die Schreibtischplatte. Wieder war zweimal *Heft* dabei. Außerdem eine Kladde, die an Martin gerichtet war:

Klar, niemand weiß im Voraus, wann sein Ende kommt. Aber warum hast Du diese Briefchen aufgehoben? Wolltest Du, dass ich von diesen Frauen erfahre? Ich habe Dich nie fragen können, wie wichtig sie für Dich gewesen sind, aber ich kann Dir verraten, dass mich das Gefühl, Dir nicht genügt zu haben, noch heute belastet, Du verdammter Mistkerl. Im Grunde bist Du keinen Deut besser als Bruno.

Nur von Ruth fühle ich mich so geliebt, wie ich bin. <u>*Noch.*</u>

Ruth starrte auf die Zeilen. Ihre Befürchtung, dass Martin ein Verhältnis hatte, schien sich zu bestätigen. Auch, dass es wohl kein einmaliger Ausrutscher gewesen war. Aber wer war Bruno? Sie strich mit dem Daumen über die letzte Zeile. Und warum hatte Susanne Angst, dass sie sie nicht mehr lieben würde?

Sie wendete sich der rechten Seite des Schreibtisches zu. Gleich im oberen Fach fand sie einen Schuhkarton. Neugierig stellte sie ihn vor sich hin und hatte den Deckel schon in der Hand, als ihr Handy klingelte. Die Umzugsfirma wollte wissen, ob es bei dem vereinbarten Termin bliebe. Mutlos sah Ruth um sich. Es gab noch so viel einzupacken, aber vielleicht konnten Gustav und Johann morgen helfen. Sie bestätigte, dass sie in zwei Tagen so weit seien, und wandte sich erneut der Schachtel zu. Auf die paar Minuten kam es jetzt auch nicht an.

Es war ein Sammelsurium von Schnappschüssen, Postkarten, Kinderzeichnungen und Visitenkarten. Ganz oben lag das Bild einer älteren Frau, die ein Tuch in den Fäusten hielt. Ihr Blick erinnerte Ruth an Frau Höhn im Heim: Sie starrte ins Nichts. Ob das Susannes Mutter war?

Ruth legte einige der Bilder vor sich hin. Sie kannte nicht alle Gesichter, doch bei einigen war die Erinnerung sofort da: Pauls Einschulung, ein Ausflug mit dem Kollegium, Gustav und sie in einem Ruderboot. Mit dieser Fundgrube war es ihr sicher möglich, Susanne zu erreichen, wenn sie einen schlechten Tag hatte!

Sie wollte die Schachtel schon zumachen, als sie zwischen den Fotos etwas Rotes entdeckte. Ein Heft. Auf dem Etikett die Worte *Für Ruth*. Sie dachte an die vielen Schleifen, erinnerte sich an den letzten gemeinsamen Abend, den sie hier verbracht hatten, hörte Susanne Worte: *Ich habe noch etwas für dich. Ich bin gleich wieder da!*

Neugierig, was ihre Freundin ihr mitzuteilen hatte, begann sie zu lesen:

Liebe Ruth,

»Was hat Dich zu dem Menschen gemacht, der du heute bist?«, hast Du mich mal gefragt. Es muss etwa zehn Jahren her sein. Ich weiß noch, dass wir in dieser Weinkneipe in der Innenstadt saßen und die Nase gestrichen voll hatten von den vielen Korrekturen. Erinnerst Du Dich? Ich habe damals sehr ausweichend geantwortet, weil meine Angst, Dir eine ehrliche Antwort zu geben, zu groß war.

Es kommen viele Faktoren zusammen, die mich zu dem Menschen gemacht haben, der ich bin. Noch bin, muss ich sagen, denn ich weiß nicht, wie lange ich die Frau sein werde, als die Du mich kennst. Aber eine Geschichte hat mich maß-

geblich geprägt. Ein Ereignis, das uns eng miteinander verbindet.

Ruth starrte auf die Zeilen. Wovon war hier die Rede? Und aus welchem Grund hatte Susanne es ihr nicht sagen können? Am liebsten hätte sie das Rätsel sofort gelöst, doch es klingelte an der Tür.

»Johann!« Die Worte *Wie siehst du denn aus?* konnte sie gerade noch zurückhalten, doch ihr Gesichtsausdruck schien für sich zu sprechen.

»Keine Sorge. Ich bin mit Harry ein bisschen beim Pokern versackt, mehr nicht.« Doch je mehr Johann die Geschichte herunterspielte, umso zahlreicher wurden die Fragen, die Ruth ihm gern gestellt hätte. Wie kam jemand dazu, zwei Tage durch zu spielen? Hatte Harry einen schlechten Einfluss auf ihn? Als sie den Mann vor einiger Zeit besucht hatte, war es in dem Telefonat auch um *Quoten* und *Einsatz* gegangen.

»Dann kann ein Kaffee sicher nicht schaden.« Ruth ließ Susannes Nachbarn eintreten.

Da Johann keine Anstalten machte, Weiteres von seinem Abtauchen preiszugeben, berichtete Ruth von ihren Plänen. Diese schienen Johann mehr zu beleben als der Kaffee. »Ein Hoch auf deine Idee. Ich glaube auch nicht, dass dieses Heim auf Dauer gut für sie ist. Sag mir einfach, was ich tun soll. Solange ich keine Sofas heben muss, bin ich zu allem bereit.«

Ruth wusste nicht, ob Johann sich aus einem schlechten Gewissen heraus bei ihr einschmeichelte, aber sie war froh, dass er da war. In den nächsten Stunden arbeiteten sie

Hand in Hand. Nachdem sie alle verfügbaren Kartons gefüllt hatten und eine wohlverdiente Pause auf dem Balkon machten, klingelte Ruths Handy. Als die Nummer vom Heim angezeigt wurde, machte sie sich auf das Schlimmste gefasst.

Doch ihre Befürchtungen waren unbegründet. Eine Pflegerin teilte lediglich mit, dass Susanne sie gern sprechen wolle. Kurz darauf hörte Ruth die Stimme ihrer Freundin. »Ich möchte mich endlich bei dir bedanken für das Fotobuch, das du mir geschenkt hast. So eine tolle Überraschung! Ich habe es mir heute schon einige Male angeschaut.«

38.

Nach diesem Gespräch wurde Ruth bewusst, wie lange sie schon nicht mehr mit Susanne telefoniert hatte. War es früher selbstverständlich gewesen, sich anzurufen, schien diese Art der Kontaktaufnahme der Vergangenheit anzugehören. Mit schlechtem Gewissen dachte sie an die Phase, in der sie sich das regelrecht gewünscht hatte. An manchen Tagen waren zwanzig Anrufe keine Seltenheit gewesen, und oft hatte Susanne keine Erinnerung daran gehabt, dass das letzte Gespräch erst Minuten zurücklag. Ganz zu schweigen von den Gesprächen in der Nacht.

Nachdem Ruth das Auto vor der Garage geparkt hatte, spürte sie, wie müde sie war. Sie zog den Schlüssel ab und schloss die Augen. Sie durfte nicht vergessen, Paul anzurufen und zu fragen, wie es ihm ging. Susannes Zustand beutelte ihn mehr, als er zugeben konnte, und sie wollte ihn damit nicht alleinlassen. Sie dachte an die Tage, die vor ihr lagen, an die vielen Dinge, die noch eingepackt werden mussten, an den Umzug … und an das Heft, das in ihrer Handtasche lag. Von welchem Ereignis war nur die Rede? Und warum hatte Susanne sich nie getraut, mit ihr darüber zu sprechen? Sie hatten doch über alles sprechen können, oder?

»Halli-hallöchen!« Roswithas Stimme setzte ihrem Grübeln ein Ende. »Hat sich diese Agentur schon bei dir gemeldet?«

»Ich glaube nicht, dass die zaubern können.« Da Ruth klar war, dass Roswitha erst gehen würde, wenn sie eine zufriedenstellende Antwort bekommen hatte, öffnete sie den Briefkasten. Dort lag tatsächlich ein Schreiben. Neugierig öffnete Ruth den Umschlag und überflog den Text.

»Wer hätte das gedacht: Sie *können* zaubern. Meine Anfrage wird bearbeitet, und man wird sich in den kommenden Tagen melden, um das weitere Vorgehen abzustimmen.«

»Supi!« Roswitha strahlte. »Hoffentlich schicken sie einen Engel wie Ludmilla! Du wirst dich noch wundern, wie einfach man sich mit Händen und Füßen verständigen kann.« Dann verschwand Roswitha zu Ruths großer Erleichterung.

Ruth nahm die Schachtel mit Fotos vom Beifahrersitz und betrat das Haus. Schon standen ihr die Worte wieder vor Augen: *weil meine Angst, Dir eine ehrliche Antwort zu geben, zu groß war.*

Mit einem Mal bekam sie kalte Füße. Was, wenn Susanne dieses Geheimnis aus gutem Grund für sich behalten hatte und das Vertrauensverhältnis danach nicht mehr so wie früher sein würde? Und wie würde Susanne auf eine Frau reagieren, mit der sie sich vielleicht nicht richtig verständigen konnte? Wäre es unter diesen Umständen nicht doch besser, wenn sie im Heim bliebe?

Auch Gustav hatte sich Ruths Vorstoß durch den Kopf gehen lassen. Im Gegensatz zu ihr konnte er keinen positiven Grundton in dem Schreiben der Agentur erkennen. »Die legen sich in keinster Weise fest«, sagte er. »Das ist schwammiges Gewäsch.« Er warf den Brief auf den Küchentisch. »In gewisser Weise erinnern mich die Formulierungen an die erste Kontaktaufnahme mit dem damaligen Villenbesitzer. Das klang auch so, als wäre der Auftrag binnen einer Woche über die Bühne.« Er schenkte sich ein Glas Wasser ein. »Wie die Sache sich dann entwickelt hat, muss ich dir ja nicht erzählen.«

»Jetzt sei mal nicht so negativ! Darf ich dich kurz darauf hinweisen, dass es deine Idee war, Susanne vorübergehend bei uns aufzunehmen?«

»Weil ich gehofft hatte, mehr von dir zu haben.« Gustav trank das Glas aus und stellte es mit einem Knall auf den Tisch. »Aber es war nie die Rede davon, dass wir es übers Knie brechen. Ich kenne dich nicht erst seit gestern und weiß, dass du dich gern mal übernimmst. Das ist bei anderen Dingen nicht so dramatisch. Doch wenn Susanne erst mal hier wohnt, kannst du sie nicht einfach wieder im Heim abladen, wenn es dir zu viel wird. Das wäre fatal.«

Ruth fühlte sich schrecklich. »Ich kann das aber nicht länger mitansehen, verstehst du das nicht?«

»Besser, als du glaubst. Aber lass uns die Sache behutsam

angehen. Und ohne Streit.« Er strich ihr über die Schulter. »Wie war es heute mit Paul? Seid ihr vorangekommen?«

Während Ruth von ihrem Tag berichtete, setzte Gustav sich ihr gegenüber. »Außerdem habe ich einen Karton voller Fotos und Postkarten gefunden. Lauter Sachen, mit denen man Susanne aufheitern kann, wenn sie mal einen schlechten Tag hat. Aber die größte Überraschung war ein kleines rotes He...« Nein. Darüber wollte sie noch nicht mit ihm reden. Erst, wenn sie wusste, was Susanne ihr geschrieben hatte.

»Ein kleines, rotes Hä?« Gustav lachte. »Spannend. Was ist das?«

»Ich meine, ein rotes ...« Zig Worte schossen ihr durch den Kopf. Doch eine sinnvolle Ergänzung ihres Satzes war nicht dabei. »Ist ja auch egal. Wenn es mir wieder einfällt, erzähle ich es dir.«

»Ich glaube, wir sind beide ziemlich am Limit«, sagte Gustav. »Wie wäre es, wenn wir heute mal früh schlafen gehen?«

Ruth war erleichtert, als Gustav diesen Vorsatz gegen halb zehn in die Tat umsetzte. Mit dem Versprechen bald nachzukommen, setzte sie sich auf die Terrasse und nahm das Heft aus ihrer Tasche. Hatte sie es heute Mittag noch in einem Rutsch durchlesen wollen, erschien es ihr nun wie eine Bombe, deren Sprengkraft nicht abzuschätzen war.

Weil meine Angst, Dir eine ehrliche Antwort zu geben, zu groß war.

Sie schlug die erste Seite auf und begann zu lesen. Bald äußerte Susanne erneut, wie groß ihre Angst sei, dass die Freundschaft an dieser Geschichte zerbrechen könne. Doch wie sie es auch drehte und wendete, Ruth konnte sich nicht vorstellen, was zu einem solchen Schritt führen könnte. Sie würde weiterlesen müssen.

Der zweite Eintrag begann mit einem Schwarzweißfoto. Susannes Elternhaus, wie sich herausstellte. Gleich zu Beginn fiel ein Name, der ihr mittlerweile geläufig war: Sonja, mit der Susanne als junges Mädchen Detektiv gespielt hatte. Die Freundin, mit der sie auch jetzt wieder auf der Lauer lag.

Bald traf sie auf einen weiteren vertrauten Begriff: *Das satte Ding-Dong ertönte stets zwei Mal, wenn er in die Einfahrt unseres Hauses fuhr.* Da war sie, die Fahrradglocke, die Susanne ihrem Vater so gern in den Sarg gelegt hätte. Deren Klang sie als Gruß aus einer anderen Welt auffasst. Ruth dachte an Susannes strahlendes Gesicht, als sie an ihrem Geburtstag geglaubt hatte, ihr Vater sei nach Haus gekommen.

Nach diesen Zeilen legte sich ein Schatten über die Erzählung. Ruth verstand nun, warum Susanne so engagiert gegen Mobbing in der Schule vorgegangen war, und verfolgte verdutzt, wie ihre Freundin immer mehr in der Chormusik aufging. Ob Susanne die Villa in der Straße mit dieser Wohngemeinschaft verwechselte? Von Eintrag zu Eintrag konnte sie mehr nachvollziehen. Bis sie zum Ende des Absatzes kam:

Frau Brand schenkte uns Tee ein und fragte, ob ich schon mal Lieder von Schumann gehört hätte. Als ich unsicher den Kopf schüttelte, legte sie eine Platte auf. Die Mondnacht *verzauberte mich vom ersten Moment an:* Es war, als hätt' der Himmel die Erde still geküsst, dass sie im Blütenschimmer von ihm nun träumen müsst!

Die Musik schlug mich derart in ihren Bann, dass ich befürchtete, es sei alles nur ein Traum.

Verwirrt ließ sie das Heft sinken. War das *ihre* Susanne? Die Frau, die bis heute behauptete, dieser Musik nichts abgewinnen zu können? War dieses Heft ein Schwindel? Und warum hatte Susanne ihr nie die Wahrheit gesagt? Ruth starrte auf die Zeilen. Es war zweifellos Susannes Schrift, aber vielleicht hatte sie es in einer verwirrten Phase geschrieben?

Ein mulmiges Gefühl machte sich in ihr breit. Sie war stets der Meinung gewesen, dass sie sich alles hatten anvertrauen können. Wenn Susanne sie aber schon in dieser Hinsicht hinters Licht geführt hatte, was würde dann noch kommen?

Unsicher wandte sie sich dem nächsten Eintrag zu und verfolgte Susannes weitere Lebensgeschichte. Sie verliebte sich mit ihr in Bruno, trauerte über den Verfall des Vaters und freute sich über die ersten Bühnenerfolge, stets auf der Suche nach einem Hinweis, was ihr die Liebe zu dieser Musik vergällt haben könnte. Seiten später wurde sie fündig:

Obwohl der Arzt mir stark davon abgeraten hatte, ging ich auf die Bühne. Anschließend stürzte meine Welt erneut ein.

Ich lernte, dass jeder Mensch ersetzbar ist.

Ich lernte, dass es manchmal besser ist, etwas auszulassen, um nicht das große Ganze zu versäumen.

Ich lernte, dass eine Perspektive, wie fundiert sie auch gewesen sein mag, ganz plötzlich in Rauch aufgehen kann.

Erschüttert las Ruth, wie ihre Freundin versucht hatte, das Beste aus der Situation zu machen, und fragte sich, wie der Inhalt der Zeile gewesen war, die Susanne mit so viel Nachdruck getilgt hatte.

Dann kam ihre Freundschaft ins Spiel.

Daher stehe ich jetzt wie vor einer Mauer, die ich im Lauf der Jahre zwischen mir und dieser Erinnerung errichtet habe. Und habe alles so lange verdrängt, dass es mir schwerfällt, einen Zugang zu finden.

Dabei begann der Tag so leicht und hoffnungsvoll.

Nach diesen Worten hatte auch Ruth das Gefühl vor einer Barriere zu stehen. Wollte sie das wirklich wissen? Noch war es möglich, das Heft zuzuklappen und wegzulegen. Noch konnte sie behaupten, es nie gelesen zu haben. Doch wenn Susanne die Konfrontation mit der Vergangenheit gewagt hatte, durfte sie ihre Freundin nicht im Stich lassen.

Bei Susannes Schilderung der Fahrt zu ihren Eltern kamen die eigenen Erinnerungen zurück. Hatte sie bis zu diesem Zeitpunkt in Schnappschüssen gedacht, wurden die Ereignisse nun zu einem Film zusammengefügt. Sie musste nur einen Knopf drücken und der Tag, an den sie seither nie wieder gedacht hatte, stand ihr so lebendig vor Augen, als wäre es gestern gewesen.

Die vielen Gratulanten, die sich die Klinke in die Hand gegeben, vor ihrem Vater gebuckelt hatten und sich freuten, dass die ›Tochter des Hauses‹ auch mal wieder zugegen war. Alles Dinge, die sie nur mit viel Champagner hatte ertragen können. Vor allem als ihr Vater das alte Thema wieder angeschnitten hatte.

Er hatte nie akzeptieren können, dass sie Lehrerin geworden war. Auf diesen Berufsstand hatte er stets herabgesehen. Überflüssige Leute, die mit ihrem unnützen Wissen nicht mal ein Haus bauen oder eine Straße pflastern konnten. Er hingegen hatte ein Bauunternehmen gegründet und zu seinem Glück fehlte nur, dass das ihm verbliebene Kind bereit war, dort eine leitende Position zu bekleiden. An diesem Abend hatte Ruth erneut ihren Standpunkt verteidigen müssen und war aus dem Grund nicht mit Susanne und ihrer Mutter hinaufgegangen.

Daher drangen die folgenden Zeilen nicht gleich zu ihr durch. Warum hatte Susanne sofort gewusst, dass sie in Daniels Zimmer nicht würde schlafen können? Wegen der vielen Bilder von ihm, die dort an der Wand hingen? Was war an denen so schlimm? Sie erinnerte sich tatsächlich daran, dass Susanne blass heruntergekommen war, als hätte sie einem Gespenst ins Auge gesehen. Die Erklärung kam postwendend:

Die Nacht war die Hölle. Während ich auf dem Bett lag, durchlebte ich den bewussten Tag immer wieder neu. Von dem Moment, als ich erfuhr, dass ich nun auch noch meine Mutter verlieren würde, bis zu der Erkenntnis, dass es sich bei dem Unfallopfer um denjenigen handelte, der meine Kindheit und meine Familie auf dem Gewissen hatte, und ich es nicht über mich hatte bringen können, ihm zu helfen. Schließlich war auch meine Welt von einem auf den anderen Moment zerstört worden.

Daniel.

Daniel, nach dessen Unfall Ruth völlig auf sich gestellt gewesen war, weil niemand im Haus sich um sie gekümmert hatte. Daniel, der hilflos in diesem Hightech-Rollstuhl hing. Ein Gefährt, mit dem er nicht ansatzweise so schnell fahren konnte, wie er es in seinem Sportwagen zu tun pflegte.

In den Jahren danach habe ich viele Anläufe genommen, Dir die Wahrheit zu sagen, Ruth. Doch der Gedanke, Dich dadurch zu verlieren, war so angsterregend, dass ich es nicht über mich brachte.

Wie betäubt schloss Ruth das Heft und starrte in den dunklen Garten. Eine Katze schlich durch das Gebüsch, irgendwo drückte jemand auf die Hupe.

Daniel. Auch wenn sie ihn oft gehasst hatte, so war er doch ihr Bruder gewesen. Mit einem Mal fühlte sie sich schutzlos. Konnte sie Susanne noch trauen? Gab es am Ende noch weitere Dinge, die ihre Freundin unter Verschluss hielt?

Plötzlich wünschte sie sich, in einem Traum gefangen zu sein. Gleich würde der Wecker läuten und sie würde aufwachen. Sie würde sich einen Kaffee kochen und kurz darauf alles vergessen haben.

Aber dem war nicht so.

39.

Als Ruth den Ausdruck zum ersten Mal hörte, hatte sie an Blumen gedacht, an Frühling. Obwohl das zwei Begriffe waren, die sie nur schwer mit ihrem Vater in Einklang bringen konnte. Hinzu kam, dass das Wort in Zusammenhängen verwendet wurde, die nichts mit Aufbruch oder Leichtigkeit gemein hatten. Eher mit Angst, mit Erniedrigung.

Ein Lexikon hatte Licht ins Dunkel gebracht. Dort war die Rede von einer Persönlichkeitsstörung, die man nach einem schönen Jüngling namens Narziss benannt hatte, und von einem krankhaften Bedürfnis nach Bewunderung und

Anerkennung. Das konnte sie schon eher mit ihrem Vater und ihrem Bruder verbinden.

Man hatte ihren Vater gefürchtet, und Daniel hatte schnell von ihm gelernt. Die Mädchen waren vor ihm auf der Hut gewesen. Doch immer wieder fiel eine auf ihn herein und musste das teuer bezahlen. Denn der gutaussehende Daniel, anfangs liebevoll und fürsorglich, war seines Spielzeugs meist bald überdrüssig und stellte die Freundin dann vor aller Augen bloß. Bevor er sie endgültig fallenließ.

Kerstin war eine Ausnahme gewesen. Ihre Freundin hatte keine Angst vor ihm gehabt, und Daniel war auf Abstand geblieben. Auch Ruth hatte von diesem Schutz profitiert. Das war ihr nach Kerstins Umzug klargeworden. Bereits am Tag nach ihrer Abreise war Ruth seinen Schikanen wieder ausgesetzt gewesen, hatte man sie in Sippenhaft genommen, sie wieder misstrauisch als *die Schwester, die Tochter von* betrachtet und es war nahezu unmöglich gewesen, sich mit jemandem anzufreunden.

Erst mit Susanne, die sie von Beginn an akzeptiert hatte, wie sie war, hatte sie im Lauf der Zeit wieder eine solche Freundschaft aufbauen können. Ausgerechnet Susanne, deren Kindheit und Familie von diesen beiden Menschen zerstört worden war.

Seit sie die Geschichte gelesen hatte, stand ihr die eigene Familie wieder so klar vor Augen, dass Ruth sich nicht gewundert hätte, sie am Frühstückstisch vorzufinden. Ihr Vater wie immer hinter der Zeitung verschanzt, ihre Mutter, die unruhig durch die Küche huschte, stets bemüht, es allen rechtzumachen. Und Daniel, der lässig auf seinem

Stuhl fläzte und sie mit einer abfälligen Bemerkung empfing.

Ruth versuchte, das Bild beiseitezuschieben, doch wie sehr sich die Vergangenheit bereits in ihrem Kopf eingenistet hatte, erlebte sie, als sie die Bäckerei betrat. Direkt vor der Verkaufstheke glaubte sie ihre Mutter stehen zu sehen. Automatisch hielt sie die Luft an. Erst als sie die Frau sprechen hörte, atmete sie erleichtert aus. Die Ähnlichkeit war frappierend: Abgesehen von Größe und Statur setzte auch diese Frau ihre Brille, die sie an einer Kette um den Hals trug, immer wieder auf und ab. Ein Tick, den sie bereits als Kind irritierend gefunden hatte.

Erst nach deren Tod hatte sie erkannt, dass ihre Mutter ebenfalls ein Opfer gewesen war. Ruth hatte sich oft gefragt, ob sich ihre Mutter im Vorfeld im Klaren darüber gewesen war, was mit dieser Ehe, welches Auf und Ab zwischen Verführung und jäher Erniedrigung, auf sie zukommen würde. Auch wenn sie immer wieder betont hatte, ihr Vater sei der charmanteste Mann, der ihr je begegnet sei.

Susanne hatte ihre Mutter anscheinend sehr geliebt, und sie beneidete ihre Freundin um dieses Gefühl, das sie als solches kaum kannte. Eigentlich hatte sie diese Mutter-Wärme nur dann bekommen, wenn Vater und Bruder nicht da waren. Dann gab es Momente der ungeteilten Zuwendung. Doch sie hatte früh lernen müssen, dass sie nur die zweite Geige spielte.

Gustav hatte ihr einen Zettel hinterlassen: *Komme gegen eins in die Wohnung und helfe beim Packen.* Ruth war froh, dass er schon weg war. Er hätte sofort geahnt, dass sie etwas beschäftigte. Sie brauchte aber Zeit, um sich zu sortieren, bevor sie ihm erzählen konnte, was sie gestern Abend erfahren hatte.

Ruth belegte sich ein Brötchen mit Käse und schlug aus Gewohnheit die Lokalzeitung auf. Saure-Gurken-Zeit, in der man die Seiten mit noch mehr Banalitäten füllte als ohnehin. Nachdem sie sich durch die Kirchweihberichte und Feuerwehrfeste der Umgebung geblättert hatte, kam sie zu den Todesanzeigen. Gestorben wurde immer, auch im Hochsommer.

Sie las die Überschriften der Inserate, in denen von *stiller Trauer,* von *unendlicher Liebe,* von *Dankbarkeit* und *Gottvertrauen* die Rede war. Als Daniel nach einem Jahr im Rollstuhl gestorben war, hatte es lange Diskussionen um die Zeitungsanzeige gegeben. Ihr Vater hätte am liebsten eine ganzseitige geschaltet, während es ihrer Mutter auf den religiösen Bezug angekommen war. Nach langen Diskussionen hatten sie sich geeinigt:

So bescheiden, hilfsbereit und voller Liebe hast Du gelebt …
Nach einem tragischen Unfall und geduldig ertragener, schwerer Krankheit hat Gott der Herr unseren geliebten Daniel in seine Arme genommen.

In Ruths Augen stimmte lediglich die Tatsache, dass ihr Bruder nicht mehr lebte. Alles andere war gelogen.

Sie fragte sich, ob Susanne damals von seinem Tod erfahren hatte. Und wenn ja, wie es für sie gewesen war. Sie selber hatte vieles verdrängt und nur bruchstückhafte Erinnerungen an diese Zeit. Sie war bald danach ausgezogen und hatte ihr Elternhaus gemieden, soweit das möglich war. Nach der Beerdigung hatte sie Daniels Grab ein einziges Mal besucht. Eine Ruhestätte, die von ihrer Mutter täglich besucht und gepflegt wurde. Ein Ort, an dem sich bei ihr selbst keine Gefühle der Trauer geregt hatten.

Sie nahm Susannes Heft in die Hand. Wieder drängte sich ihr der Begriff *Schicksal* auf. Waren sie alle Teil eines großen Plans, der sie trennte oder zusammenführte, sie am Leben oder sterben ließ? Ein Konzept, das in ihrem Fall vorgesehen hatte, dass sie jahrelang gegen die gleichen Dämonen kämpfen mussten – jede für sich, anstatt gemeinsam?

Wieder las sie Susannes Zeilen, die anfangs in schönster Schrift verfasst waren, doch dann undeutlicher wurde. Noch immer konnte sie nicht fassen, wie ihrer beider Leben miteinander verknüpft war. Das Unbehagen war längst nicht gewichen, aber die Zusammenhänge in Susannes Lebens gewannen an Kontur, und sie fragte sich, ob sie in der Situation nicht auch so gehandelt hätte.

Was würde sie dafür geben, sich jetzt mit einer geistig klaren Susanne zusammensetzen zu können und ihr zu sagen … Ja, ihr zu sagen, dass sie sie nicht im Stich lassen würde. Auch jetzt nicht, nachdem sie alles erfahren hatte.

Während Ruth überlegte, wann sich dafür eine gute Gelegenheit bieten könnte, entdeckte sie am Ende des Heftes einen Eintrag, der ihr bislang entgangen war:

Was bleibt, wenn alles verschwindet?
Stand by me, Ruth. Bitte.

40.

Plötzlich steht das junge Mädchen in der Tür. »Sie fahren in Urlaub, Frau Bender. Freuen Sie sich schon?« Sie nimmt ihren Koffer vom Schrank und stellt ihn aufs Bett. »Vielleicht haben Sie ja Lust, den Trolley schon mal zu packen?«

»Wo fahre ich denn hin?« Niemand hat etwas von einem Urlaub erzählt.

»Das weiß ich auch nicht genau.« Das Kind war schon fast im Flur. »Aber Ihre Freundin kommt bald. Die wird es Ihnen sagen.«

Tür zu. Weg.

Was soll sie denn packen, wenn sie nicht mal weiß, wo es hingeht? In Schottland braucht man einen Pulli, in Italien kurze Hosen. Und einen Badeanzug. Es liegen Taschentücher im Koffer. Die bleiben drin. Die braucht man immer. In Schottland zum Naseputzen, in Italien zum Schweißabtupfen. Und zum Wegwischen. Sauerei gibt es überall.

Aber Sonja hätte wenigstens sagen können, wo die Reise hingeht. Die macht es sich leicht. Meldet sich kaum noch. Normalerweise ist klar, was man braucht. Sie packt ja immer die Koffer. Paul und Martin haben keine Ahnung. Die packen nur Blödsinn ein und vergessen die Unterwäsche.

Unterwäsche braucht sie auf jeden Fall. In Schottland und in Italien. Unterwäsche lag neuerdings in der Ziehlade vom Schreibtisch. So eine Schnapsidee. Aber lieber mal nachschauen, ob das auch stimmt. Sicher ist sicher.

Eins, zwei, drei, vier Eckstein, alles muss gepackt sein.

Mal gespannt, wo es hingeht. Sonja fährt ja oft zu ihrer

Tante. Dazu hat sie aber keine Lust. Was will sie denn schon bei der Tante? Sie weiß es nicht mehr. Sie weiß fast gar nichts mehr. Sie ist so müde. Und jetzt soll sie auch noch verreisen.

Ver-reis-en. Reiß-aus. Aus-die-Maus. Mau-se-falle …

Sie gibt die Fahrkarte einfach zurück. Ob sie das Geld wiederbekommt? Darum kann Paul sich kümmern. Wenn er mal nicht auf dem Fußballfeld ist. Dort treibt er sich ja ständig herum. Mal zu Hause bleiben und in Ruhe etwas ausmalen ist nicht seine Sache. Sie kann das richtig gut. Schon immer. Und nie über die Linie. Vielleicht sollte sie etwas ausmalen. Das machte sie immer gern. Paul nicht. Paul muss ständig hinter einem Ball herrennen. Das ist doch zum Verrücktwerden!

Ausmalen. Eine gute Idee. Aber was? Ah, da ist ja dieses Malheft. Ein bisschen langweilig mit den gleichen Kästchen. Auch die Zahlen stören. Aber besser als nichts. Besser als verreisen. Besser, als ständig herumzurennen. Auf jeden Fall. Aber wo sind ihre Buntstifte? Und wo ist ihr Federmäppchen? Hat sie Sonja die Stifte geliehen? Vielleicht. Aber Sonja ist im Urlaub. Mit ihren Buntstiften bei der Tante. Tante – Dominante – Verwandte – Kante – Levante. Nein, dort will sie nicht hin. Auch nicht nach Schottland oder Italien.

Vielleicht sind die Stifte im Schreibtisch? Ziehlade – Unterwäsche. Wer hat denn Unterwäsche im Schreibtisch? Wenn Vati das erfährt, gibt es ein Donnerwetter. Weit und breit keine Buntstifte. Kein einziger. Ach ja, die sind bei der Tante. Dort macht Sonja Urlaub. Sie fährt nie in Urlaub. Dafür fehlt das Geld. Sie hat nicht mal Buntstifte. Nicht weinen. Davon wird es nicht besser. Wäre doch gelacht, wenn wir das nicht schaffen. Genau.

Lieber mal den Schreibtisch aufräumen. Wer hat schon Unterwäsche im Schreibtisch. Ziehlade – alles raus – Schublade – zu. Noch eine. Und noch eine. Alles raus. Alles leer. Alles in den Koffer? Besser als im Schreibtisch. Dort gehören die Buntstifte hin. Aber was, wenn Sonja sie bei der Tante in Schottland vergisst? Dann sieht sie ihr Federmäppchen nie wieder!

Sie muss sich hinlegen. Es ist alles zu viel. Das wird sie Sonja gleich sagen, wenn sie kommt, sie will ihre Ruhe und schlafen und ihre Buntstifte und sonst gar nichts sonst gar nichts sonst gar nichts sonst

*

»Hast du dir mal Gedanken gemacht, wie wir damit umgehen, dass Susanne klassischen Liedgesang im Grunde über alles liebt?« Gustav sah Ruth kurz von der Seite an, bevor er seinen Blick wieder auf die Straße richtete. »Jetzt wo wir die Wahrheit kennen, fällt es mir schwer, so zu tun, als wäre das ein rotes Tuch für sie.«

»Das ist es vielleicht immer noch. Obwohl sie sich zwischenzeitlich *Die Mondnacht* auf YouTube angehört hat. Das muss ein Albtraum sein, wenn du von heute auf morgen eine so große Gabe verlierst. Und noch dazu deine große Liebe.«

Gustav nickte langsam. »Stimmt. Ich würde mich wahrscheinlich von allem fernhalten, was auch nur im Entferntesten mit Architektur zu tun hätte.« Er bog von der Schnellstraße ab. »Wir werden es wohl auf uns zukommen lassen müssen.«

»Ich zerbreche mir eher den Kopf darüber, wie ich Susanne vermitteln kann, dass ich das Heft gefunden und gelesen habe. Und dass das nichts an unserer Freundschaft ändert.« Ruth dachte an die Zeilen, die Susanne zum Schluss geschrieben hatte. Wie verzweifelt musste sie gewesen sein!

Sie starrte aus dem Fenster. Die vergangenen Tage waren mehr als turbulent gewesen, aber gemeinsam mit Paul und Johann hatten sie es geschafft, Susannes Zimmer einzurichten. Bei der Wohnungsauflösung ging es ebenfalls gut voran.

Wobei sie sich um Johann große Sorgen machte. Er ging selten ans Telefon, und wenn er sich meldete, klang er, als würde er mit dem Schlimmsten rechnen. Noch hatte sie Gustav nichts von seinem Absturz erzählt, weil sie sich nicht sicher war, ob sie Gespenster sah. Doch ihr Gefühl sagte, dass er in großen Schwierigkeiten steckte.

Kurz darauf parkte Gustav den Wagen vor dem Pflegeheim und blickte durch die Windschutzscheibe. »Siebziger-Jahre-Horrorbau.«

»Ist das ein offizieller Baustil oder deine persönliche Einschätzung?«

»Beides. Der Horrorbau, auch Brutalismus genannt, besticht durch seine sperrige Gesamtform, den Sichtbeton und das Fehlen jeglicher Farbe. Er zeichnet sich zudem dadurch aus, dass er sich in keine Umgebung harmonisch einfügt.« Er öffnete die Autotür. »Und da ich mir nicht vorstellen kann, dass er auf irgendeinen Menschen positiv wirkt, sollten wir Susanne schnellstens befreien!«

Kaum hatten sie den Aufzug verlassen, wurde Gustavs Einschätzung bestätigt: Frau Höhn kam ihnen Fensterbank wischend entgegen. Sie ging heute noch gebückter als sonst und stieß klagende Laute aus.

Gustav sah sie entsetzt an. »Müssen wir ihr helfen? Oder jemandem Bescheid sagen?«

»Ich fürchte, Frau Höhn kann man nicht mehr helfen.«

Gustav starrte der alten Frau erschüttert hinterher. »Sind hier alle so schlimm beieinander?«

»Nein. Aber die meisten sind wesentlich verwirrter als Susanne. Kannst du jetzt verstehen, warum ich sie so schnell wie möglich zu uns holen will?« Vor Susannes Zimmer blieben sie stehen. Als sich trotz mehrfachen Anklopfens nichts regte, öffneten sie die Tür. »Susanne?«

Im Zimmer herrschte großes Chaos. Die Schubläden waren aus der Kommode gezogen, und überall lag Wäsche. Susanne hatte sich auf dem Bett zusammengerollt.

»Was ist denn passiert, meine Zuckerschnute?« Ruth setzte sich auf die Bettkante und strich ihr über den Rücken. »Hast du was gesucht?«

Susanne wischte sich mit der Hand über die tränennassen Augen. »Ich weiß es nicht mehr. Ich weiß gar nichts mehr. Was soll ich denn in Schottland? Ich will nicht dorthin«, stammelte sie. »Auch wenn Sonja mit meinen Buntstiften dort ist, ich bleibe hier. Ich will mit dieser Tante nichts zu tun haben. Lass mich einfach schlafen.«

»Wir fahren nicht nach Schottland. Du kommst mit zu uns.« Fieberhaft überlegte Ruth, wie sie Susanne aus dieser Verwirrung befreien konnte. »Wir haben unser Gästezimmer richtig gemütlich eingerichtet, und im Garten steht ein

Liegestuhl für dich bereit. Das klingt doch nach Ruhe und Entspannung, oder? Danach sehen wir weiter.«

Sie nickte Gustav zu, der die Schübe wieder an ihren Platz zurückgeschoben hatte und die Kleidung zusammenlegte. »Schau, Gustav ist auch da. Der fährt uns gleich nach Hause.«

Susanne sah ihn erschöpft an. »Nie gesehen. Du wechselst die Kerle ja, wie es dir in den Sinn kommt.«

»Hauptsache, er kann Auto fahren, oder?« Wider Willen musste Ruth grinsen. »Und jetzt packen wir deinen Koffer.«

»Aber meine Buntstifte sind weg.« Susanne setzte sich auf. »Die hat Sonja mitgenommen.« Sie zeigte Ruth das Sudoku-Heft. »Dabei kann ich richtig gut ausmalen!«

»Ich bin mir sicher, dass deine Stifte schon bei uns liegen.« Ruth versuchte sich daran zu erinnern, ob sie welche im Haus hatte. »Und wenn alle Stricke reißen, kaufen wir neue. Okay?«

Während Ruth den Trolley füllte, beobachtete Susanne Gustav, als würde sie ihm nicht über den Weg trauen. »Hoffentlich sehen wir den Koffer wieder«, sagte sie leise, als er das Zimmer mit dem Gepäck verließ. »Ich kenne diese Typen …«

»Keine Angst, der passt schon.« Ruth sah sich ein letztes Mal im Zimmer um. »Ich verabschiede mich noch schnell, dann fahren wir.«

»Hast du schon bezahlt?«

»Alles erledigt. Ich bin gleich wieder da!«

Ruth eilte zum Aufenthaltsraum, aus dem fröhliche Schlagermusik erklang. Unter Anleitung von Andrea spielten Herr Möller, die Marmeladenfrau und eine andere Bewohnerin ein Puzzlespiel, bei dem jeweils drei Teile inhaltlich zusammenpassen mussten. Die Stimmung war ausgelassen.

»Wir fahren dann mal«, sagte Ruth und prägte sich den Namen des Spiels ein. »Muss ich noch etwas beachten?«

Andrea gab ihr einen Zettel. »Hier haben Sie meine Handynummer für den Fall, dass es Probleme gibt. Aber ich bin mir sicher, dass Sie sie nicht brauchen werden.« Sie drückte Ruth die Hand. »Einen schönen Urlaub!«

Susanne erwartete sie bereits an ihrer Zimmertür. »Hier sollten wir nicht mehr herfahren, Ruth. Irgendwie ist es ein komisches Hotel.« Sie zeigte auf Frau Höhn, die gerade vorbeischlürfte. »Mit merkwürdigen Gästen ... Wollen wir diese Dame nicht lieber zur Rezeption begleiten? Ich glaube, sie weiß nicht, wo ihr Zimmer ist.«

»Da habe ich schon Bescheid gesagt. Man kümmert sich gleich um sie.« Ruth schloss das Zimmer ab und hakte sich bei Susanne unter. »Komm! Unser Chauffeur wartet auf dem Parkplatz.«

Als sie das Heim verließen, war Susanne wie ausgewechselt. Auch Ruth entspannte sich. »Da steht unser Auto.« Sie zeigte auf Gustav, der am Kotflügel lehnte und ihnen zuwinkte.

Susanne umrundete den Wagen. »Schicker Schlitten. Ich mag rote Autos.« Sie sah Gustav an. »Und eine rote Brille bekommt man passend dazu?«

»So ist es, gnädige Frau.« Mit einer Verbeugung öffnete Gustav die Beifahrertür. »Bitte sehr!«

Bevor sie einstieg, betrachtete Susanne ihn eingehend. »Nimm du mich nur auf den Arm, Gustav. Ich kenne dich nicht erst seit gestern!«

41.

Nach diesem turbulenten Start kehrte Ruhe ein. Susanne lebte sich gut ein und freute sich jeden Tag aufs Neue, mit ihnen zusammen zu sein. Mal war ihr bewusst, dass sie zu Besuch war, mal glaubte sie, dass sie eine Reise zu dritt unternahmen, und war voll des Lobs über das Hotel. Die Auflösung der Wohnung würde sich noch hinziehen, aber Paul hatte ein paar Studenten organisiert, die ihm zur Seite standen. Ein Paul, der mit der Situation umgehen lernte und seine Mutter schon mehrmals besucht hatte.

Wer ihnen hingegen Sorge bereitete, war Johann. Bei einem weinseligen Gespräch hatte er ihnen von seiner Vergangenheit erzählt. Seit Harry wieder in sein Leben getreten war, war seine Spielsucht tatsächlich wieder aufgeflammt, und es gab Tage, an denen er nicht erreichbar war. Doch nun war er unterwegs, um Marie und Noah abzuholen, und Ruth hoffte, dass Sandra ihm die Kinder ohne großes Theater anvertrauen würde.

Susanne begutachtete die Äpfel in der Küche. »Wir sollten einen Kuchen backen. Einen richtig leckeren Apfelkuchen, wie meine Mutter ihn früher gemacht hat.« Sie zog ein Kochbuch aus dem Küchenregal. »Wenn ich nur wüsste, was da alles drin war.«

»Bist du sicher, dass Sandra nicht Amok läuft, wenn die Kinder das erzählen? Du kennst doch ihren Zuckerwahn.«

Susanne grinste diabolisch. »Ich vergesse vieles, mein Goldstück. Aber an ihre Essensneurosen werde ich mich noch auf meinem Sterbebett erinnern. Schade eigentlich, dass ich das nicht gegen etwas anderes eintauschen kann. Gegen das Apfelkuchenrezept zum Beispiel. So interessant sind ihre Marotten nun auch wieder nicht.«

Während sie Rezepte verglichen, klingelte es. »Ich hätte zwei Rabauken abzugeben«, sagte Johann. Ruths Einladung, hereinzukommen, schlug er aus. Auch Marie und Noah versuchten, ihn zum Bleiben zu überreden, doch als sie hörten, was ihre Oma plante, rannten sie in die Küche.

»Wir helfen dir, Omi!«, rief Marie begeistert. »Machen wir Muffelpuff?«

Bei diesem Begriff sah Susanne Ruth unsicher an. »Nein, wir wollten etwas anderes machen. Oder?«

»Wir machen heute einen Apfelkuchen, wie eure Uroma ihn früher für Oma gemacht hat.« Ruth deutete auf ein Rezept, das in die engere Auswahl gekommen war, und zeigte den Kindern das Foto. »Sieht das nicht gut aus?«

Noah nickte, aber es war ihm anzusehen, dass der Begriff *Uroma* sein Vorstellungsvermögen überstieg. Nachdem Ruth ihm den Familienzusammenhang erklärt hatte, band sie den Kindern ein Geschirrtuch um, und sie legten los.

Susanne, sichtbar in ihrem Element, erzählte den Kindern von ihrer Mutter, während sie gemeinsam die Zutaten abwogen und zu einem Teig zusammenrührten. Wieder fiel Ruth auf, mit wie viel Liebe Susanne von dieser Frau sprach. Wieder spürte sie das Fehlen solcher Erfahrungen schmerzlich.

Doch Noah sorgte dafür, dass ihre dunklen Gedanken sich schnell wieder verzogen. »Der Kuchen, der macht Pupi, bis der Apfel nicht mehr piept!«, rief er, während er Äpfel aus der Obstschale nahm. »Jetzt du, Omi!«

Susanne überlegte. »Der Noah nuppt den Nuchen, bis der Napfel nicht mehr nöppt!«

Die Kinder bogen sich vor Lachen. »Ein Napfel kann doch gar nicht nöppen!«, rief Marie, der die Tränen in den Augen standen.

Susanne zwinkerte Ruth zu. »Du hast recht«, rief sie dann. »Es heißt, bis die Knäpfel nicht mehr knupfen, oder?«

Die Stimmung wurde immer ausgelassener, und als der Kuchen endlich in der Röhre stand, schickte Ruth die drei in den Garten und räumte die Küche auf. Sie warf einen Blick auf die Uhr. Bald konnten sie ihr Gemeinschaftswerk probieren.

Sie hatte soeben die Spülmaschine eingeschaltet, als das Telefon klingelte. Es war die Dame der Pflegeagentur. Ruth konnte ihr Glück kaum fassen. Heute schien wirklich alles zu klappen! Doch im nächsten Moment wurde sie eines Besseren belehrt: Es täte ihnen sehr leid, meinte die Dame, aber sie hätten gerade so viele Personalausfälle, dass man ihr im Augenblick nur einen rauchenden Pfleger schicken könne, der zwar nicht sonderlich gut Deutsch spräche, aber sonst sehr tüchtig sei. Ob das auch für ein paar Wochen ginge?

Sofort hatte Ruth einen stämmigen, kettenrauchenden Russen vor Augen. »Nein, das wäre mir gar nicht recht«, sagte sie. »Dann warten wir lieber, bis Ihre Personalengpässe behoben sind.«

»Das kann aber dauern«, gab die Dame zu bedenken, doch Ruth ließ sich nicht umstimmen. Susanne hasste Zigarettenrauch. Das würde komplett nach hinten losgehen. Sie wollte noch etwas sagen, doch die Dame hatte bereits aufgelegt. Ungläubig starrte sie auf den Apparat. Und jetzt?

Nachdem sie sich vergewissert hatte, dass es Susanne und den Kindern gutging, las sie den Brief, den die Agentur geschickt hatte, erneut durch. Verbindliche Zusagen waren darin nicht zu finden, da hatte Gustav recht. Sie würden improvisieren müssen. Hoffentlich blieb Susannes Zustand stabil.

Resigniert starrte sie aus dem Fenster, bis ihr der Geruch von Angebranntem in die Nase stieg. Der Kuchen! Mit einem Satz war sie in der Küche und riss die Backofentür auf. Glück gehabt. Der Teig war nur an einer Stelle leicht verbrannt, das konnte man wegschneiden. Sonst war er sicher genießbar. Ruth stellte die Form auf die Anrichte und machte Kaffee.

Susanne saß mit den Kindern auf der Bank und las ihnen vor. Doch kaum machte Ruth sich daran, den Tisch zu decken, war die Geschichte vergessen. »Der Kuchen wird geschnitten, komm ich gleich geritten!« Marie kam wiehernd wie ein Pferd auf Ruth zu.

Noah rannte hinterher. »Der Kuchen ist gebacken, muss ich gleich mal ...« Er schlug die Hand vor den Mund. Dann tuschelte er kichernd mit seiner Schwester.

Susanne setzte sich an den Tisch. »Und? Wie geht der Reim weiter?«, fragte sie unschuldig. Als sie keine Antwort bekam, legte sie die Stirn in Falten. »Ihr meint doch nicht etwa *kacken*?«

Die Kinder schrien vor Lachen. »Omi! Das darf man doch nicht sagen«, johlte Marie. »Wenn das die Mama hört!«

»Die hört es ja nicht.« Susanne warf Ruth einen vielsagenden Blick zu. Dann betrachtete sie den Kuchen. »Kennt ihr eigentlich die Geschichte von dem Apfelkuchen, dem es im Ofen zu warm geworden ist?« Sofort hingen die beiden an ihren Lippen. Der Reim war vergessen, und der Kuchen schmeckte nach der Geschichte so gut, dass Marie vorschlug, in Zukunft jeden Kuchen ein wenig anbrennen zu lassen.

Als Paul die Kinder gegen Abend abholte, nahm Ruth ihn kurz zur Seite und erzählte ihm von dem Anruf. »Können wir da irgendwas unternehmen?«

»Leider nein. Dieser Brief ist kein Vertrag. Da sind mir die Hände gebunden.« Er musterte sie sorgenvoll. »Werdet ihr das denn schaffen?«

Sie nickte. »Das kriegen wir schon hin.« Doch wenn sie ehrlich war, hatte ihre Zuversicht seit dem Telefonat enorm gelitten.

Als Susanne Stunden später plötzlich verschwunden war, kamen weitere Zweifel. Nachdem sie im Haus überall gesucht hatte, ging Ruth hinaus. Sie befürchtete, dass dieser Radfahrer wieder geklingelt hatte, und nahm sich vor, den Mann bald ausfindig zu machen und ihm eine neue Glocke zu schenken. Jetzt musste sie aber ihre Freundin finden, bevor es dunkel wurde.

Im Laufschritt ging sie in die Richtung, wo sie Susanne nach dem letzten Ausbüxen gefunden hatte. Zwei Straßen weiter entdeckte sie ihre Freundin. Susanne schlich an einer Hecke entlang und linste angestrengt durch die dichten Zweige. Erleichtert blieb Ruth stehen. Sie würde Susanne noch ein wenig Detektivin sein lassen, sie dann ansprechen und nach Hause bringen.

»Frau Hagedorn, wie geht es Ihnen?« Der Mann, dem die Villa nun gehörte, kam auf sie zu. »Findeißen. Wir sind uns bei Ihrem Mann im Büro begegnet.« Er schüttelte ihr die Hand.

»Ich erinnere mich. Ihr Haus scheint nun bald fertig zu sein, oder?«

»Ja, das Chaos lichtet sich allmählich«, sagte Findeißen. »Und wie läuft es bei Ihnen? Klappt es mit Ihrer Freundin?«

»Wie man es nimmt. Die Pflegeagentur hat einen Rückzieher gemacht, und bei allen anderen Wohneinrichtungen sind die Wartezeiten lang.« Sie nickte unauffällig zu Susanne, die geduckt auf einen anderen Garten zuging. »Meistens kommen wir gut klar. Nur wenn eine Erinnerung sie in die Vergangenheit zurückbeamt, muss ich sie gut im Auge behalten.«

Auch der Mann beobachtete Susanne nun. »Das ist nicht einfach. Mein Vater hat ebenfalls Alzheimer.« Er verwickelte sie in ein Gespräch über die medizinischen Forschungsergebnisse, die man in den vergangenen Jahren gewonnen hatte. Bis Ruth auffiel, dass Susanne erneut verschwunden war. Schnell verabschiedete sie sich und machte sich auf die Suche.

*

Vati fährt ja mal wieder wie der Blitz! Kaum hört sie die Klingel, ist er schon wieder verschwunden. Aber zum Glück ist sie Detektivin. Ihr entgeht nichts. Sie muss sich nur mal genau überlegen, wo er hingefahren sein könnte. Aber da ist ja der Garten von diesem Beckmann! Das Gartenhaus erkennt sie sofort. Auch wenn er es hat streichen lassen. Alles Tarnung. Aber sie lässt sich nicht so einfach aufs Glatteis führen. Sie weiß, dass er etwas im Schilde führt. Ganz klarer Fall! Jetzt hat er sogar einen Kasten für diese … diese Tiere, diese … diese *Flatterbiester* angebracht. Aber das wird ihm auch nicht helfen. Sie weiß Bescheid. Und Sonja weiß es auch.

Jetzt schnell um die Ecke, weg von den quatschenden Leuten. Stehen auf der Straße herum und haben nichts Besseres zu tun, als sich zu unterhalten. Das ist bei ihr anders. Sie muss Vati suchen und Beweise gegen Beckmann bringen und … da war ja die Villa! Ist Vati dorthin gefahren? Will er sie besuchen? Aber sie wohnt ja nicht mehr dort. Oder?

Vieles ist noch so wie früher. Nur der Turm ist verschwunden. Zusammen mit … wie heißt der Mann noch mal? Gleich fällt es ihr ein. Etwas mit G … Reimt sich auf Eskimo. Domino – Flohdepot – lichterloh – Pharao – Cembalo … Bruno! Der Dreckskerl. Das reimt sich nicht, aber es stimmt dennoch – Koch – Joch – Loch. Da in der Hecke ist eins. Da kann man durchgucken – drucken – jucken – spucken – mucken. Mutti ist traurig. Weil Vati nicht da ist. Mutti möchte sie mitnehmen in die Villa. Und für sie singen. Nein. Singen geht nicht mehr. Singen ist vorbei. Bruno ist vorbei. Vieles ist vorbei. Der Tag ist auch gleich vorbei. Die Straßenlampen sind gleich …. Nein! Die sind schon an! Sie muss sofort nach Hause. Aber wo ist das? Sie muss sich beeilen, sonst gibt es ein Donnerwetter. Sie weiß nicht, wo sie hinmuss. Wie heißt diese Straße? Wo ist sie denn?

»Susanne! Susaaaa-ne!!!«

Susanne. Das ist sie. Da ist Mutti. Mutti sucht sie. Hoffentlich ist sie nicht böse.

»Susanne! Wo bist du?!«

»Hier!« Schnell. Sonst gibt es ein Donnerwetter! »Hier bin ich!«

»Da bist du ja!« Kein Donnerwetter. Mutti freut sich, dass sie da ist.

»Ich habe Vati gesucht weißt du und der Beckmann hat das Gartenhaus gestrichen alles eine falsche Fährte weißt du mit so einem Haus für … für *Flatterbiester* dran damit man glaubt er ist einer der Guten aber das stimmt nicht weißt du?«

Aber Mutti sagt nichts. Sie hält sie fest in den Armen, streichelt ihr den Rücken, wiegt sie sanft. Jetzt ist alles gut. Gleich ist sie zu Hause.

42.

Ruth fühlte sich am nächsten Morgen wie gerädert. Die Sorge, die Situation mit Susanne bald nicht mehr bewältigen zu können, hatte sie stundenlang wach gehalten, und je mehr Zeit verstrich, umso bedrohlicher waren ihre Ängste geworden. Sie dachte an ihre Freundin, die sich gestern Abend wie ein kleines Mädchen hatte trösten lassen, an ihre eigene Hilflosigkeit. Sie hatte lange gehofft, Mutter zu werden, aber diese Variante überstieg ihre Kräfte schon jetzt. Was, wenn sich das weiter zuspitzte?

Sie würde alles hergeben für eine solide Strategie, bei der

man Eventualitäten im Vorfeld erkennen und berücksichtigen konnte. Dass es so etwas aber nicht gab, wusste sie von Kindesbeinen an. Ihre Mutter hatte sich stets darum bemüht. Doch jedes Mal war sie gescheitert und von ihrem Vater verhöhnt und bloßgestellt worden.

Auch die Begegnung mit Herrn Findeißen war ihr in den Sinn gekommen. Er hielt sich seltsam bedeckt, wenn es um die Villa ging. Sollten im Haus Airbnb-Unterkünfte eingerichtet werden und wollte er keine Probleme mit der Nachbarschaft?

»He, du bist schon wach.« Gustav gab ihr einen Kuss. »Nicht gut geschlafen?«

»Katastrophal. Hast du eine Ahnung, was dieser Findeißen mit seiner Villa vorhat?«

Gustav rollte sich auf den Rücken. »Da lässt er nichts raus, und ich habe auch nicht weiter nachgehakt. Ich bin nur froh, dass das Projekt im Kasten ist. Im Grunde kann es uns auch egal sein.« Er gähnte. »Hast du einen Vorschlag, was ich heute mit Susanne unternehmen könnte?«

»Frag einfach, wozu sie Lust hat. Ich werde nicht lange unterwegs sein. Ich drehe nur eine Runde durch den Supermarkt. Vorher fahre ich kurz bei Benders vorbei. Marie hat ihr Lieblingsbuch hier liegenlassen.«

Susanne hatte genaue Vorstellungen von dem Tag. »Ich könnte mal wieder einen Kuchen backen«, sagte sie. »So einen, wie meine Mutter früher gemacht hat.« Sie musterte Gustav. »Isst du gern Apfelkuchen?«

»Ich liebe Apfelkuchen«, sagte Gustav. »Und wenn noch Zutaten fehlen, kann Ruth die mitbringen.«

Ruth, die den Rest des gestern gebackenen Apfelkuchens

unauffällig auf den Schrank stellte, nickte. »Kein Problem.«

Nachdem alle Einkaufswünsche zusammengetragen worden waren, fuhr sie zu Paul und Sandra. Kaum hatte sie die Klingel gedrückt, wurde die Tür aufgerissen. Sandras Miene versprach Ärger. Sie hielt sich auch nicht lange mit Höflichkeitsfloskeln auf, sondern kam sofort zur Sache.

»Ich möchte nicht, dass meine Kinder ihre Großmutter in nächster Zeit besuchen. Diese Frau hat einen ausgesprochen schlechten Einfluss auf sie und ist, wie wir wissen, unberechenbar. Ganz zu schweigen davon, mit welchen idiotischen Reimen die Kinder anschließend nach Hause kommen. Sie haben gar nicht mehr damit aufgehört. Und Noah hat immerzu dieses Wort verwendet! Zum Glück habe *ich* keine Leute dieser Art in der Verwandtschaft.«

»Hast du noch nie in deinem Leben das Wort *kacken* verwendet, Sandra? Wenn nicht, solltest du das im Rahmen einer Therapie mal aufarbeiten. *Kacken* ist nämlich ein ganz normales Wort.« Ruth sah mit Freude, dass Sandra bei jeder Erwähnung zusammenzuckte, und zeigte auf den Gehweg. »Schau, hier liegt sie sogar in Reichweite. Vielleicht kannst du gleich denjenigen verklagen, der die *Kacke* dort hat liegenlassen.«

»Deine Meinung interessiert mich nicht. Ich will, dass meine Kinder Umgang mit *normalen* Menschen haben.«

»Definier bitte *normal*.« Ruth musste sich zusammenreißen, Sandra nicht laut mitzuteilen, was bei ihr alles nicht normal war. Doch sie schluckte die Sätze hinunter, zu den vielen anderen Worten, die dort im Lauf der Zeit gelandet waren und unverdaut vor sich hin goren. »Deine Schwiegermutter hat Alzheimer. Das ist weder ansteckend noch macht es andere dumm. Und deine Kinder lieben sie so, wie sie ist. Wenn du wüsstest, wie viel Spaß wir gestern miteinander hatten, würdest du noch blasser werden, als du ohnehin schon bist.«

Sandra schnaubte. »Klar, dass Kinderlose so etwas nicht nachvollziehen können. Bei *mir* ist die Grenze aber erreicht.«

Ein Schlag in die Magengrube hätte sie nicht schmerzlicher treffen können, doch Ruth ließ sich nichts anmerken. »Tja, meine Liebe, dafür habe ich ein gesundes Verhältnis zu meinem Körper. Und nicht zu vergessen: zu *Kacke*.« Sie drückte ihr das Bilderbuch in die Hand und ging ohne ein weiteres Wort davon.

Während sie ihren Wagen durch den Supermarkt schob, setzte sie das Gespräch mit Sandra gedanklich fort und wurde dabei immer wütender. Als ihr Handy klingelte, meldete sie sich dementsprechend.

»Lieber Himmel! Ist was passiert?« Gustav klang richtig erschrocken.

»Ich bin kurz davor, einen Mord zu begehen.« Ruth lehnte sich an eine Kühlvitrine und versuchte, sich zu beruhigen. »Sollte es so weit kommen, such mir bitte eine fähige Anwältin, sag ihr, was diese verdammte Kuh mir um die Ohren geworfen hat, und plädier auf mildernde Umstände.« Sie berichtete ihm, was vorgefallen war.

»Lass dir bloß nichts einreden, mein Schatz. Du bist die tollste Frau der Welt und darfst zur Feier des Tages so oft *Kacke* sagen, wie du willst. Vielleicht können wir das Wort heute Nacht bei Benders auf die Tür sprühen! Am besten bringst du gleich schwarze Kapuzenpullis mit.«

Ruth grinste bei der Vorstellung, wie sie im Schutz der Dunkelheit durch die Siedlung schlichen und die Haustür der Familie Bender verunstalteten. »Danke. Jetzt geht es mir schon besser. Aber warum hast du angerufen?«

Zu Hause waren die Backvorbereitungen in vollem Gange. Ruth wollte sich ihnen anschließen, doch Gustav nahm ihr die Einkäufe ab und schickte sie auf eine Liege, die er im Garten aufgestellt hatte. »Ich habe dir leichte Lektüre dazugelegt. Da wirst du bald schlafen können.« Er zeigte auf Susanne, die Unmengen Teig herstellte. »Und sollte dir eine Lösung für unsere Tagesproduktion einfallen …«

Dankbar legte Ruth sich hin und versuchte zu lesen. Doch der Schlaf wollte nicht kommen. All ihre Gedanken kreisten um Susanne und darum, wie ihre Zukunft aussehen würde, sollten sie keine Hilfe bekommen.

Nach einer Stunde schlich sie in ihr Arbeitszimmer und fuhr den PC hoch. Da ihre bisherige Strategie nicht sehr wirkungsvoll gewesen war, freute sie sich, als sie bei einer Verbraucherzentrale eine Checkliste entdeckte, die Angehörige bei der Suche nach der richtigen Pflegeeinrichtung unterstützte. Nachdem sie sich die wichtigsten Punkte notiert hatte, scrollte sie sich durch die Websites verschiedener Heime, die ihr spontan zusagten. Doch die Terminvereinbarungen gestalteten sich problematisch. Viele Ansprechpartner waren im Urlaub, und sie wurde oft vertröstet. Doch zwei Treffen konnte sie festlegen. Die restlichen Anrufe würde sie morgen in Angriff nehmen.

Apfelkuchenduft zog durch das ganze Haus. Kein Wunder. In der Küche holte Susanne gerade den dritten aus dem Ofen. »Sehen die nicht köstlich aus?«, fragte sie, als sie Ruth entdeckte.

Wenn ich noch einen solchen Kuchen sehe, fange ich an zu schreien, wollte Ruth schon antworten, doch im nächsten Moment schämte sie sich für diesen Gedanken. »Ein Traum«, sagte sie stattdessen. »Kann man die auch einfrieren?«

Doch bald fanden sich erste Abnehmer. Johann, der auftauchte, um mit Susanne einen Termin für einen Ausflug zu vereinbaren, ließ sich nicht lange bitten. Der nächste Kandidat, der unverhofft vorbeischaute, war Paul.

»Ich möchte mich für Sandras Reaktion entschuldigen«, sagte er. »Die Kinder dürfen natürlich so oft hierherkommen, wie sie wollen.«

»Ich nehme die Entschuldigung an, wenn du einen Kuchen mitnimmst«, sagte Ruth. »Deine Mutter hat das Backen für sich entdeckt, und ich spiele mit dem Gedanken, einen Verkaufsstand auf dem Wochenmarkt anzumelden, wenn das so weitergeht.«

Paul lachte. »Ich werde ihn aber lieber ins Büro bringen.« Er zwinkerte ihr zu. »Wenn du verstehst, was ich meine.«

Ruth begleitete ihn zum Wagen und berichtete von den ersten Gesprächen, die sie vereinbart hatte. Paul versprach, sich ebenfalls wieder auf die Suche zu machen. Und keine Entscheidung hinter ihrem Rücken zu treffen. »Ach, bevor ich es vergesse: Wäre es möglich, dass du mit Mama zur Einschulung von Marie kommst? Sie wünscht es sich so sehr.« Vorsichtig platzierte er das Backwerk auf den Beifahrersitz. »Anschließend gehen wir essen und machen einen Ausflug.«

»Ich schau mal, ob ich das in der Schule regeln kann«, versprach Ruth. »Weiß Sandra von diesem Wunsch?«

»Marie hat es ihr unmissverständlich klargemacht.«

Ruth sah dem davonfahrenden Auto nach und fragte sich, warum neuerdings so ein Hype um den ersten Schultag gemacht wurde. Sie konnte sich lediglich an ihre Schultüte erinnern. Und an das Glück, neben Kerstin platziert worden zu sein. Hoffentlich fand auch Marie eine Freundin, mit der sie durch dick und dünn gehen konnte.

43.

Plötzlich ist sie hellwach. Was ist heute für ein Tag? Es ist bewölkt, aber schön warm, und diese … Flatterbiester singen. Wenn die singen, ist es Frühling. Auch die Blumen im Garten blühen. Jetzt noch den Tag, dann weiß sie, wie der Hase rennt. Zum Glück hängt ein Kalender an der Wand. O je: Heute ist Mittwoch. Gerade am Mittwoch hat sie einen vollen Plan. Und gleich in der ersten Stunde diese Zwölfte. Ausgerechnet …

Aber wo sind ihre Schulsachen? Im Arbeitszimmer? Nein, da ist nur ein Bad. Ist sie etwa im Hotel? Dort ist das Bad gleich neben dem Zimmer. Gibt es schon Frühstück um diese Zeit? Erst mal fertig machen für die Schule, dann zur Rezeption. Sie wird ihnen erklären, dass sie es eilig hat. Obwohl sie die Stunde in der 12a nur zu gern ausfallen lassen würde.

So, duschen, anziehen. Wo ist ihre Tasche? Die Buntstifte

liegen auf dem Tisch. Aber was will sie mit Buntstiften vor der Klasse? Sie braucht Kreide, um an die Tafel zu schreiben. Und einen Rotstift. Fehler müssen angestrichen werden. Und wer schwätzt, bekommt eine Verwarnung. Wer dann noch weiterschwätzt, kriegt einen Verweis. Da kennt sie keinen Pardon. Gerade die 12a soll sich da in Acht nehmen. Da sitzt dieser Martin, der immer die Mädchen bezirzt, direkt vor ihrer Nase. Er glaubt, dass sie seine Masche nicht bemerkt, aber da muss er früher aufstehen. Das gilt auch für seinen Banknachbarn Paul. Der hat nur Fußball im Kopf.

Doch vorher muss sie was essen. Sie hat Hunger. Mal sehen, was die an der Rezeption sagen. Keiner zu sehen. Das ist mal wieder typisch. Die sind nicht auf Leute eingerichtet, die im Arbeitsleben stehen. Das sollte sie sich merken. Hier wird sie nicht noch mal übernachten. Ein Pausenbrot wäre aber gut. Ruth braucht ja nur einen Kaffee. Aber sie braucht unbedingt was zu essen.

Ah, da ist die Küche. Auch nicht besetzt. Typisch. Was denken die Leute sich eigentlich? Dass sie am Service sparen können? Hoffentlich gibt es kein Donnerwetter, wenn sie sich was mitnimmt für die Schule.

Eins, zwei, drei, vier Eckstein, alles muss entdeckt sein ...

Gute Sachen haben die hier. Apfelkuchen. Aber kein Brot. Na ja, zur Not kann sie sich in der Pause etwas beim Hausmeister kaufen. Vielleicht findet sie hier aber noch was. Schau an: Das Brot ist in der Ziehlade! Wer sagt's denn. Eins nach dem anderen. Wäre doch gelacht, wenn sie das nicht schafft. Immer mit der Ruhe. Und dort liegt auch ein roter Stift. Solange sie einen Rotstift hat, kann sie korrigieren. Da wird die 12a die Ohren anlegen! Muss sie nur noch ihre Schultasche finden. Hoffentlich hat sie die nicht im Bus liegenlassen. Ruth hat mal Schulaufgaben im Bus vergessen. Das hat mächtig Ärger gegeben. Ihr ist das zum Glück noch nicht passiert. Aber Ruth wird in letzter Zeit ziemlich schusselig. Mein lieber Herr Gesangverein …

Moment mal. Muss sie heute überhaupt in die Schule? Oder hat sie heute Gesangverein? Bei dem … wie heißt er noch mal? Gleich fällt es ihr ein. Etwas mit G … Reimt sich auf sowieso – schadenfroh – ebenso – apropos … Bruno! Nein, mit dem Sackgesicht ist sie fertig. Obwohl sie sich noch an seinen Namen erinnert. Das muss man sich mal vorstellen. Jetzt aber erst ein Pausenbrot. Eins nach dem anderen. Wäre doch gelacht, wenn …

»Susanne! Was machst du denn für einen Lärm? Es ist erst halb sechs. Du weckst alle auf.«

»Ich muss in die Schule und finde nichts zum Frühstück.« Ist das so schwer zu verstehen? »Musst du nicht auch langsam los? Wo ist deine Tasche? Und dein Rotstift?«

»Es sind doch Ferien, Zuckerschnute. Da können wir ausschlafen. Du solltest dich auch noch mal hinlegen.«

»Das ist ja ein Ding. Dann habe ich die 12a gar nicht in der ersten Stunde?«

»Nein. Schau, hier ist dein Zimmer und dein Bett. Dort stehen deine Sachen. Siehst du? Leg dich noch mal hin. Später frühstücken wir zusammen.«

»Hoffentlich ist die Rezeption dann endlich besetzt.«

»Du wohnst doch bei Gustav und mir.«

Ruth kann viel erzählen, wenn der Hase rennt. Sieht doch jeder, dass sie im Hotel ist. Dieses Zimmer hat ein eigenes Bad. Das gibt es nur im Hotel.

»Ich lege mich auch noch etwas hin und wecke dich zum Frühstück, okay?«

»Ich mache so lange ein paar Schleifen. Dann kannst du dir darauf was notieren, für den Fall, dass du es nicht vergessen willst.« Wirklich schön, dieses Zimmer. Und da liegen auch Buntstifte. Vielleicht sollte sie vor dem Schlafengehen etwas ausmalen. Das tut sie ja schon immer gern.

»Paul hat dafür nie die Geduld. Und wenn er es doch mal macht, malt er immer über die Linie. Ich bin da viel genauer. Schon als Kind.«

»Das ist eine gute Idee. Ich lege mich jedenfalls noch mal hin. Bis später!«

Tür zu. Weg.

Eine Schleife für Ruth machen. Dann kann sie sich jederzeit etwas notieren. Schon blöd, wenn man so schusselig wird. Und noch eine Schleife. Da schreibt sie etwas für Ruth drauf. Damit die das niemals vergisst.

*

Erleichtert winkte Ruth Johann und Susanne nach. Sie wollten den Tag im Zoo verbringen. Ruth hoffte, dass sie wie vereinbart bis abends unterwegs sein würden, ohne dass Susanne den Drang verspürte, weitere Apfelkuchen zu backen.

Nach dem heutigen Auftakt war ihr erneut klargeworden, dass sie es auf Dauer ohne Hilfe nicht stemmen konnten, und sie beschloss, die zweite Hälfte der Adressenliste zu kontaktieren. Nicht auszudenken, wenn Susannes Tagesrhythmus sich noch weiter verändern würde …

Die Telefonate verliefen ähnlich ergebnislos wie am Tag zuvor. Nachdem sie einen einzigen Gesprächstermin notiert hatte, sah sie gähnend aus dem Fenster. Sie sollte die Betten mal wieder frisch beziehen und staubsaugen. Auch Carmen, die einmal die Woche den Haushalt rettete, war im Urlaub und mit Gustavs Hilfe konnte sie kaum rechnen, denn er hatte neue Aufträge.

Ruth hatte die Bettwäsche schon in der Hand und überlegte sich ein Gericht für das Abendessen, als sie ihre Pläne spontan änderte. Es würde niemanden umbringen, eine weitere Nacht zwischen diesen Laken zu schlafen. Heute Abend würde sie mit Susanne und Johann zum Italiener gehen. Gustav hatte ohnehin ein Geschäftsessen und würde spät nach Hause kommen. Heute wollte sie sich mal nur um sich kümmern. Kurz darauf lag Ruth auf der Gartenliege im Schatten.

Nach drei Stunden Schlaf fühlte sie sich wie ausgewechselt und war bester Stimmung, als Johann und Susanne eintrafen. »Heute bleibt die Küche kalt«, sagte sie. »Ich habe uns einen Tisch beim Italiener reserviert.« Als sie Johanns Zögern bemerkte, fügte sie hinzu, dass er eingeladen sei. Sie wurde das Gefühl nicht los, dass er in großen finanziellen Schwierigkeiten steckte, auch wenn er das stets abstritt. Susanne war sofort Feuer und Flamme. »Der perfekte Abschluss eines schönen Tages!«

Sie bekamen einen Tisch auf der Terrasse zugewiesen, und Johann und Susanne erzählten begeistert von den Tieren, die sie im Zoo beobachtet hatten. Zum Glück hatte Johann Bilder gemacht, und so konnte auch Susanne sich an Einzelheiten erinnern. Doch während sie die Speisekarte studierten, wurde Susanne immer stiller. Nachdem sie mehrmals vor- und zurückgeblättert hatte, kam Ruth der Gedanke, dass sie sich vielleicht unter den einzelnen Speisebezeichnungen nichts mehr vorstellen konnte.

Sie warf Johann einen vielsagenden Blick zu. »Hilf mir mal kurz auf die Sprünge: Spaghetti Carbonara – ist das mit Tomatensoße oder mit Ei und Speck?« Susanne hörte Johanns Erläuterungen aufmerksam zu. Genauso machten sie es mit einer Cannelloni-Variation, die Susanne schon oft gewählt hatte.

»Ich habe mich entschieden. Ich nehme die Cannelloni Primavera.« Erleichtert schloss Susanne die Karte. »Die Weinauswahl überlasse ich euch.«

Die Stimmung entspannte sich zusehends. Auch bei Johann, der anfangs immer wieder verstohlen auf sein Handy gelinst hatte, es nun aber in die Tasche steckte. Doch kaum waren die Teller leer, wurde Susanne unruhig. Kurz darauf verschwand sie auf die Toilette.

Währenddessen sprachen Ruth und Johann über seine Pläne für die kommenden Tage, wobei sie nicht abschätzen konnte, ob er sie lediglich beruhigen wollte. Spielte er heimlich weiter? Oder hielt er sich inzwischen wirklich fern von diesen desaströsen Pokerrunden?

Erst als der Kellner fragte, ob sie einen Blick in die Dessertkarte werfen wollten, fiel ihnen auf, dass Susanne noch nicht zurückgekehrt war. Nach einigem Suchen entdeckten sie sie an einem Tisch mit einer Geburtstagsgesellschaft. Susanne gab gerade eine lustige Geschichte zum Besten, und alle hörten ihr amüsiert zu.

Als sie Ruth und Johann sah, dauerte es einen Moment, bis sie verstand, dass sie eigentlich mit ihnen unterwegs war. Doch sie überspielte die Überraschung gekonnt, verabschiedete sich launig von den Gästen und hakte sich bei Ruth unter. »Die waren wirklich gut drauf!«

»Woher kanntest du sie denn?« Ruth war ehrlich gespannt.

»Ach, die habe ich mal …« Susanne kniff beide Augen zu, dann schüttelte sie den Kopf. »Es fällt mir nicht mehr ein. Jedenfalls sehr nette Leute.«

Sie waren kaum zu Hause angekommen, als sie das vertraute *Ding-Dong* hörten. Voller Vorfreude auf ihren Vater rannte Susanne hinaus und war im nächsten Augenblick verschwunden. Ruth wollte ihr schon nacheilen, doch als sie sah, dass Susanne die Hecke wieder ansteuerte, besann sie sich eines Besseren. Sie rannte hinter dem Radfahrer her und erwischte ihn, kurz bevor er ins Haus verschwand. »Ich weiß, es klingt etwas seltsam, aber wäre es Ihnen möglich, nicht zu klingeln, wenn Sie durch die Straße fahren?« Sie schilderte ihm, welche Auswirkungen das Geräusch auf ihre demenzkranke Freundin hatte.

Nachdem der Mann ihr seine Mithilfe zugesichert hatte, ging Ruth direkt zu der Hecke, wo sie Susanne beim letzten Mal gefunden hatte. Doch diesmal war die Straße leer. Auch bei der Laube schlich sie heute nicht umher. Nun musste sie selber in die Rolle einer Detektivin schlüpfen. Langsam ging sie weiter und überprüfte, ob Susanne woanders auf der Lauer lag. Erst als sie an der Villa vorbeiging, entdeckte sie Susanne auf einer Bank im Garten. In sich versunken betrachtete sie das große Haus.

Ruth setzte sich neben sie. »Es ist wirklich ein schönes Gebäude, gell?«

Susanne nickte. »Du hättest es früher sehen sollen. Damals gab es noch diesen kleinen runden Turm, und die Fassade war ockergelb.« Sie zeigte auf den alten Baumbestand an der Seite des Hauses. »Überall standen bemalte Holzskulpturen. Schade, dass die verschwunden sind.«

Während sie Susanne zuhörte, dachte Ruth an das rote Heft. War jetzt der richtige Augenblick gekommen, die Geschichte anzusprechen? Sie haderte noch, als Susanne aufstand. »Ich schau mal nach, ob man sie vielleicht in den Schuppen gestellt hat.« Geistesabwesend ging sie über den Kiesweg davon.

Ruth überlegte, ob sie ihr folgen sollte, als Herr Findeißen den Garten betrat. »Entschuldigen Sie, dass ich mich in Ihrem Garten aufhalte«, sagte sie. »Aber ich habe meine Freundin hier gerade gefunden.« Sie zeigte auf die kleiner werdende Gestalt am Ende des Gartens. »Susanne war früher häufig in einem ähnlichen Haus zu Gast und glaubt, es handelt sich um dieselbe Villa. Ich hoffe, es stört Sie nicht.«

»Keineswegs.« Findeißen setzte sich neben sie. »Ich wollte Sie ohnehin aufsuchen. Hätten Sie Zeit und Lust, morgen Abend mit Ihrem Mann und Ihrer Freundin herzukommen? Ich weiß, es ist kurzfristig, aber ich würde Ihnen gern zeigen, was nun aus der Villa wird.«

»Sehr gern«, sagte Ruth. »Wir haben für morgen nichts geplant.«

»Perfekt!« Findeißen stand auf. »Dann erwarte ich Sie gegen sieben.«

44.

Im Laufe des Tages schlossen Ruth und Gustav darüber Wetten ab, was Findeißen mit dem Anwesen vorhatte. Ruth tippte nach wie vor auf eine Airbnb-Unterkunft, während Gustav die Idee eines Edelpuffs in den Ring warf. »Vielleicht darf man als Nachbar den Whirlpool mitbenutzen. Das wäre doch nett, oder?«

»Ich geb dir gleich Whirlpool«, sagte Ruth. »Wollen wir ihm nicht einen Apfelkuchen mitbringen?« Susanne war wieder produktiv gewesen.

Kurz vor sieben machten sie sich auf den Weg. Nachdem Herr Findeißen sie begrüßt und Susannes Kuchen freudig entgegengenommen hatte, führte er sie in ein geräumiges Wohnzimmer. Der Raum war altmodisch, aber sehr gemütlich eingerichtet. An den Wänden hingen Landschaftsgemälde, und um den offenen Kamin standen bequeme Polstersessel.

»Ein Flügel!« Susanne strich vorsichtig über den glänzend schwarzen Lack. »Was für ein tolles Stück!«

»Ja, das ist der eigentliche Auslöser für dieses Projekt«, sagte Findeißen. »Vielleicht setzen Sie sich kurz.« Dann berichtete er von seiner IT-Firma und von der Sehnsucht, nicht mehr rund um die Uhr zu arbeiten, sondern viel zu reisen. »Als sich eine gute Möglichkeit bot, sie zu verkaufen, habe ich daher nicht lange gezögert. Fast gleichzeitig erkrankte mein Vater an Alzheimer. Er war sein Leben lang Klavierlehrer gewesen und spielte trotz dieser Krankheit noch täglich. Als er nicht mehr allein zurechtkam, habe ich ein Pflegeheim für ihn gesucht, aber dort wurde er nicht glücklich. Man hat ihn nur selten ans hauseigene Klavier gelassen, und als ich ihn eines Tages weinend in seinem Zimmer vorfand, wurde mir klar, dass sich etwas ändern musste. Mein Vater hat mir im Leben vieles ermöglicht, und nun war es an der Zeit, etwas für ihn zu tun.« Herr Findeißen sah fast entschuldigend in die Runde. »Ich weiß, das klingt alles etwas abgefahren.«

»Dann ziehen Sie mit Ihrem Vater hier ein?« Ruth wollte es endlich wissen.

»Nicht ganz. Ich hatte bei meiner Suche nach einer besseren Unterkunft von Demenz-WGs gehört. Doch wo ich auch anklopfte, nirgendwo war ein Platz frei. Als ich kurz darauf von diesem Haus erfuhr, wurde mir klar, dass dies die Chance war, selber eine solche Gruppe zu gründen.«

Ruth hielt es kaum noch auf ihrem Stuhl. Warum hatte der Mann ihnen nie etwas von seinen Plänen erzählt?

»Doch bei der Organisation des Ganzen taten sich mehr Probleme auf, als ich erwartet hatte. Bis ich die nötigen Fachkräfte gefunden hatte und die Sache auch rechtlich auf solider Basis stand, verging viel Zeit. Jetzt ist aber alles in trockenen Tüchern.« Findeißen stand auf. »Kommen Sie, ich zeige Ihnen, wie es geworden ist.«

Während sie ihm folgten, wurde Ruth klar, dass der Mann wirklich an alles gedacht hatte. Insgesamt würden sechs Alzheimerpatienten einziehen, die am Tag von zwei Pflegekräften versorgt wurden. Für die Nächte war eine Nachtwache vorgesehen, die im ersten Stock ein kleines Schlafzimmer hatte. Zudem waren ein Ergo- und ein Physiotherapeut sowie eine Fußpflegerin unter Vertrag.

Es kam Ruth vor, als wäre sie in einem Märchen gelandet. Allerdings in einer dieser Sagen, in denen böse Zauberer einem im letzten Moment einen Strich durch die Rechnung machen. Fieberhaft überlegte sie, ob sie Susanne ins Spiel bringen konnte, doch sie ließ es sein. Schließlich hätte Findeißen ihnen längst gesagt, wenn noch ein Zimmer frei wäre. »Und wer sorgt für die Mahlzeiten?«, fragte sie stattdessen.

»Wir haben einen Hausmeister, der für die Bewohner einkauft. Das Kochen wird von den Bewohnern und den Betreuern selber erledigt. Jeder, wie er kann und will.« Findeißen zeigte auf Markierungen an der Wand neben der Treppe. »Nächste Woche wird noch ein Treppenlift installiert.«

Mittlerweile waren sie im ersten Stock angekommen. Auch hier zeigten Schilder und Hinweise an, was sich hinter welcher Tür verbarg. Ruth besichtigte gerade eines der Badezimmer, als ihr auffiel, dass Susanne ihnen nicht gefolgt war. Im nächsten Moment hörte sie, warum. Susanne hatte sich ans Klavier gesetzt und schlug zaghaft erste Töne an. Nach einigen Fingerübungen begann sie zu spielen. Als Ruth die Melodie erkannte, wurde ihr warm ums Herz. *Stand by me.*

Nach den letzten Akkorden räusperte sich Findeißen. »Ich weiß, dass Sie sich große Sorgen um Ihre Freundin machen«, begann er. »Aber Sie werden sich sicher vorstellen können, dass diese Zimmer einen reißenden Absatz gefunden haben.«

Ruth nickte mutlos. Die Möhre hing ihnen direkt vor der Nase, doch sie würden sie niemals erwischen können.

»Das Leben beschert uns aber immer wieder Überraschungen, die für die einen traurig, für andere eine Chance sind. Gestern erfuhr ich, dass eine alte Dame, die hier einziehen wollte, im Sterben liegt. Somit wäre eines der Zimmer frei. Ob Ihre Freundin wohl Interesse hätte, hier einzuziehen?«

Ruth glaubte zu träumen. Von wegen, das Schicksal hält alle Fäden in der Hand. Das Leben glich vielmehr einer Lotterie. Und heute hatten sie den Jackpot geknackt!

Das Klavierspiel im Erdgeschoss verstummte. Kurz darauf gesellte Susanne sich zu ihnen. »Sagt mal, dieses Hotel gefällt mir ausnehmend gut. Ob die noch Zimmer frei haben?«

45.

Nach diesem ereignisreichen Abend packten sie Susannes Sachen ein weiteres Mal zusammen. Doch dieser Umzug würde für immer sein, so viel stand fest. Susannes Meinung dazu war tagesabhängig. Mal hatte sie keinerlei Lust, in die Villa zu ziehen, weil sie befürchtete, dass *dieser Kerl* dort wieder aufkreuzen könnte, mal lobte sie das Hotel in den höchsten Tönen. Doch kaum standen ihre Möbel im Zimmer, war sie selig und lebte sich schnell ein.

Als Ruth und Gustav von einem spontanen Nordsee-Urlaub zurückkehrten, kam ihnen das Haus ungewohnt leer vor. Das änderte sich, als sie erfuhren, dass Johann so verschuldet war, dass er die Wohnungsmiete kaum noch aufbringen konnte. Seitdem wohnte er im Gästezimmer, machte eine Therapie und hielt sich konsequent von Pokerevents – und vor allem von Harry – fern. Bislang mit Erfolg.

Obwohl das Schuljahr längst begonnen hatte, schaute Ruth jeden Tag bei Susanne vorbei. Auch die anderen WG-Bewohner hatte sie richtig ins Herz geschlossen. Da war Frau Setz, mit ihrer Vorliebe für Häkelarbeiten, und Frau Büttner, die stets auf der Durchreise zu sein glaubte und Angst hatte, ihren Bus oder Zug zu verpassen. Frau Bauer, Hausfrau mit Leib und Seele, konnte ihre Tage damit zubringen, die Wäsche auf- und abzuhängen, während Herr Paulsen, ein ehemaliger Fahrlehrer, nur eine Zeitung brauchte, um glücklich zu sein.

Der alte Herr Findeißen saß stundenlang am Flügel. Er hatte Marie schon bei ihrem ersten Besuch ins Herz geschlossen, und seit einer Woche war sie seine Schülerin. Sehr zur Freude von Susanne, die glücklich war, dass ihre Lieblinge sie oft besuchten.

Am schmiedeeisernen Tor der Villa drückte Ruth eine Zahlenkombination und betrat die Villa, wo es verführerisch nach frischem Kaffee und Apfelkuchen duftete. Susanne erfreute ihre Mitbewohner nach wie vor mit ihren Backkünsten, und Ruth nahm regelmäßig einen Kuchen mit in die Schule.

Sie fand Susanne am runden Tisch im Esszimmer. Unter Anleitung von Pflegerin Elke spielte sie mit einigen anderen Bewohnern Memory. Ruth setzte sich auf den leeren Platz neben ihrer Freundin und grüßte in die Runde. Elke, die es ihren demenzkranken Schützlingen an nichts fehlen ließ, tippte gerade Frau Setz auf die Schulter. »Sie sind jetzt dran.«

Die ehemalige Frisöse, die einen Großteil ihrer Zeit damit verbrachte, meterlange Schnüre zu häkeln, legte Nadel und Wolle zur Seite. »Wie die Zeit vergeht. Was muss ich noch mal machen?«

»Sie müssen zwei Karten umdrehen.«

»Schon wieder?«

»Ja, schon wieder.« Elke setzte Frau Büttner, die etwas schief im Rollstuhl saß, gerade hin und füllte ihre Kaffeetasse nach.

Frau Setz hatte ihre Aufgabe mittlerweile gelöst und schaute auf das Kärtchen, auf dem eine Kokosnuss abgebildet war. »Was ist das denn für eine Nuss?«

»Das ist eine Kokosnuss«, sagte Elke.

»Gibt's die noch?« Frau Setz hielt die Abbildung direkt vor die Brille.

»Ja, die gibt es noch«, sagte Elke. »Aber eine Kokosnuss und ein Schmetterling sind leider nicht gleich.«

»Sachen gibt's …« Frau Setz ließ die Karten fallen und widmete sich wieder ihrer Schnur.

Nun war der alte Herr Findeißen an der Reihe. Der Mann, der stets Anzug und Fliege trug, griff in die Mitte und sah sich das gewählte Bild an. »Rot«, rief er. »Meine Lieblingsfarbe.«

»Das ist eine Tomate«, sagte Elke. Sie zwinkerte Ruth zu. »Jetzt drehen Sie bitte noch eine zweite Karte um.«

Kurz darauf hielt Herr Findeißen eine Sonnenblume hoch. »Eine gelbe Tomate?«

»Nein, das ist eine Son-nen-blu-me. Keine Tomate. Geschummelt wird nicht.« Elke nickte Ruth zu. »Jetzt zeigen Sie mal, was Sie können.«

Ruth beugte sich über die Karten und wählte eine aus:

eine Tomate. Schnell sicherte sie sich die zweite Tomate, die bei Herrn Findeißen lag.

»Nein! Das ist *meine* Lieblingsfarbe!«, rief er aufgebracht. »Die können Sie mir nicht einfach so nehmen.« Ruth reichte ihm beide Tomaten, doch Herr Findeißen hatte genug von dem Spiel und stand auf. »Da macht doch jeder, was er will.« Gestützt auf seinen Stock ging er zum Flügel und begann zu spielen.

Susanne hatte mehr Glück. Sie drehte zwei Zitronen um und legte beide Karten zufrieden vor sich hin. Da Frau Büttner eine Runde aussetzen wollte, war Frau Setz wieder an der Reihe. Als sie ihren Namen hörte, kehrte sie verdutzt aus ihrer Häkelwelt zurück. »Was?«

»Sie sind dran, Frau Setz.«

»Was muss ich denn machen?«

»Sie müssen zwei Kärtchen umdrehen.«

»Schon wieder?« Frau Setz sah uns überrascht an. »Wie die Zeit vergeht.« Gezielt drehte sie Kokosnuss und Schmetterling um. »Was ist denn das für eine Nuss?« Wieder hatte die Karte ihre volle Aufmerksamkeit.

»Das ist eine Kokosnuss«, sagte Elke mit Engelsgeduld. »Eine Ko-kos-nuss!«

»Gibt's die überhaupt noch?« Frau Setz traute der Sache nicht.

»Ja, die gibt es noch.«

Nach dieser Runde verlief das Spiel im Sande. Frau Setz schlief ein, und Frau Büttner erklärte, sie müsse allmählich zum Bahnhof. Ihr Zug würde bald fahren, und sie wolle ihn unter keinen Umständen verpassen.

Während Elke sie im Rollstuhl zu einer gepackten Reisetasche schob, die extra zu diesem Zweck neben der Tür auf sie wartete, legten Ruth und Susanne die Kärtchen in die Schachtel und stellten sie zu den anderen Spielen ins Regal. »Ich muss dir unbedingt etwas zeigen«, sagte Susanne. »Komm mal mit nach oben!«

Susannes Reich war eine Kleinkopie ihrer Wohnung geworden. Sie hatte eine gemütliche Sitzecke mit Sofa, Stuhl und einem niedrigen Tisch. Vor dem Fenster stand ihr Schreibtisch. Am Fußende des Bettes hatte Ruth ein Regal mit Susannes Lieblingsbüchern bestückt, an den Wänden hingen vergrößerte Urlaubsfotos und Kunstdrucke.

Während Susanne noch suchte, setzte Ruth sich auf die Couch und dachte an die vergangenen dreizehn Monate zurück. Die Zeit war ein Wechselbad der Gefühle gewesen, doch nun schien sich alles zu einem guten Ende gefügt zu haben. Susanne wurde in vielerlei Hinsicht gefördert und fühlte sich hier sichtlich wohl. Natürlich gab es auch schlechte Tage, an denen sie manches nicht umreißen konnte, doch die guten überwogen.

Inzwischen war Susanne fündig geworden und setzte sich mit dem Fotobuch neben Ruth. »Das haben wir uns wirklich schon lange« nicht mehr angeschaut«, sagte Ruth. Sie bemerkte, dass ihre Freundin irritiert war, dass sie den Band bereits kannte. Doch Susanne überspielte es geschickt. »Ja, das wird mal wieder Zeit.«

Susanne schlug die erste Doppelseite auf, und es dauerte nicht lang, bis sie in alten Zeiten eingetaucht waren. Ruth freute sich, wie viel ihre Freundin noch wusste. Als Susanne aber ein Foto entdeckte, auf dem eine Gruppe von ehemaligen Kollegen zu sehen waren, änderte sich das.

»Schau mal an. Alle meine Verwandten bei einem Picknick zusammen. Das kam äußerst selten vor.« Sie strich mit dem Finger über die Gesichter eines Deutschlehrers und einer Kollegin aus der Chemie. »An diesem Tag wirken Vati und Mutti richtig glücklich. Das war nicht immer so, weißt du.«

Obwohl es Ruth eiskalt überlief, wusste sie, dass der Augenblick gekommen war, das rote Heft zur Sprache zu bringen. »Damals war dein Vati noch nicht in der Klinik, oder?«

»Nein, da war unsere kleine Welt noch in Ordnung. Bis er diese Schulklasse übernahm, und wir …« Mit einem Ruck hob Susanne den Kopf und sah Ruth verunsichert an. »Woher weißt du das?«

Ruth, die das Heft seit Wochen in der Tasche mit sich herumtrug, zog es hervor und zeigte es ihr. »Weil du mir deine Geschichte aufgeschrieben hast, Zuckerschnute.«

Eingehend betrachtete Susanne das Etikett, dann schlug sie es auf und überflog die Seiten. Bis sie das Heft plötzlich zuschlug und vor sich hin starrte.

»Hab keine Angst, Susanne. Es ist alles gut. Nach dem Lesen hat sich für mich nichts geändert. Ich werde immer für dich da sein.« Ruth legte ihr den Arm um die Schultern. »Ganz egal, was sich damals zugetragen hat, du bist neben Gustav die wichtigste Person in meinem Leben, und das wirst du immer bleiben. Daniel hatte es nicht besser verdient. Wie mein Vater hat er viele Menschen ins Unglück gestürzt. Ich kann deine Entscheidung absolut nachvollziehen. Es tut mir unendlich leid, dass ihr wegen ihnen so habt leiden müssen.«

Zaghaft drehte Susanne den Kopf. »Im Ernst?«

»Ja. Ich stelle es mir furchtbar vor, dass du nie darüber reden konntest.«

Susanne nickte. »Aber der Gedanke, die Angst, dass du mich …« Tränen traten ihr in die Augen. »Das hätte ich nicht ausgehalten.«

Ruth zog sie näher zu sich heran. »Es wäre mir nicht anders ergangen. Aber es ändert nichts an unserer Freundschaft.«

Susanne wollte etwas sagen, doch ihre Stimme brach. Sie ließ sich in Ruths Arme fallen. Ruth hielt sie fest und sprach leise darüber, dass sie für sie da sein würde, egal was passieren würde. »Und weißt du, was ich ebenso schlimm finde? Dass du deine Stimme verloren hast. Das muss schrecklich für dich gewesen sein. Was würde ich dafür geben, dich mal singen zu hören …«

So saßen sie zusammen, als die Tür aufflog und Marie hereinstürmte. »Omi! Tante Ruth! Wir sind da.« Sie umarmte die Frauen stürmisch. »Noah ist bei Frau Setz und häkelt weiter an seiner Schnur. Er hat schon ganz viel geschafft. Und ich habe Klavierunterricht bei Herrn Findeißen! Bis später!« Sie verschwand genauso schnell, wie sie aufgetaucht war.

»Wenn mich nicht alles täuscht, war das meine Enkeltochter«, sagte Susanne. »Von wem sie dieses Temperament nur hat?«

»Von ihrer Mutter ganz sicher nicht.« Susanne sah Ruth an. »Danke für alles. Was wäre mein Leben nur ohne dich.«

»Bestimmt genauso öde wie mein Leben ohne *dich*.«

Sie lehnten sich zurück in die vielen Kissen und lauschten Maries Versuchen, eine Tonleiter in C-Dur zu spielen.

»Wie im Leben«, sagte Susanne. »Immer rauf und wieder runter.«

»Wenn man das Glück hat, eine Freundin wie dich gefunden zu haben, kann man vierhändig spielend durch das Leben gehen. Dann ist vieles nur halb so schwer.«

46.

So, der letzte Kuchen. Ofentür auf. Vorsicht. Vorsicht! Ofentür zu. Heute kommen Besucher. Heute ist Tag der offenen Tür. Hoffentlich ist die Tür dann auch auf. Das Tor ist ja immer zu. Sonst geht Frau Setz spazieren und findet nicht mehr zurück. Vielleicht kann sie mal eine ganz lange Schnur häkeln, die sie beim Gehen abrollt. Dann weiß sie immer, wie sie wieder nach Hause kommt. Wie bei Hänschen klein. *Ging allein, bei Beckmann in den Schuppen rein …* Nein!

Sie muss Frau Setz vor Beckmann warnen. Der hat es faustdick hinter den Ohren. *Sie* weiß das. Aber Frau Setz hat keine Ahnung. Am besten, sie ruft Sonja an und legt sich mit ihr auf die Lauer. Dann können sie Frau Setz jederzeit warnen. Ja. Eine gute Idee. Beckmann darf ihnen diesen Tag nicht verderben.

Sie selber ist schon ganz durcheinander von diesem Kuddelmuddel. Lauter Leute, rein und raus. Hoffentlich ist Frau Setz mit der Schnur bis heute Nachmittag fertig. Damit sie nicht verloren geht. Vielleicht kann Noah ihr helfen. Der kann auch gut häkeln. Ist der Kleine denn schon da? Sie

hat ihn noch nicht gesehen. Auch ihn muss sie vor Beckmann warnen. Dieser Typ ist zu allem fähig!

Einmal Detektiv, immer Detektiv. Aber erst warten, bis
Ruth da ist. Nicht, dass Ruth sie vermisst. So viel Zeit muss
sein. Immer mit der Ruhe. Eins nach dem anderen. Wäre
doch gelacht, wenn sie das nicht schaffen würde. Aber nervös ist sie heute schon. Bei all dem, was geplant ist …

Ob Bruno heute auch kommt? Er weiß ja, wo die Villa
ist. Und bei so einem Tag der offenen Tür … da kann ja jeder
kommen. Rein und raus, rein und raus. Sogar Beckmann!
Zuzutrauen ist es ihm. Aber mit Bruno ist sie fertig. Dieser
Dreckskerl. Hoffentlich lässt Herr Findeißen ihn nicht ans
Klavier. Der Flügel gehört schließlich ihm. Sie muss ihn
warnen. Sagen, dass er Bruno den Deckel auf die Finger
knallen soll. Sicher ist sicher. Dieses Sackgesicht.

Doch zuerst muss sie Sonja anrufen. Beckmann ist genauso schlimm wie Bruno. Aber ihm können sie den Kla-
vierdeckel nicht auf die Finger knallen. Da müssen sie sich
anschleichen. Damit Frau Setz nichts passiert. Zum Glück
sind die Straßenlaternen noch nicht an. Sonst darf sie ja
nicht mehr vor die Tür. Es sei denn, sie legt es auf ein Donnerwetter von Mutti an. Aber wer will das schon?

*

Während sich Gustav und Johann umzogen, trat Ruth auf
die Terrasse hinaus. Ein paar letzte Sonnenblumen standen
braun und vertrocknet neben dem Kompost. Wie stumme
Sommerveteranen an einem nebligen Novembertag. Es war
seit Tagen nicht mehr richtig hell geworden, und Ruth wür-

de etwas dafür geben, sich mit einem Buch in die Bade-wanne verziehen zu können. Doch dafür hatte sie später bestimmt noch Gelegenheit. Allzu lange würde sich ihr Besuch in der Villa nicht hinziehen. Sie fand es eine schöne Idee von Herrn Findeißen, Verwandte, Freunde und Nachbarn zu Kaffee und Kuchen einzuladen, und freute sich, dass auch einige Lehrerkollegen ihr Kommen zugesagt hatten.

Sie steckte die rechte Hand in die Hosentasche. Automatisch umfasste sie die rote Papierschleife, die sie nach Susannes Auszug im Gästezimmer gefunden hatte. *Es ist so schön, dass es dich gibt, mein Goldstück,* hatte Susanne darauf notiert. *Das darfst DU nie vergessen!* Sie trug sie wie einen Talisman bei sich, immer noch erstaunt, wie sich alles letztendlich zum Guten gefügt hatte.

Als Gustav und Johann so weit waren, verließen sie das Haus. Herr Findeißen begrüßte die Gäste persönlich an der Tür und zeigte ihnen, wo sie sich bedienen konnten. Überall saßen bereits Leute bei Kaffee und Kuchen zusammen, die Stimmung war gelöst. Während die Männer einen Platz suchten, sah Ruth nach, wo Susanne steckte.

Sie fand ihre Freundin in der Küche, wo sie einen frischen Apfelkuchen anschnitt. Als sie Ruth entdeckte, strahlte sie. Sie brachten den Kuchen zum Büfett, dann setzten sie sich zu Gustav und Johann. Susanne machte einen unruhigen Eindruck. Immer wieder sah sie sich um, als würde sie jemanden suchen.

»Kommen Paul und die Kinder auch?«, fragte Ruth. Susanne zuckte geistesabwesend die Schultern. »Ich glaube schon.« In diesem Moment betrat Familie Bender den Raum und gesellte sich zu ihnen. Doch die Ablenkung währte nicht lange. Wieder schien Susanne mit ihren Gedanken woanders zu sein. Als sie Frau Setz an der Haustür entdeckte, stand sie unvermittelt auf und ging auf sie zu.

»Bei der Frau habe ich Häkeln gelernt, Mama«, sagte Noah. Um das zu unterstreichen, zog er eine lange Schnur aus einer Tüte. »Ich zeig ihr gleich mal, wie weit ich schon bin.«

»Und ich muss zu Herrn Findeißen«, sagte Marie, den Mund voller Torte. »Er hat gesagt, dass ich ihm helfen muss!«

Es war Sandra anzusehen, dass sie gern etwas zum Thema Zuckerkonsum losgeworden wäre, doch sie hielt sich zurück. Stattdessen sah sie demonstrativ auf die Uhr, als könne sie es kaum erwarten, aufzubrechen. Johann versuchte mehrmals, sie in ein Gespräch zu verwickeln, doch Sandra hatte es sich in den Kopf gesetzt, sich nicht zu amüsieren, und starrte mit leerem Blick in den Raum.

»Wenn man sie so sieht, könnte man glauben, sie wohnt hier«, flüsterte Gustav Ruth ins Ohr. »Ich glaube fest, dass Paul seine Kinder mit einer anderen gezeugt hat.«

Bevor er seine These ausführen konnte, stellte der junge Herr Findeißen sich neben den Flügel und bat um Aufmerksamkeit. »Es freut mich sehr, dass Sie so zahlreich erschienen sind«, begann er. »Was manche anfangs für eine Schnapsidee gehalten haben, scheint sich zu einem Erfolgsrezept zu entwickeln. Die Bewohner dieses Hauses fühlen sich hier wohl und werden von einem tollen Pflegeteam betreut.« Er deutete auf Elke und ihre Kollegen, die auch heute unermüdlich im Einsatz waren. Die Besucher applaudierten.

»Und da alles mit einem Klavier begann, möchten wir

Sie nun zu einem kleinen Konzert einladen. Ich wünsche Ihnen viel Vergnügen!«

Der alte Herr Findeißen betrat das Wohnzimmer. Er nickte den Besuchern kurz zu, dann setzte er sich auf die Klavierbank und begann zu spielen. So schwer es ihm fiel, sich Alltägliches zu merken, so mühelos fanden seine Finger die richtigen Tasten, und er verblüffte die Anwesenden mit einem Stück von Chopin.

Als die letzten Töne verklungen waren, machte er ein Zeichen, und Marie ging zu ihm. Auch Sandra blickte nun auf. Das Mädchen verbeugte sich, dann kletterte sie neben Herrn Findeißen auf die Bank. Leise zählten sie bis drei, dann spielten sie ›Heute ist ein Fest bei den Fröschen im See‹. Zuerst jeder allein, dann zusammen.

Ein stürmischer Applaus folgte. Ruth wurde warm ums Herz. Wie schön, dass hier ein solches Zusammensein möglich war. Und wie stolz Susanne sein musste. Suchend sah sie sich nach ihr um. Doch der Platz, wo sie ihre Freundin zu Beginn des Konzertes hatte sitzen sehen, war leer.

Beunruhigt stand Ruth auf. Glaubte Susanne mit Sonja verabredet zu sein und lag irgendwo auf der Lauer? Als sie entdeckte, dass das Gartentor offen stand, zögerte sie nicht lange und verließ die Villa.

Es war eisig kalt. Der Nebel hatte sich verdichtet, und es wehte ein stürmischer Wind. Sollte sie zuerst im Garten nachsehen? Vielleicht war Susanne wieder auf der Suche nach den verschwundenen Holzskulpturen. Leise rufend ging Ruth umher, aber Susanne war nicht zu sehen.

Da blieb noch die Möglichkeit, dass sie irgendwo hinter einer Hecke lauerte. Ruth trat durch das Tor und spähte angestrengt nach links und rechts. Die Straßenlaternen sprangen gerade an und verbreiteten ein gespenstisches Licht. Die perfekte Tarnung für einen Detektiv, dachte Ruth. Sie wollte gerade losgehen, als jemand nach ihrer Hand griff. Erschrocken schrie sie auf.

»Schnell, Tante Ruth!« Marie war ganz aufgeregt. »Beeil dich. Bitte!«

Voller Sorge, Susanne sei etwas zugestoßen, rannte Ruth hinter Marie ins Haus zurück. Dort war es ganz still. Die Stehlampen neben dem Kamin brannten, die Augen der Besucher waren nach vorn gerichtet. Ruth blieb in der Tür stehen und versuchte, Susanne unter den Anwesenden ausfindig zu machen.

In diesem Augenblick begann Herr Findeißen erneut zu spielen, fügten einzelne Noten sich perlend leicht zu einer Melodie zusammen, die Ruth so gut kannte: *Die Mondnacht.* Als die erste Liedzeile angestimmt wurde, betrat sie neugierig das Wohnzimmer – und hielt den Atem an. Neben dem Flügel stand ihre Freundin. Ergriffen lauschte Ruth dem heiseren, verträumten Klang von Susannes Stimme. Bei der letzten Strophe begegneten sich ihre Blicke.

Und meine Seele spannte
Weit ihre Flügel aus,
Flog durch die stillen Lande,
Als flöge sie nach Haus.

Susanne sang wieder.

Danksagung

Das Schreiben dieser Geschichte entpuppte sich als höchst emotionale Reise, und ich war froh, kundige Begleiter an meiner Seite zu haben. In diesem Zusammenhang bedanke mich bei

— Leonie Schöbel, die mich auf die Idee brachte, genau dieses Ziel anzusteuern,

— Claudia Brendler, Dagmar Geisler, Sabine Marr, die darauf achteten, dass ich die Route nicht aus den Augen verlor, und mich auch bei Blitzeis, Nebel und halsbrecherischem Gefälle sicher navigierten,

— Juliane Breinl, die meine Reiseführerin auf dem Gebiet der Klassischen Gesangsausbildung war und mich sicher durch die Höhen und Tiefen der Stimmbildung lotste,

— Marianne Meyer, Marco Oberglock und Rita Sklenarsch, die ihr Spezialwissen mit mir teilten,

— Joachim Schultz, der mich an den Haltestellen mit guten Speisen und Getränken versorgte,

— Nicola Bauernschmitt, Els Borgesius, Elke Lindner, Eva-Maria Sammet und Dagmar Schütz, die mir am Ziel Feedback gaben, sowie

— meiner Lektorin Gesine Dammel, die diesem Text den letzten Schliff gab.

Nun hoffe ich, dass auch Sie Gefallen an dieser Reise gefunden haben, und bedanke mich im Voraus bei allen Buchhändler(inne)n, Bibliothekar(inn)en und Blogger(inne)n, die dazu beitragen, dass dieses Buch die Leser erreicht.